王觉仁

著

大汉天机 ❶

墨 子 密 码

浙江文艺出版社
Zhejiang Literature & Art Publishing House

图书在版编目（CIP）数据

大汉天机 1：墨子密码 / 王觉仁著. — 杭州：浙江
文艺出版社, 2021.5
ISBN 978-7-5339-6334-7

Ⅰ.①大… Ⅱ.①王… Ⅲ.①长篇小说—中国—当代
Ⅳ.①I247.5

中国版本图书馆CIP数据核字(2020)第244856号

责任编辑　金荣良　於国娟
特约编辑　林欢欢
营销编辑　赵颖萱
封面设计　韩庆熙

大汉天机 1：墨子密码
王觉仁 著

出版发行　浙江文艺出版社
地　　址　杭州市体育场路347号
邮　　编　310006
电　　话　0571-85176953（总编办）
　　　　　　　0571-85152727（市场部）
印　　刷　北京市松源印刷有限公司
开　　本　889毫米×1194毫米　1/16
印　　张　22
字　　数　393千字
版　　次　2021年5月第1版
印　　次　2021年5月第1次印刷
书　　号　ISBN 978-7-5339-6334-7
定　　价　49.00元

目 录

目 录

第一章

诡案

自古以及今，生民以来者，亦有尝见鬼神之物、闻鬼神之声，则鬼神何谓无乎？

——《墨子·明鬼》

汉元朔六年，秋。

子夜，风雨交加。一道道闪电劈开夜空，把长安城照得忽明忽暗。

北阙官员甲第区的一座三进大宅中，一个中年男子踉踉跄跄地奔走在后院的回廊上。他披头散发，身上只穿着一件单薄的素白中衣，手里提着一把短剑。

"杀，杀，我杀……"

男子喃喃詈骂，不断挥剑劈砍着周遭的虚空，仿佛在跟什么东西以命相搏。

又一道闪电打下来，照亮了他惨白而狰狞的脸，还有一双因恐惧而睁大的眼睛。

狂风呜咽，恍如鬼哭，后花园的竹丛和松柏被吹得哗哗作响。

"邪祟休走——"

忽然，男子发出一声喊，高举短剑冲进了园圃中。暴雨瞬间吞没了他。男子在雨幕中左冲右突，神情癫狂，手中剑对着一株松树连砍带刺，树皮碎屑纷纷飞起。一片尖锐的树皮掠过他的脸颊，划出了一道血丝，可男子却浑然不觉，犹自全神贯注地与松树拼杀。

直到面前的树干被砍得千疮百孔，男子才颓然放下手中的剑。

远处的回廊上，一群婢女仆役打着灯笼，簇拥着一位妇人匆匆走来，一边四处张望，一边高声低声地呼唤着。

男子闻声，回头一瞥，似乎一下清醒了过来。他低下头，茫然地看着湿漉漉的身体，旋即便看见了手中的剑。突然，他像烫到一般，浑身一颤，忙不迭地扔掉了短剑。

就在此时，他身后的黑暗中掠过了什么东西，迅疾如电。

男子察觉，猛一转身，目光顿时僵住，脸上露出无比骇异的表情。

"嗖"的一声，一支利箭刺破雨幕，倏地射入了他的胸膛。

男子轰然倒地，溅起了一片水花……

片刻后，妇人及一众下人赶到后花园中。又一道闪电恰在此时划破夜空，一幕惨状猝不及防地映入了众人眼帘——中年男子双目圆睁、眼球凸起、脖子上勒了一条麻绳，整个人被高高吊在了松树上，还在狂风中一荡一荡。

婢女们发出了压抑不住的尖叫，而那个妇人就在一片尖叫声中瘫软了下去……

清晨，风停雨住。

丞相长史严宣府邸的后花园中，满地枯枝败叶，一片萧索狼藉。

此刻，屋顶上的积水正顺着垂檐滴滴答答地落进庭院，水滴声执拗而单调。

廷尉张汤站在昨夜严宣倒毙的地方，盯着那株"遍体鳞伤"的松树，脸色阴得像蒙了一层秋霜。

他五十余岁，身材消瘦，颧骨高耸，下颏胡须稀疏，目光冷冽而犀利。这张脸本来便自带肃杀之气，加之现在面色阴郁，看上去更是令人心生畏怯。

其实也怪不得张汤脸色难看。死者严宣是丞相府的头号属官、诸吏之长，官秩一千石，虽算不上高官重臣，却也是朝廷要员，如今居然在自家宅邸遇刺身亡，实乃大汉建元以来所未曾有。张汤身为九卿之一的廷尉，专掌天下刑狱及疑难案件，自然首当其责。

许久，他才把目光从树上移开，摊开自己的手掌。

掌中躺着一只干瘪的蝎子——这是方才勘验尸体时，从严宣嘴里发现的东西。

让张汤困惑的是，导致严宣毙命的是心口处的箭伤，说明他被吊起之前已经死亡。既如此，凶手又何必多此一举把他吊起来，还往他嘴里塞这个东西呢？

是单纯出于私仇而发泄愤恨，还是故意以这种极端的方式向朝廷示威？

张汤抬头，眯眼望着眼前这棵十丈来高、树冠凌云的大黑松，陷入了沉思。

身后，廷尉史杜周匆匆步下回廊，走了过来，轻声道："先生……"

这个年轻人是张汤最得力的手下之一，沉稳、机敏、好学，私下总是称他"先生"。张汤心里颇为喜欢他，面上却从未表露。近来办案，张汤有意栽培他，时常命他勘查现场、询问证人等，所以方才一进严府，张汤就把询问严妻的活儿交给了他。

当然，张汤自己不喜欢跟哭哭啼啼的妇人打交道也是原因之一。

"问得如何？"张汤头也不回道。

"回先生，"杜周微微躬身，"听严夫人说，严长史早年便患有夜游之症，后来治好了，不料数日前突然复发，且更为严重，时常出现幻觉……"

"幻觉？这是她的原话，还是你的判断？"

"是属下的判断。"杜周腼腆一笑，"严夫人的原话是，严长史之所以旧病复发、神智昏乱，恐因府中有邪物作祟。"

"邪物？"张汤冷哼一声，"邪物若要杀人，又何须用箭？"

"是的，属下也是这么认为。不过，严夫人所言，似乎也有她的道理。"

"怎么说？"

"刺客所用的凶器非同寻常。"

"凶器找到了？"张汤扭头问。

方才张汤勘验尸体，发现箭已不在，便问严府下人，下人却说那箭被夫人扔掉了。张汤诧异，追问何故，下人支支吾吾说不清楚，张汤便命杜周设法去把箭寻回。

杜周把箭从袖中掏了出来："先生请看。"

张汤低头看去，顿时暗暗一惊。

这竟然是一支通身血红的羽箭——从箭镞、箭杆到箭尾两翼的雕翎，都抹上了令人触目惊心的红漆！

张汤办案无数、见多识广，却也从未见过如此怪异诡谲的凶器。

蝎子，朱矢。

刺客到底想用这两样东西宣示什么？

他不动声色地接过，又深长地看了一眼："严夫人就是被这东西吓着了？"

"是的。严夫人说，她过去常听乡里的老人讲，有一种厉鬼，专门用这种'朱矢'害人性命。"

"纵是厉鬼索命,也不会没有来由。"张汤把蝎子和朱矢一起揣进袖中,看着杜周,"说吧,你最后问出了什么?"

"属下请严夫人尽力回忆严长史生前的言行。她说了很多,尽是些杂乱琐碎之事。属下再三询问,她才想起,三天前,严长史曾经念叨过一个名字。不过她一追问,严长史便又闭口不言了……"

"一个名字?"张汤眯起了眼,"那她听清了吗?"

"听清了。"

"是什么?"

杜周下意识地停顿了一下,才轻轻吐出两个字:"郭解。"

张汤心头猛地一颤。

此时,他终于明白严夫人为何会认定严宣被杀是"厉鬼"索命了。

一刻钟后,张汤赶到位于未央宫东阙外的丞相府,向丞相公孙弘作了详细禀报。

此案今日一早便已上达天听,张汤最终当然要向皇帝奏报,不过在此之前,他还是得先跟丞相通个气,由丞相给此案定个调子、拿捏一下分寸。这不仅是因为死者是丞相府的人,也不仅是出于张汤与公孙弘的私交,更是因为张汤已从现有案情中嗅出了一丝危险的气息——严宣之死,很可能会是一系列麻烦的开端。

年过七旬、两鬓斑白的公孙弘屏退左右,在书房接待了他。

听着张汤的禀报,公孙弘自始至终都很平静,就连张汤把蝎子和朱矢这两样诡异的东西放在案上时,他也只是挑了挑眉毛,没说什么。直到张汤说出"郭解"二字,公孙弘才微微一怔,蓦然抬眼:"你的意思,是郭解的门徒报仇来了?"

"根据目前掌握的情况,卑职倾向于这个结论。"张汤直言不讳。

依照张汤方才所言,刺客能在昨晚那种暴风骤雨的暗夜中一箭命中严宣心脏,还能在短时间内把他吊在三丈多高的树上,身手显然颇为了得;而严妻说严宣死前念叨过"郭解",则极有可能是刺客事先用什么手段让严宣想起了郭解,从而刺激他的病情,令他陷入癫狂,之后再杀死他,借此泄愤并替郭解报仇。

综合这些情况,结论一目了然:杀死严宣的刺客,很可能正是与郭解一样的游侠!

倘若如此，那事情就不简单了——接下来，刺客还会不会有所行动？

说白了，刺客的下一个目标会不会就是自己呢？！

这么想着，公孙弘心中不禁泛起一缕寒意，思绪也立刻回到了几年前……

从元朔二年起，今上刘彻为了加强朝廷权威以及对天下郡国的掌控，采取抓捕、诛杀、强行迁居等办法，对各地豪强和游侠进行了沉重的打击。河内轵县人郭解身为名满天下的游侠，自然首当其冲。当时，朝廷以家财三百万为标准，下令凡身家超此的富户，皆须离开原籍，迁入长安附近的茂陵。郭解也在迁徙名单上。时任车骑将军的卫青久慕郭解侠义之名，便面奏天子，替他求情，道："郭解家贫，不应在迁徙之列。"

天子刘彻闻言，淡淡一笑："郭解一介布衣，其势力竟然大到让将军为他说话，可见其家不贫。"

随后，郭解及其族人便被强行迁入了茂陵。

一向快意恩仇的游侠，无故被官府驱离家乡，岂能咽得下这口气？不久，便有人把当时提名迁徙郭解的一个姓杨的县掾杀了，稍后又杀了其父。杨家人进京告状，不料又被杀死在了宫门之下。

刘彻闻讯，龙颜大怒，下令逮捕郭解。

郭解被迫逃亡。刘彻便把缉捕郭解的任务交给了时任御史大夫的公孙弘，公孙弘则命一位心腹属下全权负责此案。

而这个心腹属下正是时任侍御史的严宣。

严宣不敢怠慢，立刻赶到郭解老家河内轵县，对郭解的家世背景、人际关系等进行了深入调查，以此搜集郭解逃亡的线索。在一次调查中，有人替郭解感到惋惜，认为郭解是个行侠仗义之人，可惜落到这步田地。在座有一个姓柳的儒生不以为然，说了一句："郭解作奸犯科，目无国法，怎么当得起'侠义'之名？"

谁也没想到，当天夜里，又有人杀了这个儒生，还割下了他的舌头。

自此之后，天下人大多噤若寒蝉，再也不敢随意议论郭解。然而，各地却有不少儒生出于义愤，反而十分积极地向严宣提供有关郭解的线索。于是，在追踪了一年多之后，严宣终于利用一条举报线索抓获了郭解。

到案后，郭解坚称杨氏父子和柳生被杀均非他所授意，刺客是何人他也毫不知情。有司据实奏报，刘彻召集大臣廷议。时任主爵都尉的汲黯认为郭解的供词可信，当无罪释放。汲黯为人刚直耿介，又是刘彻当太子时的东宫属官，刘彻向来敬重他，闻言虽然心中不悦，表面上却没说什么，只暗暗给了公孙弘一个眼色。

公孙弘心领神会，当即出言反驳，道："郭解只不过是一介布衣，却横行闾阎，势力遍布郡国，下凌黔首，上折公卿，且睚眦必报，动辄杀人。纵然他对杨氏父子和柳生被杀并不知情，其罪却甚于亲手杀了他们。故臣以为，当以大逆不道之罪将郭解族诛！"

刘彻正中下怀，立即准奏。

元朔三年，郭解被杀，族人亦遭诛灭。

从此，公孙弘越发受到刘彻倚重。元朔五年，平民出身的公孙弘被刘彻封为平津侯，并擢为三公之首的丞相，一举走上了仕途巅峰……

回首往事，公孙弘不由得一阵唏嘘。

见他怔怔出神，张汤咳了咳，轻声道："丞相……"

公孙弘回过神来，冷然一笑："这帮不知天高地厚的游侠，还真是前仆后继、悍不畏死啊！"

"丞相，他们显然是有备而来。"张汤面露忧色，"恐怕，您也得多加小心了。"

"哈哈！"公孙弘用笑声驱赶着心中的那缕寒意，"区区几个亡命之徒，又何足惧哉？说心里话，我倒真希望他们找上门来。"

"丞相此言何意？"张汤不解。

"他们若真敢来，不是给了你张廷尉一个立功的机会吗？"

这是在暗示他担起责任了。张汤忙道："是，卑职责无旁贷。"

"你我位列公卿，食君之禄，自应同担此责。"公孙弘露出勖勉的笑容，站起身来，"走吧，我陪你入宫面圣去。"

张汤跟着起身，暗暗吁了一口气。

有公孙弘在前面顶着，他的压力便可以减轻许多了。

"这两样东西，要不要带进宫？"张汤盯着案上的蝎子和朱矢问。

公孙弘略为思忖："放着吧，此等不祥之物，就没必要给陛下看了。"

二人出了丞相府，两驾皂缯华盖的安车早已候在门口。

汉代对官员车驾有着严格的等级区分，所以两车乍一看都很华贵，但细节处还是有明显差异，显示着官秩高低的区别：公孙弘的车驾两幡皆黑，这是三公、列侯的标志；张汤的官秩是中二千石，故其车驾两幡朱红，明眼人一望便知。

两驾安车一前一后，过了东阙，前面便是未央宫的东司马门。

离宫门约一箭之地时，忽见一骑从宫中飞驰而出。公孙弘坐在车上抬眼一望，看见来人居然是郎中令李广，顿时有些纳闷。

郎中令是九卿之一，掌管宫殿门户，按照礼仪，出行也必须乘车，而眼下李广竟策马疾行，显然不太正常。

李广迎面驰来，认出车驾，远远高喊："丞相来得正好，陛下召您即刻入宫！"

公孙弘按捺住心中狐疑，等到马车与李广接近，才扬声问道："出了何事？"

"大行令韦吉在北邙山遇刺坠崖，现下落不明、生死未卜！"李广猛地勒住缰绳，坐骑人立而起，发出一声长嘶。

公孙弘的心蓦然一沉。

此时张汤的车驾也跟了上来，两车并列。公孙弘与张汤下意识地对视一眼，两人同时发现了对方眼中抑制不住的惊骇。

北邙山屹立在茂陵北面，南眺渭水，东瞰长安。

时值深秋，渭水两岸的草木已经枯萎，遍布茂陵的松柏却依旧苍翠，而北邙山上的枫树和银杏则一片红黄。各种颜色交相辉映，在秋天的长空下构成了壮阔而绝美的景致。

此刻，在山间一处壁立千仞的悬崖下，正静静地躺着两名男子。

其中一个中年男子服饰华贵，俯身趴在一堆乱石之间，满头是血，面目模糊。另一个年轻男子一袭黑衣，仰面躺在厚厚的落叶之上，双目紧闭，一道鲜血从额角流了下来。他眉目俊朗，神情安详，看上去仿佛是在沉睡。

山风拂过，一片猩红的枫叶飘飘摇摇地落在了年轻男子的脸上。

他仍旧一动不动。

在死一般的寂静中，一阵"沙沙"的声音忽然响起——似乎有什么东西正踩在落叶上，一步一步朝他走来。

一匹狼。

一匹毛发蓬乱、目露凶光的狼，径直走到他身边，低下头，嗅了嗅他脸上的血。紧接着，周遭的树林中便同时出现了七八匹狼，呈圆形包围圈聚拢了过来。

最先出现的那匹头狼嗅着血腥味，突然兴奋起来，昂首向天发出了一声长嚎。

就在这时，年轻男子的眼睛倏然睁开，同时伸手摸向腰间，却只摸到了一把空的剑鞘。他目光一扫，发现自己的佩剑正躺在一丈开外的落叶堆里，只露出一截剑柄。

那匹机警的头狼察觉到动静，背毛一竖，停止了嚎叫，凶恶的目光"唰"地射向男子。

双方对视了极短的一瞬。

男子的右手就在这一瞬间抓住了一颗石头。

他右手一抡，石头又狠又准地砸在了头狼的脑门儿上。

"噗"的一声，头狼额骨碎裂，颓然歪倒，一点儿还手的机会都没有。

正围拢上来的狼群霎时惊住了。

它们下意识地缩了缩身子，背部拱了起来。

男子很清楚，这是狼在恐惧状态下的防守姿势。一击得手，他已经掌握了主动。

男子鱼跃而起，奋力一扑，紧紧抓住了地上的剑。与此同时，距他最近的一匹灰狼已经扑了过来。男子迅速翻身，长剑一送，一下就把这匹跃在半空中的狼刺了个对穿。

灰狼发出一声痛苦的呜咽，摔在了他的身上，鲜血溅了他一脸。

等他把狼的尸体推开，又抹开糊住眼睛的血，剩下的那些狼早已逃之夭夭。

男子微微苦笑，站起身来。忽然，他感到头部一阵剧痛，一个趔趄险些跌倒。

这是什么地方？我为何会在此处？

男子心中一片茫然，扶着头举目四望，然后便看见了那个趴在乱石间一动不动的中年男子。

他走了过去，却很快就发现这个人已经死了。

观此人服饰，非富即贵，可他为何会死在这深山之中，而且死在了自己身侧？

头疼欲裂，还伴随着一阵阵的眩晕和恶心。

他以剑拄地，强撑着不让自己倒下，继而用一种空茫的目光再次环视周遭。

这是一片完全陌生的山林。他根本不记得自己是怎么到了这里，也不记得发生了什么事情。而比这些更糟糕也更让他感到痛苦的是——他已经全然忘记了自己的身份！

我是谁？

当这个问题在心中浮现，一种强烈的惶惑和恐惧立刻像潮水一样把他吞没了……

长安，未央宫。

宫阙森严，殿宇巍峨。

未央宫建于汉高祖七年，由丞相萧何督造，位于地势高耸的龙首原上，以秦朝的章台为基础扩建而成。

当年，未央宫落成之时，刘邦见宫殿豪奢壮丽，大为不悦，道："今天下汹汹，四海困穷，战事频仍，成败未知，为何将宫室建得如此奢华？"萧何道："天子以四海为家，非壮丽无以重威，且一次建成，后世便无须再靡费财力了。"刘邦觉得有理，才转怒为喜。

汉代尚右，以西为尊，未央宫便坐落在长安城的西南隅。整座宫廷规模宏大，约占全城面积的七分之一，共有殿阁四十三座，以宫廷正中的前殿为主体，另有宣室殿、承明殿、温室殿、清凉殿、椒房殿、石渠阁、天禄阁等。前殿是未央宫正殿，乃皇帝登基、百官朝贺、婚丧大典之所；宣室殿是"布政教之室"，与承明殿同为皇帝听朝理政、召见群臣之所；温室殿和清凉殿分别是皇帝冬、夏两季的寝殿，顾名思义，前者具防寒保暖之功能，后者有避暑消夏之效用；椒房殿是皇后寝殿，因殿壁以椒粉涂抹得名，芳香袭人；石渠阁和天禄阁则是收藏典籍和档案之所。

公孙弘、张汤、李广匆匆来到前殿北面的宣室殿，一上殿才发现，已经有三位大臣先到了，分别是御史大夫李蔡、右内史汲黯、卫尉苏建。

天子刘彻三十余岁，正值血气方刚之年，浑身散发着英武之气。他端坐御榻，神色阴郁，见公孙弘等人进来，立刻摆了摆手，示意他们不必见礼，赶紧入座。

三人刚一坐定，刘彻便凌厉地扫了众人一眼，沉声道："承平之世，朗朗乾坤，竟然有两位大臣在朕的眼皮底下接连遇刺，相隔还不足五个时辰，诚可谓旷古未闻、令人发指！对此，不知诸位爱卿有何看法？"

天子声调虽然不高，却隐隐含着雷霆之怒。

众人互相看了看，旋即都很默契地把目光落在了公孙弘身上。

身为百僚之长，这种时候当然要率先出头顶雷了。

公孙弘清了清嗓子，欲起身奏答，见天子又摆了下手，忙坐回去，俯首一揖道："回陛下，臣对此亦深感震惊！臣万没料到，在此京畿重地、首善之区，竟有狂徒胆敢如此逞凶作恶，实在是令人义愤填膺、齿冷血热！臣忝居相位，无论如何难辞其咎，还请陛下降罪。"说完，当即起身离席，趋前几步，跪伏在地。

这是一堆正确的废话，不过出了这么大的事，惶恐谢罪的姿态总是要摆一下的。

"罢了，现在不是追究责任的时候。"刘彻大袖一挥，"当务之急是查明案情，缉拿刺客。平身吧。"

"谢陛下。"公孙弘起身，仍旧俯首道，"严宣遇刺一案，张廷尉已有线索，请陛下垂询。"

"哦？"刘彻眸光一闪，射向张汤，"张汤快奏！"

张汤赶紧离席，趋身上前，不疾不徐地把整个案情和相关线索一一作了禀报。可想而知，当他提到"蝎子"和"朱矢"时，天子和在场诸人无不面露诧异之色，而当他最后把刺客的身份与游侠联系上，并且抛出"郭解"二字时，天子和众人便不约而同地怔住了，整座大殿一时鸦雀无声。

"郭解？！"片刻后，刘彻才冷然一笑，"这些游侠当真都不怕死吗？"

"禀陛下，"张汤道，"臣斗胆以为，这帮狂徒是自作孽、不可活，他们既然主动送上门来，朝廷正好借此机会将其一网打尽！"

"你能肯定，刺客是郭解的门徒？"

"臣以为可能性很大。"

"今早大行令韦吉遇刺失踪，你认为跟昨夜的严宣一案有否关联？"

张汤略为思忖："臣推测，应该有关联，不过大行令遇刺的具体案情目前尚不清楚，臣不敢妄论。"

刘彻"嗯"了一声，道："朕已经让中尉殷容赶去北邙山了，待其回禀，案情便可明了。这两起案子，就由你和殷容负责，尽快抓住刺客，绝不能让他们再次犯案！"

"臣领旨。"

刘彻说完，忽然瞟了下面一眼，道："汲黯。"

汲黯正微闭双目，似在养神，听到天子点名，却丝毫也不慌乱，而是不紧不慢地站了起来，躬身一揖："臣在。"

"你身为右内史，执掌京畿庶务，如今在你辖下出了这么大的事，你为何如此优哉，倒像个无事人一样？"刘彻斜着眼问。

汉代将长安京畿地区划分为三个行政区域，称为"三辅"，其长官分别是右内史、左内史、主爵都尉，至汉武帝晚年则改称京兆尹、左冯翊、右扶风。

　　"回陛下，"汲黯慢条斯理道，"臣虽执掌京畿，但庸懦无能、不堪大用，而今既有公孙丞相和张廷尉这样的贤能之臣替陛下分忧，臣无从辅弼，又不敢置喙，便只好噤声袖手了。"

　　此言一出，在场众人顿时反应各异：听他一开口就话里带刺，李蔡不由得皱了皱眉；李广暗暗发笑；苏建面无表情；张汤眼皮跳了跳；公孙弘闻言，则无声地冷笑了一下。

　　他与汲黯向来不睦，二人常因个性差异和政见不同时有抵牾。几年前公孙弘担任御史大夫，为了树立清廉之名，便在饮食起居上厉行节俭，每餐必粗茶淡饭，睡觉就盖粗布被子，遂于朝野传为美谈。不料汲黯却嗤之以鼻，竟上奏天子，称公孙弘位居三公、俸禄丰厚，这么做纯属沽名钓誉、欺诈世人。公孙弘大为尴尬，不得不在天子面前承认自己确有邀名之嫌，天子觉得他谦让有礼，不仅不责怪，反而愈加厚待他。

　　三年前，二人又因郭解一案意见相左，故而嫌隙日深。

　　公孙弘外表常以温良恭俭示人，实则内心忌刻多诈。他衔恨汲黯，一直想找机会报复。去年，右内史一职出缺，公孙弘便在天子面前摆出一副以德报怨的姿态，极力推荐汲黯。天子很欣赏他不计前嫌的胸怀，马上就同意了。

　　表面上看，汲黯以主爵都尉迁为三辅之首的右内史，好像是升了官，其实是被公孙弘推进了一个"火坑"——右内史辖区内住的多为皇亲国戚和高官显宦，没一个是好惹的，担任此职的人若无八面玲珑的本事，很容易得罪权贵；而以汲黯这种爱憎分明、率直刚猛的脾性，肯定得吃不了兜着走！

　　然而，谁也没料到，汲黯到任后，不仅没栽过半回跟头，反而把京畿治理得井井有条，不禁让公孙弘大失所望。

　　此刻，听着汲黯毫不掩饰的嘲讽，公孙弘心中恼怒，脸上却泛起一个和煦的笑容，扭头道："汲内史过谦了。你是两朝元老，又是陛下心目中难得的'社稷之臣'，值此多事之秋，正应挺身而出、当仁不让，给百官做个表率，怎么能袖手旁观呢？"

　　汲黯在景帝时官居太子洗马，是刘彻的东宫旧臣，且因忠直敢言，深受刘彻敬重。公孙弘提到的"社稷之臣"，的确是天子刘彻对他的评价。

　　"丞相如此抬举，下官不胜惶恐。"汲黯淡淡笑道，"可就怕下官一挺身、一插手，张廷尉会嫌我掣肘添乱啊！"

张汤以酷吏之名著称于世，执法严苛，常以皇帝旨意为治狱准绳。汲黯一向厌恶这种欺下媚上、以杀人邀宠的行径，于是曾多次当着天子的面与他发生冲突，二人势同水火。此时，张汤一听汲黯又把矛头对准了自己，顿时心头火起，冷冷道："汲内史此言何意？莫非我张汤挡你的道了？"

"你我本非同道，纵然想挡你也挡不着。"汲黯笑了笑，"汲某的意思是，你张廷尉手握生杀之柄，又喜欢独断专行，我要是顺着丞相刚才给的杆儿往上爬，贸然介入，在你看来不就跟抢功差不多吗？"

"你……"张汤怒不可遏，正待发作，发现公孙弘频频给他使眼色，才强行忍住。

李蔡见汲黯越发口无遮拦，又见天子脸上早已阴云密布，连忙起身，开口道："汲内史，让不让你参与办案，谁说了都不算，只能由陛下定夺。眼下说什么抢不抢功的话，你不觉得言之过早，甚至是离题太远了吗？"

在汉代，御史大夫位列三公，相当于副丞相，既辅佐丞相统率群臣，又负责监察百官，位高权重，说话还是很有分量的；加之李蔡与汲黯私交甚笃，所以汲黯闻言，便不再与张汤纠缠，而是对着刘彻深长一揖，朗声道："诚如李大夫所言，臣唯陛下之命是从。"

刘彻盯着他看了片刻，才一脸揶揄道："瞧你方才那一副怠懒的模样，朕还以为你不稀罕朝廷俸禄，打算告老还乡了呢！"

汲黯呵呵一笑："臣虽不才，但圣明天子在上，又岂敢告老？"

"省省吧，捧人的话从你嘴里说出来，怎么听都像在骂人。"刘彻淡淡道。

汲黯笑而不语。

这君臣二人相知多年、感情深厚，就算彼此心中有什么芥蒂，言语间还是隐隐透露出一种亲密之感。而这一点便是公孙弘和张汤自叹弗如也最为嫉妒的地方——虽然天子倚重他们，短短几年就把他们擢至高位，但他们终究享受不到这种汲黯式的"待遇"。

"闲言少叙。身为右内史，你汲黯责无旁贷。这两起案子，就交给你和张汤、殷容去办。"刘彻一锤定音。

"臣遵旨。"

"公孙弘，李蔡，李广，苏建。"

四人齐声答道："臣在。"

"凡办案所需，诸位务必提供一切协助。"刘彻目视众人，眼中闪过一道锐利的光芒，"望尔等群策群力，尽快破案，给朝廷和天下士民一个交代。"

"是！"

执掌京师禁暴防盗的中尉殷容率百名缇骑赶到北邙山时，先行到达的北军将军张次公已经在一处悬崖下找到了大行令韦吉的尸体。

"北军"是京师的禁卫军之一，屯驻在未央宫北，由将军统领，归九卿之一的中尉管辖；另一支禁军屯驻在未央宫中，称"南军"，由九卿之一的卫尉直接统领。

张次公向殷容禀报，说除了崖下的韦吉尸体外，还在崖上发现了四名侍卫的尸体。

殷容年近五旬，面目清瘦；张次公三十余岁，浓眉大眼，身材挺拔。不知是生性老成，还是心存傲气，张次公跟殷容说话时，神情并不太恭敬。殷容虽有些不悦，可眼下办案要紧，也懒得跟他计较。

随后，殷容迅速勘查了崖上和崖下的两处现场，判断刺客应该是与韦吉一同坠崖的。可韦吉运气不好，头部朝下直接落到了乱石上，颅脑开裂，当场死亡。相比之下，刺客就幸运多了——他在下落过程中被枝繁叶茂的枫树阻滞了几下，然后又掉在了厚厚的落叶堆上，有足够的缓冲，故而侥幸保住了一命。

刺客身手很好。这从崖上那四名侍卫以及崖下这两匹狼的死状便可看出，都是属于一击毙命。而且，凭借丰富的办案经验，殷容足以断定，四名侍卫都是在毫无察觉的情况下被刺客抹了脖子，死得无声无息，根本没机会向任何人示警。

就此看来，殷容甚至怀疑，刺客从那么高的悬崖上摔下来却没死，并非上天眷顾，而是他自己有本事。换言之，刺客从崖上坠落时，很可能利用了崖壁上的藤蔓和小树，减缓了下坠的速度和力度，并且还横着腾跃了几下，主动选择了下坠的路径，从而避开韦吉那一侧的乱石，找准了枫树这一侧的落点。

倘若如此，那这个刺客的应急反应能力就太强大了，简直令人匪夷所思！

此刻，殷容站在崖下，眯眼朝上面望去，仔细观察了一下崖壁的情况，越发相信自己的推测是对的。

不过，无论这个刺客再怎么能耐，应该也伤得不轻，肯定跑不远。

方才，殷容已命张次公率缇骑和数百名禁军对这片山林展开了地毯式搜索，眼下尚无消息回报。

但愿能在山里抓获刺客，殷容想，一旦让这么厉害的家伙逃出去，再想抓他可就难了。

北邙山东南面的树林中，年轻的黑衣男子正快步朝山下奔去。

一片片猩红和金黄的树叶在他身后盘旋飞舞，仿佛在追逐他的脚步。

尽管丧失了记忆，可男子却清楚地知道，自己陷入了一个巨大的麻烦之中！

死在悬崖下的那个中年华服男子，很可能是朝廷高官。而此人即使不是他杀的，也跟他脱不了干系——眼下正漫山遍野搜捕他的缇骑和禁军，明白无误地告诉了他这一点。

说白了，他现在就是一个涉嫌杀人的逃犯。

他一边跌跌撞撞地奔跑着，一边试图回忆起自己的身份和之前发生的事情，可剧烈的头痛和一阵阵的眩晕令他的努力变得十分艰难。

他感觉自己就像坐在一条破船上，船儿就在惊涛骇浪的大海上颠簸和摇晃。

为此，他不得不好几次停下来呕吐。

令他自己颇感诧异的是，每次吐完，他都会下意识地用落叶和泥土把那些呕吐物掩盖掉。

很显然，这是不想给身后的追兵留下痕迹。

但这个行为不是他思考的结果，而是一种自然而然的下意识反应。再联想到方才干掉那两匹恶狼的利落手法，他马上对自己的身份有了一个大致的判断——如果不是训练有素的士兵，那就是行走江湖的游侠。

而无论哪一种身份，杀人似乎都是家常便饭！

假如这个判断是对的，那我为什么要杀那个官员？是出于个人的仇怨，还是受人指使奉命行事，抑或是单纯为了钱而杀人？如果我真的要杀他，又为何会跟他一起双双坠崖？之前在崖上到底发生了什么？

他又一次停下来，用力拍打了一下头部，为它的一片空白而懊恼。

这时，几只羽毛灰白的草鹛鸟从他的头顶低低掠过，扔下了一串酷似小孩啼哭的叫声。

突然，他怔住了。

就在这一瞬间，他的耳边清晰地回响起了一阵孩子的哭声，声音中充满了恐惧和无助。

记忆。

这是自己脑中的记忆！

他兴奋得几乎战栗起来，却强忍着不敢动，生怕一动就会令这一丝脆弱的记忆消散湮灭。

他闭上眼睛，循着这一丝线索拼命回忆着……

嘈杂含混的声响，凌乱模糊的画面，开始在他的脑中交错闪现。渐渐地，有一些声音清晰了起来；最后，一幅画面也在他的眼前明朗了起来：

那个华服男子站在悬崖边，满目惊恐地看着他，手里握着剑，却颤抖得厉害，嘴里似乎在念叨着他的名字，还一直喊着"别过来"。可他并没有停下脚步，而是朝着华服男子步步逼近。

没错，我确实是要杀他，而且他还认识我，叫得出我的名字。紧接着，华服男子露出了悔恨的表情，似乎在解释什么，或者是在忏悔什么……然而，这些一概只是没有声音的画面。

猛然间，小孩的哭声出现了，然后一个三四岁的垂髫男童便从旁边的一处灌木丛里跑了出来，紧紧抱住了华服男子的腿。

而自己就在这时停住了，没有再往前逼近。

华服男子哭泣着，想要推开男童，却始终无法推开……

面对此情此景，自己怎么忍心下手呢？！

就在这时，他蓦然睁开了眼睛，苦笑了一下。

不是因为回忆在此中断，而是身后的那些追兵追上来了。他们似乎还带了狗，隐约有狗吠声传了过来。

想到自己刚才还在费劲地掩埋呕吐物，他不禁又自嘲一笑——那么做只能瞒过追兵，却绝对瞒不过辨味寻踪的狗。

无奈，他只能暂时停止回想，重新开始了奔跑。

想要甩掉身后的那些狗，唯一的办法，就是找到一条溪流，最好是一条河。

悬崖下，殷容背着双手，在询问一个樵夫模样的人。

他就是此案的唯一目击者，也是报案人。

"别紧张，把你看见的一切原原本本说出来，本官会重重赏你。"殷容微笑着对樵夫道。

樵夫听说有赏钱，马上咧嘴笑了，便断断续续地讲述了他目睹的事情经过。

今天一大早，他上山打柴，远远望见一个华服男子带着一个幼童在崖上玩耍，好像在玩捉迷藏。孩子玩得很高兴，这里躲躲那里藏藏，咯咯笑个不停。他居然看得起劲，一边看还一边傻笑……

这些情况，殷容其实已经掌握了。

韦吉的宅邸就在山下的茂陵邑，方才殷容上山前，便已先到他家中询问了一个问题：韦吉身为大行令，位列九卿，公务极为繁忙，为何会微服带着他的幼子上山？

韦夫人说，今天是韦吉休汤沐假的日子，家中幼子吵着要爬山，他拗不过，便叫上四名侍卫，策马带着幼子上山来了。

由于了解了这个事实，所以樵夫前面说的这些近乎废话。不过，殷容并未打断他，而是耐心地听着。

樵夫接着道，他旁观那父子俩玩耍，大概看了一炷香时间，然后便离开了。怎料没走多远，竟然在树林里撞见了一具官府侍卫的尸体，脖子被割开了，血流了一地。他吓得瘫坐在地，好半天才爬起来。本来拔腿想跑，忽听悬崖那边传来小孩子的哭声，出于好奇，便又折回去看，结果便看见一个黑衣男子拿剑逼着华服男子，而那幼童则死死抱着后者的腿，哭得撕心裂肺……

"你看见那个黑衣男子的相貌了吗？"这种关键地方，殷容自然要打断他。

樵夫摇摇头："那人是背对小民站着的，瞧不见，再说也隔得远，就算回头小民也看不清。"

殷容顿感失望，却依旧笑笑，示意他接着说。

樵夫又道，那黑衣男子见孩童哭泣，似乎心软了，便不再逼近。那华服男子本来想把孩童推开，后来不知怎么的，竟然抱起孩子挡在胸前，叫那黑衣男子有种先把他儿子杀了。黑衣男子没说话，站了片刻，忽然转身离开了……

"那人主动离开了？"殷容大为诧异。

"可不是？小民也纳闷呢！"樵夫道，"不过那人才走了几步，华服男子便突然把娃儿往地上一放，挥剑就去攻那黑衣男子……"

愚蠢！殷容忍不住在心里暗骂。

"黑衣男子回身去挡，两人便打了起来。岂料那崖边是面斜坡，那娃儿被匆匆放到地上，一个没站稳，便骨碌碌滚了下去。那两人都大吃一惊。眼见娃儿就快掉下悬崖了，黑衣男子甚是神勇，竟抢在娃儿他爹前面飞扑过去，抓住娃儿扔了回来……"

"你是说，那人救了孩子？"殷容完全没料到会发生这种事，越发觉得不可思议。

"对啊，那娃儿就是他救的！"樵夫说得十分激动，一脸眉飞色舞，"本来是要杀人的，不承想变成救人了！就在小民松了一口气的当口，更麻烦的事就来了……"

"你不是说孩子救回来了吗？"殷容也莫名紧张了起来。

"娃儿是救回来了，可那个坡太陡，那男子刹不住，自个儿反倒掉下去了。所幸那悬崖边有条枯藤，那男子便抓着那枯藤，吊在崖上来回晃荡。"

"后来呢？"殷容急切问道。

"后来啊，唉……"樵夫一声长叹，"都怪那华服男子太不厚道，人家救了他的娃儿，他反倒恩将仇报……"

"不要扯别的，直接说结果。"殷容脸色微微一沉。

"是是。"樵夫赶紧道，"那华服男子安顿好娃儿，仰天大笑了几声，便走到悬崖边，挥剑要砍那枯藤，不料那黑衣男子竟伸手抓住了他的脚，两人便一块儿掉下去了。唉，真是造孽啊！"

殷容一脸肃然。

他万万没想到，事情的前因后果竟然是这样，更没想到一个刺客竟然会如此侠义。

就在殷容询问樵夫的同时，北邙山东南面的树林里，一群禁军步骑正剑拔弩张地围着一株枫树，旁边有三四条大黄狗对着树冠上蹿下跳，狂吠不止。

离地面约三丈多高的一根树枝上，一角黑衣从繁密的树叶中露了出来。

"上面的人听着，你已经被包围了。"张次公骑在马上，高声道，"立刻下来束手就擒，否则本将军现在就杀了你！"

树上的黑衣纹丝不动。

张次公脸色一沉，立刻张弓搭箭，"嗖"地一箭射出。

羽箭没入枝叶中，旋即有一袭黑衣飘飘荡荡地落了下来。

树上空无一人。

张次公面无表情地看着那件黑衣，示意军士放开狗绳。那几条狗立刻扑了上去，嗅了嗅黑衣，随即亢奋起来，撒腿朝南边奔去。张次公率众紧随其后。

一刻钟后，张次公策马立在树林边缘，面朝一条两丈来宽的溪流，心中一片懊丧。

他手下的军士带着狗蹚过溪水，然后那几条狗便只能在对岸来回逡巡，懒洋洋地摇着尾巴，再也嗅不出刺客的半点儿踪迹。

"这家伙有两下子。"张次公冷笑着，对身旁的军候陈谅道，"看来是个老手。"

"是的，将军。瞧这情形，刺客一定往茂陵邑逃了。"陈谅忧心忡忡道，"若果如此，那可就是大海捞针了。"

"你错了。他要不进茂陵，那才是大海捞针。"

"将军的意思是？"

"我的意思很简单……"张次公遥望着山下那座街市繁华、人流熙攘的城邑，淡淡道，"给他点儿时间，让他进去，咱们再关门打狗。"

第二章
青芒

心无备虑，不可以应卒。

——《墨子·七患》

茂陵是今上刘彻为自己百年后准备的陵寝。

早在建元二年，即刘彻登基的第二年，茂陵便破土动工了，据说征募的工匠和徭役多达数万人。茂陵位于渭水北岸的咸阳原上，与高祖的长陵、惠帝的安陵、景帝的阳陵一字排开，与长安隔水相望。

按照汉代制度，出于"强本弱枝"的考量，凡修建帝陵必设置相应县邑，再从天下郡国迁徙人口充实到县邑。当年，汉高祖刘邦便把关东地区的数千名贵族、巨富、豪强及其家族悉数迁入了长陵邑。此后，惠帝、景帝皆如法炮制，代代沿袭。

到了刘彻一朝，为了进一步抑制豪强，达到"内实京师，外销奸猾"的目的，迁徙的力度更是空前，不仅针对豪富之家，连声名在外的豪杰、游侠都不放过。几年前的"郭解事件"，便是在这样的背景下发生的。

在朝廷的高压政策下，大量富贵阶层的人口纷纷涌入茂陵邑，渐渐使其变成了一座繁华富庶的城邑，其繁荣程度甚至比之京师长安也不遑多让。因此，许多当朝权贵、名人雅士也乐于在此安家，如盖侯王信（已故太后王娡之兄）、隆虑公主（刘彻之姊）、丞相公孙弘、郎中令李广、大儒董仲舒、内臣东方朔、名士司马相如等人，其私邸都在茂陵。

今晨大行令在北邙山遇刺，消息不胫而走，迅速传遍了整座城邑。

此时，四面城门都增派了人手，街市上缇骑四出，禁军步骑往来巡逻，气氛异常紧张。

将近午初时分，一名禁军从驿道上向东门飞驰而来。

守门士卒正在严密盘查进出行人，因比平时仔细得多，所以放行得很慢，城门处拥堵着许多行人客商，马车牛车挤成了一团。

那禁军骑兵见状，远远高喊："传令！都让开——"

站在门楼下的守门吏一听，忙疾步上前，喝令人群向两旁闪开，顿时引起了一阵骚动。人群中，有几个骑马带刀的大汉颇为不满，忍不住低声咒骂。他们身旁有两名同行的妙龄女子，头戴帷帽，身披风衣，一个衣色暗红，一个衣色浅绿，腰间也都悬着佩剑。听到几个大汉嘟囔，红衣女子当即轻声道："冷静，别惹麻烦。"

语气甚是轻柔，但那几个大汉却像遭了训斥一样，赶紧噤声，似乎对这个女子颇为敬畏。

禁军骑兵疾驰而来，从红衣女子身旁掠过，马蹄踩到一摊泥水，竟溅起一串泥点，沾了红衣女子一身，飞得最高的几个泥点甚至穿过面纱的缝隙，落到了她的脸上。旁边的绿衣女子眉头一皱，冲着骑兵的背影脱口而出："哎，你眼睛瞎了吗？！"

骑兵却径直朝城门驰去，恍若未闻。

红衣女子不动声色，伸手擦了擦脸，对绿衣女子道："芷薇，别让我后悔带你出来。"

叫芷薇的女子嘟起嘴，不情不愿地做了个鬼脸。

守门吏迎着骑兵上前，拱拱手："敢问尊使，所传何令？"

骑兵勒马停住，右手高举一个铜制符传，朗声道："传将军令，立刻关闭城门，任何人不得进出！"

此言一出，人群里立刻一片喧哗，那几个大汉顿时又瞪圆了眼。

大伙儿都在这儿排了大半天的队了，眼下一个命令就不让进城，哪有这个道理？！

守门吏瞄了一眼躁动不安的人群，面露难色道："尊使也知道，咱茂陵邑住的都是大人物；就算一般人，动不动也能跟大人物攀扯上，谁都得罪不起啊！您瞧，门外这些人已经候了半个多时辰了，看上去也都有点儿身份，要不……让他们先进去，咱再关城门？"

想在茂陵邑这种藏龙卧虎的地方当小吏，没点儿眼力见和左右逢迎的本领是不行的。

"你怕得罪他们，就不怕得罪我们北军？"骑兵乜斜着眼，神情倨傲。

"尊使莫误会，在下绝无此意。"守门吏赔笑了一下，忽然看着骑兵的脸，"敢问尊使是北军哪一部的，看着有点儿面生啊？"

这个"禁军骑兵"正是北邙山上的那个黑衣男子。

一个时辰前，他凭着直觉找到了一条溪流，用溪水清洗了额角的伤口和脸上的血迹，同时也看清了自己的脸。这是一张英俊白皙、棱角分明的脸，却也是一张完全陌生的脸。他对着溪水中的那张脸苦笑了一下，然后蹚过小溪，朝山下跑去。怎奈刚跑了一里多路，头部的剧痛便再次发作，不得不躲进了一处山洞。

歇息了小半个时辰后，刚出洞口，便见一名禁军单人独骑从不远处驰过。他立刻追了上去，轻而易举将其制服，扒下他的甲胄穿上，然后审问了一下，才知此人是要下山传令的，难怪身上还揣着一个符传。

如此正好。有这个传令的由头，要混进茂陵邑就容易多了。

他之所以决定潜入茂陵，是因为方才在山洞中，他抽空把自己浑身上下查了个遍，发现除了半吊铜钱外，身上别无长物，只有一把铜钥匙。

值得庆幸的是，钥匙末端挂着一个木牌，上面写着"蒹葭客栈"的字样。想必客栈就在茂陵邑中，而且应该就是自己先前落脚的地方。

这把钥匙便是查清自己身份的唯一线索了。

因此，尽管明知潜入茂陵邑会更加危险，他也必须走这一趟。等查明自己的身份，再逃出城去也不迟。

随后，他拔出剑来，欲杀那个传令兵灭口，忽见对方眼中充满了恐惧和哀求，心头一软，眼前竟再次出现了悬崖上那个哭泣的幼童，持剑的手不觉便低了几分。

传令兵见状，扑上来抱住他的腿，带着哭腔道："大侠您放过我吧，我不会去告发的。我被您夺了甲胄和符传，回军中也难逃一死，索性就逃回老家去。小的家中还有七十老母呢，求求您饶小的一命吧！"

他面无表情地看了看传令兵，然后朝不远处的山洞努努嘴："看见那山洞了吗？"

"看见了。"

"进去躲着。天黑之前，哪儿都不能去。"

"那……那天黑之后呢？"

"天黑之后，有多远滚多远！"他跨上坐骑，头也不回地扔了一句。

他这么交代，其实还是为了救这小子一命——他若现在乱跑，被抓回去就是个死。

传令兵大喜过望，趴在地上磕了几个头，然后连滚带爬地朝山洞跑去。

纵马下山的时候，他心头浮出了一个困惑：像你这么容易心软的人，为什么会干刺杀的勾当？你到底是什么样的人？！

此刻，面对守门吏狐疑的脸，他冷然一笑，道："北军一万多号人，你都认识吗？若是信不过我，我这就去把我们将军请来，让他当面跟你解释，你看可好？"

"不不不，岂敢岂敢！"守门吏吓得双手直摇，连连赔笑。

这时，堵在城门口的人群又骚动了起来。有几个衣饰华贵的青年正与守门士卒推推搡搡，眼看就要发生冲突。他回头瞥了一眼，目光正好跟那个绿衣女子和几个大汉撞上，发现这些人的眼神都恶狠狠的，好似要吃了他一样。

这感觉令他很不舒服。

忽然，他心里冒出了一个促狭的念头。

"尊使，您快拿个主意吧。"守门吏眼见局势就要失控了，急得愁眉苦脸。

"诸位听着！"他冷不防扯开嗓子，对着人群道，"为防刺客混入城中，凡身上佩带武器者，均不得入城；至于其他人，现在就可以进去了。"

说完，他还不忘瞟了绿衣女子和那几个大汉一眼。

话音一落，人群顿时发出一阵欢呼，绝大多数人都欢天喜地地涌进了城门。

绿衣女子和几个大汉无不一脸怒容，面面相觑。红衣女子低声对他们说着什么，可绿衣女子却充耳不闻，策马上前几步，大声质问："凭什么？！"

他本来缰绳一提要走了，闻言，漫不经心地回头："你是在问我吗？"

"当然！除非你聋了！"绿衣女子不依不饶。

后面的红衣女子似乎轻叹了一声。

他似笑非笑："这位姑娘，首先，我耳朵没聋，所以请你说话不必那么大声；其次，我眼睛也没瞎，看得见你们携带武器，觉得你们身份可疑。这理由够吗？"

绿衣女子一怔，下意识地跟红衣女子对视了一眼。后者无奈一笑，没说什么。

很显然，方才绿衣女子一开口就骂人家"眼睛瞎了"，人家听得清清楚楚，此刻摆明了就是公报私仇，你能奈他何？

"大汉律法并未禁止百姓携带武器，你凭什么说我们可疑？！"绿衣女子据理力争。

的确，大汉朝廷出于让百姓能够自卫、防止恶人侵夺的考虑，律法明令允许百姓携带刀剑弓弩等兵器，从不禁绝。去年冬，丞相公孙弘为了进一步打压民间的游侠之风，忽然上奏天子，建议禁止百姓携带弓弩。此议立刻遭到其他大臣的强烈反对，连天子也颇不以为然。公孙弘赶紧把话收回，并连连致歉，说自己考虑欠周。

对于大汉律法，他也很清楚，这些记忆并未失去。不过现在，他可没兴趣跟这个脾气暴烈的女子讨论什么律法。

"兄台，"他转头对城门吏道，"劳烦你一件事。"

"尊使请讲。"

"我还有事要办，没空搭理他们。"他用马鞭指了指绿衣女子等人，"立刻让他们离开，若继续胡搅蛮缠，就把他们绑了，送到县廷去。"

说完，他再也不看他们一眼，马鞭一甩，扬长而去。

绿衣女子怒不可遏，却又无计可施，气得脸都青了，愤愤地对红衣女子道："郦诺姐，现在怎么办？"

名叫郦诺的女子淡淡一笑："你自己惹的祸，还问我怎么办？"

"我……我那不是替你打抱不平吗？"名叫芷薇的女子不服，"他弄脏的是你的衣服，又不是我的！"

"行了行了，从小到大，哪回你捅了娄子不是我替你兜着？"郦诺白了她一眼，"在这等着。"

芷薇这才转怒为喜，嘿嘿一笑，又做了个鬼脸。

郦诺下马，笑意盈盈地走到守门吏面前，柔声道："这位官爷，小女子想跟您打问一事，不知可否？"

她虽然罩着面纱，但仍隐约可见是个肤如凝脂、五官精致的绝色女子，就连走路的姿势、说话的声音都令人迷醉。守门吏霎时有些酥软，忙道："姑娘但问无妨，但问无妨。"

"敢问这茂陵邑的青鸾街在何方位？"

"青鸾街……"守门吏一听，脑子立马清醒了。这条街上住的大多是朝廷官员，上至二千石，下至六百石，随便哪个级别的官儿都能压死他。"敢问姑娘，是来……寻访亲戚的吗？"

"正是，小女子是来拜见堂叔的。听我爹说，他是朝廷的侍中，小女子也不知这'侍中'是什么官儿。"

守门吏又吓了一跳。

在汉武一朝，"侍中"虽然不是朝廷的正职官员，却是比之更为清贵的内朝官，属于皇帝近侍，虽无具体职掌，却能讲议朝政，奉诏治事，深为皇帝信任，有时甚至比丞相更能影响朝廷决策。当时，名闻天下的东方朔、司马相如等人，都是武帝的内朝官。

守门吏再也不敢打听下去了，慌忙把青鸾街所在的方位详细说了一遍。

郦诺连声道谢，悄悄把一小块碎金塞进他手中，嫣然一笑："不知官爷能否行个方便，让我们进城？"

"当然当然，理应效劳。"守门吏暗暗掂了掂分量，眉开眼笑，马上命人把已经关上的城门重新打开。

片刻后，守门吏站在门洞里，目送着郦诺一行通过城门，策马远去，不禁为自己的明智深感庆幸——倘若听那个该死的传令兵的话，不分青红皂白就把城门关死，不知会得罪多少权贵！

街上人流如织，两旁的店铺鳞次栉比。

郦诺一行并未朝守门吏指点的青鸾街方向走，而是走上了相反的方向。

很显然，所谓"侍中""堂叔"云云，都是郦诺随口编的。

头一回来茂陵，芷薇左顾右盼，瞧什么都新鲜。经过一个十字路口时，她无意中瞥见不远处有一个熟悉的身影，赶紧定睛一看，眼中立马燃起了怒火。

方才跟她吵架的那个禁军骑兵，正在右手边的街道上信马由缰地走着，手扶着头，身体在马上微微摇晃，一副喝醉了酒的样子。

真是冤家路窄！

芷薇眼珠一转，嘴角泛起一丝狞笑，立刻回头朝身后那三个大汉使了个眼色，又朝右边努了努嘴。三个大汉抬眼望去，当即会意，遂掉转马头，悄悄跟上了那个骑兵。

"姐，"芷薇拍马跟上前面的郦诺，"雷哥他们说内急，找地儿解手去了，咱们在这儿等等吧。"

郦诺眉头微蹙，朝身后望了一眼："三个都急？"

"好兄弟嘛！"芷薇呵呵一笑，"一口锅里吃饭，一个坑里拉屎，就那德性。"

郦诺"嗯"了一声，淡淡道："你倒是挺懂他们。"

"姐你看！"芷薇指着街边的一间店铺，夸张大叫，"那里面的首饰好漂亮，咱过去瞧瞧。"

另一条街道上，三个大汉一直跟着那个左摇右晃的骑兵。约莫跟了半里路后，骑兵走到一棵大榕树下，忽然勒马，一手扶着树干，一手不停地揉自己的额头。三个大汉交换了一下眼色，立刻拍马上前围住了他。

"小子，睁开狗眼瞧瞧，还认得爷几个吗？"为首的大汉眼如铜铃，粗声粗气道。

骑兵闭着眼睛，脸色苍白，神情似乎颇为痛苦。他闻声后，并未停止手上的动作，甚至连眼皮都没抬，只冷冷吐出两个字："让开。"

"呦嗬，还挺横！"另一个胡子拉碴的汉子大声冷笑。

"雷哥、牛哥，别跟他废话了。"另一个身材矮壮的汉子道，"这小子就是皮痒，咱帮他挠挠。"

说完，三人同时下马。大眼汉子一步抢上去，一把将骑兵拽了下来。这回，他终于把眼睁开，用一种怜悯的目光环视三人一眼，叹了口气："这可是你们自找的。"

三人闻言愈怒，挟持着他冲进了旁边一条僻静无人的小巷。

紧接着，一阵噼噼啪啪、拳打脚踢的声音传了出来，然后又传出了几声惨叫，最后忽然便安静了。

片刻后，一个人拍了拍手走了出来，正是那个假扮禁军的男子。

他一边走一边揉着额头，脸色依旧苍白。若不是那一身威武的禁军甲胄，看上去就像个弱不禁风的病秧子。

忽然，男子顿住了脚步。

那个面罩轻纱的红衣女子正策马立在榕树下，静静地看着他。

男子与她对视了一瞬，然后视若无睹地走过来，跨上自己的坐骑，两腿夹了下马腹。

"打伤了人，就想走吗？"

郦诺在背后冷冷道。

男子勒马，却没回头："不然呢？你想怎样？"

"放心，不会讹你医药费。"郦诺轻轻一笑，"只是有几句话，想跟军爷聊聊。"

"本使忙得很，恕不奉陪。"男子说完，纵马便要离去。

"就几句话，耽误不了你。更何况，你一个假冒的禁军，也未必真有那么忙。"

男子一怔，再次勒住缰绳，沉默了片刻，终于掉转马头，面对着郦诺："姑娘，信口雌黄，可得当心舌头。"

"本姑娘舌头安好，不劳你操心。"郦诺又是一笑，"倒是阁下你，披着一身偷来的虎皮招摇过市，可得当心脑袋。"

男子蹙眉凝视着她，忍不住笑了起来："姑娘口口声声说我是假冒的，有何证据？"

"现在想跟我聊了？"

郦诺眉毛一扬。虽隔着面纱，扬眉瞬目间仍有风情万种。

"我承认，你成功地勾起了我跟你聊天的兴致。"

郦诺咯咯笑了起来，声如银铃，似可勾人心魄。

"要我说，你被勾起的怕不是兴致吧？"

"那是什么？"

"害怕。"

"你觉得我会害怕？"

"世上只有一种人不会害怕：死人。可惜你不是。"

男子心中蓦然一动。

自己现在是一个没有身份、没有记忆的人，即使不是死人，怕也不能算是完整的活人了。念及此，不禁在心中苍凉一叹。

"被我说中了吧？"郦诺笑靥嫣然，却在一瞬间收敛了笑容，"行了，言归正传。你想要证据，本姑娘现在就告诉你，免得你以为我在唬你。"

"洗耳恭听。"

"证据有三。其一，这身甲胄的原主人至少比你矮了半个头，所以，它穿在你身上便紧了些。你不觉得难受吗？"

被她这么一说，男子才顿然发觉的确有些难受。

"其二，准确地说，这身甲胄并非你偷来的，而是你抢来的，因为你左上臂的甲片掉了三块，下面连缀处的甲布又磨破了一个洞，而且看样子是新破的洞。我猜，这应该是你把原主人从马上扑下来，在地上碰撞摩擦所致。"

男子低头一看左臂，果不其然，一切正如她所说。

"其三，也是最容易说明你是个冒牌禁军的证据……"郦诺欣赏着他脸上一丝一丝浮现的惊愕，故意卖了个关子，"怎么样，还想听吗？"

男子此刻已不得不对她心生佩服了。"既然都说到这儿了，索性说完，这样我要灭口也更有理由。"

郦诺止不住又笑了起来，面纱随着笑声一阵阵颤动："会咬人的狗不叫。你连灭个口都要给自己找理由，这是不是就叫色厉内荏呢？"

男子也笑了，不自觉地揉了揉额头。跟这个女子聊天，似乎连疼痛也减轻了许多。"好吧，要证明我是不是色厉内荏，你也得先把话说完吧？"

郦诺点点头："听清了。据我所知，京师的禁军统一佩带的武器都是环首刀，可你瞧瞧你腰上那把是什么？明显是你自己的佩剑。我奉劝你，以后再想假冒个什么，得弄个全套的，否则破绽太大。东门的小吏固然是个酒囊饭袋，可不等于世上的人全都是瞎子。"

男子闻言，唯有苦笑而已。

正像她说的，自己方才在山上，的确在武器的选择上纠结了一下。按道理他确实应该佩带环首刀，免得露破绽，可后来他还是带上了自己的剑。原因很简单——对于一个失去了记忆、急于想找回自己身份的人来说，身上的任何一件旧物都可能成为有用的线索，所以他舍不得扔掉。

"现在我说完了，你是不是该杀我灭口了？"郦诺歪着头问，眼中充满了揶揄。

男子看着她："我不会杀你。"

"为什么？莫非你想说，你是个讲道义的正人君子，从不杀妇孺老幼？"郦诺冷笑，"这种老掉牙的借口我听多了，劝你别用，直接说你不敢动手就够了。"

"既然你这么说，那我给你个新一点儿的理由。"

"说。"

"我不必杀你，因为你不会去告发。"

"哦？你凭什么认为我不会？"郦诺又歪了歪头，"你一个大男人都那么小肚鸡肠，被女人骂一句就要报复；我一个小女子，被你摆了那么一道，凭什么就不能学你睚眦必报呢？"

男子呵呵一笑："好吧，那件事是我不对，我道歉。"

郦诺一听，心里稍稍舒服了些，嘴上仍道："你是因为被我抓住了把柄才道歉，我觉得你没有诚意。"

"我说你不会去告发，是出于很简单的判断。"男子淡淡道，"想听吗？"

"说。"

"你若真要告发，何必在此跟我啰唆？还不厌其烦地摆了三条证据？"这回轮到他面露揶揄了，"就像你说的，会咬人的那什么不叫，对吧？"

郦诺一怔，冷着脸不说话。

"这只是其一。其二……"男子学着她方才的口吻，"我给那东门吏下了命令，让他关闭城门，你们却这么快就进了城，想必是那老滑头收了你们的贿赂。既然你们这么急着进城，说明肯定有什么重要的事情要办。而跟那事情比起来，我又算什么？若一意跟我这种无足轻重的路人纠缠，岂不是小不忍则乱大谋？倘若不是你那三个伙计背着你做了傻事，你也不会追到这儿来。对吧？由此我足以断定，你根本不会告发我，甚至连这个念头都没有动过。"

郦诺无语。

因为男子所说，句句都是事实。

"既然你我都有事情要办，那就没必要耽误彼此了。"男子抱了抱拳，"咱们就此别过，告辞。"说完便掉转马头，毫不迟疑地疾驰而去，很快就消失在了长街尽头。

郦诺目送着男子远去，不知为何，竟隐隐有些失落。

直到这时，巷子里那三名大汉才跌跌撞撞地跑了出来，一看见她，顿时满脸愧色，面面相觑。

刚才一进巷子，他们还没来得及动手，就被那男子三下五除二打倒在地，当场就都晕了过去。想想行走江湖也有些年头了，这回竟然栽得如此狼狈，真是令他们羞愤欲死。

此时，芷薇也急急忙忙策马而来，见此情景，心下明白了几分，忍不住冲着那三个大汉骂了声"笨蛋"。当然，她只是对着他们做口型，没敢出声。

让芷薇深感困惑的是：雷刚、牛皋和许虎都是身手不错之人，办事很少有闪失，这回怎么就搞不定禁军那个家伙呢？

看来，要不是那家伙使了什么诡计，就是他的武功实在是深不可测。

正想着，郦诺忽然扭头，微笑地看着她："妹妹挑中什么漂亮首饰了？能不能让姐姐瞧瞧？"

芷薇大窘。

方才她为了拖住郦诺，便假意拉她去看首饰，不料自己反倒看得入迷了，还跟掌柜一个劲儿地讨价还价，等她回过神来，早已不见郦诺身影。

"姐姐不在身边，我便拿不定主意了。都怪姐姐！怎么不声不响就走了呢？"芷薇只能以娇嗔掩饰尴尬。

"这么说，还是我的错了？"郦诺仍旧微笑。

"没关系，我不跟姐姐计较。"芷薇笑着，一脸宽宏大量的表情。

"妹妹真有肚量。"郦诺说完，不再理她，回头看着那三个低垂着头的大汉："三位，把掉在地上的东西捡起来，咱们走了。"

雷刚、牛皋和许虎看了看地上，啥都没有，又摸了摸身上，什么也没掉，不禁一脸困惑。大眼的雷刚嗫嚅道："大小姐，我们……我们没丢东西啊。"

"没丢吗？"郦诺故作诧异，"那你们的脸呢？！"

明明知道不该笑，可芷薇还是憋不住"扑哧"一声笑了出来。

蒹葭客栈位于茂陵邑的西北隅，周围遍植松柏，环境清幽。

此时，男子策马立在客栈门前，身上已经换了一套银白色的锦衣，看上去就像是这座县城里随处可见的富家公子一样。

这身衣服是他刚才路过一家成衣铺时进去"赊"的。他告诉掌柜，自己忘记带钱，可否用佩剑暂时抵押，回头再送钱过来？掌柜看他一身禁军甲胄，且气质威严，哪敢收他的剑，忙一脸堆笑地把衣服拱手奉上。

客栈里，一个伙计迎了出来，很熟络地跟他点头招呼："青芒先生，您今儿回来得早啊。"

青芒？

我叫青芒？多么陌生的一个名字！

他知道，这肯定不是自己的真名。可是，不管这个名字是随口取的还是跟过去的自己有什么关联，此刻都不重要。重要的是，现在自己终于是一个有名字的人了。

"哟，先生换坐骑啦？"伙计上来抚了抚马鬃，"瞧这一身的膘，真够结实，一点儿不输给北军的那些战马啊！"

看来，自己原来的坐骑一定是丢在北邙山了。也不知那匹马儿身上有没有跟自己身份有关的线索？

青芒跨下马来，冲伙计笑笑："今儿城里乱哄哄的，到处是禁军和缇骑，是出什么大事了吗？"

"您还不知道？"

青芒摇摇头。

"据说是一位朝廷大官，今早上在北邙山遇刺了！"伙计低声道。

"是吗？多大的官儿？"

"听说是朝中的大行令，姓韦。"

大行令？

青芒脑中光芒一闪，一堆讯息自动跳了出来：大行令，九卿之一，官秩中二千石，职掌诸侯封拜、纳贡等事及对外邦交、边陲事务。

而现任大行令，青芒也记得很清楚：韦吉。

为什么我对这些朝廷之事会如此熟稔？莫非我以前也是公门中人？如今朝廷与各诸侯国关系紧张，与匈奴之间更是连年征战，大行令显然是个要职，那我到底是出于什么动机要刺杀他？难道我跟诸侯、匈奴有什么瓜葛？

一连串问题瞬间浮了上来，好似一团乱麻堵在心头。

伙计把马牵到后院喂草料去了。青芒走进客栈，迅速扫了一眼，见厅堂中客人不多，装饰虽不华贵却颇为雅致，一个掌柜模样的人站在柜台后记账，看他进来，点头微笑。青芒笑笑还礼，然后径直登上楼梯，来到了二楼客房。

他手里握着那把铜钥匙，顿时有些兴奋和紧张。

铜钥匙末端的木牌上除了写有客栈名字，还写着两个小字：丙九。

这便是房间号了。

青芒顺着走廊一直走，到了尽头又拐了一个弯，然后走到东南角的最后一个房间门口，停住了脚步。

这扇门背后，很可能就藏着所有问题的答案。只要打开门上的锁，推门进去，也许，自己的身份、杀人动机以及所有的谜团便可迎刃而解、水落石出了！

青芒深长地吸了一口气，打开房门，一脚迈了进去。

这感觉，就像是一个懵懂少年迎面闯入一个陌生而新鲜的世界，又像是一个沧桑游子回到了阔别多年的故乡。

两种相互矛盾的感觉在他心间碰撞交揉，令他呼吸沉重、心跳如擂鼓……

殷容的手下缇骑在悬崖上的树林中搜到了一匹马，怀疑是刺客丢下的。殷容亲自检查了马匹，发现了一个重要线索：马蹄铁上铸刻着两个字——朔方。

汉代，凡军队战马皆于马掌上刻字作为标记。这匹马，显然属于驻守朔方郡的军队。难道这个刺客是朔方军的逃兵？

朔方郡位于河套地区，即黄河"几"字形突出部的最北端，是四年前新立的郡，也是防御匈奴的一个边境重镇。城池以当年秦朝大将蒙恬留下的要塞为基础扩建，由时任卫青麾下将领的苏建督造。为了建造朔方城，朝廷征发了十几万徭役，而后又从各地迁徙了十万人口入住，以充实边塞。由于多数百姓都不是自愿迁徙，所以时有逃亡事件发生。

由此看来，也不排除这名刺客是当地边民，这匹战马是从朔方军偷的。

虽然明知这条线索查起来会很渺茫，但殷容还是即刻派人前往朔方郡调查去了。稍后，张次公派人来报，称刺客很可能逃入了茂陵邑，现已封闭四面城门进行搜捕。

殷容闻讯，心中颇为不悦。

"关门大索"这么大的事，张次公竟然不先禀报就擅作主张，明显是越权行事。虽说是为了办案，事急从权，可茂陵邑这种地方非同一般，随便封锁城门，极易引发权贵们的不满。到时候惹出麻烦，殷容身为张次公的上司，免不了替他背锅，而一旦抓获刺客，头功却是他张次公的。

你小子可真行！

殷容忍不住在心里暗骂。

张次公与苏建一样，都是大将军卫青的旧部，几年前跟随卫青抗击匈奴，立下不少战功，三人同日封侯：卫青为长平侯，苏建为平陵侯，张次公为岸头侯。不久，苏建回朝擢为卫尉，掌管南军，负责宫禁安全；张次公擢为护军将军，统领北军。表面上，张次公归属殷容管辖，实际上却自恃军功，向来不把他放在眼里……

殷容越想越不是滋味，随即又冷静思考了一下，心里便有了对策。

正午时分，殷容匆匆赶回长安，来不及吃饭便赶到丞相府，将韦吉一案的所有情况向公孙弘作了禀报。

公孙弘听完，勉勉了几句，忽然笑了笑，道："想不到这个刺客还有几分仁义。"

这是指刺客救了韦吉幼子的事。殷容道："是啊，看来此人还是良心未泯，下官也颇为感慨。"

接下来，公孙弘向殷容大致介绍了严宣一案的情况，然后问："依你看，这两起案子有没有关联？"

殷容想了想，道："从刺客的犯案手法以及各自的案情和线索来看，二者几乎没有共同点，故下官以为，应该没有关联。"

"倘若是刺客故布疑阵，有意采取了不同手法，以扰乱我们的视线呢？"

殷容蹙眉："呃，倒也不排除这种可能。"

"咱们从动机入手分析一下。"公孙弘道，"严宣被害，是因为抓了郭解，遭到游侠报复，那么韦吉呢？他跟郭解之间，会不会也存在某种关联？"

殷容沉吟，片刻后，忽然目光一亮："下官想起来了，韦吉早年曾担任河内郡的贼捕掾，而郭解是河内轵县人，要说彼此有过交集，甚至有什么过节，也不是不可能。"

公孙弘微笑颔首："那就派人去查一查。河内是游侠猖獗之所，贼捕掾又是专门缉拿盗贼的，说不定，韦吉还真抓过郭解的门徒。"

殷容当即起身告辞，走到门口，才做出一副忽然想起来的模样，回头躬身道："丞相，下官为了搜捕刺客，不得不下令关闭茂陵邑城门。如此一来，势必会影响朝中同僚及其家眷的出行……"

公孙弘笑着摆摆手："你是不是想说，本相的宅子也在茂陵，如此便把我也影响了？不要有这么多顾虑，为朝廷办事，理应如此，哪能瞻前顾后？"

"多谢丞相！"殷容拱手一揖，"不过下官只需两天时间，若到时候仍未抓获刺客，下官便命人重启城门，以方便士民出入。"

"嗯，这个分寸，你自己把握，我就不越俎代庖了。"

公孙弘把话说得模棱两可，但显然是默认了，毕竟城门关得太久，谁也不会舒服。

殷容出了丞相府，虽饥肠辘辘，饿得发慌，心情却好了许多。

因为方才短短两句话，他便已轻松扭转了被张次公造成的被动局面。他说命令是自己下的，那么一旦抓获刺客，丞相自然会在天子面前替他请功；然后他又主动表示只关闭城门两天，一来可以避免得罪权贵，二来还可以把压力转嫁到张次公头上——你小子不是想出风头吗？那就给你两天时间，就算不眠不休，你也得把刺客给老子逮住！

小子，想跟我斗，你还嫩了点儿！

殷容在心里对张次公说。

青芒推门而入。

呈现在眼前的是一间普普通通的客房，装饰素雅，陈设简单，除了床榻、几案、衣箱等必要的家具外，别无他物。

不过，只在房中走了一圈，青芒便知道这间客房一定是自己选的。

换言之，它并不"普通"：房间南面有四扇长窗，窗外便是街道，可随时观察客栈大门和街上的情况；东面开着两扇小窗，窗外是一条堆放杂物的巷道，看样子应该能通往后院，若遇危急情况，这里便是逃生出口；此外，这间客房位于二楼走廊的尽头，距客栈大门最远，若有人冲上来抓捕，必须多跑几步路，这就让他有了足够的时间逃脱。

一切都表明，自己是这方面的行家里手——以前若不是经常抓捕别人，便是经常被别人抓捕。

若按眼下已知的情况判断，基本可以肯定是后者。

青芒不禁自嘲一笑。

方才在寻找蒹葭客栈的路上，他已经断断续续忆起了北邙山上发生的所有事情。也就是说，他刺客的身份已然无疑，剩下的问题只是：杀人动机是什么？

他环视了房间一眼，最后目光落在了角落的衣箱上。

衣箱的盖子上横着一把小铜锁。可他身上除了房门钥匙，再没别的东西。看样子，这箱子的钥匙一定是遗落在北邙山了。青芒不假思索地抽出佩剑，插进箱盖的缝隙里，往上一撬，"咔嗒"一声，锁开了。

打开箱子，里面有几套内外的换洗衣裳，拨开衣服，下面是一个黑色的粗布包裹。

青芒取出包裹，又深长地吸了一口气，才缓缓打开。

映入眼帘的是：七八块大小不一的金饼，十几吊铜钱，一个木质的通关符传，一只香囊，最后还有一样东西令他触目惊心——头骨！

当然，这不是人的头骨，而像是某种兽类的。

他把头骨拿在手中，看着上面那两根长长的獠牙，迅速判断出这是狼的头骨。

为什么自己会随身带着一块狼头骨？

这也太诡异了！

不过，紧接着他就不这么想了，因为他分明看见狼头骨的左边獠牙上刻着两个字：韦吉。尽管此刻的青芒并不知道自己为何会把韦吉的名字刻在獠牙上，可他却下意识地想到了一个词：以牙还牙。

看来，自己跟这个大行令韦吉很可能有私仇，与"奉命行事"或"为钱杀人"无关。这也就解释了为何在悬崖上韦吉会拼命对自己说什么，那表情既像是在解释，又像是在忏悔。

可是，什么样的仇恨会让自己想要杀人？

凭着到目前为止回忆起来的种种情状，也凭着对自己一点儿一点儿地深入了解，他知道自己并不是一个滥杀的人。相反，作为刺客，他还有过于心软之嫌。既如此，那么自己跟韦吉之间一定不会是一般的矛盾冲突，而是有着难以释怀、不能宽恕的深仇大恨！

他蹙眉沉思，顺手把狼头骨转了一个角度。

忽然，他怔住了。

头骨的右边獠牙上居然也刻着一个名字：公孙弘。

他是谁？！

青芒闭上眼睛，努力在近乎空白的大脑中搜索着。还好，这块记忆并未消失，他很快就有了答案：公孙弘，当朝丞相，三公之首。

自己居然与这位一人之下、万人之上的丞相也有私仇？！

青芒忍不住苦笑。

原以为走进这个房间便会弄清楚一切，岂料反而陷入了一团更大的迷雾之中。

在变身刺客之前，我原来的身份到底是什么？

青芒放下狼头骨，信手拿起那个通关符传。

汉代，无论官民出行，皆须持有通行凭证，即符传，上面写有简要的出行缘由，并盖有所经各地"监御史"的印章。青芒翻看了一下，符传上写的出行缘由只有两个字：访亲。而所经地由北往南分别是：朔方、西河、上郡、河东。

显然，自己来自朔方郡。

一个从朔方出发的人，对外声称自己叫青芒，出于报仇的目的，千里迢迢来到长安刺杀位列九卿的大行令以及三公之首的丞相——这就是自己目前所知的一切。

青芒黯然一叹，放下符传，拿起了那只香囊。

一阵淡淡的异香扑鼻而来。

他知道，这绝对不是一只普通的香囊。这么想着，他下意识地捏了捏，感觉里面除了香料，似乎还藏着什么东西。

青芒刚想把香囊的带子解开，一阵急促的马蹄声便由远而近地飞速传来。

他心头一沉——追兵到了！

第
三
章

谜题

强之劫弱，众之暴寡，诈之谋愚，贵之傲贱，此天下之害也。

——《墨子·兼爱》

张次公策马立在兼葭客栈大门前，神情威严而倨傲。

身后一群禁军骑兵纷纷下马，凶神恶煞地冲进了客栈。

"后门也堵上了？"张次公问身旁的军候陈谅。

"将军放心，都堵上了。"

"听着，前厅、客房、后院都给我搜！所有人逐个排查，凡可疑者立即拿下；若是朔方郡来的人，直接绑来见我。"

"是！"陈谅赶紧前去传令。

适才，殷容派人把朔方马的线索告知了他，并向他传达了丞相令，称只能闭门大索两天，到明晚子时，不管有无结果，都必须重启城门。张次公听完，只面无表情地给使者回了声"嗯"，连一声"遵命"都不肯说。使者也只能撇撇嘴，怏怏离去。

张次公很清楚，这个所谓的丞相令，其实是殷容借丞相名义给他小鞋穿，无非就是在报复他越权行事。

这个老狐狸，以为搬出丞相老子就怕了。张次公在心里冷笑，两天？行，两天就两天，我就抓给你看看！万一两天后还抓不住，我就去找卫青大将军，让他直接上奏天子，要求延期。天子十有八九会答应。到时候，连公孙弘都不见得敢吱声，就别说你殷容了！

自今上刘彻即位以来，一直锐意进取、睥睨四方，近年更是将平定匈奴立为国策，所以军方的人，尤其是建立军功者，在他心目中向来很有分量。而大将军卫青不仅在战场上屡建奇功，又是皇后卫子夫之弟，天子爱屋及乌，对他更是青睐有加，极为倚重。张次公作为卫青嫡系，又以军功封侯，在这样的背景下，自然就不把公孙弘、殷容这帮耍笔杆子的放在眼里。

虽然已经想好了后手，可眼下的事情张次公却不敢丝毫马虎。方才他已经亲自带队，一口气搜查了六家客栈，这里是第七家。与此同时，手下的数千名禁军也正在对其他大大小小的几十家客栈展开搜查。

张次公相信，今天日落前，肯定能把茂陵邑的所有客栈翻个底朝天。而那个朔方来的刺客，绝对不可能从这种拉网式的全面搜捕中逃脱！

正沉吟间，手下军士匆忙来报，说二楼一间客房发现情况。

张次公立刻跟着军士来到标有"丙九"字号的房间。陈谅禀报，说此间客人三天前入住，正是来自朔方，名叫青芒，没有登记姓什么；据掌柜和伙计交代，此人一刻钟前刚刚回来，一直未见他下楼，却不知为何没了踪影。

青芒？！

张次公在心里玩味着这个有点儿奇怪的名字，目光落在了角落的衣箱上。

"衣箱被撬开了，估计是这家伙丢了钥匙，自己干的。"陈谅道，"卑职检查过了，除了几套内外衣裳，别无他物。"

张次公挪开视线，环视了房间一眼，冷然一笑："此房间，既便于观察，又便于逃脱，还是所有客房中离大门最远的。看来这个青芒，就是咱们想找的人了。"

"卑职也是这么想的，只是不知他究竟是如何逃脱的。"

张次公走到东边的小窗旁，探头看了看。下面的巷道堆满杂物，应该是通往后院，此刻已经有几名禁军守着。

此处一定是青芒给自己预留的逃脱路线，张次公想，可这座客栈的前后门同时被围，他绝不敢往后院逃，那他到底是怎么消失的？

"你确定他回来后便再没下楼？"张次公一边问，一边低头观察起了窗台。

"掌柜和伙计赌咒发誓，说他绝对没有离开。"陈谅道，"所以卑职觉得很纳闷，这小子还能上天遁地不成？"

张次公没有说话，伸出手指从窗台上拈起了一小撮泥土，冷冷道："他从这里跑了。"

陈谅一惊，赶紧走过来，探头往巷道看："可是，后院也有咱们的人，他怎么可能从下面跑？"

"不是下面，是上面。"张次公伸出一根食指，往天上指了指。

陈谅一脸茫然。

"如果我所料不错……"张次公拍掉了手上的泥土，"他是从屋顶逃走了。"

"屋顶？！"陈谅惊愕，连忙探头去看窗外的屋檐。

"如若不信，你爬到窗台上去看看，比你肩膀稍宽的两根檐椽上，由于年久积灰，一定留下了他的手指印。运气好的话，你还能看清他的手指形状是修长还是短胖。"

陈谅依言爬上窗台，仔细看了看，顿时一脸惊喜地回头道："将军您太神了！果然有几个修长的手指印！"

"让你爬你还真爬？"张次公嗔笑，"赶紧滚下来，传我命令。"

陈谅嘿嘿一笑，跳了下来。

"听着，城内各主要路口全部设卡，同时搜查方圆一里之内的所有住宅。"

"所有住宅？！"陈谅一惊，天知道这"所有"里面有多少级别比张次公还高的官员和列侯。

张次公话一出口才觉不妥，便改口道："列侯和一千石以上官员暂时别动，其他人的宅子，挨家挨户搜！"

"是！"

"还有，马上找个画师，让掌柜和伙计描述一下青芒的相貌，给我仔仔细细画下来。"

"遵命！"

陈谅刚领命出去，便有一军士来报，称在后院找到了一匹马，是刺客所留。

"查看了马掌没有？"张次公觉得眼下这个线索已无多大意义，便有些漫不经心。

"禀将军，这匹马……不必查。"

"为何？"

"因为，它是咱们北军的。"

"什么？！"张次公一脸错愕。

青芒从屋顶逃离兼葭客栈后，躲进了一条小巷，一时竟有些茫然，不知该往何处去。

如果说刻在狼头骨左獠牙上的韦吉是自己仇人的话，那么刻在右獠牙上的公孙弘自然也是。然而，对已经丧失大部分记忆的青芒而言，此时的公孙弘无异于一个毫无关系的陌生人，他如何还能鼓起仇恨去刺杀一个陌生人？

愣怔片刻，耳闻街上的禁军步骑往来呼喝，想到眼下仍身处险境，当务之急还是得先找个地方藏身，而后才能考虑下一步的事。

可是，偌大的茂陵邑，何处才是安全的藏身之所呢？

稍一思忖，一个大胆的念头便跳了出来，令他自己都有些意外。

他琢磨着这个念头，越想越觉得有趣，忍不住无声一笑。

一队缇骑策马从街上快速驰过。

街边的一个巷子口，一个骑士闪身而出，迅速跟上了这队缇骑。

他虽然以相同的速度和他们一起奔驰，却始终与他们保持着三四匹马的距离，所以看上去既像是同一队的，又不至于立刻引起这些缇骑的警觉。

这个人就是青芒。

他方才袭击了一名落单的缇骑，眼下身上已是一袭赭红皮甲。

此刻，正前方的十字街头，一群禁军士兵正抬着鹿砦在设置路障。除了禁军、缇骑和官府车马外，大部分百姓和行人都被拦了下来，一律不让通行。

青芒跟着这队缇骑逐渐接近路口。忽然，有三名禁军从左边的街道飞驰而至，为首一人高声喊道："传将军令，所有落单的北军、缇骑及公府人员，皆须验明身份，不准随便放行。"

青芒暗暗一笑。

这一招，他早就料到了，所以才会悄悄跟在这队缇骑身后，就是为了避免"落单"。

他很清楚，追兵一旦发现他留在兼葭客栈的那匹北军战马，便知道他是化装成禁军士兵混入城中的，因此接下来肯定会严密盘查所有"落单"人员，不管是哪部分的。

一转眼，这队缇骑已驰到路口，禁军开始盘问，而青芒也恰到好处地跟在了最后一名缇骑身后，与他大概只隔着一匹马的距离。

这个缇骑察觉有异，立刻回头，冷冷地看着他，一双吊梢眼中满是怀疑和警惕之色。

青芒冲他一笑，朝那些禁军努努嘴："这帮狗娘养的北军，不会是故意刁难咱们吧？"

张次公的北军与直属于殷容的缇骑向来不睦，所以这个吊梢眼的缇骑虽觉得他面生，闻言却生出了同仇敌忾之心，便愤愤道："谅他们也不敢！你别忘了，咱们殷中尉可是张次公的上司！"

"这倒是。"青芒笑道，"昨天殷中尉还跟我说，找机会肯定得给张次公点儿颜色瞧瞧。"

吊梢眼一惊，能亲耳听殷容讲这种话，那关系还了得！忙谄媚一笑："不知兄弟是？"

"哦，殷中尉是我表舅，半个月前刚把我从老家调过来。"

"怪不得兄弟看着面生。"吊梢眼的眼睛立马亮了，满脸堆笑道，"不过兄弟这么一说，我倒看出来了，您这眉眼跟咱们殷中尉是一个模子倒出来的啊！"

"是吗？"青芒呵呵一笑，"这老话说得好，外甥随母舅嘛。"

"对对对，外甥随舅，外甥随舅。"吊梢眼恨不得当场跟他拜把子，"兄弟这是要去办差吗？"

"表舅让我去家里吃饭，可我忙着去会几个朋友，便把时辰给耽误了。"青芒顺口胡诌，"这会儿去，表舅还不定怎么骂我呢。"

"那是该骂！我舅要是九卿，我跟所有朋友断绝关系也在所不惜！"

青芒闻言，忍不住哈哈笑了出来："要这么夸张吗？"

此时，把守的禁军例行公事地问完了为首的缇骑，然后看他们一行足有十几骑，又见末尾两骑有说有笑，似乎无甚可疑，便没再问什么，抬开鹿砦放行了。

驰过路口后，青芒又跟那吊梢眼瞎扯了几句，随即找了个由头说声"告辞"，便掉转马头拐进了一条小街。

吊梢眼怔怔看着他离去的背影，一脸意犹未尽的表情。

午时末，汲黯跟殷容碰了个头，了解了韦吉一案的大致情况，然后乘车来到了位于北阙外的御史大夫府，准备找李蔡讨论一下案情。

"长孺兄，我说你那性子什么时候能改改？"汲黯刚一坐下，李蔡便忍不住数落，"动辄就跟丞相唱对台戏，这样对你有何好处？"

汲黯字长孺，时年五十多，比李蔡大几岁，二人私下都以兄弟相称。

"没好处的事就不做吗？"汲黯不以为然，"君子立身处世，义字为先，凡事只论是非，不论利害。"

"是非？"李蔡苦笑，"此亦一是非，彼亦一是非，这是非该以何人的标准来论断？人睡在潮湿的地方会腰疼，可泥鳅会腰疼吗？人爬到高高的树上会胆怯，猿猴会胆怯吗？亏你还自认是庄周的信徒，我看你那《庄子》的《齐物论》是白读了，说话跟孔孟之徒完全是一个口气！"

"我不喜儒家，不过孟子例外。"汲黯悠悠道，"孟子和庄子一样，天生傲骨，从不向权势低头，亦不屑与小人同流。"

"小人？"李蔡冷哼一声，"人家公孙丞相怎么说也是一介大儒，凭什么到你嘴里就变小人了？"

"他只是自命为儒罢了！"汲黯也冷冷一笑，"在我看来，他公孙弘就是个假儒，绝非真儒；是小人儒，绝非君子儒！"

"好了好了，我不跟你扯这些无益之言。"李蔡摆摆手，"案子怎么样了？赶紧说说。"

汲黯把相关情况说了一遍。李蔡听完，微微蹙眉："如此看来，这个刺客绝非一般的亡命之徒，还是有几分江湖道义的。"

汲黯鼻孔里"哼"了一声："你这话，跟公孙弘说的差不多。"

"你去见他了？"李蔡诧异。

"我能去见他？！"汲黯翻了个白眼，"我是听殷容说的。"

"陛下这回让你负责这两起案子，你懂陛下的心思吗？"李蔡不想跟他纠缠公孙弘的事，便转移了话题。

"当然！陛下是想让我制衡张汤这个酷吏，免得他一手遮天、欺上瞒下。"

"此乃其一，其二呢？"

"还有其二？"汲黯有些意外。

"你真的看不出来？"李蔡故意吊他的胃口。

"废话！看出来我还问你？"

李蔡淡淡一笑："严宣一案，公孙弘和张汤都把矛头指向了游侠，而照你方才所言，韦吉一案，殷容本人并不认为与游侠有关，可公孙弘却一直把他往游侠的方向引，显然是希望两起案子能够并案处理。他这么做，用意也很明显，就是想借此机会把残余的游侠势力一网打尽，以免郭解的门徒日后再找他寻仇。你说，是不是这样？"

"公孙弘固然是这个目的。"汲黯不解，"可你到底想说什么？"

"我想说的是，陛下让你介入，便是希望你秉公而断，依据事实办案。倘若韦吉一案的案情和线索均与游侠没有直接关联，那么你便要考虑其他的可能性。比如说，刺客是否来自别的势力？背后是否有着比'游侠复仇'更可怕的动机？"

汲黯眉头紧锁："你的意思是……诸侯？甚至是匈奴？！"

"韦吉是大行令，其职责便是与诸侯和匈奴打交道，如今他遽然遇刺，这难道不是合理的怀疑吗？"

汲黯俯首沉吟，忽然眸光一闪："元朔四年，韦吉出使淮南国，本意是奉天子之命考察淮南王刘安，可据说他到了淮南后，却与刘安相谈甚欢，回朝便极力鼓吹淮南王贤明，称其对朝廷忠心耿耿、绝无异志。有传言称，此乃韦吉私下收受刘安千金重贿所致。然而，出人意料的是，到了元朔五年，也就是去年，韦吉却突然改口，奏称他得到了最新情报，发现刘安私蓄门客、阴结游侠，有不轨之心。此举令天子对淮南王顿生疑忌。若说刘安因此衔恨韦吉，派人刺杀，我倒不觉得意外。"

汲黯提到的朝廷与诸侯之间的矛盾，可谓由来已久，冰冻三尺非一日之寒。

汉朝立国之初，高祖刘邦为了赏赐功臣和稳定人心，不得不分封了许多异姓王，结果却导致了一连串的诸侯叛乱。刘邦平定叛乱后，吸取教训，广封宗室子弟为王，以屏藩朝廷、拱卫中央。到了文帝时，诸侯王势力日渐膨胀，反而对朝廷构成了威胁。为此，贾谊提出了"众建诸侯而少其力"的建议，即让诸侯王各分为若干国，使诸侯王的子孙依次分享封土，地尽为止。文帝在一定程度上采纳了这个建议，但问题并没有从根本上解决。

至景帝时，晁错进而提出了"削藩策"，即以强力削减各王国的封地。此举引起了诸侯的强烈不满，很快爆发了声势浩大的"吴楚七国之乱"。虽然景帝迅速平定了叛乱，并采取了一系列措施削弱诸侯势力，但是到了武帝初年，一些较大的诸侯国仍然"连城数十，地方千里"，其政治、军事实力丝毫不可小觑，对抗朝廷、割据自立的隐患依旧存在。

元朔二年，朝臣主父偃在前代贾谊的基础上提出了"推恩令"的对策，即令诸侯王推行私恩，分封子弟为列侯，从而让朝廷以"施德"为名，达到"实分其国，不削而弱"的目的。天子刘彻当即采纳并颁布实行。

然而，诸侯王们并不傻，对于朝廷的这项政令，他们表面上不敢说什么，背地里却人人自危，纷纷谋求对抗之策。于是，这几年来，在貌似太平的汉朝天下，便一直有一股谋逆叛乱的暗流在急剧涌动……

听完汲黯的分析，李蔡微微一笑，接言道："诸侯如此，那么匈奴呢？依你看，他们有没有暗杀韦吉的动机？"

"匈奴自然也脱不了嫌疑。"汲黯不假思索道。

"说说看。"

"元朔三年冬，匈奴军臣单于死，其弟左谷蠡王伊稚斜废黜原匈奴太子于单，自立为单于。因立足未稳，便遣使来朝，有示好求和之意。陛下为探其虚实，便命韦吉出使匈奴，与伊稚斜当面谈判。不料韦吉出言不逊，竟致谈判破裂。随后，韦吉又暗中协助失势的匈奴太子于单逃离王庭，归顺我大汉。对此，伊稚斜自然是震怒不已。所以，时隔三年后，伊稚斜悍然派人潜入长安刺杀韦吉，也不是不可能之事。"

"既然长孺兄已经找到了调查方向，那么接下来该怎么做，就无须愚弟多言了吧？"李蔡含笑看着他。

汲黯不说话，而是忽然发笑。

"你笑什么？"李蔡不解。

"惟贤老弟，"汲黯居然冲他眨了眨眼，"你实话告诉我，你对韦吉一案如此上心，是不是有什么目的？"

李蔡字惟贤。他闻言一怔，旋即笑了笑："我当然有目的。"

"说来听听。"

"查明案子，缉拿真凶，上报天子之恩，下慰逝者亡魂。这目的，够了吧？"

"得了得了，少跟我打官腔。"汲黯嗤之以鼻，"从实招来，你是不是一心等着公孙弘在这案子上栽跟头，你好凭借破案的功劳取而代之？"

"功劳？我有何功劳？"李蔡一脸无辜，"你是陛下钦定的办案人，案子破了也是你的功劳，与我何干？"

"你就装吧。"汲黯轻笑，"若不是您李大夫方才一番指点迷津，我还晕乎着呢，哪能这么快找到调查方向！你放心，等破了案子，我跟陛下说，此案你当居首功！顺便再举荐你上位，至于公孙弘嘛，祝他早死早投胎！"

李蔡又好气又好笑："行行行，随你怎么说，反正我问心无愧。"

"既然咱们把话都说到这了，那你可不能光动嘴皮子。要想破案立功，你得借我几个得力的人。"

"嚯，原来你是这个居心！"李蔡作恍然状，"你右内史手下有的是人才，何须找我要人？"

"我手下就一帮胥吏而已，跟京师的权贵们打打交道、玩玩花招还凑合，要干正事，都不顶用。"汲黯说着，意味深长地一笑，"更何况，我要的又不是明面上的人，你懂我意思。"

"我不懂你意思。"李蔡信手翻开书案上的一册竹简，避开他的目光。

李蔡当然明白，汲黯指的是御史府暗中安插在各处的秘密情报人员。他们表面上身份各异，效力于不同的上司，实则都有一个共同的隐藏身份——侍御史，也只听命于一个真正的上司——御史大夫李蔡。

这是朝廷机密，不过对汲黯这种级别的官员来讲，当然只是公开的秘密。

"嗬，你这三公的架子还挺大！"汲黯不悦，"真的不给？"

"反正我没人，你自己想办法。"

"得，那我找陛下去。"汲黯站了起来。

"你什么意思？"李蔡抬眼。

"找陛下告御状啊！"汲黯煞有介事道，"早上在宫里，陛下不是跟你们说了吗？凡办案所需，务必提供一切协助！你李大夫那声'是'可是喊得比谁都响，现在你一回头就不认账了，我不找陛下找谁去？"

李蔡无奈，瞪了他一眼，从书案上取过一个木匣，掏出钥匙打开，然后在匣子里扒拉几下，想了想，取出两块鱼形的铜制符节，郑重地放在案上。

汲黯嘿嘿笑着，走过来要拿，李蔡伸手按住，抬头盯着他："听着，这可是我最得力的两员爱将，现在都交给你了，若是有半点儿闪失，我跟你没完！"

"你就是小气。"汲黯呵呵一笑，拿开李蔡的手，把两块符节揣进怀中，"行了，把心放肚子里，案子办完，我一定完璧归赵。"

兼葭客栈，丙九客房。

一个画师正微微颤抖地用一管毛笔在白布上画像，旁边的地上已经扔了一堆作废的画布。

　　客栈掌柜和好几个伙计战战兢兢地站在一旁描述，你一言我一语，一会儿有人说眼睛画得太大了，一会儿又有人说嘴巴可以再小一点儿。画师无所适从，还没来得及修改，又有人说脸型太方正了，应该稍长一点儿。画师一紧张，手一抖，一张画布立马又废了……

　　陈谅怒气冲冲，时而呵斥掌柜和伙计没长眼，时而又骂画师手太笨。

　　张次公背负双手，默然立在窗边，目视远处，若有所思。

　　众人又吵吵嚷嚷了小半个时辰，一张费尽九牛二虎之力的青芒画像终于完工。掌柜和伙计们歪着脑袋看了看，又偷偷瞥了眼陈谅，这才勉强达成一致，纷纷说差不多了。

　　"将军，这……这就是青芒。"陈谅把画像递给张次公，下意识地揩了一把汗。

　　张次公接过画像，不禁哑然失笑。

　　"这是照你的样子画的吧？"张次公淡淡道，"还是照哪个路人的样子？"

　　陈谅哭笑不得。

　　"若把这张画像贴出去，恐怕半个茂陵邑的年轻男子都得抓。"张次公又道。

　　陈谅恼羞成怒，回头大喊："来人！"门外的几名军士应声而入。"把他们全部给我押回军营！"陈谅指着画师、掌柜和众伙计，"让他们往死里画，我就不信这个邪！"

　　众人闻言，顿时慌作一团。

　　"算了。"张次公回过身来，"都折腾半天了，你就算把他们砍了也没用。"

　　张次公知道，靠目击者描述给嫌犯画像这种事，多半并不靠谱，能凭这个最后抓到人的通常是靠运气。他只不过想试一试，而现在结果却告诉他——他运气不佳。

　　"那……那怎么办？"陈谅一脸忧急。

　　张次公不语，而是重新转过身去，只留给陈谅和众人一个沉默的背影。

　　青芒身着银白色锦衣，静静躺在一片深灰色的屋顶上，仰望着阴霾密布的苍穹。

　　那只黑色的包裹也静静躺在他的身边。

　　他已经在这里躺了有一会儿了，几次想伸手去取包裹中的那只香囊，却又都把手缩了回来。

　　虽然他不知道香囊里面藏着什么，也不知道它是否有助于弄清自己的身份，但他料定，藏在香囊里面的那个东西一定有着非同寻常的意义。

终于，他鼓足勇气，取出香囊，解开带子，把手指伸了进去。

慢慢地，他夹住里面的东西，然后猛地一下抽了出来。

布片。

这是一条长约一尺、破破烂烂的瘦长布片，显然是被人在仓促之间从衣服上撕下来的。让青芒感到困惑的，还不仅是这诡异的布片本身，而是布片上歪歪扭扭写着的八个血字：

维天有汉 鉴亦有光

这是什么意思？！

这布片和血字是谁留下的，又为何会在自己手里？

从发黑的血迹看，这东西应该有些时日了。用血写，证明这个写字的人很可能已经遭遇不测。这八个血字神秘、晦涩、古奥，显然是某种密语。书写者既想通过它传达某种至关重要的讯息，又担心泄密，不敢用浅显的文字表达，只好采取如此曲折隐晦的方式。

可是，书写者肯定不会想到，如此隐晦的东西，最后居然会落到一个失忆的人手里吧。

这就像一团迷雾遇见了另一团迷雾，又像是一个盲人骑上了一匹瞎马，天知道这句密语在自己手上又能做什么用？！

青芒迷惘地望着苍天，嘴角泛起一丝苦涩自嘲的笑意。

这时，下面忽然响起一阵杂沓的脚步声。青芒迅速起身，翻到了高耸的屋脊后面，然后露出一双眼睛，偷偷窥视下面的庭院。

只见一群带刀侍卫簇拥着一位身着官服的白发老者从前院走了进来。老者背着双手，步履缓慢，眉头紧锁，似有心事萦怀。

看来，此人便是公孙弘了。

青芒无声一笑。

两个时辰前，从蒹葭客栈逃出后，漫无去处的他最后想到的藏身之所，便是这大汉丞相公孙弘的私宅！

最危险的地方就是最安全的。纵然追兵关闭城门、满城大索，却无论如何也想不到他会躲到这里来。正因为此举不仅大胆，还捎带了一点儿恶作剧的味道，所以青芒想起来便忍不住发笑。

当然，他躲到这里来还有一个目的，就是近距离地观察一下公孙弘，看能否唤醒一些对此人的记忆，再慎重考虑是否按自己的原计划刺杀他。

丞相私邸的守卫固然森严，下人仆佣也很多，稍不留神就可能被发现，这些青芒事先都想过了。之所以还敢来，是因为他知道，丞相家的占地肯定很大，房屋也够多，其中应该会有不少闲置的空房。

而事实正如青芒所料。他刚才摸进来时，已经把整座宅邸大致看了一遍，发现有十来个偏僻的房间只用来堆放杂物，根本无人居住。

这就够了。

凭这一点，再加上青芒飞檐走壁如履平地的功夫，就算在这里住上几天几夜，都未必有人会发现。

当然，除了住的，还得有吃的。方才他进来时，便瞅了个四下无人的空当，摸进了前院的庖厨，偷了几块羊脯和麦饼，还有一小壶酒，躺在屋顶上大快朵颐了一番。可笑的是，没过一会儿，一个胖厨娘发现丢了东西，竟然撵着一个扫地的小厮满院子追打，还口口声声骂他又犯贱了；小厮拼命喊冤，抱头鼠窜，把青芒看得直乐呵……

此刻，公孙弘走进庭院，对身后侍卫甩了甩手："都下去吧，不必跟着了。"

"丞相，刺客到现在还没抓到，张廷尉特意叮嘱过，一定要寸步不离地跟着您。"为首的侍卫道。

"寸步不离？"公孙弘苦笑，"那我上个茅厕，你们是不是也都跟着？"

此人语塞。

"行了韩门尉，大可不必如此紧张，那刺客就算再厉害，也不敢跑这来吧？"

屋顶上，青芒在心里笑道：这可未必。

公孙弘说完，转身欲走，韩门尉又叫住他："丞相……"

"还有何事？"公孙弘转过脸来，有些不耐烦。

"丞相，卑职上回跟您提过，卑职老家有个表弟，能文能武，聪明勤快，想到咱们府上谋个差事……"

公孙弘想了起来，"嗯"了一声："改天带过来瞧瞧，行的话就在你手下当差吧。"

"多谢丞相！"韩门尉大喜过望，"不瞒丞相，他人已经来了……"

"回头再说吧，我还有事要做。"公孙弘不耐烦了，袖子一拂，"你们就在这院里待着，没我的允许，任何人不许来打搅。"说完，径直走过庭院，进了青芒藏身其上的这间房屋，"吱呀"一声把门关上了。

暮色降临，茂陵邑上空秋风呜咽。

公孙弘独坐书房，盯着案上的蝎子和朱矢，凝神沉思。

这两样东西到底代表着什么？

刺客故意留下这样的线索，无疑是在向朝廷示威，似乎还颇有些自表身份的意味。换言之，这就是一个强迫你去猜的谜题，谜底便是他们的身份。你要是猜中了，很好，那就凭着这个线索去抓他们吧，他们并不怕你抓；要是猜不中，他们便会躲在黑暗中窃笑——笑你的无能和愚蠢，笑他们把你的人都杀了，你却连他们故意留下的线索都无法破解。

这是对朝廷赤裸裸的蔑视和挑衅！

公孙弘遇事一向沉着冷静，自从过了古稀之年，更是很少因什么事情动怒。为此，他常以"古井无波，心如止水"自诩。然而今天，他面对这只蝎子和这支朱矢，从早到晚绞尽了脑汁，却始终一无所获，心中的怒火便一点儿一点儿地升腾起来。此刻，他仿佛听见耳旁响起了刺客肆无忌惮的嘲笑声，瞬间感觉胸中的气血阵阵翻涌，几乎难以自持。

这时，房门忽然被叩响了。

"谁？"公孙弘不得不强抑怒气，"我不是说任何人不许来打扰吗？"

"主公，您该喝药了。"

是老家丞又按时端药来了，公孙弘无奈地叹了口气。

有道是岁月不饶人。自打七十岁后，他的身体便每况愈下，时常胸闷气短、腰酸腿疼，好像从头到脚都有毛病，被迫天天跟各种难以下咽的汤药打交道。老家丞早年又是学医的，侍奉起汤药来更是殷勤备至，一顿都不让他落下。

"进来吧。"公孙弘把蝎子和朱矢藏到了身后。

老家丞推门进来，笑眯眯地把一碗黑乎乎的汤药放在了他面前。

"这又是什么？"公孙弘皱紧了眉头。

"这可是好药，主公。"老家丞躬身道，"是用土元、杜伯、地龙、蜈蚣熬的，可行气活血、消炎攻毒、通络止痛……"

"等等，你说什么？"公孙弘一惊，赶紧打断他，"还有蜈蚣？！"

他对药理一窍不通，听说老家丞居然熬这种"毒物"给他喝，不禁汗毛直竖。

"主公有所不知。"老家丞掩着嘴笑，"这蜈蚣是好药，专门以毒攻毒的。"

公孙弘半信半疑："那其他几味又是何物？"

"其他几味，功效也都跟这蜈蚣一样。土元就是地鳖虫，杜伯就是蝎子，地龙就是蚯蚓……"

公孙弘听得几欲作呕，刚想叫他把药端出去倒掉，猛然想到了什么，双目死死地盯住他："你刚才说什么？杜伯就是蝎子？！"

老家丞见他遽然色变，吓了一跳，嗫嚅道："回……回主公，这杜伯就是干蝎子，也……也是一味好药。"

公孙弘恍然大悟，立刻把老家丞打发了，然后背起双手在屋里来回踱步。

既然蝎子别名杜伯，那么刺客留下这个线索，是不是意指"杜伯"呢？公孙弘隐约记得，周宣王时便有一位上大夫被称为杜伯："杜"是其封邑的地名，"伯"是爵位，具体姓名已不可考。据史书记载，这个杜伯是个忠臣，却因为一件什么事被周宣王给冤杀了。倘若刺客是以蝎子代指此人，那他想说明什么呢？是指郭解无罪被朝廷冤杀之事吗？

应该没有这么简单。公孙弘想，刺客杀死严宣之前已经有意放出了"郭解"这个信号，之后又何必多此一举以杜伯来暗指郭解？

看来，"杜伯"这个线索肯定要跟朱矢联系起来，才能彻底解开谜团。

公孙弘俯首沉吟，又来回走了几十趟，蓦然顿住脚步。

他终于想起来了，自己早年似乎在某部先秦典籍中看到过"朱矢"的记载，而且恰恰是跟"杜伯"一同出现的！只是时间一久便完全淡忘了。

答案一定就在这部典籍中！

公孙弘一个箭步蹿到靠墙的一整排书架前，开始快速翻查架上的一捆捆竹简和一卷卷帛书。他的手因兴奋而微微颤抖着……

此时，窗外不远处的一株栎树上，有个黑影正藏身树冠中，目光炯炯地注视着公孙弘的一举一动。

他就是青芒。

夜色深沉，渭水在黑暗中缓缓流动。

一驾两辖朱红的马车从长安西北角的雍门疾驰而出，朝直通茂陵南门的西渭桥飞奔。

御者拼命甩动马鞭，额上冷汗涔涔。

尽管已经把速度提到了极限，御者感觉马车似乎随时有倾覆之忧，可身后的主人还是一个劲儿地催促。

片刻后，西渭桥终于隐隐出现在道路的前方。

"再快点儿！"

张汤猛然一喝，把御者吓得一个哆嗦，手里的马鞭差点儿脱手飞出。

在马车后面，一大队廷尉寺的侍卫骑兵紧紧跟随。

茂陵邑分为内城和外城，内城的中心是今上刘彻为自己修建的陵寝，周围建有祭祀用的殿堂楼阁；外城便是官员、富豪、平民所居。丞相公孙弘的私邸位于茂陵邑的中央区域，与内城的陵寝相邻。

亥时末，整座城邑一片沉寂，大多数人家早已熄灯就寝，进入了沉沉的梦乡。

丞相私邸的西侧院墙外，有一片茂密的云杉树林。此时，数十条黑影忽然从林中蹿出，迅疾无声地贴近院墙。为首的黑影身形修长，侧耳倾听了一下墙内的动静后，朝两边的人做了个手势，然后率先跃起，轻盈地跃过墙头，数十条黑影紧跟着翻墙而入。

为首黑影落地后，迅速观察了一下四周，旋即率众朝后院快步奔去。

书房中一片凌乱，地上扔满了竹简和帛书。

公孙弘站在书架前不停地查找，时而翻开一卷竹简，看了看，抛掉，时而翻开一卷帛书，看了看，又抛掉……

不知过了多久，当他又翻开一卷发黄的竹简，目光飞快扫过上面的文字时，整个人才顿然怔住，脸上终于泛起一个疲倦而欣慰的笑容。

果然是它，果然是它！

五十年前寒窗苦读此书的情景，此刻想来依旧历历在目。就连当时读到这段文字时的感想，似乎也在一瞬间回到了他的心中：

　　周宣王杀其臣杜伯而不辜，杜伯曰："吾君杀我而不辜，若以死者为无知，则止矣；若死而有知，不出三年，必使吾君知之。"其三年，周宣王合诸侯而田于圃，田车数百乘，从数千人，满野。日中，杜伯乘白马素车，朱衣冠，执朱弓，挟朱矢，追周宣王，射之车上，中心折脊，殪车中，伏弢而死。

这段文字讲述了一个离奇诡异的复仇故事。它说的是：杜伯被周宣王冤杀，临死前发出了一个怨毒的诅咒，说死者无知便罢，若死者有知，三年内必找周宣王索命！果然，三年后，周宣王出外狩猎，杜伯的鬼魂居然在光天化日下乘着白马白车，穿戴着红色衣冠，手执红弓，挟着"朱矢"，当着数千侍从的面，一箭射死了周宣王。

作为儒者，公孙弘一向尊奉孔子"不语怪力乱神"的思想，所以当时读到这个故事，他虽然有些惊诧，但更多的却是嗤之以鼻。

世上怎么会有鬼呢？至于说厉鬼还能在光天化日、众目睽睽之下杀人索命，那就更是无稽之谈了！

公孙弘当时一笑置之，读完便将其抛诸脑后，加之时隔多年，记忆模糊，因此今晚才会花这么多时间，费尽九牛二虎之力找到它的出处。

刺客留下的谜题算是解开一半了，而剩下来的问题便是：刺客为什么要用蝎子和朱矢来暗喻这个厉鬼复仇的故事？他们到底想用这则故事表明什么？

公孙弘闭目沉思了片刻，然后缓缓合上竹简，重新睁开眼睛，目光落在了这卷竹简的书名上——

《墨子》。

仿佛就在电光石火之间，一个远比"厉鬼索命"更加令他感到不寒而栗的答案，便清晰地跃入了他的脑海。

公孙弘的脸色瞬间苍白，手无力地垂落下去，竹简掉到了地上。

漆黑的夜色中，藏身栎树的青芒透过窗户，目睹了公孙弘疯狂找书和失魂落魄的一幕，心中不禁生出了巨大的困惑。

他很想知道，公孙弘之前一直凝视的那只蝎子和那支朱矢意味着什么。

他更想知道，公孙弘最后找到的这卷竹简到底是什么书以及他最终发现了什么……

第四章

刺杀

杀不辜者，天予不祥。

——《墨子·天志》

丞相私邸，后院。

一条长长的回廊上，四名侍卫呈巡逻队形鱼贯而来，一边走一边警惕地左右扫视。

突然，七八条黑影同时从回廊的两侧冲出，分别捂住这四名侍卫的嘴，然后把他们的头用力一扭——几声轻微的"咔嚓"之后，这四人便像四条被抽空的麻袋一样瘫软了下去。紧接着，黑影把他们拖出回廊，扔进了两边的灌木丛里。

这些杀手的动作整齐划一、干脆利落，且配合默契，显然是训练有素。

为首的黑影从夜色中走了出来，面朝某个方向凝望了一眼，然后回头对众人做了几个手势。黑影们迅速分成三拨，左右两拨分别没入了两侧的黑暗中，第三拨趋前几步，跟在了此人的身后。

借着远处灯笼的微光，隐约可以看见，这些黑影其实并不算"黑影"，而是"红影"，因为他们身上一律穿着红色的束身衣裤，脸上全都罩着红色的面具，而为首之人和部分手下则身背红色的箭囊，囊中的弓箭竟然也都是红色的！

公孙弘怔怔出神地坐在地上，身下压着许多竹简和帛书。

一阵急促的叩门声突然响起，把他吓了一跳。

"你还有完没完？那该死的汤药你自己喝去！"公孙弘罕见地发了脾气。

"丞相，是我，卑职有紧急情况禀报！"

张汤？！

这么晚了，是什么情况如此紧急？

"进。"公孙弘本想站起来，可看到满屋子的狼藉之状，不禁笑了一下，索性坐着不动。

张汤推门进来，一看如此景象，顿时目瞪口呆。

"别愣着了，进来吧。"公孙弘掸了掸衣袖上的灰尘，轻描淡写道。

张汤迟疑了一下，才抬脚迈进来，一路躲闪着地上的书，不得不一蹦一跳，样子着实有些滑稽。

"踩就踩吧，又不是什么宝贝。"公孙弘咕哝了一句。

张汤好不容易才走到他面前，然后小心翼翼地拨开地上的竹简和帛书，别别扭扭地坐了下来。

"什么事这么急？"公孙弘问，发现张汤的额头和鼻尖竟然沁出了一层细汗。

"刚刚接到急报，昨日和今日两天，弘农郡、夏阳县、陈仓县三地，便有一名太守、一名都尉、两名县令、一名县丞相继遇刺，全部……不治身亡！"

公孙弘一震，难以置信地看着张汤："这怎么可能？！"

"卑职也不敢相信，可是……事实便是如此。"

此刻，为了听清屋里的谈话，青芒已经偷偷潜到了窗下，闻言顿时也怔住了。

短短两天时间，便有五名地方官员相继遇刺——上至二千石的太守，下至四百石的县丞——这委实也太不可思议了！

对了，加上被自己刺杀的大行令，总共就有六名官员死于非命，这不仅是大汉建元以来所未曾有，甚至放在历朝历代都是极其罕见的，怪不得公孙弘和张汤会如此震惊！

不知为何，青芒虽然认不出刚刚进来的这个官员的脸，但凭直觉就能断定，此人一定是主管刑狱的廷尉张汤。

想到这里，青芒忽然意识到，凡是涉及朝政的部分记忆，自己似乎还都保留着，偏偏跟自己最为切近的那些事情却遗忘得一干二净，着实令人懊恼。

"丞相，昨夜严宣被杀，今晨韦吉坠崖，眼下这三地的官员又接连遇刺……"张汤忧心忡忡道，"卑职怀疑，各地残存的游侠势力很可能已经联手，故而采取了步调统一的行动。他们这么干，无异于是在对朝廷宣战！"

昨夜严宣被杀？

青芒眉头微蹙。这么说，总共是有七名官员被杀，而不是六名。那这个严宣之死跟自己有没有关系？若照张汤所言，这是游侠势力的一次统一行动，那么我会不会也是其中一员？难道我刺杀韦吉不是出于私仇，而是奉命行事？那在狼头的獠牙上刻字又该如何解释？莫非那狼头骨不是我的个人物品，而是游侠组织下发给行动人的某种"特殊令牌"？

"是的，你说得没错，他们的确是在对朝廷宣战。"公孙弘一声长叹，"不过，有一点你错了，他们并非现在才联手……"

张汤见他欲言又止，有些不解，又下意识看了看这满地狼藉的书房："丞相翻检这么多书籍，是不是发现什么线索了？"

"不是发现了线索，而是发现了答案。"

"答案？！"

"你听说过杜伯这个人吗？"公孙弘不答反问。

张汤摇头。

"杜伯是周宣王时的一位大臣。"公孙弘拿起那只干蝎子，"刺客留下这东西，便是暗指杜伯，因为杜伯是蝎子的药名。"

青芒恍然。

"可是，这杜伯与严宣一案又有什么关系？"张汤越发困惑。

这问题也是青芒想问的。

"我给你讲一个故事吧……"接着，公孙弘便把杜伯被周宣王冤杀，然后化成厉鬼，以朱矢复仇的故事一五一十地告诉了张汤。

听完，屋里的张汤与窗外的青芒同时恍然，终于明白了"蝎子"和"朱矢"的来历。

"可是，刺客这么做，到底想告诉我们什么？"张汤又问。

公孙弘笑而不语，把地上的那卷竹简递了过去。

"《墨子》？"张汤翻看了一下，一脸懵懂。

青芒也迷惑了：怎么扯着扯着又扯到墨子上了？

"杜伯这个故事，便记载在《墨子》的《明鬼》一卷中。"公孙弘看着张汤，"你刚才也说了，最近这一系列刺杀案是刺客在对朝廷宣战。既然是宣战，他们至少得让朝廷知道是在跟谁作战吧？"

"不是游侠吗？"

"可以说是游侠，也可以说不是。"

这老家伙！青芒正伸长了耳朵，闻言不禁暗骂，痛快说不就完了吗？卖什么关子嘛！

他相信，这会儿张汤的心情一定跟他一样。

张汤见公孙弘故意不说话，便凝神思索了起来，然后视线下意识地落到了手中那卷竹简上，顿时灵光一闪，脱口而出："墨家？！"

公孙弘苦笑了一下："没错，正是墨家！所以我刚才说，这些游侠并非现在才联手的，他们早就是一个纪律严明、训练有素的组织了。迄今为止，至少已经有三百多年历史！"

窗外，青芒也终于恍然大悟，尚存脑中的相关记忆立刻浮现了出来：

墨子，名墨翟，战国初期鲁国人，乃墨家学派之创始者，也是墨家组织的第一任首领、称为"巨子"，被后人视为战国、秦汉以来的游侠之鼻祖。墨子早年学儒，后自创学说，提出了"兼爱、非攻、尚贤、尚同、天志、明鬼、贵义、节用"等义理和主张，反对强国对弱国的侵凌与兼并，提倡人与人之间相爱互利，同时厉行节俭，反对奢靡。尤为难能可贵的是，墨子并不只是让这些义理停留在言说上，而是率领众多弟子身体力行，摩顶放踵利天下，崇义任侠，锄强扶弱……

屋里二人又交谈起来，打断了青芒的思绪。

"丞相，倘若这些刺客是墨家之人，那么……郭解莫非也是？"

"很有可能，而且我相信，他在墨家组织中的级别一定不低。"公孙弘说着，忽然想到什么，"对了，弘农等三地的案子，刺客是否也都留下了相同线索？"

张汤点点头："是的，据下面奏报，在案发现场全都发现了神秘的蝎子和朱矢。此外，这三地的五名遇刺官员，之前都曾参与过对游侠的追捕。"

"这就是了。"公孙弘冷冷一笑，"看来，这墨家的势力不可小觑啊！这阵仗，显然是打算跟朝廷全面开战了。"

张汤蹙眉思忖："但是，今早韦吉的案子，明显与严宣和其他案子不同，现场并未发现任何相同的线索。以卑职看来，此案的刺客恐怕并非墨家，而是另有其人，只是他的作案时间碰巧跟这些案子撞到一块儿罢了。"

事实上，这也是青芒此刻刚刚想到的。

从已经恢复的记忆来看，他既没有在刺杀韦吉的现场留下什么蝎子，更没用朱矢杀人。这么说来，方才的怀疑似乎又可以取消了——自己刺杀韦吉的动机，很可能还是出于私仇，并非受命行事。

"如果不是墨家，那依你看，又会是什么人，出于何种动机呢？"公孙弘问。

张汤沉吟片刻，摇摇头："卑职全无头绪。"

"我倒是有一个大胆的猜测。"公孙弘忽然道。

张汤眼睛一亮，等着他说下去。

一听公孙弘这话，青芒不禁屏住了呼吸，一颗心顿时提到了嗓子眼儿。因为他接下来要说的，必定会关系到自己的杀人动机，而且很可能一举揭开自己的身份之谜！

"不知你还记不记得，三年前……"

公孙弘慢条斯理地开口了。可好巧不巧，就在这个千钧一发的当口，一阵夜风忽然刮来，吹落了青芒身后那棵栎树上的一根枯枝，而枯枝掉下来又恰好砸中了青芒身旁的这扇窗户，发出"啪"的一响。

"谁？！"屋里的张汤立刻警觉，一个箭步冲了过来。

青芒心中苦笑不已，迅速回身蹿入了夜色之中。

张汤扑到窗边，探头出去，环视了周遭一眼，没发现什么异常，但终究心中狐疑，便转过身来，对着门外喊道："来人！"

四名廷尉寺的侍卫当即推门而入。

"你们在此保护丞相，寸步不得离开！"张汤下令。

"是！"四人齐声回答。

"丞相，为防万一，卑职出去查探一下。"张汤说完，也不等公孙弘回话，便回身跳出了窗外。

青芒知道张汤追了出来，脚下不敢停顿，摸黑跑出一段路后，望见前面有一间厢房，遂内劲一提，倏地一下跃上了房顶，旋即伏下身来，一动不动。

张汤追到附近，在黑暗中四处看了看，没有任何发现，又站了一会儿，才悻悻然转身回去。

青芒在屋顶上匍匐了片刻，心里惦记着公孙弘吐了一半的话，决定冒险再次返回书房，无论如何也要把他后面的话听完。刚一起身，忽然听见两个人的说话声从左手边传了过来，心里暗骂，不得不又趴了回去。

那两人走到近前，依稀可以看出其中一人正是那个韩门尉，也就是丞相私邸的侍卫长，另一人也穿着侍卫的甲胄，比韩门尉年轻一些，跟自己年纪相仿。

"哥，您说丞相他都还没点头呢，我现在就穿上这身甲胄合适吗？"年轻人道。

青芒一听就想起来了，傍晚时这个韩门尉曾向丞相替他表弟求差事，想必此人便是他表弟了。

"丞相那么说就算是答应了，我都不怕你怕啥？"韩门尉以牛哄哄的口吻道，"我在丞相面前说话还是管用的，等明早见过丞相，你秦穆铁定就是堂堂丞相侍卫了，今晚且先让你过过瘾。"

年轻人嘿嘿一笑："哥就是说一不二，弟弟真是佩服得紧。我爹娘去世得早，往后您就是我的再生父母了！回头我就去劝我姐，让她别再磨叽了，像您这么有本事的男人，她就是打着灯笼也找不着啊！"

这都是什么亲戚关系，怎么听上去这么乱呢？

青芒蹙眉暗忖。

韩门尉得意一笑："算你小子有良心。"

话音刚落，但听"嗖"的一声轻响，韩门尉身子一顿，眼球凸起，表情瞬间变得极为骇人。那个叫"秦穆"的年轻人脸色"唰"地白了，颤声道："哥，你咋啦？你别吓我！"

韩门尉没说话，然后头往下一勾，整个人便直挺挺地扑倒在了年轻人脚边。

他的后背，赫然插着一支朱矢。

朱矢？！

厢房上的青芒呆住了。

年轻人跳了起来，刚要发出惊叫，又一支朱矢从黑暗中射来，一下贯穿了他的脖颈，把他那声尚未发出的惊呼彻底堵在了喉咙里。

接下来，让青芒更为骇异的一幕出现了——只见不远处的黑暗中，走出了一个修长的身影，其衣服、面具、弓箭、箭囊，竟然全都是诡异无比的朱红色！

墨家！

杜伯复仇，厉鬼索命！

青芒万万没想到墨家的游侠竟然会在此刻从天而降！

紧接着，更多的红衣人从四面八方冒了出来，全都面朝这个修长的身影站定，似乎在等待指令。

为首这人抬起手来做了一个果决的手势，然后这些人便像一片红色的潮水朝书房方向漫了过去。

这周围的侍卫一定全让他们收拾了，青芒想，而他们的最终目标当然是公孙弘！

几乎没有任何犹豫，青芒便从厢房上纵身跃下，无声地跟上了这群红衣人。

距离书房还有六七丈远的时候，青芒便听见了刀剑铿锵的厮杀声。

很显然，这些红衣人并不只有一路，而是兵分数路同时包围了公孙弘的书房。

他们志在必得！

青芒迅速估摸了一下形势：书房前的庭院中，应该有十来个丞相侍卫，书房里则有廷尉张汤和他带来的四人；而墨家游侠仅刚才他遇见的这一路就有将近二十人，而且看上去个个身手不凡，若再加一两路，他们的力量无疑占据了绝对优势！

公孙弘难逃此劫……

青芒这么想着，跃上了书房附近的一处房顶，抱起双臂作冷眼旁观之状。

表面上，他在作壁上观，实则内心却有两股力量在交战，其激烈程度丝毫不亚于眼前的这场厮杀。

一方面，公孙弘是自己刻在狼牙上的名字之一，肯定就是自己最终要杀的仇人，如今有人替他动手，他完全有理由乐观其成；可另一方面，公孙弘刚才吐露的那半句话却十足吊起了他的胃口——如果自己的身世之谜和杀人动机就隐藏在公孙弘还没说出的后半句话中，那他现在是不是不该死？自己是不是得先把他救下来，等弄清真相后再杀他？

青芒就这么站在高高的房顶上纠结着，秋天的长风把他的衣袂吹得猎猎作响，而漆黑的夜空则把他银白色的身影衬托得超凡出尘。

一眨眼工夫，庭院里的侍卫便倒下了一半，剩下的一半不断朝书房门口退却。然而，书房里的战况却比他们还要糟糕——另外几路游侠已经从各个窗口突入，完全包围了房中的人，张汤和四个手下只能把惊慌失措的公孙弘护在中间，奋力苦战。

庭院里，有着修长身影的那个首领正笃定地站着，透过窗户冷冷看着披头散发、脸色苍白的公孙弘，仿佛在看砧板上一条垂死挣扎的鱼，又像是在看囚笼中一只奔突的困兽。

忽然，此人似乎听到了半空中传来的风吹衣袍的声响，猛然回头，面具后那双犀利的眸光就像利箭一样射向了屋顶上的青芒。

在这样一个月黑风高的杀戮之夜，居然会有一个衣袂飘然、恍若天人的年轻男子站在高高的屋顶上冷眼旁观，无疑令这场原本非常完美的刺杀行动出现了一丝令人不快的瑕疵。

既然有瑕疵，那就把他抹了！

红衣首领转身冲了过来，纵身一跃，稳稳地落在了青芒面前。

突然，此人怔住了，因为眼前这张年轻男子的脸，在今天早上刚刚见过。

不仅见过，而且是两次。

"看够了吗？"郦诺冷冷道。

青芒认出了她的声音，登时哑然失笑。

莫非这就是传说中的冤家路窄？

"原来你们进城果然是为了杀人，看来我上午不让你们进城是对的。"青芒朝她露出了一个熟人般的微笑。

尽管是冤家路窄，可一回生二回熟，礼节总是要有的。

"早上假扮禁军被我识破了，这三更半夜的，你又想在这里装神弄鬼吗？"

郦诺的声音依旧那么轻柔，故语气虽冷，却自有一丝撩人的妩媚。

"你见过如此丰神俊朗、玉树临风的鬼吗？"

青芒张开双臂，做了一个很潇洒的动作。他甚至还想原地绕一个圈，不过想想太过浮夸，便作罢了。

"倒是你们，"青芒接着道，"穿戴得如此诡异，还学人家杜伯玩'厉鬼索命'的把戏，你自己说，到底是谁在装神弄鬼？还有，劳驾问一句，你们这么干，是在给墨子他老人家长脸呢，还是在给他老人家抹黑？"

郦诺万万没想到，他竟然一句话就把他们的老底全揭了！

"你究竟是什么人？"郦诺逼视着他。

"巧得很，我也很想知道这一点。"青芒叹了口气，"我还指望有谁来告诉我呢。"

这样的回答让郦诺很是诧异，可看他的表情却又不像在说笑，眉宇间甚至还有些难掩的落寞和伤感。

真是个怪人！

"该知道的事你不知道，不该知道的事你又知道太多……"郦诺也怜悯般地叹了口气，"你说，我该拿你怎么办好呢？"

"我只是个瞧热闹的，你当我不存在就好了。"青芒一脸无辜的表情。

"可惜，你这热闹瞧得不是时候。"

"这么说，你是要杀我灭口喽？"

"谈不上灭口，你又没见过我的长相。我杀你，只是嫌你烦。"

"哈哈，这理由不错。"青芒忍不住笑了，"那我现在走还来得及吗？"

"来不及了。"

青芒认真想了想："好吧。那你杀我之前，能不能满足我一个愿望？"

"说说看。"

"把面具摘了，让我看看你的长相。这样的话，你杀我就更有理由了。"

郦诺咯咯地笑了起来："我不像你那么色厉内荏。我杀人，一条理由就够了。"

"反正我快要死了，你让我看一眼又有何妨？除非……你长得太丑，才不敢以真容示人。"

"不必激我，我向来不吃这套。"郦诺淡淡说着，缓缓拔出了佩剑，"拔剑吧。"

青芒做了个遗憾的表情，摊了摊手，然后便把双手背到身后去了："我不必用剑。"

"你就这么自信？"

"我要是拔剑，谁杀谁还不一定呢！"青芒笑了笑，不动声色地后退了两步，"来吧，别再磨蹭，你快没时间了。眼下虽然你们形势占优，但是廷尉张汤一定带了不少人过来。现在他们只是在外围警戒，一旦听见动静杀进来，你们讨不着便宜，鹿死谁手恐难预料。"

郦诺闻言，顿时心头火起。

一个"瞧热闹的"居然把形势分析得头头是道，单是这种居高临下的姿态、自命不凡的口气就让人讨厌！而且，他这番话表面上是在替她考虑，其实也是在暗讽她对危险预估不足，对局势掌控不力，这就更让身为首领的郦诺脸上挂不住了。

如此多嘴多舌讨人嫌的家伙，不杀还留着干什么？！

郦诺一声娇叱，手中长剑如白虹贯日般直刺青芒。

青芒面带微笑地看着她的剑尖，身体凝然不动，丝毫没有躲避的意思。

眼看寒光闪烁的剑锋距离青芒的眼睛仅剩下三寸不到，郦诺脚下的瓦片突然开裂塌陷。"哗啦"一响，她的一只脚立刻陷了下去。就在这一瞬间，青芒身形一动，左手抓住她持剑的手腕，将她一把拉起，同时右手轻轻一挑，就把她的面具掀开了。

一张天姿绝色、白璧无瑕的脸庞顿然暴露在青芒眼前。

世上竟有如此容颜绝美的女子！

青芒呆了一瞬。

与此同时，郦诺盘发的簪子也被震落，一袭如瀑的黑发随着身体的转动飞扬而起，丝丝拂过青芒的脸颊，一阵幽兰芝草般的淡淡发香霎时侵入了他的鼻腔。

就是这短短的失神的一瞬，给了郦诺反击的机会。她右手被制，无从挥剑，便左掌运力，猛地一击，结结实实拍在了青芒的胸口上。

青芒被震退数步，一口鲜血呕了出来。

这一眼，代价好大！

青芒在心中苦笑，果然美女都是不能随便看的。

"姑娘，行走江湖，还是要多长点儿心眼儿。"青芒微笑着，啐了一口鲜血。

郦诺余怒未消地盯着青芒。

她当然知道他所指何事。就在刚才，青芒跟她说话时，已经不动声色地用内力踩碎了屋顶的瓦片，然后故意后退两步，又用言语激怒她，诱她主动进攻，故而令她一下踩入了他设置的"陷阱"。

"彼此彼此。"郦诺冷哼一声，"你不是也缺了点儿心眼儿？"

这就是指当胸这一掌了。

"能见到姑娘真容，这一掌也不算白挨。"青芒自嘲一笑，抚了抚隐隐作痛的胸口。

"你以为就只是这一掌吗？"郦诺依旧一脸杀机。

"还要打？想必你自己也看出来了，你打不过我的。"

青芒话音刚落，郦诺便打了声呼哨，庭院中立刻有四名红衣人跃了上来。青芒一瞥，不禁暗笑。虽然他们都戴着面具，可他还是一眼就认出来了，他们就是白天那一女三男。

"又是你小子？！"雷刚惊诧。

牛皋和许虎虽没说话，却也是面面相觑，眼中似有余悸未消之色。

"姐，想不到，咱们跟这家伙还挺有缘呢！"芷薇冷笑，"也好，咱们就跟他新账老账一块儿算！"

"怕是没时间算了，日后再找机会吧。"青芒淡淡一笑，扬了扬下巴，"你们听听，廷尉寺的人杀进来了。"

果然，一大片杂沓的脚步声正从前院传来，还伴着呼喝之声，显然人数不少。

"姐，怎么办？"芷薇有些忧惧。

郦诺面无表情，一把拉下面具，沉声道："你们挡住他，我去解决那老贼！"说完，回身从屋顶跃下，径直冲向书房。

青芒抬眼一看，此时张汤的手下已经倒下三个，只剩下他和一名手下苦苦撑持，而门外的丞相侍卫已经全军覆没。当然，游侠这边也有不少伤亡。

看这情形，张汤一定撑不到救兵抵达了，救不救公孙弘，必须马上做决定。

青芒微微一叹，突然毫无征兆地纵身跃起，从芷薇、雷刚等人的头顶一掠而过，落入庭院，然后在地上单足一点，旋又飞起，几个兔起鹘落，便后发先至地越过郦诺和众多红衣人的头顶，像一只银白色的大鸟倏然飞进了书房。

郦诺心中一凛，不禁惊叹：此人的轻功真乃当世少有！

此刻，张汤的最后一名手下也被杀了，张汤自己也中了一刀，踉跄欲倒。六七个红衣人同时挥刀攻向张汤和公孙弘，公孙弘的脸上已经露出了绝望之色。

危急之际，青芒仗剑杀到。

只见一道弧形的白光闪过，六七个红衣人的刀便被一一荡开，并且同时被震退数步。

公孙弘和张汤蓦然看见这个从天而降又全然陌生的救兵，都来不及惊愕，眼中同时亮起绝处逢生的光芒。

"退！"

门外的郦诺一声大喊，这六七个红衣人会意，立刻从东、西两侧的窗户跃了出去。与此同时，郦诺和十来个红衣人皆搭弓上箭，分别从门洞和两边的窗户瞄准了屋内的三人。

公孙弘大惊失色，转身就跑，试图躲到屏风后面去。

"丞相莫走，赶紧伏低！"青芒一声大喊。

可是已经来不及了。十几支朱矢呼啸而来，分别射向青芒、张汤和公孙弘。

青芒一声轻叹，挥刀挡掉几支利箭，同时飞身一扑，把公孙弘扑倒在地，用宽阔的后背替他挡了两箭。

"噗噗"两声钝响，青芒感觉后背一阵刺痛。

他强忍剧痛，翻身而起，毅然决然地把公孙弘挡在了身后。

青芒啊青芒，替仇人挡箭这么下贱的事，想不到你也干得出来！

这一刻，他只能在内心不住地嘲笑自己。

射中青芒的这两箭，其中一箭正是郦诺所发。

郦诺一怔，没想到会是这个结果。然而，眼下的情势已经容不得她心软。她立刻从箭囊中又抽出一箭，稳稳地搭上弓弦，瞄准了挡在公孙弘身前的青芒。

刹那间，两人目光交接。

郦诺目光冰冷，却暗藏一丝不忍。

青芒目光柔和，仿佛还带着一丝笑意。

就在此时，庭院里突然杀声震天，廷尉寺的救兵到了！芷薇、雷刚、牛皋、许虎等人正率众拼命抵挡。

形势已彻底逆转，打下去必然伤亡惨重！

只犹豫了短短一瞬，郦诺便放下了手中的弓箭。然后，她深长地盯了青芒一眼，仿佛在说"走着瞧"，旋即返身冲进了庭院。

后会有期。

青芒目送着她离去的背影，在心里说。

"撤——"

一个清亮高亢又分明隐含着不甘与悲愤的声音响彻丞相宅邸的上空。

青芒瘫坐地上，上半身趴在书案上，不停发出一声声痛苦的呻吟。

尽管背上的疼痛完全可以忍耐，可他还是故意放声叫唤，因为"舍命救丞相"这个莫大的人情，他一定得做足。

公孙弘蹲在身边，既感激又不忍地看着他："年轻人，今天多亏了你，否则老夫就得去见先帝了！"

会让你去的，你别急。青芒在心里说，嘴上却道："丞相心怀天下、肩负社稷，您的命重于泰山！小的就算为您死上一万次，也是值得的。"

青芒心里一阵阵肉麻，可这丝毫没有影响他语气的真诚与恳切。

公孙弘很满意，脸上露出一个欣慰和赏识的笑容。

旁边的张汤却眉头微蹙。对于这个不知从哪里突然冒出来的救兵，他心底的怀疑要远远大于感激。

"你是何人？"张汤蹲下来，盯着他的眼睛。

"小的是……是韩门尉的表弟。"

就在刚才救下公孙弘的一瞬间，青芒心里就已经想好应对之策了。

本来他只是想在丞相宅子里"借住"几天，以思考下一步行动，可今晚猝然发生的这一切却打乱了他的计划，也迫使他产生了一个全新的想法——既然自己的身世之谜和杀人动机都只能从公孙弘的嘴里掏，那还有什么比化身为丞相侍卫更好的办法呢？

巧合的是，韩门尉和他那个时运不济的表弟给了他这个绝妙的机会。

再加上刚才"舍命救丞相"这一出，青芒相信，自己取代韩门尉表弟留下来的可能性非常大。

这个想法既大胆又充满了危险。围绕这个假身份，日后难免会招致许多怀疑，引发诸多不测。然而，此刻的青芒已经顾不上那么多了，只能走一步看一步。

听完青芒自报身份，张汤一脸懵懂，只好看向公孙弘。

公孙弘微笑点头："年轻人，韩门尉说你能文能武，现在看来，果然不假！你方才飞进来那一瞬，老夫还以为是天兵天将下凡了呢！"

"丞相谬赞了……"青芒又假装"哎哟"了几声，道，"小的打小练过几年功夫，会几招花拳绣腿，不值一提。"

公孙弘哈哈一笑，频频点头："功成而弗居，艺高而又谦虚，你这个年轻人不错，韩门尉所荐得人。"

见公孙弘如此赏识此人，张汤虽心中狐疑，却也不好再说什么。

"年轻人，你叫什么？"公孙弘问。

"回丞相，小民姓秦，单名一个穆字。"

青芒方才隐约听见韩门尉叫他表弟"秦穆"，也不知是"放牧"之"牧"、"肃穆"之"穆"，或是别的什么字，反正情急之下，也只能先这么应付了。

"是哪个字？'放牧'之'牧'、'肃穆'之'穆'，还是'树木'之'木'？"公孙弘又问。

青芒心中暗暗叫苦，真是怕什么就来什么，只好随口道："回丞相，是'肃穆'

之‘穆’。”

“秦、穆。”公孙弘品味着，“好名字。《诗经·大雅》曰：‘吉甫作诵，穆如清风。’《楚辞》亦云：‘穆眇眇之无垠兮，莽芒芒之无仪。’此一‘穆’字，既有温润君子之意，又指深远幽微之情操。看来，令尊定然也是饱读诗书之人，你还是有家学渊源的！”

青芒在心中连说惭愧惭愧，我随口一扯，你便联想了这么多。“丞相饱学，令小民汗颜。家严的确读过几年书，虽不敢妄称家学渊源，但耕读传家总是事实。”

“你瞧，”公孙弘指着青芒对张汤道，“文辞雅驯，谈吐得体，这明显是有家学的嘛，‘能文能武’之誉，实不为过啊！”

张汤其实已经不耐烦了。今晚出了这么大一摊子事，自己刚把一条命捡回来，身上的几处伤口还没包扎不说，接下来不知还有多少伤脑筋的事情等着要做，丞相却跟这小子扯个没完，当真是急死人！

“丞相，今夜遭此变故，您受惊了，还是尽早歇息吧。”张汤忍不住道，“还有这个年轻人，看样子也伤得不轻，得赶紧找医匠来瞧瞧……”

“所言甚是，你也得赶紧包扎一下。”公孙弘这才站起身来，命人把张汤和青芒扶下去疗伤。

张汤先被扶了出去。两名侍卫扶起青芒时，他忽然道：“丞相……小民父母双亡，贫困无依，不得已才来投靠表兄。今夜突遭此劫，不知我那表兄可否安好，心中甚是挂念……”

青芒决定趁热打铁，不能让公孙弘对自己的这股热乎劲儿过去。

“对对，韩门尉举荐有功，老夫得好好赏他。”公孙弘赶紧问身旁侍卫：“韩门尉在哪儿？快把他找来。”

“回丞相，韩门尉他……他已经殉职了。”侍卫俯首道。

公孙弘一怔，黯然无语。

青芒的眼泪瞬间夺眶而出：“表兄……”

“人死不能复生，你要节哀顺变。”公孙弘连忙安慰。

“丞相，表兄是我在这世上唯一的依靠，如今他就这么去了……”青芒哽咽不能成声。

公孙弘沉沉一叹：“秦穆，男儿有泪不轻弹，莫效小儿女哭哭啼啼。更何况你文武双全，何愁无处安身立命？你听着，如今韩门尉不在了，老夫便是你的依靠！

我宣布，从现在起，你便接替门尉一职，做老夫的贴身侍卫长！"

青芒做出大喜过望之状，当即挣开那两名侍卫，单膝跪地，双拳一抱："多谢丞相大恩大德！从今往后，秦穆定为丞相效犬马之劳，赴汤蹈火，万死不辞！"

"来来来，快起来。"公孙弘笑眯眯地把他扶起，"从今往后便是一家人了，莫再说这些见外的话。"

青芒，你这算不算是认贼作父呢？

站起身来的时候，他忍不住又在心里嘲笑了一下自己。

从今天早上在北邙山的悬崖下醒来，在完全茫然的状态下顶着刺客的身份东躲西藏，到现在摇身一变成了丞相私邸的侍卫长，青芒感觉自己在短短的一天之内，已然经历了别人终其一生也不见得会遇上的变故与沧桑……

而即便如此，直到此刻，他心里最大的一个问题仍然是：

我是谁？

第五章

门尉

天下有义则生，无义则死；有义则富，无义则贫；有义则治，无义则乱。

——《墨子·天志》

暌违多日的阳光从窗棂斜射进来，照在了青芒脸上。

他趴在床榻上，睡得正沉。

背上的伤口虽已包扎，但点点血丝仍从白色的中衣透了出来。

忽然，一个硕大的阴影蹑手蹑脚地来到床边，看了他一会儿，然后慢慢蹲了下来。

青芒蓦然睁开眼睛，看见一张大饼般的胖脸横亘在面前，正歪着脑袋端详他，遂一把掐住对方的脖子。

"门尉饶命，门尉饶命！"胖子吓得大叫，"小的是您的属下呀……"

青芒这才看出胖子穿着侍卫甲胄，便揪住其领子，把这张大胖脸又拉近一些，沉声道："既是我的属下，为何如此鬼鬼祟祟？我怎么知道你不是想害我？"

胖子大为惶急，登时便结巴了，张着嘴说不出话。

"门尉息怒！"另一名侍卫尖声一喊，从窗口跳了进来，冲到床边单腿跪下，俯首抱拳道，"请门尉息怒，朱能是代表弟兄们来看望您，又怕把您吵醒，这才跟个贼似的悄悄进来，不想还是惊扰了您，小的们该死，还望门尉宽宥！"

青芒拿眼一瞥，此人身材精瘦、目光贼亮、尖嘴猴腮，跟胖子恰好凑成一对活宝，心里忍不住便乐了，可脸上却面无表情。

他冷冷地盯了二人片刻，才放开胖子，慢慢坐了起来。后背的伤口隐隐作痛，令他倒吸了一口冷气。

胖子好不容易重获自由，连忙后退几步，一副心有余悸的样子。

"自报家门吧。"青芒扭了扭脖子，轻轻伸展了几下胳膊。

"是，卑职姓侯名金，是您的左掾属。"瘦子朗声道。

猴精？

这名字起得倒真贴切。青芒在心里笑，把视线挪向胖子："你呢？"

"卑职姓朱名能，是……是您的右掾属。"胖子干笑了一下，想了想，又指着侯金补充道："卑职比他大，是您的头号下属。"

这姓果然也很应景。青芒暗笑，有这对活宝做属下，看来往后的日子也不至于太闷。

"朱能，你说你看望就看望吧，可刚才为何把脸凑那么近？"青芒懒洋洋道。

朱能大窘："呃，这个……"

"是这样的，门尉。"侯金忙抢着道，"昨夜听几个见到您的弟兄说，您不但神功盖世，飞檐走壁如履平地，而且丰神俊逸、貌美绝伦，比诸魏国之龙阳、楚国之宋玉也不遑多让，总之有如天神下凡，世间罕有！故而大伙儿就……就推举了朱能前来瞻仰您的风姿。"

"瞻仰？"青芒剑眉一挑，"这是咒我死吗？"

"不不不，您别误会，是犹如瞻仰天神一般的瞻仰……"

青芒忍住笑，又看向朱能："弟兄们推举你，你果真就来了？你的影子那么宽，一来就把我的阳光给挡了。要我说，偷窥这种活儿，貌似侯金比你更合适吧？"

朱能嘿嘿一笑："是是，门尉说的是。卑职本不愿来，可……可架不住庖厨的潘娘她们一个劲儿撺掇……"

"得了朱能，说实话吧。"侯金道，"你不就是惦记潘娘答应的那三斤鹿脯、半斤浊酒吗？既然贪图贿赂自告奋勇，这会儿就别怨人家了。"

朱能窘迫，挠了挠头。

青芒眉头一蹙："潘娘又是谁？"

这时，门外早有一堆女子在那儿窃窃私语推推搡搡。青芒察觉，遂无奈一笑："门外的，都别挤了，想进就进来吧。"

朱能连忙过去开门，旋即便有七八个厨娘婢女模样的女子扭扭捏捏地走进来，个个面色羞红，却又频频偷眼看向青芒。为首的一个竟是昨日那个追打小厮的胖厨娘。青芒认出，不免心中窃笑。

胖厨娘忸怩了一会儿，便大方起来，走上前来，敛衽一礼："奴婢是厨娘潘娥，见过秦门尉。"

"免礼。"青芒瞥了她一眼，淡淡道，"这么说，你就是那个用三斤鹿脯、半斤浊酒撺掇朱能来偷窥我的人？"

"瞧门尉这话说得，多难听呀。"潘娥人长得胖，其实年纪不大，五官还算标致，抛起眼风来居然也有几分妖媚，"侯金刚才不是说了吗，大家伙是诚心诚意瞻仰您的风采，这哪能叫偷窥呢？"

"好吧，那我谢谢诸位。"青芒淡淡一笑，"现在也瞻仰过了，大家都散了吧，该干吗干吗去。"

见他终于露出笑容，潘娥喜不自胜，又冲他抛了个媚眼，这才一摇一扭地走了出去，顺便把那些女子也都赶走了。朱能和侯金躬身一揖，正欲退下，青芒无意中瞥见旁边的案几上放着一个托盘，盘里堆满了东西，上面盖着一块红绸，心下明白几分，便叫住二人，问他们那是何物。

"这是丞相赏给您的。"朱能笑嘻嘻道，"足足有三十金呢！"

"把绸子掀开。"

朱能走过去掀开红绸，眼前顿时一片金光灿烂。

那是三十枚形制规整的金饼，面略凸起，状若圆饼。青芒知道，这种金饼每一枚都有十两重，价值相当于一万钱，差不多是三十亩良田一年的收入。

公孙弘出手如此慷慨，足见他对昨夜的"救命之恩"确实感念。

"取三金出来。"青芒道。

朱能依言取出三枚金饼，放在一旁。

"其他的，拿去抚恤昨夜殉职的弟兄。每人三千钱，家里人多的，就酌情多给一些。发完后若有剩余，你们就跟弟兄们分了吧。"

青芒说得轻描淡写，可朱能和侯金却听得目瞪口呆，一时都怔住了。侯金率先反应过来："禀门尉，昨夜殉职的弟兄，丞相会给他们抚恤的，您这些赏金……"

"丞相是丞相，我是我。"青芒打断他，"这是本门尉的一点儿心意，别让我扫兴。"

朱能和侯金不禁又面面相觑。

这岂止是"一点儿心意"？这是他俩跟着韩门尉混了好些年都从没见识过的"无上恩泽"啊！眼前这个新来的上司，不仅武功盖世、英俊绝伦，而且还如此仗义疏财、体恤下属，简直令他们感佩得无以名状。

二人又惊又喜，同时跪地抱拳，齐声道："卑职谢过门尉恩典！"

财聚人散，财散人聚。青芒深深懂得这个道理。自己初来乍到，散财便是收揽人心的最好办法。

"对了，昨夜有一位同乡发小，随我同来投奔表兄……"青芒忽然道，"表兄给了他一套甲胄，说要让他过过瘾。你们可知，我这位发小现在何处？"

青芒口中所谓的"发小"，当然就是那个真的韩门尉表弟。他昨夜穿着侍卫甲胄被杀，但身份却不是真侍卫，这一点必然会引起众人怀疑，因而也是青芒必须补上的漏洞。

"门尉这么一说，卑职就全明白了。"朱能恍然大悟，"昨晚弟兄们打扫战场，说发现了一具陌生人的尸体，却穿着咱们的甲胄，卑职看了之后也很纳闷，正寻思着回头去禀报丞相呢。"

青芒闻言，脸色一黯，一滴清泪便从眼角淌了下来。

"发小"罹难，岂能不哀伤落泪？

侯金赶紧扯扯朱能的袖子，朱能当即噤声。

"这种小事，就不必去打扰丞相了。丞相昨夜受了不小的惊吓，需要静养。"青芒神情哀伤，声音哽咽，"再者说，昨夜表兄出于好心，让我这位发小穿了甲胄，这事毕竟不合规矩，让丞相知道也不太好。斯人已逝，死者为大，此等小过，能隐则隐。二位说，是不是这个理？"

朱能和侯金频频点头，连说"有理有理"。

"我有伤在身，行动不便，就有劳二位，去买两口上等的棺木，把我表兄和这位发小好生安葬了吧。"

"门尉放心，卑职这就去办。"

朱能和侯金说完，在青芒的再次提醒下，满心欢喜地抱着那堆金子走了。

二人刚从门口消失，青芒满脸的哀伤立马遁去，可谓演技逼真、转换自如。

青芒啊青芒，你不到街市上去演百戏，还真是屈才了！

他忍不住在心里讥嘲了自己一下。

短短两天之内，长安、茂陵及周边三地居然爆发了一系列官员遇刺案，刺客甚至还有计划、有组织地袭击了丞相宅邸，致使丞相公孙弘和廷尉张汤险些丧命，如此可怕的消息一夜之间便传遍了茂陵和长安，令朝野士民无不震恐，更令天子刘彻雷霆大怒。

公孙弘、张汤遇刺当晚，刘彻在睡梦中被内侍用战战兢兢的声音唤醒，然后便从郎中令李广的紧急奏报中得知了事件的大致经过。

他铁青着脸沉默了好一会儿，接着猛然拔剑，把面前的御案"咔嚓"一下劈成了两段，厉声道："传朕口谕，茂陵邑全城大搜，无论贫富贵贱，一户都不许放过，就算掘地三尺，也要把刺客给朕挖出来！"

当天夜里，殷容的缇骑、张次公的北军、苏建的南军以及京畿三辅和茂陵县廷的差役、捕吏倾巢而出。此后一连三天，他们搜遍了上至皇亲国戚、公卿百官，下至缙绅商贾、贩夫走卒的大小宅邸，几乎把整座茂陵邑翻了个底朝天，结果却出乎所有人的意料——那些刺客仿佛上天遁地一般消失得无影无踪，一个也没抓到。

晌午时分，一驾不起眼的马车从长安的闹市上驶过，后面跟着几名仆役装扮的骑士。

车上坐着便装的汲黯，正在闭目养神。

他此行的目的是要与李蔡那"两员爱将"的其中一个秘密接头。

此人代号"蜉蝣"。

汲黯按照李蔡教的，通过一套极其严谨而又隐秘的联络方式，才与"蜉蝣"取得了联系。原本双方约定三天前就要晤面，可突然碰上"公孙弘遇刺"这一摊子烂事，天子下了死令搜捕刺客，汲黯碍于职守，也不得不跟着忙活，只好临时取消了与"蜉蝣"的会面。

到了今日，朝廷一连三日大搜仍旧一无所获，各级官府及下面的僚佐、役吏不免都有些疲惫了，汲黯顺势命内史府的各级官吏暂停搜捕、休整半日，随即迫不及待地约了"蜉蝣"见面。

接头地点是"蜉蝣"提出来的，在章台街的"望阴山"酒肆。

对此，汲黯颇有些不悦。

众所周知，章台街是长安城乃至整个大汉天下最著名的风月场所，汇聚着无数青楼妓馆。一向以正人君子自居的汲黯当然从未涉足此地，可眼下为了办案，也只能纡尊降贵，无奈破例了。

也许"蜉蝣"自有他的苦衷。汲黯想，身为御史府的暗探，行事必然要诡秘，否则很容易暴露身份。而章台街这种地方，一般爱惜羽毛的朝廷官员都不大敢来，所以在此接头，最易避人眼目。

如此自宽自解地想了想，汲黯心里稍稍舒服了一些。

不过，"蜉蝣"这种做法，还是有一点儿让他颇觉纳闷：这"望阴山"酒肆是归顺大汉的匈奴人所开，即便是为了掩人耳目，也大可以到汉人经营的地方，何必一定要到这异族人的地盘来呢？

正思忖着，一阵阵嘈杂喧哗的声浪便灌入了汲黯的耳中。

望阴山酒肆到了。

汲黯皱了皱眉，步下马车。那几名仆役装扮的侍卫同时下马，警惕地观察了一下四周，旋即簇拥着汲黯快步走进了酒肆。

约莫一炷香后，一头毛驴从章台街的北面缓缓而来，上面坐着一个身披黑色斗篷、内着匈奴服饰的女子。

女子把斗篷压得很低，看不清面目。

到了酒肆，女子把毛驴系在门口的一株枯柳上，低头走了进去。

酒肆大堂里人声鼎沸，女子径直穿过喧闹的人群，走上二楼，又从一个个搔首弄姿的莺莺燕燕身边走过，颇为熟稔地来到了西侧走廊的最后一个雅间前，在门口停住，四下瞥了一眼，旋即伸手敲出了一串有节奏的叩门声。

"蜉蝣之羽，衣裳楚楚。"房中迅速有了回应。

女子却没有即刻接上暗号，而是耐心等待身后两名烂醉的嫖客跌跌撞撞走远，才低声道："心之忧矣，于我归处。"

这组暗号，语出《诗经·曹风》，诗名便是《蜉蝣》。而这名"女子"嗓音低沉厚实，显然是男人假扮。

房门应声而开。此人仍旧低头走了进去，也不行礼，而是径直走到汲黯面前坐下，与他隔着食案相对，面目却始终掩藏在斗篷之下。

汲黯微眯着眼，把他从头到脚打量了一番，淡淡道："蜉蝣先生，你来晚了。"

"晚了一炷香。"蜉蝣无声一笑，"有事耽搁了，请汲内史见谅。"

汲黯注意到此人的双唇居然抹得猩红，唇角微弯的笑意甚至还有几分女子的风韵，而那身匈奴女子的穿戴更是让人看着刺眼，心中不由得一阵嫌恶，语气便有些生硬，道："既然来了，何必还藏头缩尾？请露真容吧。"

"汲内史果然快人快语。"蜉蝣"哗"的一下掀开斗篷，脸上露出一个似笑非笑的表情。

"是你？！"

汲黯万万没想到，李蔡手下的得力干将"蜉蝣"竟然会是他！

休养了数日，青芒背部的伤势已好了许多。

朱能和侯金都很殷勤，天天抢着给他换药擦背；庖厨的潘娥顿顿给他煎煮药膳，每夜还不忘加一顿美味羹汤，甚至亲自端到他房中，就差亲手喂他了；其他一些婢女仆佣也都争着帮他洗衣送饭、抹桌擦地，把他伺候得有如王侯，时常令他有一种恍兮惚兮、云里雾里之感。

今早醒来，在铜镜前一照，他发现自己居然长胖了。

如此养尊处优的生活，会不会慢慢把你的斗志消磨掉？假如就这么舒舒服服地当一辈子"秦门尉"，不也挺好的吗？你又何苦纠结什么身份之谜呢？

青芒苦笑着问镜中的自己。

当然，这不过是自我调侃而已。青芒很清楚，这不是自己想要的生活。在彻底弄清自己的身份、找回失去的记忆之前，他不允许自己沉溺在这种平静安逸的幻象之中。事实上，在养伤的这几天里，他心里无时无刻不在回荡着一种声音，那就是——

我是谁？我从何处来？将往何处去？

奇怪的是，这种心境居然令他有种似曾相识之感。

他隐隐觉得，在这次失忆之前，他曾经一定有过类似的经历，即出于某种原因，不得不在某处暂时栖身，过着一种表面安逸却内心焦灼的生活。

尽管到目前为止，还没有任何可靠的记忆证实这一点，但青芒仍然相信，此刻浮现在心中的这种似曾相识之感，应该就是记忆在缓慢复苏的征兆。

给自己多一点儿时间、多一些耐心，你一定可以找到自己的本来面目！

青芒暗暗给自己鼓着劲，顺手取过旁边的一只黑布包裹，打了开来。

在书房外偷窥公孙弘的那天夜里，他把这只包裹藏在了枝叶繁密的栎树上，昨天深夜才趁四下无人把它取了回来。

此刻，他把狼头骨再次拿在手上，凝视着那两颗长长的獠牙，耳边仿佛听见一声凄厉的长嚎，还有阵阵怒吼的朔风，眼前则出现了一片漫天飞舞的黄沙……

这是我在朔方城的记忆吗？

青芒闭上眼睛，试图凝神回想，一阵令人不快的敲门声却在此时骤然响了起来。

"谁？"

"门尉，丞相有命，您若是没在歇息的话，便去书房见他。"朱能在门外道。

这几天，他和公孙弘各自养伤，再没见过面，想来也确实是该见一面了。

而这一面，公孙弘必然会有很多问题想问。

青芒把狼头骨放回包裹，又把包裹锁进了角落的一口大木箱里，然后瞥了眼一旁衣架上那套崭新锃亮的门尉甲胄，道："进来，帮我更衣。"

才短短几天，他便已习惯这个发号施令的门尉角色了。

望阴山酒肆的二楼雅间中，杜周与汲黯四目相对，脸上仍是似笑非笑的表情。

是的，杜周就是蜉蝣。

"怎么会是你？！"

看着眼前这张并不陌生的脸，饶是宦海沉浮多年，汲黯还是抑制不住内心的惊诧。

"为何不能是我？"杜周微笑反问。

满朝文武都知道，这个杜周是廷尉张汤的心腹股肱和得意门生，想不到他的真实身份竟然是李蔡安插在廷尉寺的暗探。

汲黯不说话，从袖中掏出那块鱼形符节放在案上，推到杜周面前。

御史府要启动暗探，除了特殊联络方式和接头暗号之外，最主要的验证环节，便是要把彼此各执一半的鱼形符节拿出来，若能严丝合缝地对上，才算完成验证程序。

汲黯这么做，固然是按规矩来，不过他的眼神中，分明流露着对杜周的不信任。

杜周看在眼里，笑而不语，从怀中取出另一半符节，很容易便与案上那半边符节扣上了。

"现在相信我是蜉蝣了吧，汲内史？"

"本官并非不信你，只是一切都得照规矩来，不是吗？"

"当然得照规矩来。汲内史做事向来一丝不苟，卑职早有耳闻。"

从方才进门一直到现在，杜周脸上始终挂着那种不阴不阳的笑意，让汲黯很不舒服。尤其是看他那张浓妆艳抹、不男不女的脸，更是感觉一阵阵反胃。

汲黯把两半符节掰开，将自己那一半重新揣回袖中，道："知道我为何找你吗？"

"您先别说，让我猜猜。"

汲黯不答，只冷冷看着他。

"本朝眼下最大的事情，莫过于自丞相长史严宣开始的一系列官员遇刺案。"杜周并不理会汲黯的冷淡，自问自答道，"迄今为止，共有九名官员遇刺。其中，以公孙丞相和张廷尉为首的八名官员，所遭遇的刺客可以肯定是同一拨人，即郭解的门徒，或者说是墨家的游侠，而唯有大行令韦吉遇刺一案，其案情与前者截然不同，刺客显然另有其人。所以卑职斗胆猜测，您打算让我调查的一定是韦吉一案。"

"即便如你所说，韦吉案与其他案件不同，可你凭什么认为本官要查的一定是韦吉的案子？"汲黯挑了挑眉毛，"除非……李大夫事先跟你交过底了？"

"不瞒汲内史，"杜周又是一笑，"卑职与李大夫，至少有半年没接触了。"

"那你凭什么断定？"

"这并不难。如今朝廷上下几乎所有人都在追查墨家刺客，包括我们廷尉寺，也是个个忙得脚打后脑勺，可唯独您的内史府，今日放了半天大假，而您又忙里偷闲来见我，这足以证明，您对搜捕墨家刺客并不感兴趣。既如此，那您对什么事感兴趣，不是一目了然吗？"

汲黯心里不得不生出一丝佩服。李蔡视此人为"爱将"，果然有些道理。

"你的消息倒是灵通。"汲黯冷冷一笑，"连我内史府的动静，你都打探得这么清楚？"

"既然要替您办差，怎么能对您毫无了解呢？"杜周又笑了笑，"换言之，这也是对您必要的尊重。"

"这种尊重，可让人有些芒刺在背啊！"

杜周抿了抿嘴："倘若这么做让汲内史觉得不自在，那卑职向您道歉。"说着俯了俯首。

"无妨。"汲黯一摆手，"你若连这点儿本事都没有，也不可能坐在这跟本官说话了。"

杜周又是一笑："是的，汲内史，卑职方才所言，只是其一。"

"还有其二？"汲黯有些意外。

"即使不知道内史府放假之事，卑职也能猜出您此行的目的。理由说起来也不复杂，众所周知，您与公孙丞相和张廷尉之间有些芥蒂。如今他们二位的头号大事便是抓捕墨家刺客，您又怎么愿意亦步亦趋地跟随他们呢？即便到时候抓住了刺客，功劳也是他们二位的，与您关系不大。所以，您势必要另辟蹊径，做点与他们不同的事，比如查一查韦吉的案子。不知卑职如此分析，汲内史以为然否？"

汲黯终于咧嘴笑了。

这小子的确有两把刷子，怪不得李蔡和张汤都那么器重他。

"既然你都知道了，那咱们就言归正传。"汲黯缓了缓脸色，"大行令韦吉三年前出使匈奴，曾与匈奴新单于伊稚斜发生龃龉，后又暗中协助匈奴太子於单归顺我大汉。依你看，伊稚斜会不会因此怀恨在心，遂派遣刺客潜入我朝刺杀韦吉？"

"若说伊稚斜不会怀恨，肯定没人相信。"杜周不假思索道，"可若说他时隔三年后才派人来刺杀，卑职却也不大相信。"

"韦吉位列九卿，出入扈从一向森严，也许是匈奴刺客早已潜入我朝，却苦无机会，一直到这次才等到下手良机呢？"

"内史所言确有道理，卑职也不敢排除这个可能。只是，韦吉案中有一个细节，想必您也清楚。据目击者描述，刺客当时面对韦吉幼子，似乎起了不忍之心，一度想放弃刺杀。倘若此人果真是匈奴刺客，又怎么可能出于一念恻隐而使行动功亏一篑呢？"

"这点本官也想过，乍一看的确不合常理。可后来转念一想，匈奴人也是人，也有父母妻儿，倘若这个刺客恰好有个子女与韦吉幼子年龄相仿，彼时的情景触发了他的爱子之心，也唤醒了他的良知呢？若说刺客因此而放弃行动，不也符合人之常情，完全说得通吗？"

"汲内史宅心仁厚，令人感佩。"杜周淡淡一笑，"只是，常言道'非我族类，其心必异'，依卑职看来，匈奴人的良知，恐怕不会那么容易被唤醒。"

"这么说太武断了吧？"汲黯斜了他一眼，"人非草木，孰能无情？"

在汉朝与匈奴的问题上，汲黯一向主张延续高祖以来的做法，在加强边境防御的同时，通过与匈奴和亲缓和双边关系，极力反对与匈奴全面开战，以避免生灵涂炭和国力虚耗。然而，他的主张却与雄心万丈的天子刘彻相左，更与一味迎合天子的满朝文武不合，所以一直遭到打压。

"匈奴固然不是草木，但他们确实无情。"杜周撇撇嘴，若有所思道，"据卑职所知，他们对已经流亡汉地的族人都要千里追杀，又怎么可能对得罪他们的汉人手下留情呢？"

汲黯听出他话里有话，眉头一蹙："你想说什么？"

"卑职想起了一桩往事。"杜周卖了个关子。

"什么往事？"

"关于匈奴太子於单的往事。"杜周又笑了笑，"元朔三年冬，於单归顺我大汉，被陛下封为涉安侯。朝廷本想击败伊稚斜后，扶植於单回匈奴王庭即单于位，令匈奴臣服我朝，如此至少可保我大汉几十年太平。可谁也没料到，短短数月后，於单便无端暴毙了。这些事，内史应该还记得吧？"

"当然记得。"汲黯发现杜周在"无端暴毙"四个字上加了重音，顿觉事有蹊跷，"朝廷不是说他感染了伤寒，因医治无效而亡故吗？何谓无端暴毙？"

"感染伤寒是朝廷对外的说辞，安定人心罢了。"杜周意味深长地一笑，"对了，这主意还是我们张廷尉帮陛下出的呢。"

汲黯一听，料定於单之死必定有极深的内情，忙问："既然於单的死因不是伤寒，那又是什么？"

"毒杀。"

杜周轻描淡写的两个字，却令汲黯大为惊愕。

"毒杀？你的意思是，伊稚斜派人潜入长安，给於单下了毒？"

杜周点点头："您刚才无意中说了一句话，其实已经道出了一个事实：匈奴人很可能早已潜入我朝，而且就埋伏在咱们身边。"

汲黯顿时倒吸了一口冷气。

"汲内史想不想知道，於单是在何处被下的毒？"杜周神秘兮兮地看着他。

"不是在他自己的侯府上吗？"

杜周摇头。

"那是何处？"

"就在此处。"杜周伸出一根食指，指了指食案。

汲黯悚然一惊："就在这家酒肆？！"

杜周无声一笑，收回食指，挠了挠眉角："没错，就在这家望阴山酒肆。而且，准确地说，就在这个房间。指不定，他当时七窍流血倒下的地方，便是您现在所坐之处。"

汲黯浑身一震，瞪大眼睛看着自己身下的座席，感觉全身的寒毛都竖了起来。

丞相私邸，青芒披着一身锃亮挺括的门尉甲胄，健步从回廊上走过。

身后不远处，许多婢女正三五成群地聚在一起，一边踮脚眺望青芒的背影，一边叽叽喳喳评头论足。

青芒走着走着，忽然转身，朝那些婢女露出一个微笑。

婢女们发出一片惊喜的叫声，个个羞红了脸，顷刻间作鸟兽散。

走到哪儿都被一大片目光盯着，这可不是什么好事。青芒苦笑了一下，拐过一个弯，走进了书房前的庭院。

那一夜的情景，就在这个瞬间顿然再现于目前。

青芒不由得止住了脚步。

那个跟他"冤家路窄"的女子，那个被他用计掀掉了面具的女子，此刻仿佛就站在面前。她那天姿绝色、白璧无瑕的脸庞就在眼前飘荡，而那妩媚轻柔又犀利逼人的话语就在耳旁回响，还有那一缕黑发拂过脸颊时的微妙之感以及幽兰芝草般沁入鼻孔的发香，此刻都还是那么清晰而真切……

青芒抬头仰望那晚二人交手的那片屋顶，无意中想起了什么，心中蓦然一动。

他运足内力快跑了几步，然后"噌"的一下跃上了屋顶。

背部的伤口扯动，疼得他轻轻"嘶"了一声，但紧接着落入眼帘的那个东西，却令他一下子忘记了疼痛。

一支洁白而温润的玉簪正静静躺在屋瓦上，仿佛一直在等待他的到来。

这是那天晚上，青芒掀开郦诺面具时无意间震落的那支发簪。

青芒走过去，捡起玉簪，在手中摩挲了几下，嘴角泛起一丝笑意。

这一生，不知还有没有机会见到它的主人？那天晚上撤离之后，他们究竟躲到了什么地方？听朱能和侯金说，朝廷拼尽全力折腾了好几天，把整个茂陵邑闹得鸡飞狗跳，却始终没抓到半个墨家刺客。其实，青芒对此并不意外——倘若这些墨家刺客事先没有规划一条安全的撤退路线，没有准备一处安全的藏匿之所，那他们也称不上是真正的墨家了。

如果是单纯的游侠，很可能会有勇无谋。但是有着三百年历史的组织严密、训练有素的墨家游侠，一定会谋定而后动！

只是，茂陵邑并不算大，朝廷又兴师动众、不遗余力地大搜了三天，连王侯公主的宅邸都不放过，为何还是找不到他们呢？

茂陵邑早已关闭了所有城门，四周城墙上肯定也都部署了士兵，这些墨家游侠断然不可能逃得出去，那他们几十号人又是怎么凭空消失的？

青芒这么想着，下意识举目四望。

忽然，他的目光落在了宅邸西面的某个地方。

青芒眉头微蹙，思忖片刻，旋即哑然失笑。

聪明！

整个茂陵邑，只有这个地方是轻易不会被搜查的！

倘若这一切都是那个为首的女子策划的，那她可太聪明了。这一招，跟自己躲藏在丞相私邸的招数，简直有异曲同工之妙！

"秦穆，伤还没好，就又开始飞檐走壁了？"

公孙弘的声音蓦然响起，打断了青芒的思绪。

青芒悄悄把玉簪藏入袖中，回头朝庭院中的公孙弘笑了笑，然后纵身跃起，轻盈落地，朝公孙弘躬身一揖："卑职秦穆见过丞相。"

公孙弘面带笑容，上下打量着他："同样这身甲胄，穿在你身上，可比你表兄韩当威风多了。"

"丞相过奖，卑职愧不敢当。"

公孙弘笑笑，瞟了屋顶一眼："你在那上面做什么？"

"回丞相，卑职那天夜里跟刺客在上面交过手，所以上去查了一下，想看看刺客有没有留下线索。"

"哦？结果呢？"

青芒摇摇头："这伙刺客身手过人，进退有据，似乎训练有素，未曾遗留什么线索。"

"这帮家伙隶属于一个严密的组织，当然进退有据。"

"组织？"青芒故作惊诧。

公孙弘冷然一笑："他们是墨者。"

"墨者……"青芒佯装沉吟了一下，恍然道，"怪不得，卑职本来还纳闷呢，若是一般的刺客，怎么会有那么多人，且如此有恃无恐、穷凶极恶！"

"对了，你的伤恢复得如何？"公孙弘似乎不愿多谈这个话题。

"多谢丞相，卑职已无大碍。"青芒一脸恭敬，"丞相有事尽管吩咐，卑职随时听候差遣。"

"也没什么事，是陛下召我入宫。我想，你若已无碍的话，不妨随我入宫一趟。"

"卑职遵命。"

从茂陵邑到长安未央宫，这条路说长不长，说短也不短。公孙弘现在已是惊弓之鸟，自然要把青芒叫在身边才安心。

"我还有些话问你，咱们边走边谈吧。"公孙弘亲切地拍了拍他的肩膀，向外走去。

果然没有料错。青芒想，这就是要查问自己的底细了。

汲黯被杜周所说的"往事"吓得汗毛倒竖、险些失态，心中顿时恼怒，沉下脸道："这么说，你故意要求在这家酒肆的这个房间见面，就是为了拿这件事来吓唬本官？"

"内史息怒。"杜周抱了抱拳，"卑职这么做，并非为了吓唬您，而只是想让您知道，韦吉一案牵连甚广，并不像看上去那么简单。所以，查不查这个案子，还望您三思。"

"笑话！"汲黯冷哼一声，"不就是牵连到匈奴太子吗？有什么了不得？本官若是如此怯懦之辈，怕也混不到今天了。"

"当然当然，卑职也不是这个意思。只是这於单的案子，卑职尚未说完，内史可以听完之后再做定夺……"

"没什么可定夺的。"汲黯一挥手，没好气道，"有什么话你就痛快说了，少在这给我卖关子！"

"是是，卑职这就说。"杜周淡淡苦笑，"於单生前，是这家酒肆的常客，几乎天天到此买醉。自然而然，便有不少匈奴人聚拢到了他的身边，其中既有归降我大汉的匈奴小王、将军，也有定居长安的匈奴贵族和商人，还有种种缘由流落至此的各色人等，俨然组成了一个流亡长安的单于小朝廷。大行令韦吉察觉之后，便劝於单检点，以免让陛下猜忌。不料於单却把他的话当成耳旁风，依旧我行我素。后来可能是因为这个缘故，二人大吵了一架，韦吉既恼怒又怕被牵连，便向陛下奏报了此事。陛下明面上没有表态，私下却命张廷尉深入调查，于是卑职也参与了此事。

不久，张廷尉便呈上了一份'於单小朝廷'的主要人员名单。陛下御览后，仍旧没说什么。可是再后来发生的那些事，汲内史想必也都清楚，卑职……就不必明言了吧？"

听着杜周这一番话，汲黯不由得暗暗心惊。

他记得很清楚，元朔三年，於单归顺还不到三个月，便有两个匈奴小王、一个将军、三个贵族及多名商人在十来天内相继横死，有落水溺毙的，有被马车撞死的，有上吊自杀的，也有家中失火烧死的，形形色色，不一而足。这些事件在当时的长安朝野引发了不小的议论，汲黯也感觉颇为蹊跷，但因与己无关，没过多久便淡忘了。可现在看来，这些人的死亡分明只有一个共同的原因，那就是被天子派人暗杀了！

杜周不敢明言的也正是这一点。

於单私下缔结了一个以他为核心的匈奴小集团，天子对此必然极为不悦。但这种事情，天子又不宜公开降罪，因为公然施以刑戮，便会让将来想要归降大汉的匈奴人寒了心。所以，最好的解决办法，便是用暗杀手段把这个"流亡小朝廷"的核心成员一一除掉，同时制造意外死亡的假象以掩人耳目。

凭着多年与天子相处和对天子的了解，汲黯相信这种事他完全干得出来。

就此而言，之后於单被毒杀，会不会也是天子所为呢？

思虑及此，汲黯顿时有些不寒而栗。

照杜周方才所言，他认定於单之死是匈奴单于伊稚斜所为，可现在汲黯却觉得，天子刘彻的嫌疑似乎也不可排除……

而如果按照上述思路继续推演的话，那么韦吉之死就越发显得扑朔迷离了。因为正是由于他的告密，才引发了后来於单等人的死亡。如此一来，具备报仇动机、想杀韦吉的人就不仅有伊稚斜，还有可能是於单的手下或任何一个"流亡小朝廷"的成员。

事情果然错综复杂，汲黯感觉自己的脑子像是被塞进了一团乱麻。

与此同时，他也终于明白杜周为何要告诫他"三思后行"——韦吉这个案子，背后的水实在太深了！它不仅牵连到了匈奴，更要命的是牵连到了天子和他的一系列杀人阴谋！

见汲黯怔怔出神，杜周咳了咳，轻声道："汲内史，您看，这韦吉的案子，还要不要往下查？"

汲黯又沉默了好一会儿，然后才定定地看着杜周，只说了一个字："查。"

浩浩荡荡的丞相车队从西渭桥上缓缓驰过，朝长安城的雍门方向行去。

青芒策马跟在丞相车驾旁，朱能率一队侍卫充当车队前导，侯金另率一队殿后，总计近百名侍卫前呼后拥，把公孙弘车驾紧紧护在中央。

"秦穆，你跟你表兄韩当，是姑表还是姨表？你们二人是同乡吗？"

方才从丞相宅邸出来，公孙弘一直跟他东拉西扯，现在终于扯到正题上了。

"回丞相，卑职与表兄是姨表亲，并非同乡。"青芒从容道，"卑职的外祖父是颖川人，生有二女，姨母嫁到河东，家母嫁到汝南，两家并不住在一处，不过时有往来。"

这几日，在与朱能、侯金的"闲聊"中，青芒早就不着痕迹地把想要知道的东西都套了出来。上述回答都是门尉韩当曾向朱、侯二人透露过的信息，确凿无误。

公孙弘"嗯"了一声，又道："你这次来投奔韩当，应该把'名籍'带出来了吧？回头把它交给董户曹，让他办下手续，把你列入茂陵的编户版籍。"

所谓"名籍"，便是户口簿，这东西青芒当然没有，不过他早已想好了应对之策。

"回丞相，"青芒面露难色，"卑职此次入关，走得太急，不小心在半道上把名籍遗失了……"

"哦？"公孙弘扭头看着他，"怎会如此不小心？"

"卑职不敢欺瞒丞相。"青芒赧然道，"都怪卑职贪杯。日前经过武关时，眼看长安在望，想着投奔表兄后定有大好前程，心下高兴，便在一家酒肆多喝了几杯，结果便醉倒了。一觉醒来，发现包裹被偷，盘缠和名籍也都没了……"

公孙弘闻言，呵呵一笑："年轻人贪杯，本来也属常情，只是如今，你已在我门下做事，担待的东西多了，不比从前那般闲云野鹤，日后务必戒慎检点，切不可再贪杯误事。"

"是，卑职谨遵丞相教诲。"青芒连忙俯首抱拳。

"董户曹那儿，我会打个招呼。你回头把自己的情况跟他介绍一下，赶紧把入籍的事办了。"

"多谢丞相！"

"确定身份"这一关，暂时算是过了。

从今往后，他便以秦穆之名、以丞相私邸门尉的身份入籍茂陵了，这对于丧失了记忆和身份的青芒而言，当然是一件好事。"丞相门尉"虽然不算朝廷命官，只是丞相私募的僚属，不过官秩和俸禄却可比照朝廷的四百石官员，相当于大县的县丞或县尉，不但身份不低，而且每月俸禄折算下来也有五六千钱，收入可谓丰厚。虽然青芒自己并不在乎钱，但钱却是收揽人心的利器之一，自然是多多益善。

车队又走了小半个时辰，从雍门进入长安城，不多时便来到了未央宫的北阙。

公孙弘让青芒等人在宫门外等候，然后独自入宫去了。青芒一边打量着这座雄伟而森严的宫城，一边与朱能和侯金扯着闲话。

稍后，又有一支官员车队疾驰而来，停在了不远处。一名三十余岁、浓眉大眼、身着朝服的官员步下马车，朝这边瞥了一眼。忽然，他像是发现了什么，犀利的目光便直直打在了青芒脸上。

朱能和侯金一看，连忙冲着那人点头哈腰、满脸堆笑。

"那是何人？"青芒很不喜欢被人这么盯着，尤其是那人的目光还充满了一种居高临下的压迫感。

"他是北军将军张次公。"朱能低声道，"是卫青将军的嫡系，因军功封岸头侯，颇受陛下器重。"

青芒恍然。

原来此人便是一直在身后追捕自己的家伙。看这充满敌意的目光，想来必是察觉什么了。

青芒心中微微一凛，脸上却朝张次公露出了一个微笑。

与此同时，张次公也在问身边的陈谅："那家伙是谁，怎么从没见过？"

陈谅看了看："哦，好像是丞相新招的门尉，也不知打哪儿冒出来的。"

"新招的门尉？"张次公眉头微蹙，"原来那个韩当呢？"

"死了。公孙弘遇刺那晚，被刺客杀了。"

张次公紧盯着青芒，眸光越发凝聚："陈谅，你觉没觉得，这家伙像一个人。"

陈谅仔细地瞧了一眼，却一脸茫然："像谁？"

"青芒。"

陈谅一惊，赶紧睁大眼睛又看了看："对啊，您这么一说，还真是有点儿像！"

张次公冷然一笑。

"可是……这也不对呀。"陈谅又有些困惑，"这个青芒就算再有本事，也不可能摇身一变就成了丞相的门尉啊！"

"可不可能，现在说还为时过早。"张次公道，"你去查一查此人的底细，要快！"

"是！"

张次公又盯着青芒看了一会儿，才拂了拂袖子，转身朝宫门走去。

青芒目送着张次公远去，心中生出了一丝不祥的预感。

他知道，对自己身份的真正考验，这才刚刚开始……

第
六
章

身
份

古者圣王之为政，列德而尚贤，虽在农与工肆之人，有能则举之。

——《墨子·尚贤》

公孙弘在宣室殿觐见了天子，把他在遇刺当晚的发现及随后的遭遇都作了详细奏报。其中最重要的情况，当然便是"墨家"了。

天子刘彻静静听完，沉默半晌，最后才冷冷一笑，道："想不到，朕这些年打击豪强、铲除游侠，却无意间把墨家这头沉睡的巨兽给唤醒了。"

刘彻之所以把墨家形容为"巨兽"，是因为他很清楚，早在战国年间，墨家的势力便极为庞大了，上至诸侯公府，下至山野草泽，墨者的身影可谓无处不在。韩非子曾把墨家和儒家并誉为当时之显学，不唯说它思想学说的影响力，也是因其门徒众多才有感而发。

"是的陛下，"公孙弘接言道，"墨家自战国初年由墨翟首倡，以'兼爱、非攻'等迂阔之谈蛊惑人心，极力诽谤孔门圣学，弃礼乐诗书之名教，坏长幼尊卑之纲常；且聚众为乱，藐视国法，任侠行权，横行天下，其流毒可谓深远。陛下称其为'兽'，诚乃确切传神之妙喻！"

公孙弘一生以儒家传人自居，出于门户之见，对墨家本来便极度反感，如今又险些丧命于墨家游侠之手，遂越发对其恨之入骨。

"朕已知之事，你就不必多言了。"刘彻淡淡道，"说些朕不知道的吧。"

"陛下的意思是？"

"你读的书多，就你所见，大致讲讲墨家的历史。"

"臣遵旨。"公孙弘回忆了一下，"据臣所知，墨家既是一个研究思想学问的学派，也是一个纪律严明的游侠组织。其首领称为'巨子'，墨翟便是首任巨子。据史料记载，墨翟的弟子门徒'充满天下''不可胜数'；其曾率众周游列国，游说诸侯，先后到过宋、齐、卫、楚、魏等国。墨翟死后，从先秦典籍中可考的四任巨子分别是：禽滑釐，孟胜，田襄子，腹𬤑。再后来，墨家分裂为三派，即相里勤之秦墨、相夫氏之齐墨、邓陵子之楚墨，其中以秦墨势力最盛。再往后，有关墨家的记载便很少了，臣亦不得而知。"

刘彻"嗯"了一声："那，墨家组织的内部情形，你了解吗？"

"臣略知一二。"

"说说。"

"史书有载，墨翟与门徒皆穿粗衣，着草鞋，少饮食，与贱者为伍，所谓'日夜不休，以自苦为极'。凡加入墨家之人，皆称为'墨者'，须严格遵守各项纪律和号令。其核心成员据说有百八十人，'皆可使赴火蹈刃，死不旋踵'。臣推测，墨家内部定然有完整的架构及森严的等级，这一点从臣此次遇刺便足以见出。那一晚的刺客进退有据、配合无间，实在不可小觑。"

"既然是个组织，自有其架构和等级，亦不可无号令和纪律，此乃不言自明之事。"刘彻眉头微蹙，若有所思，"朕现在更关心的是，除了这些以武犯禁、流窜江湖的游侠之外，在朕的朝堂之上，在各级公府之中，是否藏有墨家的细作？倘若答案是肯定的，那么这样的细作到底有多少？已然潜伏了多久？如今又都身居何位？"

公孙弘闻言，不禁面露忧色："陛下所虑甚是！这的确是目前最棘手的问题，甚至比抓捕刺客更为重大，也更为迫切。据臣所知，墨家在战国年间，确实派了不少门徒到各诸侯国为官，全力推行其政治主张；若不得志，道无以行，便挂冠而去，重归江湖。另外，据说身居官位的墨者，必须向组织捐献俸禄，所谓'有财相分'是也。由此看来，如今我大汉的庙堂之上，定然已有墨家细作潜入。故臣以为，集中力量挖出这些细作，恐怕才是眼下的当务之急。"

对于公孙弘的这番表态，刘彻颇觉满意。

毕竟那一晚，公孙弘险些死于墨家游侠之手，以人之常情而论，他最想抓的当然是那伙刺客。眼下他却能主动表态先查细作，说明他还是识大体、顾大局的。

"爱卿能这么想，朕心甚慰。"刘彻露出一丝笑容，"若说流窜江湖的游侠是肘腋之患，那么这些隐藏在朕身边的细作，才是真正的心腹之患！朕现在命你和李蔡、张汤，把调查重点转到这上头来，至于那些刺客，就交给汲黯、殷容和张次公他们吧。"

"臣遵旨。"

"当然，案子要查，你的身体也要保重。"刘彻做出关切的神情，"你年事已高，那晚又遭了惊吓，还是要在家中多多静养。具体事务，交给李蔡和张汤即可；丞相府的日常公务，也交给下面的人去办，你不可太过操劳。"

公孙弘大为感动，连忙躬身一揖："多谢陛下体恤，老臣感激涕零！"

张次公在偏殿候了足有半个时辰，才接到宦官传召，宣他上殿觐见。他整了整朝服，匆匆迈出殿门，迎面便看见刚刚下殿的公孙弘。

"卑职见过丞相。"张次公连忙见礼。

虽然他打心眼儿里瞧不上公孙弘、殷容这帮耍笔杆子的，但丞相毕竟位高权重，表面上的尊敬总是要的。

"张将军为了搜捕刺客，这几日辛苦了。"公孙弘笑容和煦，"急事宜缓办，该休息也要休息。瞧你眼睛都熬红了，这几宿都没睡好觉吧？"

"多谢丞相关怀。"张次公挤出一丝笑容，"卑职忝任北军将军，责无旁贷，理应为朝廷尽心。"

"嗯，张将军尽职尽责，值得嘉奖。本相年迈体衰，不能像你们年轻人一样冲锋陷阵，深感憾恨！这几日，本相奉旨在家中静养，张将军若查到什么线索，可直接到敝宅告知，也好让老夫安心。"

"丞相有命，卑职不敢不遵，只不过……"张次公故意面露难色。

"不过什么？"

"卑职归属殷中尉管辖，即使查到了线索，也得先跟殷中尉禀报，再由他上奏丞相。否则，卑职便有越权之嫌，将把殷中尉置于何地？"

公孙弘当然知道他跟殷容之间的那点儿破事儿，闻言哈哈一笑，道："按章办事是个好习惯，不过若遇急情，该从权也得从权嘛，殷中尉他能理解的，你不必多虑。"

"既如此，卑职自当从命。"张次公抱了抱拳，心中却是一声冷笑。

"张将军年富力强，且久经沙场，抓捕刺客这种事儿，朝廷还是得倚重你的。"公孙弘笑着拍拍他的臂膀，"此次若能建功，本相定会替你奏明陛下。来日若殷容另有任用，这中尉一职的人选，陛下和本相都会考虑你的。"

公孙弘如此赤裸裸地拉拢自己，让张次公有些意外。想必这回差点儿死于墨家游侠之手，让这老家伙急眼了。不过这对自己倒是个不错的机会。张次公想，若能借此攀上丞相这根高枝，再加上有卫青这座靠山，何愁不能飞黄腾达？

"多谢丞相栽培！"张次公当即抱拳，神色恭敬了许多，"卑职一定不辱使命，尽快抓获刺客，给丞相和陛下一个满意的交代。"

"好，那本相就等你的好消息。快上殿吧，陛下应该等急了。"公孙弘说完，刚要离开，张次公忽然叫住他："丞相……"

公孙弘停下脚步："还有何事？"

"卑职有一事，不知当不当问。"

"但问无妨。"

"卑职听说，丞相新招了一位门尉？"

"是有此事。原来的韩门尉殉职了，此人是他的表弟。"

张次公"哦"了一声："是这样，卑职方才入宫时，无意中瞧见此人，觉得有些面熟，很像……很像是卑职的一位故人。"

"是吗？他叫秦穆，你可认识？"

"秦穆？"张次公略为沉吟，笑了笑，"卑职一时想不起来了。"

"那好办，改日你过来跟他见一见，不就清楚了吗？"

"多谢丞相！卑职改日定当叨扰。"

步出宫门的时候，公孙弘心里一直在回味张次公的话。他知道，张次公所谓的"故人"一定另有所指。联想到秦穆"名籍"丢失的事，公孙弘不禁狐疑：难道，秦穆的身份真有什么问题？

与此同时，张次公沿着宣室殿外的台阶拾级而上，心里也在反复念叨着"秦穆"和"青芒"这两个名字。一种强烈的直觉告诉他——这两者极有可能是同一个人！

护送公孙弘回茂陵私邸的路上，公孙弘一直坐在车上闭目养神，没再跟青芒搭话。

青芒很清楚这意味着什么。

一场危机正在悄然袭来，倘若不能妥善应对，自己的假冒身份随时会被戳穿！

怎么办？难道要收拾包裹继续逃亡？天地之大，何处才是我青芒的容身之所？即使逃得远远的，安全不再受到威胁，可作为一个丧失了记忆和身份的人，活在世上还有什么意义？

一个人丢失了过去，也就迷失了现在，乃至失去了未来。

而要想找回过往的一切，自己只能留在茂陵，别无他途。所以，这场事关身份的危机必须加以解决。可是，眼下的形势对自己非常不利，到底该怎么做才能化险为夷、转危为安呢？

青芒坐在马上俯首沉吟，把这些天的遭遇又从头到尾回忆了一遍。

忽然，他的眼中闪过一丝微光，隐隐想到了什么。

青芒一夹马腹，策马赶上了前面的朱能，跟他有一搭没一搭地闲扯了一会儿，然后问："对了，我表兄平日无事时，都带你们上哪儿玩耍？"

朱能哧哧一笑："您背上的伤还没好呢，就这么急着玩耍？"

"少废话，快说。"

朱能嘿嘿一笑，低声道："一群大老爷们还能上哪儿？当然是章台街了。"

青芒当然知道"章台街"这三个字的含义，便道："那我表兄有没有什么相好的？"

朱能目光躲闪了一下："这……这我就不清楚了。"

"少跟我藏着掖着。"青芒白了他一眼，"说实话。"

朱能迟疑片刻，才吞吞吐吐道："韩大哥最近迷上了章台街的一名歌妓，听说是什么'琼琚阁'的。也不知那女子使了什么狐媚术，把韩大哥弄得五迷三道的，就一心想……想替她赎身、纳她为妾来着。"

"所以你们怕我表嫂知道，就守口如瓶？"

朱能苦笑了一下："韩大哥不让说，我们哪敢乱嚼舌头？"

"那女子叫什么？"

"我想想，好像……好像是叫姝月。"

"你见过她吗？"

朱能摇摇头："韩大哥自从迷上这女子，便不让我们跟着了，我从没见过。"

青芒若有所思，眸中的微光又闪了闪。

张次公上殿见礼后，发现天子的脸色有些阴沉，登时心中一紧，立刻明白天子传他入宫的原因了。

刘彻漫不经心地翻看着御案上的帛书奏章，眼也不抬道："张次公，你把茂陵邑掀了个底朝天，可那些墨家刺客在哪儿呢？"

"回陛下，臣一直竭尽全力在搜捕。"张次公慌忙跪地，"怎奈这些刺客是有备而来，一定事先找好了安全的退路和隐秘的藏身之所，故一时难以抓获，还望陛下再给臣一些时日。"

"城门封锁，道路设卡，日夜大搜，茂陵邑的人已经怨声载道了！"刘彻抬眼瞥了他一下，"就在刚才，隆虑公主入宫跟朕发了一通牢骚，说你的人昨天闯到她府上，还打碎了一尊玉雕，有这回事吗？"

隆虑公主是天子一母同胞的姐姐，一向骄横霸道。张次公遵照天子"无论贵贱一律搜查"的旨意，昨日搜了她的府邸，其实也只是例行公事，并不敢做什么大动作，无奈一名军士却不小心碰倒了公主家的玉雕，结果便惹上事了。

"是……是有这回事。"张次公惶恐道，"都怪臣御下无方，臣已经亲自向公主道过歉了，也鞭打了那名军士。不过出了这种事，臣终归难辞其咎，臣愿意领罪。"

"问题的关键不在这儿。"刘彻慢条斯理道，"倘若你抓到了刺客，别说区区一尊玉雕，就算你把公主家的房子烧了，朕都不会怪罪你，相反还会重重赏你。可问题是，你只砸了东西，没抓到人啊！"

"是，臣无能，臣愧对陛下……"张次公冷汗涔涔，以头杵地。

"你愧对朕，朕还可以原谅你；可朕愧对天下臣民，臣民会原谅朕吗？"刘彻冷冷一笑，"张次公，你虽有军功，可功劳只能代表过去；倘若你躺在功劳簿上打盹，即使朕想保你，卫青想保你，恐怕也都是有心无力啊。"

这就是在敲打张次公，别自以为是卫青嫡系就可以高枕无忧，倘若这回抓不住刺客，任谁都保不了他。同时，天子也是在暗示他：此次的刺杀事件震动朝野，朝廷又搞出这么大动静抓捕刺客，弄得茂陵邑鸡飞狗跳、上上下下怨声载道，如果最后仍然劳而无功，朝廷颜面扫地，那势必要找个人来背锅。而这个人当然不能是公孙弘、张汤这些三公九卿，也不能是汲黯这种东宫旧臣，算来算去没别人，那就只能是他张次公了。

听出了弦外之音的张次公大为惶惧，一时竟嗫嚅着说不出话来。

刘彻瞟了他一眼，觉得火候差不多了，便道："你方才说再给你一些时日，那你说，朕该给你几天呢？"

张次公如逢大赦，揩了把冷汗："多谢陛下，臣只需……只需十天。"

"十天？茂陵邑有那么大吗？"

"那……那就八天。"

"五天如何？"

"呃……臣遵旨。"

"那就这么定了。"刘彻合上面前的一卷帛书，"限你五天之内，把墨家刺客绑到北阙之下，朕要活的；若办不到，就把你自己绑来。"

夜空中皓月孤悬，茂陵邑万籁俱寂。

一个黑影从丞相私邸的西侧院墙跃出，左右看了看，径直蹿进了不远处那片茂密的云杉树林。

此人身手敏捷，脚步无声。

这片树林位于丞相私邸的西墙与内城陵寝的东侧城墙之间，通常人迹罕至。黑影进入树林后，一直借着清冷的月光在寻找着什么。

片刻后，此人便在松软的泥地上发现了几个凌乱的鞋印。

黑影的嘴角泛起了一抹笑意。

循着这几个鞋印的方向，黑影很快就在西边发现了零零星星的更多鞋印，接着一路追踪，最后来到了一株高大的云杉下面。

这棵树的树干异常粗壮，至少要三个成人才能合抱，树龄当在六七十年以上。黑影绕着树干仔细观察了一圈，蓦然发现树干底部蛀了一个大洞，恰好可容一人进入。神奇的是，这棵树被蛀成这样，却丝毫没有枯败的迹象。

黑影从怀中掏出一只竹筒，又从里面取出一个火折子，猛吹了一口气，火焰"呼"地烧了起来。他用火折子引燃了一根枯枝，然后侧身钻进树洞，蹲在地上摸索了起来。

忽然，他像是摸到了一个把手状的东西，赶紧拨开上面一层薄薄的泥土，然后抓住把手，稍一用力，竟然掀开了一块锈迹斑斑的铁板，下面赫然露出一个黑黢黢的洞口。

很显然，这是一个地道口。而地道通往何方，则不言自明。

火光摇曳之下，此人对着洞口无声一笑。

他就是青芒。

茂陵内城，是以天子陵寝为中心建起的一座大陵园，园中建有用于祭祀的享殿、偏殿、便殿、暖阁等大小殿阁数十座，周围还有大片园林和屋宅。陵园设有陵令、庙令、僚属、门吏等官职，下面还有守陵的卫士、负责洒扫的男女杂役等数千人。除了这些人，外城居民及闲杂人等一律不准入内。

内城的主体建筑皆分布在由南至北的中轴线上：以内城南门为正门，入门左右是卫士营房，往北便是一座单檐歇山顶的陵门，门后有三进宏阔的院落，各院皆有院门，院中皆有便殿；第三进院落中是一座重檐歇山顶的大殿，此即祭祀大典所用的"享殿"，名为"祓恩殿"，其东、西两侧各有一座悬山顶的偏殿；大殿北面便是整个陵园的主体——天子陵寝。

陵寝为夯土封冢，方形，平顶，上小下大，形如覆斗，高十四丈，方圆一百四十步，其上遍植苍松翠柏，一年四季郁郁葱葱。封冢之下，便是天子刘彻将在百年后入住的地宫了。陵寝再往北，是一片面积很大的园林，栽满各种嘉木异卉。时值秋天，多数植被已然凋零，却仍有部分常绿草木长势茂盛。园中还星罗棋布地建有不少简陋低矮的木屋，为负责洒扫的杂役们所居。

内城四面皆有城门，但北、西、东三面城门常年关闭，一般情况下，唯南门可通行。从南门到陵寝之间，共有大小五座门，各门皆有门吏和卫士把守；此外，各处殿阁、院落、园林间，也有卫士往来巡逻，防备极为森严。

约莫亥时末，祓恩殿东侧的一座官署中，走出一位年约四旬的官员。他独自打着灯笼，出门后往右一拐，径直朝陵寝方向走去。

没走多远，他便碰上了一队巡逻卫士。为首的什长看清来人，打招呼道："是孔庙令吗？这么晚了还没歇息？"

庙令孔禹微微一笑："横竖睡不着，索性起来转转，权当帮你们巡夜了。"

"哈哈！"什长大笑，"那敢情好！有您巡夜，我跟弟兄们这就睡大觉去。"

"去吧，反正出了事，荀陵令是找你们算账，又不找我。"

双方打着哈哈，摆摆手错肩而过。

孔禹继续往北走去，很快就绕过陵寝，走进了一片漆黑的园林。那些远远近近的木屋中的灯火，在黑暗中闪闪烁烁。

茂陵县廷的校场上，张次公低着头、背着双手来回踱步，脸色如铁，步履沉重。

为了搜捕刺客，他这几日都没离开茂陵。

陈谅站在一旁，正在向他禀报秦穆的情况："……这小子今天刚刚入了咱们茂陵版籍。据查，他自称是汝南郡上蔡县人，数日前才来投奔他表兄韩当，不巧就撞上墨家刺客行刺丞相。结果韩当被杀，他反而救了公孙丞相和张廷尉。据说这小子身手很好，那晚若不是他，丞相和廷尉恐怕就凶多吉少了。"

张次公依旧来回走动，恍若未闻。

自从白天被天子召见后，他就变成这副德性了，陈谅有心劝慰，却不知从何开口，只好保持沉默。

片刻后，张次公才闷闷地嘟囔了一句："青芒身手也很好。"

终于听见他吱声，陈谅松了口气，道："是的将军，这又是一个疑点。对了，我还打听到，这小子来茂陵的路上把名籍给丢了，若非丞相破例，他也入不了咱们茂陵籍。"

张次公蓦然停下脚步，看了他一眼，冷然一笑，却没说话。

"将军，要我说，咱们把蒹葭客栈的掌柜和伙计找来认认，他不就原形毕露了吗？"

张次公沉吟了一下："暂时不宜由此入手。"

"为何？"

"就算认出他是青芒，可凭什么说青芒一定就是北邙山上的那个刺客？蒹葭客栈的掌柜和伙计看见他杀人了吗？"

陈谅一怔："可青芒若不是刺客，为何一看到咱们就跑？这分明是做贼心虚啊！"

"他可以随便扯件小事来遮掩，比如说承认偷了咱们北军的战马。若是在此之前，仅凭这一点我当然也能收拾他，问题是他现在变成了丞相私邸的门尉，又是丞相的救命恩人。仅仅这一条盗马之罪，你治得了他吗？"

"那……那该怎么办？"

"派人去汝南，八百里加急，查他的老底。"张次公不假思索道，"既然他拿不出名籍，就说明汝南上蔡县很可能没有秦穆这个人，那咱们就能当着丞相的面戳穿他的假冒身份。这样一来，丞相不仅不敢保他，反而会跟他撇清干系。没有了丞相的信任和庇护，他便成了咱们砧板上的鱼肉，要收拾他就容易多了。到时候，再让蒹葭客栈的掌柜和伙计来指认，就算他浑身长嘴也说不清。"

"将军英明！"陈谅大喜，"如此一来，韦吉案就告破啦！"

张次公却毫无喜色，反而苦笑："就算韦吉案破了，可其他案子呢？墨家刺客呢？抓不到这伙人，五天后，我就得提着脑袋去面圣了。"

陈谅喜色顿消，挠了挠头。

张次公抬头仰望墨黑的苍穹，沉沉一叹。然后，他的目光无意中落到了校场边的一座望楼上，心中忽有所动，便大踏步朝望楼走去。陈谅不解其意，只好快步紧跟。

青芒在弯弯曲曲的地道中走了差不多一炷香时间，终于走到了尽头。

地道尽头有一个向上的坑洞，洞壁靠着一架木梯。青芒踩上去，爬了十几级，仰头便看见了一块铁板，与入口处的那块一样锈迹斑斑。

这就是出口了。

青芒知道上面一定是天子陵寝。

朝廷各路人马把茂陵邑翻了个底朝天，却万万想不到那帮墨家刺客就躲藏在这里！

内城官员中定然有墨家的内应，而且级别不低，同时手底下应该也有不少潜伏的墨者，否则不可能神不知、鬼不觉地挖出一条这么长的地道。

他把铁板稍稍顶开一条缝，发现外面一团漆黑、寂然无声，想来应该安全，便用力把铁板推开，然后从一堆伪装的杂草中钻了出来。

这里是一片茂密的灌木丛，周围是一片小树林，平时显然人迹罕至。青芒猫腰摸到了树林边缘，忽见不远处有一名官员正打着灯笼走过，便悄悄跟了上去。

孔禹来到了园林东北隅的一座木屋前，见屋中黑灯瞎火，似乎犹豫了一下。

他思忖了片刻，还是下决心走到门口，然后四周看了看，抬手在门上敲出了一串有节奏的声响。

屋中并未亮灯，却立刻传出一个女子的声音："谁？"

"敌以南方来，迎之南坛。"孔禹低声道。

屋中女子回应："将服必赤，其牲以狗。"

此刻，青芒已藏身在木屋斜对面一株枝繁叶茂的香樟树上，清晰地听见了二人的对答，也认出了女子的声音。

他在黑暗中无声一笑。

不出所料，这个墨家女子果然藏身此处。

木门"吱呀"一声开了，郦诺一身杂役装扮走了出来。借着官员手上灯笼的光亮，青芒看见她虽然素面朝天、一身粗麻布衣，却依然美丽动人。

见郦诺出来，孔禹赶紧把灯笼放在地上，双手抱拳，躬身一揖："属下刑天见过旗主。"

刑天？旗主？

前者一定是此人的代号，而后者想必就是女子在墨家组织中的职位了。青芒想。

"免礼。"郦诺看着孔禹，有些诧异，"这么晚了，何故过来？"

孔禹淡淡一笑："这么晚了，旗主不也还没歇息吗？"

郦诺也报之一笑："芷薇已经睡了，咱们外面谈吧。"说着把门掩上，提起地上的灯笼。孔禹赶紧要去接，郦诺把他挡开，"呼"的一下把火吹灭了。

二人借着月光走向这边的树林，恰好来到了青芒所在的这棵树下。

"多日受困于此，丝毫动弹不得……"郦诺轻叹一声，"我怎么睡得着？"

"旗主勿忧，属下正为此事而来。"

郦诺闻言，眸中泛出惊喜之色："是不是仇叔到了？"

孔禹点点头："青旗的仇旗主傍晚刚到，马上就跟夸父先生联络了，属下是半个时辰前接到的消息。"

又一名旗主，又一个代号！

青芒不禁在心中感叹：这墨家的势力实在庞大——外有江湖上的游侠死士，内有朝堂上的官员卧底，眼下又一意对朝廷宣战，绝对够朝廷喝上一壶了。接下来，双方必将会在茂陵和长安掀起一场场腥风血雨，而自己怀着一团懵懂卷入其中，也不知到头来是福是祸。

"仇叔可有接应计划了？"郦诺问。

"计划是有，不过今夜来不及了，只能等到明晚。夸父先生命属下先来跟您禀报一声，让您和弟兄们做好撤离准备。"

"出去之后，具体是何安排？"

"仇旗主以木匠名义接了内史府的一件大活儿，足以干上大半年，您和弟兄们明日出去后，便以他的徒弟和家眷身份出现，相应名籍都已备妥，如此便无须再躲躲藏藏了。"

"内史府？"郦诺想了想，"看来，这回连盘古先生都出手了。"

"是的。旗主这回搞出这么大动静，朝野震恐，盘古先生再怎么与您意见相左，再怎么沉得住气，也没有理由袖手旁观呀。"

盘古先生？

青芒眉头微蹙。看来，此人又是一个潜伏在朝中的墨者，且官位一定很高，否则很难拿下内史府的土木工程，还顺带办下一大批名籍，解决了这些人的身份问题。

这么想着，青芒忽然暗暗一惊：内史府？那他们说的这个"盘古先生"会不会就是右内史汲黯？！

青芒搜索着脑中残存的记忆，依稀记得汲黯是天子刘彻的东宫旧臣，为人刚直耿介，敢于直言切谏，一向主张与匈奴和亲，反对彼此攻伐，且不喜儒家，一贯与自诩儒学传人的公孙弘不睦。如此种种，不都与墨家的思想主张暗合吗？

"想必是仇叔设法说服了盘古先生。"郦诺淡淡一笑，"否则，以他的脾气和心性，加上对我的看法，就算袖手旁观也并非不可能。"

如此看来，墨家内部也不是铁板一块。青芒想，在是否为郭解报仇、向朝廷"宣战"的事情上，这个女子与那个盘古先生显然有着不小的分歧。

张次公负手立在高高的望楼上，夜风猎猎吹动他的衣袍。

站在这里，几乎可以俯瞰茂陵全城，唯独低于内城的天子陵寝。张次公眉头紧锁，极目四望，眼中凝聚着深重的焦虑与茫然。

"将军，夜深了，您还是先歇息吧。"陈谅在一旁道。

"陈谅，如果你是墨家刺客，明知无论能否得手，都逃不出茂陵邑，那么你会如何躲避朝廷搜捕？"

陈谅挠挠头，想了想："要么插上翅膀飞出去，要么挖个地洞藏起来……否则，我不知该怎么办了。"

"又是上天遁地！"张次公苦笑，"你就没点儿新鲜的吗？"

"卑职驽钝，哪想得出高招啊！不瞒将军，卑职小的时候，有一回去邻居家偷桃子，被人家发现了，卑职就躲进他们家地窖，整整躲了一宿啊……"

张次公呵呵一笑，忽然间，他像是悟到了什么，猛地盯住陈谅："你说，墨家刺客会不会事先挖掘了地道？！"

陈谅一怔："他们……他们还真的会遁地？"

张次公迅速转了一个身，目光倏然射向茂陵全城最高处的天子陵寝，喃喃道："丞相宅邸与内城毗邻，中间只隔着一片云杉树林，倘若他们挖一条地道从树林通到内城，不就可以神不知鬼不觉地全身而退了吗？！"

陈谅惊愕："可……可内城是天子陵寝，防备森严，墨家刺客怎么可能在里面挖地道？"

"倘若内城官员中有墨家奸细呢？"

"奸细？！"陈谅又是一惊。

"这几日，咱们把茂陵邑翻了个底朝天，连公主、列侯的府邸都没放过，唯独没想到也绝对不敢去动天子陵寝！"张次公语速飞快，"墨家刺客正是抓住了咱们这个软肋，才会有恃无恐地躲藏在内城之中！"

说完，张次公不再理会陈谅，猛然转身，三步并作两步地跑下了望楼。

陈谅慌忙紧跟了过去。

第七章 陵寝

今唯无以厚葬久丧者为政，国家必贫，人民必寡，刑政必乱。

——《墨子·节葬》

内城园林中，孔禹把明晚的撤离计划跟郦诺交代完，便道："时辰不早了，旗主赶紧歇息吧，属下这就去通知雷刚他们。"

"有劳了。"郦诺道。

话音刚落，不远处的树林中忽然有一前一后两条黑影朝这边跑了过来。郦诺一惊，赶紧要回屋，却见一队巡逻卫士恰好从木屋前走过。情急之下，郦诺只好朝孔禹点了下头，旋即纵身跃上了头顶的香樟树，孔禹也迅速转身，快步走进了树林中。

转眼间，那两条黑影便跑到了树下，是一男一女，男的是陵园卫士，女的是杂役。两人低声调笑了几句，居然靠着树干搂抱在了一起。

郦诺趴在树枝上把这一幕看得一清二楚，不禁无声苦笑。

紧接着，她忽然感觉不太对劲，扭头一看，面前竟然是一张男人的脸！

这张脸近在咫尺，她几乎可以感受到他温热的呼吸，可气的是这张脸上居然挂着一丝幸灾乐祸的笑意，更可气的是这张脸她一点儿都不陌生！

当然，这些愤怒都只是郦诺的第二感觉。

在深夜的树上猝然看见身旁有一张脸，第一感觉肯定是惊悚，而不是愤怒。

郦诺在猝不及防的惊悚之中差点儿叫出声来，而这个男人在这一瞬间竟然伸手捂住了她的嘴，把即将飞出的一声惊呼给生生堵了回去。

郦诺睁圆了眼睛望着这个神出鬼没又阴魂不散的男人，心中霎时翻腾起一堆错综复杂的情绪——既有些惊魂未定，又有些义愤填膺，还有些困惑不解，外加突然被一个男人捂住嘴的羞恼。

虽然内心波涛汹涌，但郦诺的冷静和干练并未消失。只愣怔了一小会儿，她右手的袖中已翻出一把匕首，抵在了青芒的喉咙上。

可她没有料到，这把削铁如泥的匕首挥出时，竟然削断了几片树叶。

眼看那些树叶飘飘落下，最后势必把她和他一起暴露，青芒飞快出手，把那六七片零碎的树叶一一夹在右手的五根手指之间，一片都没让它溜了。

这一手煞是精彩，连郦诺都忍不住在心里叫了声好。

但是，青芒的另一只手仍然捂着她的嘴，郦诺怒而把刀尖又抵近了些，分明已经刺入青芒的肌肤。

青芒手指微动，把那些零碎树叶都抓在掌中，然后故意松了松，给了郦诺一个眼色，暗示她若不把匕首拿开，他就让树叶掉下去。

郦诺眼睛一瞪，也指了指他捂嘴的手。

青芒一笑，无声地做了个"一起放"的口型，然后笑盈盈地等她来决定。

郦诺迟疑了一下，示意他先放。

青芒又是一笑，终于把手缩了回去。

郦诺又瞪了他一眼，才不情不愿地收了匕首。忽然，她瞥见青芒的脖子上渗出了一道血丝。在一丝不忍浮上心头之前，她赶紧告诉自己：是这家伙活该，别可怜他！

这时，树下那两位还在没完没了地卿卿我我，不时有些暧昧的声音飘上来。郦诺感觉脸颊有些发烫，心想还好夜色漆黑，否则就太难堪了。青芒看着她，忽然坏笑了一下，仿佛把她看穿了。郦诺登时恼羞成怒，作势又挥了挥匕首。青芒非但不惧，反而露出挑衅似的笑意。

两人就这么僵持了一会儿，树下那对野鸳鸯终于鸣金收兵，兴尽而归。

"你到底是什么人？为何总是阴魂不散，到哪儿都跟着我？！"郦诺几乎是咬牙切齿地说出了这句话。

"你问我是什么人，我现在还真是没法回答。"青芒摊开手掌，让那些碎叶子飘了下去，"不过有一点我可以告诉你，咱们是一样的人。"

"什么意思？"

"咱俩都是刺客。"

郦诺一怔，回想起他假扮禁军的一幕，忽然眸光一闪："大行令韦吉，是你杀的？"

"聪明，不愧是墨家旗主。"

郦诺一听，眼中的光芒立刻变成杀气："刚才的话，你都听见了？"

"怎么，又想杀我灭口？"青芒笑，"你明知打不过我的。更何况，我受累钻那么长的地道过来，本意也不是想偷听你说话。"

"那你想干什么？"

"想验证一下我的猜测对不对。此其一，其二嘛……"青芒摸了摸鼻子，"跟你聊天还是蛮愉快的，所以就想来见见你。"

郦诺冷哼一声："那晚为了看我的长相，宁可吃我一掌；今夜为了见我，你宁可连命都不要？"

"要，当然要。只是问题没你说的这么严重，我有本事进来，当然也有本事出去。"

"那就赶紧滚，从哪儿来回哪儿去！"郦诺说完，翻身从树上跳下，径直朝木屋走去。

青芒紧跟着跳了下来，笑了笑："一声再见都不说吗？"

郦诺止住脚步，头也不回道："你最好别再见到我。"

"为什么？"

"下回见到你，我一定杀了你，我保证！"

青芒呵呵一笑："行，下回的事下回再说，今天的事，你先让我说完。"

郦诺不再理他，继续朝前走。

青芒不紧不慢地跟着："别等到明晚了，叫上你的人，现在就走。"

郦诺充耳不闻，脚步不停。

"北军的张次公不是一盏省油的灯。"青芒的声音从后面执拗地追了上来，"既然我能发现你们的地道，我相信，他也能。"

郦诺眉头一紧，终于停下脚步。

青芒在她身后站定："接下来这十二个时辰，非常危险。我有一种预感，张次公随时可能找上门来。所以，你们必须走，越快越好。"

郦诺听他的口气像是在下命令，顿时不悦，猛然转身盯着他："你那天豁出命去替公孙弘挡箭，现在凭什么让我信你的话？"

"你不必信我。"青芒淡淡道，"你只需信你自己的理智，想想我说的话对不对。"

郦诺不得不承认他说的有道理，可嘴上却不愿服软："你以为跟我说这些，我就会承你的人情吗？"

"别想那么多，我只是不忍心见死不救罢了。"青芒笑了笑，"好了，我要说的都说完了，你自己保重。告辞。"说完，便擦着她的肩膀头也不回地走进了夜色之中。

这家伙到底是什么人？他为何既帮公孙弘又帮自己？

看着青芒离去的背影，郦诺不禁对这个身份神秘、行事诡谲的男人充满了好奇，同时也深感困惑。

阒寂无人的大街上，张次公和陈谅策马狂奔，后面紧跟着一大队北军骑兵。

"命弟兄们彻底搜查丞相宅邸西面树林，一寸也别放过！"张次公大声道，"另外，你带上我的符节去见荀陵令，让他即刻关闭城门，任何人不得进出，同时集合内城所有人员，清点人头，逐一验明身份。"

"是！"陈谅大声回应，旋即又弱弱道："那，将军您呢？"

"废话！"张次公不耐烦道，"天子陵寝乃是禁地，我岂能不去禀报丞相就擅自行事？！"

陈谅恍然。

公孙弘在睡梦中被老家丞叫醒，说北军将军张次公紧急求见。

此时已是子夜，公孙弘睡意正酣，猝然醒来有些不悦，可随即想到很可能查到了刺客的线索，遂匆匆穿上衣服，快步来到正堂。

张次公一身戎装、满头大汗，正在堂上焦急踱步。

一见公孙弘，张次公立即抢步上前，飞快禀报了自己的怀疑和已经采取的初步措施。

"天子陵寝？！"公孙弘不由得惊愕，"此事非同小可，你可有十足把握？"

"卑职很有把握。"张次公忙道，"正因事关重大，卑职才不得不黉夜把您吵醒。"

公孙弘蹙眉："要搜查陵寝，必须上奏陛下，本相也没有这个权力。"

"丞相，事急从权！"张次公大为焦急，"此刻陛下尚在安寝，去长安请旨更需时间，一来二去，难免延宕，只怕到时候刺客就跑了！"

公孙弘犹自沉吟，下意识地来回踱步。

张次公所言他何尝不知？只是兹事体大，万一搜查了陵寝却抓不到刺客，不但张次公罪责难逃，连他自己也得背负"擅权僭越"的罪名。但正如张次公所言，倘若瞻前顾后，贻误时机，真让刺客逃了，那也是严重的失职！

这么大的一个赌局，决心委实难下……

青芒从树洞中钻出来的时候，一下就发现不对劲了。

周遭一片人喊马嘶，一支支火把在黑暗的树林中闪闪烁烁。

他心中一沉。

自己所料不错，张次公果然不是省油的灯！

看来这次，那个墨家女子及手下那些游侠是凶多吉少了。

青芒的第一反应是赶紧回头去通知他们，但冷静一想，这么做不仅于事无补，连自己都得搭进去。正迟疑间，不远处有两名禁军手执火把摸了过来。

"将军这回可赌大了。"军士甲道，"天子陵寝也敢搜，万一抓不到刺客咋办？"

"陛下下了死令，只给五天期限，横竖得搏它一把！"军士乙道，"再说，将军这不找丞相禀报去了吗？出了事，自有丞相担待。"

"你拉倒吧！我估摸着，丞相也不见得敢出这个头。"

青芒闻言，心中顿时一凛——糟了，如果公孙弘决定出面搜查陵寝，肯定会叫自己同行护卫，若发现自己深夜未归，势必产生怀疑。

这么想着，青芒立刻像离弦之箭射了出去，跃上了一棵大树，紧接着又跳到了另一棵树上……

两名军士一边搜索一边闲聊，军士甲忽然听到头上有什么动静，猛一抬头，依稀看见一道黑影从树上一掠而过，厉声道："什么人？！"

军士乙一惊，慌忙循着甲的目光望去，却什么都没看见，恼道："你咋呼什么呢？平白无故被你吓个半死！"

"我好像看到一个人飞了过去……"

"人能在上面飞？"军士乙嗤之以鼻，"你飞一个我瞧瞧？！"

公孙弘犹豫了好一会儿，终于一咬牙："也罢，本相就陪你赌这一把！"

张次公大喜过望："丞相英明！"

"你先过去，把情况控制住。"公孙弘道，"我换身衣服，随后就到。"

"是！"张次公飞快地跑了出去。

"朱能。"公孙弘喊。

朱能应声而入，抱拳道："卑职在。"

"去把秦穆叫来，集合人马，即刻出发。"

"是！"朱能转身而出。公孙弘忽然想到什么，又喊住了他，想了想，道："我去吧。"

"丞相，这种小事让卑职去就好了，您……"朱能一脸懵懂。

公孙弘不语，径直走出了正堂。

朱能挠挠头，连忙跟了上去。

青芒像一只黑色的大鸟从云杉树林中飞掠而出，几个起落后，便跃过了丞相宅邸的墙头。

与此同时，朱能、侯金及数名侍卫正提着灯笼，簇拥着公孙弘朝青芒的寝室方向快步走来。

青芒身轻如燕，在一座又一座屋脊上飞奔。

公孙弘等人走上了回廊。

青芒从一片园圃中飞速掠过，一边跑一边脱掉了身上的夜行衣，随手扔进了一旁的灌木丛里。紧接着又解开了头上的发髻，任一头长发披散了下来。

公孙弘和朱能步下回廊，走进了青芒所住的这座小院。只见寝室中黑灯瞎火，公孙弘不由得眉头一皱，对朱能道："把门撞开。"

朱能以为自己听错了："丞相……您是说，把门撞、撞开？"

"少废话！"公孙弘沉声一喝。

朱能一惊，赶紧跑过去，用自己肥胖的身躯往门上撞去。厚实的木门晃了一晃，把他弹了回来。朱能大窘，发一声喊，又冲了上去，终于"哗啦"一下把门撞开了，却由于用力太猛，收不住势，整个人滚进了屋中。

公孙弘等人立刻一拥而入。

就在他们迈进房门的一瞬间，床榻方向传来青芒的一声怒骂："朱能你是不是疯了？半夜撞老子房门？！"

在灯笼的映照下，公孙弘清晰地看见，青芒正披头散发坐在床榻上，身上穿着中衣，盖着被褥，一脸惺忪睡意，眼睛半睁半闭。

朱能从地上爬起来，揉着发痛的肩膀，满脸委屈，说不出话。

青芒看清紧随而入的公孙弘，慌忙下床，跪地抱拳："卑职不知丞相驾到，出……出言不逊，还望丞相恕罪。"

"不知者无罪，起来吧。"公孙弘用笑容掩饰尴尬，"那个……墨家刺客又闹事了，本相记挂你的安危，便赶过来看看，你没事就好。"

青芒起身，作出一副感动之状："丞相待卑职真是无微不至，卑职感激涕零！"

"好了好了，快换身衣服，随我出门。"

"墨家刺客又搞什么事了？"青芒故作惊诧。

"时间紧迫，路上再跟你说。"

内城南门，陈谅带着一队禁军骑兵，正与茂陵令荀遵及手下卫士对峙。荀遵五十余岁，面目清癯。

"荀陵令，这是张将军的符节，请你看清楚了。"陈谅手上高举一块铜制符节，大声道，"阻挠我们北军搜捕刺客，这罪名怕你担待不起。"

"本陵令奉陛下之命守护陵寝。"荀遵面无表情道，"除非陛下本人或秉承陛下旨意，否则任何人休想踏入这城门一步！"

"事急从权！张将军已经去跟丞相禀报了，你怎么这么死心眼儿？"

"丞相又如何？没有圣旨，就算丞相也不能进。"

"你——"陈谅又急又怒，却又无计可施。

外面已是风起云涌、剑拔弩张，可内城北面的园林中仍是一片寂静。

不过，这寂静也只是表面的。

郦诺意识到事态的严重性后，便悄悄把住在不远处的雷刚、牛皋、许虎叫到了自己的木屋中，一起商量对策。仇芷薇一听青旗的仇旗主明晚要来接应，面露喜色，道："我爹总算来了，太好了！"

郦诺瞥了她一眼："当初不让你跟着我你偏要跟，这回你爹来了，你就等着挨骂吧，乐什么？"

仇芷薇嘻嘻一笑："我才不在乎他骂我，只要你别老骂我就成。"

"骂你我还受累了呢，赶紧跟着你爹去吧，我落个省心。"

"偏不！"仇芷薇撒娇，"我偏要跟着你。"

郦诺不再理她，对雷刚等人道："据说北军的张次公有点儿能耐，我担心等到明晚会夜长梦多，你们怎么看？"

"姓张的若真有能耐，也不至于这么多天找不着咱们了。"眼如铜铃的雷刚不以为然，"旗主也不必太担心，无非是在这儿多待一日而已。"

"我同意雷哥意见。"胡子拉碴的牛皋接言道，"这陵寝是禁地，张次公做梦也想不到咱们会躲在这儿。就算他心存怀疑，也绝不敢轻举妄动。"

"这倒也未必。"个头矮壮的许虎面露忧色，"咱们这回干的是惊动朝野的大事，不能以常理揣度，真要把这个张次公逼急了，他指不定连陵寝也敢闯。"

"虎子说得对，不怕一万只怕万一，咱们不能冒险。"郦诺不想再耽搁，遂下定决心，"雷子，大牛，你们立刻把弟兄们召集过来，记得要三个一组，机灵点儿，别闹出动静；虎子，你去通报刑天，就说咱们今晚就从地道撤离。"

"是！"听她已然下令，三人便没再说什么，同时起身。

"可出了地道咱们咋办？总不能连夜去找我爹吧？"仇芷薇也连忙起身，"他今晚刚到，肯定还没准备好，这太仓促了。"

"让刑天通知你爹明早来树林接应。"郦诺不假思索道，"咱们宁可在树林或地道里躲一宿，也比在这儿安全。"

就在这时，一阵急促的敲门声突然响起，众人不由得一惊。

"旗主，快开门！"

是刑天的声音。郦诺心头一沉，意识到事情不妙了。

雷刚赶紧过去开门。孔禹一头闯进来，满脸惶急："不好了旗主，北军要进来搜捕了，现正与苟陵令在南门对峙。"

众人大为惊愕，面面相觑。

"果然来了！"郦诺冷然一笑，保持着镇定，"那现在地道还安全吗？"

"恐怕也不安全了。"孔禹道，"属下刚才留意了一下，东墙外的树林动静也不小，怕是北军在搜林子了。"

"那怎么办？"仇芷薇脱口而出，"那咱们岂不是无路可走了？"

"不会的，这内城的守备总有薄弱环节。"郦诺看向孔禹。

"是的，城墙西北角的守卫最少。"孔禹忙道，"属下方才已经派人去通报仇旗主了，让他带人到那儿接应，咱们是不是现在就走？"

"走！"郦诺一声令下，回头吹灭了屋中的灯烛。

此刻，内城东墙外的云杉树林中，张次公正站在那棵树干被蛀掉一半的大树前，望着那个黑黢黢的地道口，嘴角泛起得意的狞笑。

"传我命令！"张次公对身旁军士下令，"所有人全部出动，将内城外围悉数封锁，重点是西门、北门、东门，还有东北角和西北角！"

"是！"军士领命而去。

说话的当口，已有一队军士手执火把，一个接一个跳进了地道。

张次公回身上马，一路疾驰，片刻后便来到了南门。

此时，陈谅依旧在与荀遵对峙。

一见他到来，陈谅松了一口气，道："将军，这姓荀的又臭又硬，卑职好说歹说……"

张次公抬手止住了他，然后策马前行了几步，对着荀遵笑道："荀陵令，事发突然，不得不深夜前来搅扰，还望阁下体谅。"

"张将军不必客气。"荀遵淡淡道，"若有陛下旨意，还请出示；若是没有，便请打道回府。本陵令职责所在，还望将军理解。"

"理解理解，我很理解。"张次公呵呵一笑，"只是我有一事不明，还想请荀陵令解惑。"

"将军请说。"

"当初朝廷修建这陵寝，除了地宫之外，是否还在其他什么地方挖掘了地道？"

"胡言乱语！"荀遵神色一凛，"这是陛下百年后的寝宫，岂能挖掘什么地道？！"

"这么说，荀陵令敢担保，这内城之中绝对没有地道喽？"张次公依旧面带笑意。

"那是当然！"

"荀陵令敢拿脑袋担保吗？"张次公的笑意中忽然闪现出一丝狠厉。

"张次公，你别太过分！"荀遵终于忍无可忍，"我是看在同朝为臣的分儿上才与你客气，你可别得寸进尺！"

"荀陵令少安毋躁，我若没有确凿证据，也不会这么说。"

"证据何在？"

张次公抬眼眺望了一下远处的陵寝，又是一笑："如果所料不错，此刻我的一队手下，已经通过地道进入了你的地盘。确切位置，应该是天子陵寝东侧的树林里。"

荀遵脸色一变："不可能！"

"荀陵令若不信，咱们不妨一块儿去瞧瞧。要是没这回事，我张次公情愿当着你的面自刎谢罪，如何？"

"本陵令没空陪你在这胡扯。"荀遵袖子一拂，转身对手下门吏和卫士道："所有人听着，给我牢牢把住城门，若有人胆敢擅闯，格杀勿论！"

"是！"众卫士挺身上前，手里的刀戟全都对准了张次公和他的人。

"荀遵，我这是在给你机会，你真是不知好歹。"张次公冷冷一笑，旋即大声下令："弟兄们听着，荀遵涉嫌私挖地道，窝藏墨家刺客，国法难容，其罪当诛！立刻把他拿下，谁敢阻挠，就地格杀！"

"是！"陈谅和众军士拔刀出鞘，策马逼了上去。

眼看一场恶战就要爆发，公孙弘的车队恰在此时到了。

青芒扶着公孙弘从车上下来，然后与朱能、侯金等侍卫拥着他走到两方人马中间。

公孙弘左右看了看，淡淡一笑："怎么，刺客还没抓到，二位这就要内讧了吗？"

张次公连忙下马，走到公孙弘身边，低声禀报了在树林中发现地道的事。公孙弘大为惊愕，回头紧盯着荀遵，沉声道："荀遵，命你的人立刻放下武器。"

荀遵无奈，只好命手下照办。

公孙弘又给了陈谅一个眼色。陈谅与几名军士立刻上前抓住了荀遵。那些守门卫士一看是丞相下的命令，都不敢轻举妄动。

"丞相！"荀遵一脸愕然，"为何抓下官？"

"你自己心里清楚。"公孙弘冷冷道。

"公孙丞相，下官到底犯了什么罪？"荀遵奋力挣扎，"您要抓下官，也得给下官一个说法吧？"

"等本相抓住了墨家刺客，自会给你说法。"公孙弘说着，挥了挥手。几名军士随即把荀遵押了下去。

"张将军，看来这一把，你赌对了。"公孙弘眯眼凝望着月光下的陵寝，"今天若能抓获刺客，本相一定替你向陛下请功。"

"多谢丞相！"张次公躬身一揖，"不过今夜若无丞相出面，卑职也进不了这内城。要论功，丞相当居首功。"

公孙弘淡淡一笑："走吧，先把人抓到再说。"

"丞相不坐车吗？"

"陵寝重地，岂可随意行车走马？咱们都步行吧。"公孙弘说着，率先走进了城门。青芒率朱能、侯金等侍卫紧随其后。

张次公跟了上来，与青芒并肩而行，微微一笑："秦门尉，幸会。"

青芒还以微笑："幸会，张将军。"

"秦门尉很像我的一位故人。"

"是吗？这么巧？"

"是的，是很巧。"张次公叹了口气，"可惜我这位故人失踪了，令我朝思暮想，甚是挂念！"

"真遗憾。"青芒也跟着叹了口气，"我还想着让将军介绍我们认识呢。"

"会的。我一定会尽快找到他，让你们认识。"

"将军这么说，让我很期待。"

"的确，这一刻值得你我共同期待。"张次公笑了笑，"秦门尉可知，我这位故人不仅跟你长得像，而且身手一点儿不比你逊色。"

"是吗？那他是怎么失踪的呢？"

"严格来讲也不叫失踪。他其实是自作聪明躲起来了，以为我找不着他。"

青芒呵呵一笑："万一他够聪明，将军真的找不到他怎么办？"

"不会的，我很快就会找到。知道为什么吗？"

"为什么？"

"因为，我比他更聪明。"张次公说着，有意瞥了青芒一眼。

"其实，这一点我早看出来了。"青芒煞有介事道。

"哦？你怎么看出来的？"

"将军从头到脚都写着聪明二字，只要是个人，眼睛又不瞎，都能看出来。"

张次公一怔，旋即哈哈大笑。

青芒也朗声大笑。

两人就这么大笑着走过了陵门，不知道的人还以为他们是一对相交多年的好友。

内城园林，孔禹领着郦诺等二十余人，一路借着小树林躲躲藏藏、走走停停，避过了好几拨巡逻队，花了小半个时辰才接近了西北角的城墙。

月光下，依稀可见城墙上站着十来个卫士，守备的确薄弱。

"旗主，看这时辰，仇旗主他们应该到了。"孔禹低声道，"我去把那些守卫支开，你们上了城墙后，马上跟仇旗主以暗号联络，一长二短的鸟叫声，重复三次。"

郦诺没有回答他，而是侧耳聆听着什么，忽然眉头一皱："你们没听见什么动静吗？"

孔禹和雷刚等人对视了一眼，都摇摇头。

"城墙外，好像有骑兵的马蹄声。"郦诺又道，"仇叔他们不可能骑马过来。"

雷刚一惊，赶紧趴到地上去听："没错，是骑兵，人数不少，从东边过来的。"

众人顿时面面相觑，旋即又都看向郦诺。

此时，城墙上的卫士似乎也听到了马蹄声，纷纷朝东边望去。这种情况下要支开他们，显然是不可能了。

"既然躲不开，那就无须再躲！"郦诺缓缓拔出佩刀，"跟他们拼了，跑一个算一个。"

"对，至少不能让我爹他们孤军奋战。"仇芷薇道。

"旗主，一旦动手，就再没有退路了。"孔禹神情凝重，"我和弟兄们都可以去拼，您却不能有任何闪失，咱们墨家还有很多大事等着您去做呢。"

郦诺凄然一笑："我若是死了，那些事自有他人来做。咱们墨家多的是赴火蹈刃、死不旋踵的豪侠义士，不怕后继无人。"

"可您跟别人不一样，您是巨子唯一在世的传人……"

"是啊，诺姐，如果刑天还有什么办法的话，你还是要听他的。"仇芷薇接言道，"我们每个人都可以死，只有你不能！"

郦诺闻言，眼睛微微一热。

"刑天，说了半天，你到底还有什么退路？"雷刚急道。

"有，祓恩殿里有个地下密室，可容数人躲藏，里面备有十日的水和干粮，此事只有我跟夸父二人知道。我建议旗主和仇姑娘先躲进去，过后再想办法。"

"只有你跟夸父两个人知道？"许虎忽然插言，"那万一你们有个三长两短，岂不是……"

"放心吧。"孔禹苦笑，"就算我死十回，夸父也不会有事。我是他唯一的下线，除非我把他供出来，否则没人知道夸父是谁。"

"你们说得这么热闹，可曾问过我的意见？"郦诺露出一个云淡风轻的笑容，"我郦诺自认也是有几分血性的人，岂有让你们去死、我一人独活的道理！"

说完，郦诺拉起一块黑布蒙住了脸，环视众人一眼，率先朝城墙冲了过去。孔禹沉沉一叹，只好跟众人一起紧随其后。

公孙弘、青芒一行来到了祾恩殿前。

"丞相，"张次公抱拳道，"您请在此歇息，居中指挥，搜捕刺客的事，就交给卑职了。"

"嗯。"公孙弘笑了笑，"那就有劳张将军了。"

张次公转身欲走，忽然想起什么，对青芒道："秦门尉，有没有兴趣跟我一块儿抓捕刺客，为朝廷建功？"

青芒不置可否地笑笑，把脸转向公孙弘。

"秦门尉箭伤未愈，还是别上阵了，就留在这里吧。"公孙弘道。

青芒心中暗笑，公孙弘这只惊弓之鸟，显然是怕刺客又突然冒出来。

张次公抱了抱拳，又深长地看了青芒一眼，这才带着陈谅和众军士大步离去。

"朱能、侯金。"青芒下令，"命弟兄们守住大殿四周，除了张将军的传令兵，任何人不得入内。"

"是！"朱能和侯金领命而去。

"丞相，外面更深露重，您还是进殿歇息吧。"青芒躬身道。

公孙弘点点头，拍拍他的臂膀，似乎对他颇为满意。

从刚才入城直到现在，青芒表面上不动声色，其实心里始终牵挂着一个人。

她的一颦、一笑、一举、一动，总是在他的眼前浮现。

树林中的地道被发现，他们退路尽失，眼下禁军又大肆搜捕，他们很难逃得出去。所以方才张次公问青芒时，他其实很想借机去帮帮她，可他知道公孙弘肯定不会放自己走，只好强行按捺住去找她的冲动。

但愿上苍保佑，青芒想，让她有机会逃出生天。

第八章

恶战

勇，志之所以敢也。

——《墨子·经》

郦诺等人刚一冲到西北角的城墙下，便听到城外树林中传来了激烈的厮杀声，显然是前来接应的仇叔他们和禁军骑兵交上手了。

"诺姐，我爹他们肯定被缠上了，怎么办？"仇芷薇大为焦急。

"先把上面这些人解决了再说。"郦诺说着，率先从石阶冲了上去。

城墙上的十来个守卫根本不是郦诺等人的对手，只不过一盏茶工夫，便悉数被解决掉了。雷刚等人迅速取出随身携带的五六条长绳，一头系在城垛上，另一头从城墙上抛了下去。可是，还没等他们动身撤离，又有一大批禁军步兵从北门方向沿城墙杀了过来，看上去足有百人之多。

双方即刻陷入混战。

由于兵力悬殊，郦诺一方很快就有七八人倒在了血泊中。雷刚、牛皋、许虎三人在前面拼命抵挡，大声叫郦诺先撤。然而在混战中，禁军一方已将那些绳索一一砍断，彻底阻断了他们的退路。

城外树林中，战斗也依旧胶着，仇叔等人压根儿腾不出手来接应他们。

"旗主！"孔禹好不容易杀到郦诺身边，急迫道，"跟属下走吧，否则就来不及了！"

"诺姐，赶快跟刑天走！"仇芷薇也瞪着血红的眼睛道，"大伙儿没必要死在一块儿！"

郦诺阴沉着脸奋力砍杀，却不回话。

孔禹和仇芷薇对视了一眼，瞬间达成默契，旋即一左一右架起郦诺，飞快冲下了城墙。郦诺心中连连苦笑，只好道："行了，放我下来吧，我走还不行吗？"

二人不放心，又强行把她架到了城墙附近的树林中，才把她放下。

"诺姐，你保重。"仇芷薇说完，返身又要杀回去。郦诺一把拉住她，沉声道："你若死在这儿，让我如何跟你爹交代？"

仇芷薇无奈，气得连连跺脚。

随着搜捕的全面展开，陵寝北面的园林陷入了一片混乱。

一队队禁军步骑往来驰骋、匆忙奔走，对散布在园林中大大小小的数百座木屋展开了地毯式搜索，并将所有男女杂役从屋中驱赶出来，全部集中一处，以便验明身份。

陵寝重地，原不可随意行车走马，但事急从权，抓捕墨者要紧，所以张次公也顾不上那么多规矩了。此刻，张次公策马立在园林中的一块空地上，环视着从四面八方押过来的那些衣冠不整、满脸惊惶的杂役，脸上露出踌躇满志的神色。

"将军，"陈谅在一旁道，"我看这回，这帮该死的墨家刺客是插翅难飞了。"

张次公得意一笑。

突然，一名骑兵从前方的树林中飞驰而来，高声禀报："将军，西北角发现情况！"

张次公神色一凛，策马迎了上去："说清楚，什么情况？"

"禀将军，"骑兵转眼已到目前，"西北角发现两伙身份不明之人，一伙在城外的树林中，另一伙在城墙上，都被咱们截住了，现正在顽抗！"

话音未落，张次公便已用力甩下马鞭，身下坐骑一声长嘶，疾驰而出。陈谅连忙带上一队骑兵紧紧跟随。

就在张次公率部赶往西北角的同时，在他左侧不远处的一片树林中，有两名禁军步兵遭到了袭击，血溅当场。袭击者共有三人，其中两人迅速换上了他们身上的甲胄……

祓恩殿面阔九间，进深五间，取"九五之尊"之意，气势雄伟。

　　大殿的所有构件全部采用楠木，不加修饰，并由六十根粗壮的楠木大柱支撑整个殿顶。大殿北首陈设着灵座、龛帐、神牌、册宝、衣冠、御榻、香案等，两厢则陈列着编钟、建鼓、竽、笙、瑟、琴等乐器。

　　公孙弘坐在东首的一张坐榻上，与青芒有一搭没一搭地聊天，聊着聊着自然就把话题转到了张次公所谓的"故人"上。

　　"张次公有没有跟你说，你很像他的一位故人？"公孙弘问。

　　"有。"青芒一笑，"他还说，那位故人失踪了。"

　　"哦？"公孙弘有些意外，"然后呢？"

　　"然后他说，他会尽快找到那位故人，让他和卑职认识一下。"

　　公孙弘看着青芒："那你怎么说？"

　　"我说，我对此很是期待。"

　　"你有没有觉得，张次公是话里有话？"

　　"是的。"青芒从容道，"卑职也觉得，张将军对卑职好像挺感兴趣。"

　　公孙弘若有所思地一笑："咱们宅子里的人，对你好像也都很有兴趣。"

　　"也许在他们看来，卑职有些来路不明吧，而且一来就当了您的门尉，更是不合常理。"青芒也笑了笑，"所以张将军也罢，其他人也罢，难免会感到怀疑，或者是羡慕和嫉妒。卑职觉得，这都是人之常情，卑职能理解他们。"

　　"那你自己觉得，你算不算来路不明？"公孙弘看着他，半开玩笑半认真的样子。

　　"这个问题，卑职自己的想法一点儿都不重要。重要的是，卑职对丞相的忠心以及丞相对卑职的看法。"青芒躬身一揖，"至于张将军对卑职，可能有些误解，但卑职相信，日久见人心。假以时日，张将军对卑职的误解自然会消除。说不定将来，他和卑职还能成为朋友呢。"

　　公孙弘闻言，沉默了一小会儿，然后哈哈一笑："那是，你跟张次公都是不可多得的青年才俊，本相倒也不希望你们之间有什么芥蒂。"

　　郦诺和仇芷薇穿着禁军甲胄，跟着孔禹绕过陵寝，快步来到祓恩殿北面，蓦然发现大殿后门站着许多侍卫。

　　三人同时止步，闪身到一棵大树后面。

　　"糟了！"孔禹眉头一紧，"那些人好像是丞相侍卫，看来公孙弘也到了。"

仇芷薇一听，当即怒道："这老贼还敢来？咱也别躲了，索性取了他的狗命！"

郦诺观察着大殿的情况，沉吟不语。

"现在大殿至少有几十名侍卫，不能莽撞。"孔禹道。

"那你说怎么办？进也不得退也不能，难道在这里等死？"仇芷薇焦躁不安。

"我是在想，能不能带你们混出去……"孔禹蹙眉思索。

"太难了。"郦诺终于出声，"总共有三道院门、一道陵门、一道城门，尽管我跟芷薇穿着禁军甲胄，可眼下盘查一定很紧，要想这么混出去，几乎不可能。"

孔禹大为沮丧，恨恨地一拳捶在树干上。

"现在只有一个办法。"郦诺凝视大殿，冷然道。

孔禹和仇芷薇闻言，同时看向郦诺。

"挟持公孙弘，闯出去！"

褖恩殿里，公孙弘和青芒正在说话，侯金从大殿后部匆匆走过来，禀道："丞相，内城庙令孔禹带着两名禁军求见，说张将军有要事禀报。"

青芒眉头微蹙，似乎预感到了什么。

"快传。"公孙弘丝毫没有怀疑。

侯金快步出去，片刻后便领着三个人进来。

青芒一看，心中顿时哑然失笑。为首的人分明是"刑天"，而后面那两个穿着禁军甲胄的"军士"，尽管把头埋得很低，而且脸上故意涂抹了泥土和血迹，可不必细看也知道她们是谁。

刹那间，青芒便料到她们的用意了。

他不免在心中哀叹：自己又要成为阻挠她们的那个"恶人"了！

不过，牵挂了一晚上的人终于安全无事地出现在面前，他心里还是感到了一丝欣慰。

三人径直走到公孙弘面前。孔禹刚要见礼，青芒忽然挺身一拦，微笑道："这位想必就是孔庙令吧？"

孔禹一怔："正是在下。"

郦诺和仇芷薇听到这个熟悉的声音，顿时面面相觑，惊愕不已。

她们无论如何也不会想到，这个"阴魂不散"的家伙竟然会出现在公孙弘身边，而且看他身上的甲胄，显然是公孙弘的贴身侍卫长！

郦诺不禁在心中苦笑。

她知道，青芒故意发声，就是想提醒她们不要轻举妄动。可是，箭在弦上不得不发，郦诺和仇芷薇迅速交换了一个眼色，同时发出一声娇叱，拔刀攻了上来。

公孙弘大惊失色，整个人跳到了坐榻上。

青芒站在榻前，以一人之力挡住了郦诺和仇芷薇的进攻。

孔禹拔刀要加入战团，却被一旁的侯金缠住。

"又是你这厮！"仇芷薇怒骂，"今天非杀了你不可！"

青芒力敌二人，却仍绰绰有余，闻言一笑："要怪就怪你们自己，为何频频行刺丞相？你们可知我秦穆是上天派下来专门保护丞相的？"

秦穆？！

郦诺现在终于知道了他的名字。

"姓秦的，你为虎作伥、助纣为虐！"仇芷薇一边急攻，一边怒道，"老天若是有眼，就该把你收了！"

青芒从容格挡，仍旧面带笑意："我劝你们还是投降吧，跟朝廷作对只有死路一条。"

郦诺给了仇芷薇一个眼色，暗示她不要多言，因为现在多说一句，日后就多一分被人认出的危险。

听到刀剑铿锵，朱能和大殿外围的侍卫们慌忙冲了进来，开始围攻三人。

形势完全一边倒了，何况外面还会有更多的守陵卫士和禁军杀进来。青芒意识到，必须设法让她们脱险，一刻也不能耽搁。

"朱能、侯金！"青芒大喊，"你们和弟兄们快保护丞相撤出去，刺客绝不止这三人，恐怕还会有更多人杀进来，快撤！"

公孙弘本来已觉得安全了，正站在榻上观战，闻言顿时想起那晚被围攻的情景，越发惊骇，赶紧跳下坐榻，朝殿门口跑去。朱能连忙带着一半侍卫簇拥着他离开了大殿。

"侯金，你也撤，这里有我一人足矣！"青芒又喊了一声。

侯金正和四五个侍卫围攻孔禹，闻言应道："不行，卑职绝不能把您一个人留在这儿！"

我晕，你小子还挺讲义气！

青芒心中哭笑不得，却也只能另想办法。

很快，他脑筋一转，便有了对策，旋即对郦诺发起一阵急攻，迫使她朝灵座和 龛帐背后连连退却，同时压低嗓门儿道："想活命就配合我，我救你们出去。"

"谁要你救？"郦诺其实也已猜出他的用意，却仍恨恨道，"我宁可跟你同归 于尽！"

"亏你还是墨家旗主！"青芒冷笑，"大局为重的道理都不懂吗？先活下来，日 后要杀我有的是机会。"

郦诺一听这话，顿时又好气又好笑。

此人不但身份神秘，性情怪异，而且说话行事往往与常人相悖。行走江湖这么 些年，她还是头一回碰上这样的怪人！

这时，有三名侍卫也跟上来一起围攻郦诺。仇芷薇以为郦诺危急，赶忙冲过来 相助，后面却有四名侍卫紧咬着她。

为了尽快摆脱这些侍卫，青芒眼睛一转，旋即施展了一套令人眼花缭乱的手 法：但见他如一阵旋风般穿梭在郦诺和仇芷薇之间，表面上好像在进攻她们，其实 却不着痕迹地帮助二人一一击倒了那七个侍卫；而在这些侍卫自己看来，击倒他们 的是刺客，与秦门尉无关。

青芒的手法不仅巧妙，而且他利用的只是郦诺和仇芷薇的刀柄、手肘和双脚 ——也就是说，那七个侍卫都只是被击晕而已，一个人的命都没丢。

当最后一个侍卫软软倒下，仇芷薇冲上去想补一刀，却被青芒一把抓住手腕： "何必多杀无辜？"

青芒救了她们，仇芷薇当然心中有数，所以只是用力挣脱开，没再说什么。

而此时此刻，郦诺更是把青芒的良苦用心看在了眼里，心里对这个叫秦穆的男 人越发生出一种复杂难言的情愫。

"快走，从后门出去，往东南边跑！"青芒一边低声催促，一边捡起地上的一 把刀，与自己的刀铿铿撞击，做出还在厮杀的动静。

"不行，不能丢下孔禹。"郦诺断然道。

青芒苦笑："跑一个算一个，我可没那本事把你们三个都救了。"

郦诺一咬牙，又要冲进去。仇芷薇慌忙拉住她："太危险了姐，咱们还是先走 吧，过后再想办法救他。"

"这就对了，还是这位姑娘识时务。"青芒在一旁笑，手里的两把刀依旧砍来砍 去，铿铿有声。

郦诺瞪了他一眼。

"快走吧姐，再不走来不及了！"仇芷薇焦急地拉起她的手，硬拖着她出了大殿后门。

"刺客休走！"青芒故意扭头朝里面大喊一声，旋即一闪，紧跟着跑了出去。

大殿中，孔禹在多人围攻下已身中数刀，渐渐不支。他情知没有希望脱身，突然挥刀割向自己的脖子。侯金眼疾手快，一下将他的刀劈落，然后飞起一脚把他踹倒在地。旁边几个侍卫冲了上来，迅速将其控制，还往他嘴里塞了块布，防止他咬舌自尽。

侯金收刀入鞘，冷哼一声："想死，没那么容易！"

内城西北角的战况异常惨烈。

由于寡不敌众，墨家一方在杀掉数倍于己的禁军之后，二十几名墨者全部倒下，只剩下雷刚、牛皋、许虎三人还在奋力拼杀，身上也已血迹斑斑。

而禁军一方虽然伤亡惨重，但兵力仍十倍于对手，之所以还杀不了这三人，皆因张次公事先下了死令，不管付出多大代价也得抓几个活的，故而投鼠忌器，束手束脚。

双方缠斗之际，陵寝方向突有马蹄声滚滚而来。雷刚三人脸色大变，意识到这回已是在劫难逃，都做好了随时自杀的准备。

"我说两位兄弟，"雷刚扯着嗓子道，"咱们再宰他几个，就可以上路了！"

"黄泉路上兄弟同行，老子不孤单！"牛皋大笑。

"到了阴曹地府，老子还他娘的姓墨！"许虎也大声应和。

恰在此时，城外树林中出现了意料不到的情况：一名身形壮硕的青衣人忽然突破禁军的封锁，径直冲到城下，右手抓着一只钢爪，用力一抛，"嗖"的一下飞上城墙，牢牢扣在了雉堞上。

树林中有十余名禁军追了过来。青衣人回身迎战，转眼便砍倒了两人，身手煞是了得。

城墙上，雷刚见状，大声叫牛皋和许虎先撤。许虎立刻跳上城垛，顺着绳索缒了下去。雷刚一边拼死抵御，一边对牛皋大吼："快滚，老子殿后！"

牛皋嘿嘿一笑，突然飞起一脚，把雷刚踹得连退数步，恰好退到扣着钢爪的城垛处，自己反倒冲向敌人，嘴里大喊："明年今日，记得来坟前看看老子，给老子带壶好酒！"

雷刚目眦欲裂，却也只能重重一叹，转身跳出了城垛。几个军士拥了上来，挥刀去砍绳索，不料却铿然有声、火星飞溅——原来钢爪下面垂落的不是麻绳，而是铁链！

牛皋知道雷刚已经脱险，用尽最后力气又砍杀了数人，然后把刀高高举起，刀锋对准了自己的心口。

就在这一瞬间，一支利箭从城内呼啸而至，射中了他的手腕。

牛皋吃痛，手中刀当啷落地。

十几名军士一拥而上，把他死死摁在了地上。

城内，张次公坐在马上，把手里的弓扔给陈谅，盯着不远处的城墙："把那家伙押回军营，严加看守。没有我的命令，任何人不许接触。"

"是！"

城外，雷刚落地后，抓住铁链左右甩了甩，钢爪便落了下来。此时那个青衣人和许虎还在跟四五名禁军缠斗，雷刚一声怒吼："你们闪开！"同时拽起铁链扫了过去。锋利的钢爪一一扫过那几个军士的头脸，这几人顿时连声惨叫，非死即伤。

青衣人一把拽住雷刚的领子，沉声道："芷薇呢？"

"仇旗主放心。"雷刚喘着粗气，"她跟郦旗主，还有刑天，躲到一个安全的地方了。"

仇旗主回头望着高高的城墙，精悍的目光中透着焦急和无奈。

"撤！"他黯然下令，然后打了声响亮的呼哨，领着雷刚和许虎往西边林子飞奔而去。前方树林中，仍在与禁军厮杀的墨者听到号令，纷纷从怀中掏出什么东西掷向对方。禁军士兵们吓得连连后退，但见地上的那些东西吐出滚滚白烟，瞬间模糊了众人视线。

等到白烟缓缓飘散，那些墨者早已消失无踪。

郦诺、仇芷薇、青芒三人一口气跑到了东南边的城墙下。

一路上，他们虽然也遇到了一些守陵卫士和禁军，却因身上的甲胄瞒过了对方眼目。而现在内城乱成一团，几乎所有人都在到处奔走，所以更没人怀疑他们。

眼下，内城的主要兵力都往北边去了，越往南边，守备越是空虚。青芒领着两个女子沿着城墙又往南跑了约莫半里，便发现头上有一段城墙空无一人。

郦诺和仇芷薇瞬间明白了这个秦穆的用意。

可是，眼前的城墙足有三丈来高，手头又没有任何工具，如何攀越？

二人不约而同地看向青芒。

青芒一笑："我抱你们上去，谁先来？"

郦诺和仇芷薇同时一惊，面面相觑。

男女授受不亲，何况是"抱"？！而他说这个字的时候，脸上的表情十分自然，仿佛说的是抱一根木头。

"我看你就是个孟浪之徒！"仇芷薇又忍不住开骂，"男女授受不亲，你爹娘从小没教过你吗？"

青芒闻言，不禁在心里苦笑：我要是知道我爹娘是谁、从小教过我什么就好了。

"二位姑娘，咱们眼下是在逃命，何况孟子不是说过'嫂溺叔援'吗？可见礼法也不是不能变通嘛。"

仇芷薇瞪了他一眼，回头扯扯郦诺的袖子，低声道："姐，咱们另想办法吧。"

郦诺不语，而是仰头看了看："这城墙足有三丈高，你确定抱着一个人还能上得去？"

她固然见识过他的轻功，相信他一个人上去肯定没问题，可再抱上一个人就不好说了。

仇芷薇一听，登时又瞪圆了眼："不是吧姐，你真要让他抱啊？"

郦诺置若罔闻，而是直直看着青芒。

青芒也煞有介事地抬头看了看："是挺高的，不过总得试试，不试怎么知道行不行？万一一次上不去，咱们就多来几次呗。"

"啥？你还要多来几次？！"仇芷薇觉得自己快疯了。

郦诺看着青芒，忽然往前走了两步，张开双臂："来吧。"

仇芷薇见状，顿时目瞪口呆。

青芒也向前迈出两步，在郦诺面前站定。两人几乎脸贴着脸，彼此呼出的气息仿佛也交揉在了一起。

二人四目相对，谁也没有眨眼。

"把手放在我的脖子上，两手环抱。"青芒柔声道。

郦诺感觉自己听到了一个有生以来最温柔也最坚定的命令。

她的目光微微抗拒了一下，然后依言把两只手放了上去，纤纤十指在他的后颈交叉、紧握。

"闭上眼睛。"青芒又道。

"没必要。"郦诺道，"这种小事，还不至于让我闭上眼睛。"

"我的意思，不是说你会害怕。"

"那你什么意思？"

"我是怕……"青芒一笑，"看着你的眼睛，我会分神。"

面对眼前的一幕，仇芷薇已经看不下去也听不下去了，只好频频跺脚，一副咬牙切齿的模样。遗憾的是，那两人都很专注地望着对方，仿佛忘记了她的存在。

郦诺眸中波光流转，忽然也妩媚一笑："你听好了，即使你今天助我脱险，我也不会感激你。"

"我没打算让你感激。"青芒依旧面含笑意，"我只想证明，我不是你的敌人。"

"两次阻挠我杀公孙弘，还敢说你不是我的敌人？"

"公孙弘现在还不能死。"

"为什么？"

"他身上藏着一个秘密，我必须知道。"

郦诺眉头微蹙，感觉这个男人越来越神秘莫测，也不知他这一双深邃的眸子里到底藏着多少东西。

"来吧，闭上眼睛，先把今天的事了结。"青芒又柔声道，"至于明天的事，且等明天再说。"

郦诺又深长地看了他一眼，终于把眼睛闭上。

然后，她感觉一只大手轻轻揽住了自己的腰，另一只手抱起了自己的双脚，接着整个人便腾空而起，仿佛是在飞翔。她的身体紧紧贴着他的胸膛，分明感受到了他那擂鼓般的雄壮有力的心跳。不知为何，她自己的心脏竟也随之剧烈地跳动了起来……

几乎只是一瞬，她便感觉自己又从城墙上飞了下来。落地睁眼时，她已然置身内城之外。

"还好一次就成功了，否则我一定会被里面那位骂死。"

青芒笑着，回身又跃上了城墙。

城墙内，仇芷薇已经被刚才的一幕惊呆了——

这个"秦穆"之所以抱着一个人还能轻松地跃上城墙，是因为借助了一棵距城墙约莫一丈的老槐树。老树掉光了叶子，只剩下遒劲粗壮的枝干。青芒跃起之后，先是用左脚在城墙上一蹬，飞到槐树一侧后再用右脚蹬在树枝上，就这样以"之"字形的方式来回几下，就轻而易举地飞了上去。

此刻，仇芷薇还没回过神来，青芒却不顾她的扭捏，一把将她抱起，接着如法炮制，转瞬又到了城墙外。

不知是害羞、紧张还是别的什么，落地之后，仇芷薇的双手仍然紧紧箍着青芒的脖颈，眼睛也一直没有睁开。

"姑娘醒醒，你落地了。"青芒淡淡道。

仇芷薇如梦初醒地睁开眼睛，这才慌里慌张地跳下地来，脸颊一片羞红。

"二位，就此别过，恕我不能远送了。"青芒抱了抱拳，转身欲走。

"等等。"郦诺叫住他，看着他的背影，"你记住，我是不会放过公孙弘的。"

青芒没有转身，淡淡一笑："如此甚好，那说明咱们还有见面的机会。"

"再次见面，我就非杀你不可了，如果你还是阻挠的话。"

"恕我多嘴问一句。"青芒终于转过身来，"你们一心要杀公孙弘，是不是为了给郭解报仇？"

"郭旗主的大名也是你叫的吗？"仇芷薇现在只能用恼恨来掩饰羞涩与慌张。

郦诺犀利地瞥了她一眼，似乎在责怪她多嘴泄露了组织秘密。仇芷薇意识到失言，只好悻悻闭嘴。

"这与你无关。"郦诺淡淡道。

"是的，这与我无关。不过你一定要杀公孙弘的话，那就与我有关了。"青芒冷冷道，"我也不妨再说一遍，公孙弘现在还不能死。"

郦诺点点头，扔下一句"后会有期"，便拉着仇芷薇快步离去，很快就消失在了青芒的视线中。

月光清冷，大地寂然。

青芒独自一人静静站着，忽然有些怅然若失。

他并不知道，这种隐隐的失落之感，郦诺早已品尝过了，只是这回轮到他而已。

墨家刺客藏身陵寝的事件再度引起了朝野震动。

事发次日，这一令人无比惊骇的消息就像长了翅膀一样飞遍了长安、茂陵的大街小巷。上至王侯公卿，下至闾阎之民，无不奔走相告、议论纷纷，然后该事件便在众人的道听途说和添油加醋中愈传愈奇，变成了一则光怪陆离的神鬼故事——很多人把这些墨家刺客描绘成了穿墙入室、飞天遁地的半仙，或是青面獠牙、三头六臂的恶魔，总之，绝非正常人类。

天子刘彻当然也在第一时间得到了奏报。

自己百年后的寝宫居然成了这些墨家刺客的藏身之所，这样的事实无论从哪个角度来看，都像是当众给了他一记响亮的耳光。刘彻在惊愕和震怒之余，把负责守护陵寝的大小官员一股脑儿全部投进了监狱。

其中，先已被捕的陵令荀遵和庙令孔禹成了天子发泄愤怒的首要对象。次日天刚蒙蒙亮，郎中令李广和卫尉苏建便各率一队南军骑兵奉旨出宫，悉数抓捕了荀遵和孔禹的三族老小共计数百口人。紧接着，天子急召公孙弘、李蔡、张汤、汲黯、殷容、张次公入宫，先以雷霆之怒劈头盖脸地训斥了一顿，然后下达了旨意：命公孙弘、李蔡、张汤负责审讯荀遵和孔禹，挖出所有潜伏在朝中的墨家细作；命汲黯、殷容、张次公负责审讯牛皋，继续搜捕更多的墨家游侠。

所有人都意识到，在接下来的日子里，朝廷与墨家的对决必将愈演愈烈……

汲黯对搜捕墨家游侠的事丝毫不感兴趣，所以下殿之后，便叫住殷容聊了几句，说内史府最近琐事缠身，抓游侠的事就让殷容多费心了。

殷容知道，凡公孙弘和张汤牵头的事，汲黯向来是消极敷衍，便笑笑道："汲内史有事尽管去忙，我这头若有进展，及时知会你便是。"

汲黯如释重负，忙拱手道："那就多谢殷中尉了。"

"长孺兄就别跟我客气了，就咱俩的交情，还用说'谢'字吗？"

其实殷容跟汲黯的交情也就一般，但因汲黯是天子的东宫旧臣，身份特殊，所以他乐意套这个近乎。再说，汲黯想躲清闲也好，这样在牛皋的案子上，殷容就可以一人独大了，到时候有了功劳也没人来抢。至于张次公，殷容自然没把他放在眼里。

汲黯又跟殷容拉扯了几句，旋即出宫，乘车回到了位于尚冠前街的内史府。

他跟殷容说自己"琐事缠身"，倒也不完全是假话。今日，公府里便有一件琐事等着他拍板，那就是正堂的重建工程。

内史府的正堂年久失修，一个月前在一场暴雨中坍塌了半边，汲黯最近都跟下面的掾属佐吏挤在一块儿办公，极为不便，因此决定推倒重建，并适当扩大规模。前些天已找人拆了旧屋，找了地平，并起了台基，前期工作基本完成，眼下就是木作工程了。

进了前院，汲黯便见手下一名掾史正与一个木匠模样的人站在台基旁，一边攀谈，一边比比画画。

"老仇，什么时候到的？"汲黯很熟稔地跟木匠打招呼。

二人闻声，连忙过来见礼。木匠躬身一揖，神态十分恭敬："小民仇景见过汲内史，小民是昨日傍晚到的。"

此人五十余岁，身材健硕，目光精悍，分明就是昨夜前去接应郦诺等人的"仇旗主"。

"行了，乡里乡亲的，就不必拘礼了。"

汲黯是东郡濮阳人，与这个木匠仇景是老乡，也是多年旧识。几年前汲黯出资在家乡盖了一座宗祠，就是找仇景做的活儿，对他的手艺颇为放心。

"那可使不得。"仇景又恭谨道，"尊卑有别，小民岂敢造次？"

汲黯笑了笑："你的人都到齐了吗？"

"有几个徒弟临时有事走不开，小民又另外找了些人，过几天才会到，不过现在大部分人手都到了，请内史放心，绝不会耽误工期。"

昨夜二十多名游侠在内城丧生，眼下的人手便与仇景事先报上的工匠人数不符了，所以他必须另行召集墨者来填补缺口。

"不耽误就好。住处什么的，也都安排好了吧？"

"都已安排妥当，就在咱们这尚冠前街的东边，靠近清明门的地方租了片宅子。"

清明门是长安东边三座城门居中的一座，出门十余里便是灞桥，交通极为便利。仇景租住此处，一来是靠近内史府，二来是遭遇紧急情况时便于撤离。

汲黯点点头，转向手下掾史："先预支三成款项给老仇，他们一大帮人，出门在外，拖家带口的，不容易。"

掾史闻言，顿时面露难色："禀内史，还没动工前，一般都只先付一成……"

"少废话！"汲黯脸色一沉，"什么时候本内史花钱还得跟你商量了？"

掾史赶紧连声答应。仇景在一旁也不住道谢。汲黯又跟他拉了几句家常，转身刚要出门，一侍卫匆匆进来，神色有些惊惶，低声道："禀内史，出事了。"

"何事？"

汲黯昨日已跟另外一名御史府暗探"鸥鹋"联系上，这会儿正打算去跟他接头。

"刚刚得到消息，'鸥鹋'今日早晨……被捕了。"

汲黯大吃一惊，连忙把侍卫拉到一旁："因何事被捕？把话说清楚！"

"'鸥鹋'的公开身份是茂陵内城的门吏，昨夜陵寝发生的事儿您也知道，今天天刚亮，内城的大小官员就全部被抓了，看来是凶多吉少……"

汲黯愕然无语。

天底下竟有这么巧的事？！

"'蜉蝣'可有最新情况来报？"汲黯定了定神，问道。

"按照您的吩咐，他还在追查匈奴降将赵信，目前尚无消息回报。"

汲黯想了想，袖子一拂："走，去御史府。"

赵信是匈奴贵族，本名阿胡儿，数年前与汉军作战，兵败被卫青所俘，后归降大汉，被天子封为翕侯。当初於单太子召集匈奴人聚宴，赵信起初曾参与了几次，后来便主动淡出，故而天子刘彻并未加以追究。

那天在望阴山酒肆，汲黯和杜周分析了一下，觉得这个赵信可能没那么简单，于是决定以他为突破口进行追查。汲黯的目的，首先当然是查出韦吉一案的真相，其次是彻底搞清"於单小朝廷"的内幕。

汲黯隐隐有种直觉，韦吉一案与於单事件不仅存在千丝万缕的联系，而且二者背后很可能藏着一些更为可怕且出人意料的秘密。

长空湛蓝，艳阳高照。

青芒一身锦衣，骑着一匹白马，信马由缰地走在长安东市繁华的街道上，身后跟着朱能、侯金二人，皆身着便装。

昨夜他们在内城保护了丞相，且抓获墨家细作孔禹，立了一大功，所以今日公孙弘入宫面圣，就顺便许了半天假，让他们到街市上逛逛。

长安共有九市，其中以西市、东市规模最大，分别位于长安西北隅的横门大街两侧，西市以手工作坊为主，东市以商业贸易为主。东市之内店肆林立，商品繁多，衣食住行应有尽有，四方商贾云集，车马人流熙熙攘攘。

青芒买了不少内外衣物和个人用品，装成了好几大包，分别让朱能和侯金系在马上，自己则一身清爽，骑着高头大马招摇过市，引得街上和两旁商肆的一些女子纷纷朝他行注目礼。

跟着这么一个主子出门，朱能和侯金也觉得倍有面子，不自觉地便学着前面的青芒昂首挺胸，只可惜半天也吸引不了一个女子的目光，反倒吸引了不少小乞丐追在身后乞讨。二人连赶带骂，却始终摆脱不掉，弄得好不心烦。

正纠缠间，青芒忽然掉转马头，从袖中掏出一把铜钱，命那些小乞丐站成一排，举起手中破碗，然后挨个把铜钱一一掷进他们碗里，居然"钱无虚发"。没一会儿，每个人的碗里便都有了十余枚铜钱。小乞丐们顿时欢天喜地，朝青芒拜了几拜，旋即一哄而散。

一旁的行人见此义举，纷纷投给青芒赞许之色。

"二位，"青芒笑着对朱能和侯金道，"以后碰上乞丐纠缠，就学我这招，懂了吗？"

朱能和侯金唯唯诺诺，心里却道：长安的乞丐多如牛毛，学你这招，那我们自己不得喝西北风去？！

刚这么一想，二人便见青芒脸上露出了惊愕的表情。回头一看，只见远远近近老老少少的乞丐全都朝他们蜂拥而来，不禁也吓了一跳。

说时迟、那时快，青芒掏出袖中所有的铜钱，天女散花般抛向当街，旋即喊了声："快跑！"便掉转马头，一溜烟跑了。

朱能和侯金对视一眼，哈哈大笑，拍马紧随青芒而去。

"叫你装阔！"朱能笑得两颊肥肉乱颤。

"叫你炫技！"侯金也笑得不能自已。

然后两人又幸灾乐祸地交换了一下眼色，异口同声道："活该！"

三人逃也似的驰出了半条街，见身后再无乞丐追来，才松了口气。朱能和侯金挤眉弄眼，仍旧窃笑不已。

"笑什么笑？"青芒眼睛一瞪，有些恼羞成怒，"再笑把你们嘴巴缝上！"

朱能和侯金赶紧捂住嘴，却继续用眼神交流着他们的欢乐。

就在这时，前方忽有一辆马车飞驰而来，街上行人纷纷躲闪。有一白发老者刚好行至街中，躲避不及，一下被奔马撞翻在地。车上御者大惊，慌忙拉住缰绳，马儿发出一声长嘶，停了下来。

青芒脸色一凛，连忙策马上前，跳下来抱起老者，只见他满脸是血，已经不能动弹。

"车上的人听着，老人家伤势不轻，请赶紧下来！"青芒大声道。

御者惊慌失措，回头看着车厢。

车厢中默然无声。片刻后，才有一只手挑开一角车帘，扔下一块金饼。不料金饼落地后并未乖乖躺下，而是滴溜溜转着圈滚了出去，径直滚进了旁边的围观人群中。人群顿时一阵哄抢，等到朱能和侯金赶过去，金饼早已没影了，人群也已哄然而散。

青芒忍住心中义愤，对着车厢道："车上那位，撞伤了人，总得下来关心一下伤者吧？岂是赔钱便能了事？"

车上之人又沉默了一会儿，忽然把车帘掀开了些。

车厢内光线昏暗，看不清物事，唯有一双鹰隼般锐利而阴鸷的目光直直射向青芒。

在彼此目光交接的一瞬间，对方仿佛看到了什么可怕的东西，眼睛立即瞪圆了，旋即忙不迭地掩上了车帘。

青芒不由得一怔——这是一双陌生的眼睛，却又好像似曾相识。

"快走，别管了！"车中人突然用生硬而低沉的汉话命令御者。

御者一甩马鞭，马车立刻冲了出去，转眼便汇入滚滚人流之中。

朱能和侯金赶紧跑过来，嘴里骂骂咧咧，问青芒要不要追。

此时的青芒却怔怔出神，充耳不闻。

无论是那双鹰隼般的目光，还是那句生硬的汉话，都在告诉青芒一件事——马车上坐的分明是一个匈奴人！

而让青芒感到困惑的是，这个匈奴人看到自己的那一刻，为何会露出那种复杂和惊讶的眼神？那就像是在荒凉无垠的沙漠中忽然遇到一个失散的旅伴，瞬间生出一丝极为短暂的惊喜，旋即又充满了恐惧和防备，生怕旅伴会夺走他的水和食物……

不管这个匈奴人的眼神意味着什么，青芒想，有一点是确定的——他很可能认识自己，或者说跟自己的过去存在着某种关联。

思虑及此，青芒便把受伤老者交给了朱能和侯金，吩咐他们送老者就医，旋即翻身上马，朝着马车消失的方向追了过去……

第九章

骠姚

天必欲人之相爱相利，而不欲人之相恶相贼也。

——《墨子·法仪》

御史大夫府，书房。

李蔡坐在案前看书，神色安详。

汲黯一走进来，便大声道："'鸱鸮'被捕了，你不赶紧去把人捞出来，还有闲情在这里看书？"

李蔡眼皮也没抬，淡淡道："事关墨家刺客，现在去捞人，岂不是找死？"

"那你就打算见死不救？"汲黯一屁股在书案前坐下，"你不是说他是你的爱将吗？"

"纵是爱将，也有爱莫能助的时候。"李蔡一副无动于衷之状。

"铁石心肠，无情无义！"汲黯骂，"谁跟着你混，我看他是瞎了眼了！"

"交友不慎，成天被你恶言相向……"李蔡一笑，"恐怕这才是瞎了眼吧？"

"说正经的，就算墨家刺客躲进陵寝，可也不至于整个内城的所有官员全都是墨家细作吧？"汲黯颇有些打抱不平，"抓荀遵和孔禹就够了嘛，其他人顶多就是个玩忽职守，何必如此大动干戈？"

"这话你该跟陛下去说，跟我说不着。"李蔡合上面前那卷竹简，又取出一卷摊开，"你这么有同情心和正义感，捞人的事就该你去做。"

"别装模作样了！"汲黯一把抢过竹简扔在一旁，"这种时候，我就不信你这书还看得进去。"

"这种时候怎么了？是天塌了还是地陷了？"李蔡又拿起竹简，吹了吹上面的灰尘。

"陛下命你参与审讯荀遵和孔禹，你不能推托吧？'鸥鹚'的真实身份是你手下的侍御史，压根儿不可能是什么墨家细作，这点你总该告诉陛下吧？"

"谁说我的手下就不能是墨家细作？"李蔡眼睛一斜，"墨家能在天子陵寝神鬼不觉地挖出一条地道，凭什么就不能把人安插进御史府？我告诉你，在如今的陛下眼中，满朝文武都有嫌疑，既包括我，也包括你。"

汲黯苦笑，忽然长叹一声："报应啊报应！在我看来，眼下的一切都是报应！"

"什么意思？"李蔡不解。

"当初陛下要打击游侠和豪强，我便不赞成，后来要处死郭解，我更是极力反对。可公孙弘那厮一撺掇，陛下还是把郭解杀了。所以说，今天报应来了。"

"长孺兄，在这个节骨眼儿上，你还说这种同情墨家游侠的话，就不怕引火烧身吗？"

"我怕什么？就算当着陛下的面我也敢说。人家墨家本来隐于江湖，也没跟你朝廷作对，顶多出于义气或恩怨杀几个人，那你该法办就法办嘛，何至于犁庭扫穴一般，动辄一个县就杀数百人，一个郡就破几千家？你朝廷如此赶尽杀绝，墨家岂能不跟你拼个鱼死网破？！"

李蔡冷然一笑："长孺兄，恕我直言，你这完全是迂阔之谈。"

"我怎么迂阔了？"

"如今墨家这般猖獗，恰好反证陛下当初决策之英明。"

"此话怎讲？"

"从数日前的系列刺杀案到昨夜大闹天子陵寝，再到荀遵、孔禹这些墨家细作的现身，如此种种，都足以证明墨家一直就是个规模庞大、成员众多、势力极强的组织，对不对？"

"这又如何？"

"如何？"李蔡重重冷哼一声，"试问从古到今，哪一个朝廷、哪一位天子，可以容许治下有一个这样的组织存在？一股如此可怕的势力就隐藏在你的眼皮底下，你如何保证天下社稷的长治久安？"

汲黯顿时语塞。

"由此而言，陛下当初强力打击江湖游侠和地方豪强，就是敲山震虎、引蛇出洞的英明之策，更是极富远见的宏韬伟略！你敢说不是吗？"

汲黯沉默半晌，忽然一笑："怪不得你堂兄戎马半生却不得封侯，而你年纪轻轻便位列三公，缘由就在于你跟陛下最贴心哪！"

汲黯说的就是现任郎中令李广，大李蔡几岁，跟李蔡是堂兄弟，征战沙场多年，勇冠三军，威震匈奴，却因种种不测因素，一直未能建立大功，因而始终不得封侯。

"少在这跟我阴阳怪气！"李蔡瞪他一眼，"再离间我们兄弟之间的感情，我就把你轰出去。"

"好好好，你口才好，我说不过你。"汲黯摆摆手，"我只知道，老子有言：治大国如烹小鲜；我无为，而民自化；我好静，而民自正；我无欲，而民自朴。"

"收起你的老庄之道吧。"李蔡冷冷道，"当今陛下雄才大略，锐意进取，正是大有为之时！你那个垂衣拱手、无为而治的时代已经过去了。"

"是啊！"汲黯满脸感慨，"有时候，我还真怀念文帝和景帝之时……"

"闲言少叙。"李蔡不想再跟他瞎扯，"你跟'蜉蝣'谈得如何？"

汲黯一笑："说起这个'蜉蝣'，还真是让我惊喜啊，没想到竟然是张汤的手下。"

"要让你想得到，那还叫暗探吗？"李蔡颇有些自得。

汲黯把那天与杜周接头的情况和选择的调查方向告诉了李蔡，然后道："我有些好奇，杜周是你的人，照理他掌握的情况，你应该也都知道吧？那你为何不直接告诉我，还让我兜这么一圈？"

李蔡摇摇头："他掌握的情况，我并非全部了然，这是我们御史府做事的方式。只有启动相关任务了，他才能把与之对应的详细讯息说出来。"

"这么说，关于於单太子的事情，你本来也不是很清楚？"

"是的。听你刚才一说，我才知道了整个来龙去脉。"

"那依你看，从赵信入手调查对不对？"

李蔡沉吟了一下，道："应该错不了。说实话，近年归降的这些匈奴人，一直是陛下的一块心病：不加恩宠，难以招抚怀柔后来者；加以恩宠嘛，又担心这些人终究心怀异志、暗中图谋不轨。唉，难哪！"

"得了得了。"汲黯不耐烦地皱皱眉，"替君上分忧的调调，你唱给陛下听就得了，跟我就说点儿大白话吧。"

"懒得跟你计较。"李蔡白了他一眼，"大白话就是，查下去，不仅能破韦吉一案，还有可能摸清这些匈奴人的底细。若真查出什么有价值的东西，对我朝便是大功一件！"

东市，青芒策马在长街上疾驰了好长一段路，却再也没看到那辆马车的踪迹。

正自焦急四顾间，忽然有人扯了扯他的裤腿。

青芒低头一看，居然是个十三四岁的小乞丐，应该是方才高举破碗接钱的其中一个，虽然蓬头垢面，一双大眼睛却十分机灵。

"小兄弟，我已经囊空如洗了。"青芒苦笑着翻了翻自己的袖子，"抱歉，改天吧。"

"我不要钱，我是来给你报信的。"小乞丐冲他眨了眨眼。

"报信？"

"你是不是在追一辆马车？"

"对呀！"

小乞丐一笑，朝身后不远处的一个巷口努努嘴。

青芒大喜，摸了摸他的头："改天再来找你，给你买好吃的！"说完掉转马头，一夹马腹，朝巷口飞驰而去。

"我叫六喜，你到时候可别找错人了！"小乞丐在后面喊。

青芒头也不回地朝后面挥了挥手，一下拐进了巷子。

在巷子中驰出不远，他便追上了那辆辘辘而行的马车。青芒超过马车，一勒缰绳，坐骑便横着挡在马车前方，迫停了它。

御者一脸惊诧。

"车上的朋友，"青芒朗声道，"萍水相逢，也算有缘，何不出来一见？"

车中之人照旧沉默了一下，然后一句生硬的汉话便飘了出来："我见你，你必死。"

青芒眉头微蹙。

他知道，这句话定然大有玄机，绝非此人随随便便说的。但越是如此，青芒便越发认定此人与自己渊源甚深。

"那好啊！"青芒一笑，"那就出来，证明给我看看。我倒想知道，光天化日，朗朗乾坤，你怎么才能让我死。"

"要死还不容易，这就让你瞧瞧！"

一个清朗刚健的声音蓦然响起。

然而，这句话并非从车厢中传出，而是来自青芒的头顶上方。话音未落，青芒便感觉一阵凌厉的劲风突然向后脑袭来，立刻一个翻身从马上跃下，堪堪躲过这一突袭。

可还没等他站稳，劲风又至，还伴随着一声冷笑："躲得还挺快！"

对方的速度快得让青芒根本来不及接招，只好脚下运力，急急向后飘去，这一飘至少三丈来远。

"有两下子！只可惜是个缩头乌龟！"

对方的口气无比倨傲。

青芒对自己的轻功一向自负，以为这一来一定可以跟对方拉开距离，先看清对方再说。可他万万没料到，对方的轻功居然一点儿都不在他之下，转瞬又到目前，一只右掌当胸击来。青芒心下一横，索性不再闪避，也挥出右掌抵了上去。

"啪"的一声巨响，青芒被生生震退了十来步，掌心一阵剧痛，连带整条右臂都发麻了。

遇上对手了！

青芒心中一凛，稳住身形，这才终于看清了对方。

还好，他也不算太丢面子，因为对方的遭遇跟他差不多，同样震出了好远，且看对方表情，在吃痛之外，似乎颇为惊诧。

这是一个顶多十七八岁的俊逸少年，剑眉星目，英气逼人，浑身散发着一种磊落豪雄的气概。

以他的年纪，足足小自己六七岁，身手竟已如此了得，完全不在自己之下，假以时日，绝对是一名高手中的高手！只可惜如此少年俊杰，居然会去做一个匈奴人的保镖，实在是大材小用！

青芒心中感叹，冷然笑道："这位朋友，你口气不小，可惜本领不大，白白给你一个偷袭的机会，你还是杀不了我。"

趁他们刚才交手之时，那辆匈奴人的马车早已溜了。青芒大为憾恨，决定逮住这名保镖，不让这条线索断了，故而出言相激，以便诱他再次交手。

少年闻言，非但不怒，反而抱起双臂，面含笑意，从上到下打量着他，道："我是为了活捉你，才没用兵器。方才我若出刀，你的脑袋早开瓢了。"

"是吗？那现在出刀还来得及。"

　　少年一笑："不必激我，我不会跟你逗口舌之快。自己说吧，谁派你来的，目的是什么？趁早招了，免得受皮肉之苦。"

　　听对方的口气，居然有些公府之人的味道。青芒不禁讶异，嘴上道："路见不平，拔刀相助而已，莫非我一不小心触碰到什么不可告人之事了？"

　　"没错。"少年竟然点头承认了，"多管闲事可不是什么好习惯。你既然管了，就得付出代价。"

　　"什么代价？"

　　"跟我走一趟。"

　　"去哪儿？"

　　少年又是一笑："到了地方，你就知道了。"

　　青芒现在几乎可以认定对方就是公府之人了。可让他感到困惑的是：一个公府之人为什么会给一个神秘的匈奴人做保镖呢？莫非这个匈奴人的身份非同一般，需要朝廷派人加以保护？

　　正思忖间，身后突然涌出十几名年轻武士，个个拔刀在手，瞬间将他团团围住。

　　青芒环视了他们一圈，只见个个身形健硕，虽然身着便装，但整齐划一，更是公府之人无疑了。

　　"要让我跟你走，也不是不行。"青芒从容笑道，"只是你总得告诉我你是何人，代表哪个官府，以何种罪名抓我吧？"

　　少年背起双手，神情倨傲，冷冷道："你没资格问这么多。"

　　"那就恕我不奉陪了！"

　　青芒转身欲走，十几把环首刀"唰"的一下齐齐指过来。他冷然一笑，正要出手，朱能和侯金恰在此时从巷口慌慌张张地跑了过来。见此情景，二人登时一怔，旋即望向那个少年，更是吓得变了脸色，赶紧上前躬身一揖，同声道："见过霍骠姚。"

　　霍骠姚？

　　这个少年竟然就是名震天下的抗匈将领、大将军卫青的外甥霍去病？！

　　青芒下意识地转过身来，用不无惊愕的目光重新打量着这个传说中的英雄少年。

　　与此同时，霍去病也下巴微扬，用似笑非笑、睥睨世人的表情看着他……

"惟贤老弟，有一个问题，你还没回答我。"

御史府书房中，汲黯对李蔡道。

"什么问题？"

"陛下让你参与审讯荀遵和孔禹，你为何不去尽你的御史大夫之责，却在此躲清闲？"

"有胸怀大局、明察秋毫的公孙丞相主审，还有谙熟鞫讯之法的张廷尉协助，还有什么案子办不下来？我若急着掺和，反倒添乱。"李蔡说着，瞟了汲黯一眼，"你还说我，你不也把你该干的事都推给殷中尉了吗？"

汲黯一怔："这你也知道？"

"你跟殷容又没什么交情，却一下殿就拉着他咬耳朵，还想不让人知道？"

汲黯忍不住笑了："你这么精，是不是一只蚊子从面前飞过去，你都知道是公是母？"

李蔡点点头："如果有必要的话。"

"可是，一世精明如你李大夫，只怕也有犯糊涂的时候啊！"汲黯拉长声调道。

"什么意思？"

"上回你跟我说过，陛下之所以让我参与最近的案子，是为了制衡张汤，免得他欺上瞒下。还记得吗？"

"当然记得，可这又如何？"

"这回陛下叫你跟他们一起审，难道不是相同的用意？"

"我也并非撒手不管。今天让他们先审，我明日再去过问一下，这也是对丞相的一种尊重嘛，总得让他先定个调子。"

"你就只顾着玩你这套官场推手，我真是服你了！"汲黯哼了一声，"怕是过了今夜，嫌犯就屈打成招了！"

"这你无须多虑。张汤用法固然苛酷，但也不至于颠倒黑白。"

"若是案情牵涉到了张汤本人呢？"汲黯乜斜着眼，"你也相信他不会颠倒黑白？"

"此言何意？"李蔡眉头一蹙，"有什么话赶紧说，别吞吞吐吐。"

"天子陵寝被挖了一条地道，除了现任的陵令、庙令等人有作案嫌疑外，严格来讲，凡是曾参与过修建工程的官员，是不是也都有嫌疑？"

"可以这么说。"

"这不就结了？"汲黯一笑，"张汤以前在茂陵做过什么官，难道你全忘了？"

李蔡略一思忖，顿时脱口而出："茂陵尉！"

张汤数年前当过茂陵尉，虽然主要职责是管理茂陵邑的治安，但曾有一段时间监管过陵寝的修建工程。

"怎么样？"汲黯欣赏着李蔡的愕然之色，"我说你犯糊涂，没冤枉你吧？"

李蔡沉吟半晌，才道："如此，张汤确有不可推脱之嫌疑，非但无权审案，反而应当被审。"

"那你还等什么？"汲黯站起身来，"赶紧入宫面圣去吧。"

东市巷子中，青芒凝视着霍去病，脑中关于此人的记忆一一浮现了出来：

这个英雄少年出身卑微，是平阳公主府的婢女卫少儿与平阳县吏霍仲孺的私生子，因卫少儿之妹卫子夫后来得宠于天子刘彻，被封为皇后，卫氏一族从此鸡犬升天。卫青作为皇后的兄长，霍去病作为皇后的外甥，因之迅速脱颖而出。

虽然卫青和霍去病得以出头是凭借外戚的身份，但他们随后拥有的地位、官职和爵禄却是凭借其在抗匈战场上的赫赫战功。卫青自出征匈奴以来连战连捷，而英雄少年霍去病则是在不久前的"漠南之战"中一举成名。

就青芒仍存的记忆，应该是今年夏天之时，霍去病随卫青击匈奴于漠南，竟率八百轻骑离开大军直取匈奴大营，斩获敌首级二千余，其中包括匈奴的相国、当户等高级官员，还有单于的一位祖父辈人物籍若侯，并生擒单于叔父罗姑比，勇冠全军。班师凯旋后，霍去病当即被天子封为冠军侯，任命为骠姚校尉，故人称"霍骠姚"。

望着眼前的这位传奇人物，青芒一时忘记了自己的处境，心中油然而生惺惺相惜和敬佩之情，遂抱拳道："原来是名震天下的霍骠姚，失敬了！"

"现在你知道了我的身份，我就更不能放你走了。"霍去病轻笑，"怎么样？是你自己束手就擒，还是让本校尉出手？"

一旁的朱能闻言，连忙抢着道："误会误会，这都是一场误会！霍骠姚，他是我们丞相的门尉，大家都是自己人，千万别伤了和气。"

"是啊霍骠姚，我们秦门尉也是出于好心，见义勇为。"侯金也赶忙附和，"无意间得罪了您的朋友，还望您海涵。"

"丞相的门尉？"霍去病眸光一闪，"丞相遇刺当夜，就是你以一人之力击退了一众墨家刺客，救了公孙丞相和张廷尉？"

"正是在下。"

没想到自己在长安也如此出名了，青芒心中一笑，这倒也不是什么坏事。

这回轮到霍去病重新打量青芒了："怪不得有此等身手！这么说，咱俩算是不打不相识喽？"

"能与霍骠姚切磋，也是人生一大乐事！"青芒笑了笑，"倘若霍骠姚意犹未尽，咱们不妨改日再约。"

"呦嗬！"霍去病眉毛一扬，"你还给我下战书了？"

"不敢，只是邀约而已，如果你接受的话。"

无论是要追查那个神秘的匈奴人，还是出于对这个少年英雄的惺惺相惜，青芒都决意交霍去病这个朋友。

"你战书都下了，我岂能不接招？"霍去病又扬了扬下巴，"时间地点你定，我随时候教！"

"既如此，咱们后会有期。"青芒抱了抱拳，"在下告辞。"

"慢着。"霍去病径直走到他面前，盯着他的眼睛，沉声道，"今天的事，我可以当作没发生过。但是，你必须把看到的一切全都忘掉，明白吗？"

"当然。"青芒迎着他的目光，"管闲事是要付出代价的嘛！其他事我都会忘掉，但是这句箴言，我一定牢记在心。"

二人四目相对。片刻后，霍去病才微然一笑："很好。"

荀遵和孔禹被关押在廷尉寺的监狱中。

公孙弘、张汤先提审了荀遵。起初荀遵一直梗着脖子喊冤，说他对地道和墨家刺客的事均一无所知，顶多就是失职之罪，别想把墨家细作的罪名栽到他头上。可是，当张汤命人把他年近八旬的老娘带上堂时，荀遵顿时便萎靡了，一个字都说不出来。

张汤告诉他，若从实招供，最多只是他一人获罪，可保家人无虞；若负隅顽抗，后果很可能就是诛灭三族。

一听此言，荀遵再也绷不住了，终于承认自己是墨家细作。

然而，除此之外，他却颠三倒四什么都讲不清楚。张汤施展多年办案的经验，循循善诱，软硬兼施，最后却只得到一份支离破碎、漏洞百出的口供。

整个审讯过程中，公孙弘几乎没有说话，而是一直静静地观察苟遵。

他发现，无论是从眼神和表情，还是从言谈和动作来看，此时的苟遵都已濒临崩溃，其精神状态完全是不正常的。而一个人在这种状态下所做的口供，其真实性和价值无疑都要大打折扣，甚至可以说一文不值。换言之，这不叫"如实招供"，而是"望风自诬"。

得出这样的结论后，公孙弘颇有些失望，便命人把苟遵带了下去。

张汤看出了他的心思，便道："丞相，苟遵显然是在装疯卖傻。今天这份供词虽然荒诞不经、不足采信，不过卑职相信，只要有耐心，早晚能让他吐出实话。"

"我可没这么乐观。"公孙弘淡淡道，"即使他今天是在装疯，可过几天没准就真疯了。"

"这倒不至于。"张汤笑了笑，"这种人卑职见多了，自然有对付他们的办法。"

"你的办法，不就是严刑逼供吗？"公孙弘瞟了他一眼。

张汤尴尬："呃……对于狡诈多端的犯人，必要时是得上点儿手段，才能掏出实话。"

"依我看，苟遵不是不掏实话，而是想掏也掏不出来。"

"丞相，无论如何，苟遵已经承认是墨家细作了，即使其他细节有待求证，但仅此一点，便是重大突破。卑职建议，即刻上奏陛下，也好让陛下消解一些雷霆之怒……"

"你就这么急着想立功？"公孙弘斜眼看他，"苟遵明显是在望风自诬，难道你真的看不出来？就凭这么一份毫无价值的口供去上奏陛下，你觉得陛下会消气吗？倘若陛下因之愈怒，降下一个敷衍塞责的罪名，是你去担还是我去担？"

张汤大窘，慌忙俯首，不敢吱声。

堂上的气氛一时僵住。半晌，公孙弘才缓了缓脸色，道："苟遵暂且放一边吧，提审孔禹。"

"是。"张汤赶紧站起身来。

就在这时，门外一侍卫匆匆进来，神色惶急，躬身禀道："丞相、廷尉，不好了，郎中令和苏卫尉，带人……带人闯进来了。"

"你说什么？什么叫闯？"张汤莫名其妙，"他们来干什么？有圣谕吗？"

公孙弘眉头一蹙，似乎想到了什么。

还未等侍卫回话，李广和苏建就大踏步闯了进来，身后跟着一队南军士兵。

二人朝公孙弘浅浅一揖，李广便转脸对张汤，面无表情道："张廷尉，奉陛下口谕，即日暂停你的廷尉一职，并将你勒归私邸。跟我们走吧。"

张汤顿时目瞪口呆，根本不相信自己的耳朵。

公孙弘也是一怔，却仍端坐不动。

"这……这怎么可能？！"张汤强忍惊骇，硬是挤出一丝笑容，"请问二位，是不是哪里搞错了？还是二位在跟我开玩笑？"

"张廷尉，这种玩笑可开不得。"苏建接言，脸色比李广温和一些，"我等是奉旨行事，并不清楚具体事由。你若有何疑惑，自可上疏问询陛下；纵有冤情，亦可上奏自辩。现在，还是请你务必配合，免得我等难做。"

"苏卫尉说的是。"还没等张汤反应过来，公孙弘便站起身来，笑笑道，"张廷尉，既是陛下旨意，你接旨便是。有道是清者自清，浊者自浊，你也无须多虑。回头本相自会入宫，替你请示陛下，事情即可明了。"

张汤万般无奈，嘴角抽搐了几下，只好俯首躬身道："臣领旨。"

牛皋被捕后，先是被张次公直接押进了北军军营，严刑拷打了一天一夜，始终只字未吐，紧接着又被殷容强行"抢"走，关进了中尉寺的监狱。殷容知道对付这种江湖死士，来硬的根本没用，于是反其道而行之，不仅派医匠给他疗伤，还好吃好喝招待，温言软语劝慰，试图以攻心之策感化他。怎奈就这么"伺候"了一天一夜，做足了各种姿态，还是跟张次公殊途同归——没能撬开牛皋的嘴。

第三天早上，牛皋一觉醒来，忽然一反常态，主动开始说话，并求见殷容。殷容半信半疑，连忙赶来见他。牛皋说他想通了，好死不如赖活着，叫殷容给他弄一顿好吃的，然后再赏他一个糊口的差事，他就把知道的事情全撂了。

殷容大喜过望，说："你若能供出有价值的情报，岂止一个糊口的差事？朝廷绝对会赏你一个体面的官职。"牛皋呵呵一乐，开始点菜，什么枸杞蒸猪肉、细切驴马肉、羊羔肉、小鸟肉、狗肉脯、鹿肉脯，还有什么咸腌鱼、冷酱鸡、白灼虾、大豆羹、黍米炸糕等，外加三斤米饭和三斤浊酒。

殷容听得一愣一愣，说："你一个人能吃得了这么多？"

牛皋哈哈大笑，说："要不你以为我这身肉是怎么长的？"

殷容一想也对，这傻大个比普通人至少高出一个头，能吃也正常，随即吩咐下人赶紧置办。半个时辰后，好酒好菜就摆满了一整张食案。殷容在一旁笑道："你慢慢吃，本官就在这儿陪你聊聊天。”

牛皋却眼睛一瞪，道："我吃饭最讨厌别人在旁边盯着，再说我要撂的事儿挺多，你得让我自个儿边吃边想，你跟我聊天我咋想事儿？"

殷容宽宏一笑，说："行行行，都依你，我这就走还不行吗？"

临走前，殷容还把房门带上了，并吩咐外面的看守只需留意里面的动静，没什么事不要进去打搅他。

于是，牛皋就这么一个人关在屋子里闷头大吃，然后这一吃就吃了整整一上午。

午时刚过，张次公来了，问殷容："审得如何？"

殷容得意一笑，说："本官压根儿就没审他，他自己就决定撂了。"

张次公疑惑，问："究竟怎么回事？"

殷容冷冷道："你这是在质问本官呢，还是在请教本官？"

张次公强压怒火，勉强一笑，说："下官当然是请教。"

殷容又得意地瞟了他一眼，这才道出了事情原委。

张次公听完，忽然大叫一声："不好！"然后叫殷容赶紧带路，说："可能出事了。"殷容一惊，虽不情愿，但也不免狐疑，随即领着张次公来到牛皋屋前。张次公不由分说，一脚把房门踹开，冲了进去。

案上的东西已经被一扫而光，牛皋直挺挺地坐在食案后，看着张次公，忽然露出一个怪笑，然后仰面一倒，再无半点儿声息。殷容大惊失色，急忙命人去传医匠。医匠赶到后，探了探牛皋的鼻息，翻了翻他的眼皮，又看了看他的肚子，最后一声长叹，摇了摇头。

殷容面无人色，惊问到底怎么了。没等医匠回话，张次公便在一旁冷冷道："这还用问吗？人已经死了，撑死了！"

殷容瞬间爆出一头冷汗，脸色"唰"地白了，颓然跌坐在地。

张次公一脸鄙夷地看着他，临走前扔下一句："殷中尉，如果我是你，我就自裁以谢天下！"

出了中尉寺，张次公一肚子怒火无从发泄，又见等在外面的陈谅满脸喜色地迎上前来，正准备开骂，却听陈谅道："将军，刚刚接到汝南郡回话，上蔡县根本没有秦穆这个人！"

张次公闻言，满腔怒火立马烟消云散。

识破青芒的伪装，几乎就等于破了韦吉的案子，也算是补偿一下牛皋之死造成的损失。再者说，牛皋之死完全是殷容的责任，这对自己来讲未尝不是好事。张次公想，倘若殷容因此被免，加上自己识破青芒也等于帮公孙弘消除了一个祸患，一来二去，这中尉一职便非自己莫属了。

想到这里，张次公转怒为喜，立刻翻身上马，大声道："马上把蒹葭客栈的掌柜和伙计找来，去丞相邸。"

茂陵丞相邸，公孙弘和张汤在书房对坐。

这两天被勒归私邸，张汤时时刻刻如坐针毡，感觉就像过了两年。此刻，听完公孙弘说了天子将他停职的原因，顿时大为不服，道："我当茂陵尉的时间前后不过三个月，这事怎么能栽到我头上？！"

公孙弘淡淡一笑："三个月，也够挖一条地道了。"

张汤一怔："丞相，您总不会也怀疑我吧？"

"我要是怀疑你，能让你迈进我的家门？"公孙弘白了他一眼，"不管是三个月还是三年，只要有人想搞你，你就跑不掉。"

张汤若有所悟："一定是汲黯那老小子搞的鬼吧？"

"背后肯定少不了他，不过这次出面的却是李大夫。"

"李蔡？"张汤有些诧异，"他怎么会跳出来？"

"看我年近八旬，却老而不死，总是霸着丞相的位子，心急了呗。"公孙弘冷笑，"说白了，他就是冲我来的，只不过从你开刀罢了。"

张汤愤然："既如此，咱们岂能束手待毙？"

"暂且忍忍吧，没有任何证据，不管是李蔡还是汲黯，都不能拿你怎么样。"

"可陛下不分青红皂白就把我停职了，连个辩解的机会都不给，这分明就是不信任我了呀。"

"这就是你多虑了。"公孙弘沉稳一笑，"陛下的意思我也打探过了，将你停职，并非不信任你，而是有些别的用意。"

"别的用意？"张汤不解，"还请丞相明示。"

"李蔡毕竟是御史大夫，他既然奏称你有嫌疑，且说的也是事实，陛下岂能无视？所以，将你停职，既是让你避嫌，也是做个姿态给李蔡看。此其一。"

张汤闻言，略略松了口气："那，其二呢？"

"近来墨家游侠如此猖獗，陛下极为震怒，这你也是知道的，是故陛下势必要对朝野表现出彻底铲除墨家游侠的决心。而陛下一向器重你，如今你稍有涉嫌，陛下便立刻对你进行了处置，这不就是在表明他的决心吗？说白了，这也是做给朝野看的，不是针对你。换言之，能被陛下拿来做这个样板，反而证明你在陛下心目中是有分量的，一般人他还瞧不上呢！你说，是不是这个理？"

张汤一听，顿时心开意解，脸上愁云尽散。

"不过……"公孙弘话锋一转，"这其三嘛，你自己可得当心了。"

刚刚放松的张汤立马又紧张了起来："丞相何意？"

"你办案子，雷厉风行，刚猛果决，这些陛下都是看在眼里的，自不待言。可问题是，有时候你立功心切，做事难免急躁，且失之苛酷，朝野对此早有微词。这回将你停职，陛下也是想借此机会，让你做一番自省检点的功夫，以便日后更好地报效朝廷。这点儿良苦用心，想必你能理解吧？"

"理解理解，卑职当然理解。"

张汤总算听明白了，天子这是在借机敲打他，警告他不要恃宠而骄、得意忘形，更不可在办案过程中滥用刑罚、草菅人命，以致僭越了专属于人主的生杀予夺之权。

"对了，昨日，我跟李蔡一起提审了孔禹。"公孙弘转了话题，"此人那晚与墨家刺客联手，公然袭击本相，罪行无可争辩，也坐实了他墨家细作的身份。然而，昨日整整审了一天，也适当给他上了手段，这家伙却只字未吐。依你看，有什么好办法，可以撬开他的嘴？"

张汤略为沉吟，道："听说，他有个小儿子年方六岁，可把此儿提上堂去……"

"没用。"公孙弘打断他，"昨日已经提了，此儿哭得稀里哗啦，他却闭着眼睛置若罔闻，一副听之任之的样子。"

"丞相，请让卑职把话说完。"张汤阴阴一笑，"卑职的意思，是把此儿提上堂去，然后……"他做了个手势。

公孙弘一惊："给小孩用刑？"

"孔禹既然是墨家死士，肯定不惧皮肉之苦，所以对他用刑多半无效。但是，倘若当着他的面让孩子吃点儿苦头，那么孩子疼在肉上，却会十倍百倍地痛在孔禹心上！如此，方能瓦解他的意志，攻破他的心防！"

公孙弘倒吸了一口冷气。

都说张汤用法苛酷，可没想到他连孩子都下得了手。刚刚敲打他做事不要太绝，转眼便又忘了，可见此人果然本性难移。不过，话说回来，公孙弘不得不承认，对付孔禹这种人，这的确是最有可能奏效的办法。

一时间，公孙弘颇有些犹豫。想尽快破案，就得用张汤这种骇人听闻的手段；可这么干，似乎又有些伤天害理，既亏欠了良心，又恐遭人非议。

到底该怎么办才好？

公孙弘陷入了沉思。

忽然，紧闭的房门外响起了老家丞的声音："主公，北军将军张次公求见，说有急事禀报。"

第
十
章

翻盘

官无常贵，而民无终贱，有能则举之，无能则下之。

——《墨子·尚贤》

公孙弘在正堂接待了张次公，张汤陪同。

张次公见礼后，从袖中掏出一小卷帛书，递了上来。公孙弘接过，蹙眉道："这是何物？"

"禀丞相，这是汝南郡上蔡县发回的文书。"

公孙弘一下就反应过来了："你在查秦穆？"

张汤一听，不禁睁大了眼睛。

"是的，丞相。"张次公镇定自若。

公孙弘脸色一沉，有些不悦："查得如何？"

"请丞相看一眼文书便知。"

公孙弘打开帛书，看了一眼，脸色遽变。张汤赶紧凑过来一看，上面写着四个字：查无此人。

张次公暗自一笑，眼中闪过得意之色。

"请丞相恕罪。"张次公拱手道，"卑职从一开始就怀疑秦穆的身份是假冒的，但没有确凿证据，故不敢对您提起，只好私下向汝南郡太守求证。而现在的事实已然证明，卑职的怀疑是对的。"

公孙弘的脸色阴得像是要下雨："如果秦穆的身份是假的，那他又是谁？"

"据卑职掌握的情况判断，他很可能便是数日前在北邙山刺杀大行令韦吉的刺客；而且卑职还知道，他的真名叫作青芒。"

此言不啻平地一声惊雷，在公孙弘和张汤的耳边訇然炸响。

公孙弘和张汤同时一震，下意识对视了一眼。

"这怎么可能？！"公孙弘霍然起身，把帛书往地上狠狠一掷。

"请丞相息怒，卑职也希望自己错了，但是……"

"你可有证据？"

"卑职有两位证人，已在大门外等候，丞相可随时传唤。"

公孙弘大为意外，旋即冷然一笑："好你个张次公，居然背着本相干这么多事，连证人都已经找来了！"

"丞相恕罪，卑职这么做，也是为了您的安危着想。"张次公不卑不亢，"设若这个所谓的秦穆真是刺客，留在您的身边，岂不是一个莫大的隐患？势必越快除之越好。"

"丞相，"张汤也凑过来，低声道，"不瞒您说，秦穆第一次出现的时候，卑职就已经觉得蹊跷了，只是……没敢说。"

公孙弘不语，而是闭上眼睛，深长地吸了一口气，以调匀自己粗重紊乱的呼吸，并平息心中的惊骇与震怒。片刻后，他才睁开眼睛，对一旁的老家丞道："命朱能和侯金去把秦穆押上来！"

"丞相，"张次公忙道，"此人身手不凡，若发现身份败露，必然会狗急跳墙。是故卑职建议，暂时先别抓捕，只需跟平日一般找他过来便可，等一会儿查清事实，再把他拿下不迟。"

公孙弘也觉有理，便对老家丞道："照张将军的话做。"

青芒被老家丞领着走上正堂，刚一进门，便有数十名禁军士兵从门外涌入，一边把大门轰然关上，一边呈半月形从后面围住了他。

公孙弘坐在正堂上首，左榻坐着张汤，右榻坐着张次公，三人皆脸色阴郁，目不转睛地盯着他。

青芒一下就明白了怎么回事，却不动声色地上前见礼，然后对张次公一笑："张将军也来了？看这阵势，是不是对在下有什么误会？"

"没有误会。"张次公也笑着站了起来，"我今天来，主要是想告诉你，我曾经跟你提起的那位失踪的故人，找到了。"

"是吗？那可要恭喜张将军了，不知他现在何处？"

"就在这正堂之上。"

青芒煞有介事地左右看了看："人呢？"

"别装了，青芒先生。"张次公故意在"青芒"二字上加了重音，"你心里很清楚，我要找的人，便是你！"

"咦，这可奇了。"青芒故作惊诧，"张将军为何知道我的小名？"

"你终于肯承认，你就是青芒了？"张次公对他这么快便承认有些意外。

"这有何不敢承认的？"青芒笑，"在下的小名便是青芒，家里人都是这么叫我的。"

从青芒进门到现在，公孙弘一直冷眼旁观，并未发现他露出丝毫破绽，更没发现他有半点儿惊慌。假如此人真是行刺韦吉的刺客，公孙弘想，那他的定力实在够强。

"秦穆，"公孙弘发话了，"你老实告诉本相，你究竟是不是韩当的表弟？"

青芒一怔："当……当然是，这种事岂能有假？"

就是这一怔，让公孙弘捕捉到了他眼中一闪而逝的慌乱。

是狐狸终究会露出尾巴！公孙弘不禁在心中冷笑，同时也隐隐有一丝失落，可惜一个身手这么好的"保镖"，竟然会是潜伏在自己身边的刺客。

"啪"的一声，公孙弘把那卷帛书扔到了青芒面前："自己看吧。"

青芒捡起来一看，顿时色变，嗫嚅道："这……这肯定是汝南郡搞错了吧？"

"青芒！"公孙弘沉声一喝，"事到如今，你还敢狡辩？！"

青芒一震，旋即双膝一软，跪倒在地："丞相，小民有罪，小民该死，小民不该向您隐瞒真实身份……"

见他这么快就认罪了，张次公脸上顿时露出一个无比畅快的笑容。

与此同时，公孙弘心里却发出了一声哀叹。

这不仅是因为他从此失去了一个可以十二个时辰保护自己的绝世高手，更糟的是自己居然把一个刺客窝藏在家里这么多天！这事传开，将有何面目去见天子？又将如何面对天下人的耻笑？

"带走吧。"公孙弘大袖一拂，转过身去，仿佛再也不想多看他一眼。

"是！"张次公给了手下一个眼色，众军士立刻冲上前来。

"且慢！"青芒露出又惊又疑的表情，"丞相，小民不过是隐瞒了真实身份而已，何至于要被禁军带走？"

"青芒，都到这份儿上了，你还在垂死挣扎，有意思吗？"张次公冷冷道。

"张将军，小民虽出身乡野，却对我大汉律法略知一二。"青芒索性站起身来，"小民只是对丞相撒了一个小谎，不管丞相如何责罚，小民都甘愿领受。但这种小事，似乎还轮不到朝廷的北军来抓捕吧？"

公孙弘一听，赶紧转过身来，眼中闪过一丝死灰复燃的光芒："秦穆，你把话说清楚，到底是怎么回事？"

青芒听出他再次转换了称呼，心中暗自一笑。

张次公料不到青芒竟然还想翻盘，忙道："丞相，此人狡诈成性、诡计多端，您千万别听他的。"

"你闭嘴！"公孙弘不耐烦道，"就算现在要把他砍头了，你也得容他说几句话吧？"

张次公无奈，只好闭嘴。

"秦穆，"公孙弘又道，"具体是何情由，你如实道来，至于有罪无罪、罪大罪小，本相自有公断。"

"多谢丞相！"青芒躬身道，"事情是这样的，小民的确不是韩门尉的表弟，而是……算是他未过门的小舅子吧。小民之姐名叫秦姝月，是章台街琼琚阁的一名歌女。韩门尉私下与家姐交好，想为她赎身，纳她为妾，但家姐担心过门后遭正室欺凌，反不如眼下自在，故一直犹豫不决。韩门尉为了讨好家姐，便私下邀小民来京，说要为小民谋个大好前程，也就是在丞相您的门下当差。由于家姐身份卑贱，韩门尉怕有辱丞相门风，也怕丞相因之把小民拒之门外，便不敢泄露小民的真实身份，而是让小民谎称是他的表弟。事情经过就是这样，小民也知道这么做不对，可……可总归罪不至死吧？"

张次公在一旁频频冷笑，知道这一定是青芒的诡计，想要质问，又不敢抢在公孙弘前面，只好强忍着。

公孙弘听完，心中如释重负，缓了缓脸色，道："那你究竟是何方人氏？"

"回丞相，小民是魏郡邺县人氏。"

"那你的小名果真叫青芒？"

"是的丞相，从小到大，家里人都是这么叫小民的。"

"青芒！"张次公终于忍不住了，"你说你是魏郡邺县人，那就把名籍拿出来证明，除非……你把名籍又弄丢了。"

"那倒没有。"青芒故作赧然之色，轻轻笑道，"不过小民正是怕弄丢了，所以不敢随身携带，名籍一直放在家姐那儿。"

张次公冷笑："我看你是拿不出来吧？"

"丞相，"青芒转向公孙弘，"为了证实身份，小民斗胆请求丞相召家姐前来，丞相一问便知。只是家姐身份卑贱，怕玷污了丞相门庭……"

"无妨！"公孙弘大袖一挥，"不就是一个青楼女子吗？事有轻重，本相还不至于那么迂腐。来人！"

老家丞赶紧上前。

"命朱能和侯金马上去章台街琼琚阁把秦姝月小姐请来。"

"是。"老家丞领命而去。

约莫半个多时辰后，朱能和侯金领回一个身形窈窕、略有几分姿色的年轻女子。那女子袅袅娜娜地走了进来，一看到青芒，也不顾场合，狠狠瞪了他一眼，开口便骂："臭小子，早跟你说咱们这种人福薄命贱，千万安分守己，不可攀龙附凤，贵人们那些把戏咱玩不起，可你偏不听！现在怎么样？玩脱了吧？韩当那死鬼前脚才把小命玩完，你便一门心思要步他后尘吗？"

此言一出，在场众人顿时面面相觑。

毕竟是烟花柳巷之人，终归难登大雅之堂！来到堂堂丞相宅邸，面对这些大人物，却一不见礼，二不寒暄，甚至都没拿正眼瞧他们，一开口便是一番臭骂；而且，这番骂词明着是在数落青芒，暗里却连他们这些"贵人"都揶揄进去了。公孙弘不禁在心里连连苦笑。

"姐，你也不看看这是什么地方！"青芒大窘，低声嘟囔，"算我求你了，赶紧过来见礼吧！"

秦姝月这才冷哼一声，然后腰肢款摆，莲步轻移，朝公孙弘等人敛衽一礼，道："民女秦姝月见过各位贵人。民女粗鄙浅陋，不识礼数，若是冒犯了各位贵人，还望海涵。"

这话一说，公孙弘等人才算找了个台阶下。

"无妨无妨。"公孙弘勉强笑笑，"秦姝月，本相问你，秦穆真的是你的同胞兄弟吗？"

"不是！"秦姝月翻了个白眼。

"你说什么？！"公孙弘大吃一惊。

张汤和张次公也是大出意料之外，青芒则是一脸苦笑。

"我才没他这个弟弟！"秦姝月愤愤道，"我巴不得爹娘从没生过这个逆子！"

原来是在说气话。

公孙弘啼笑皆非，耐心道："秦姝月，本相现在是很严肃地问你话，你有一说一、有二说二，不可任性使气。"

秦姝月撇了撇嘴，算是听从了。

公孙弘接着道："既然秦穆是你一母同胞的兄弟，那么你们二人的名籍，你带来了吗？"

"我知道，你们这些贵人就是瞧不起我们。没关系，认完身份，民女今天就把舍弟领回去，我们自己找活路，只求诸位贵人饶他一条小命。"秦姝月悻悻然说着，从袖中掏出了两册版牍。

汉代，文字通常书写在竹简或木片上。用竹片写的称为"简策"，用木片写的称为"版牍"。一般超过百字的长文写在简策上，短于百字的写在版牍上。前者多为书籍，后者多为官方的文书、户籍、告示、信札等。此刻秦姝月掏出来的正是她和青芒的名籍。

汉代规定，凡男子年满二十便要独立编籍，以承担相应的权利和义务，故青芒自有名籍；而秦姝月未出嫁，故持有其原生家庭的名籍。名籍字数不多，主要记载相关人员的姓名、性别、籍贯以及户主、家属、土地、住宅等信息，并加盖当地官府印章。

张次公迫不及待，一把将两份名籍都抢了过去。

秦姝月不悦地瞪了他一眼。

公孙弘和张汤立刻把目光转向了张次公。

张次公盯着手上那两册版牍，翻来覆去看了好几遍，最后却露出了极度失望之色。

"如何？秦穆的身份可有假？"公孙弘其实早从他的表情看出来了，却故意问道。

张次公满脸无奈，闷声道："不假。"

"既然不假，那我们就走了。"秦姝月把名籍抢了回去，对青芒道："走吧，别在这儿给我丢人现眼了！"

"哈哈哈哈！"公孙弘情不自禁地发出朗声大笑，"姝月小姐，你误会了，本相让你来证实秦穆的身份，正是为了消除对他的误解。如今身份证实了，误会也澄清了，正是本相要重用他的时候，他岂能跟你走呢？"

"丞相，不是民女不识抬举，舍弟到您的门下当差，自是光宗耀祖之事，不过……"

"不过什么？"

"民女家中三代单传，舍弟至今又尚未娶妻生子，要是有个三长两短，民女可对不住早死的爹娘……"

"这你不必多虑。"公孙弘赶紧承诺，"秦穆既然在本相手下做事，本相自然有责任保他无虞。不瞒你说，从第一眼见到秦穆这个年轻人，本相便与他一见如故，心中甚至有视如己出之感……"

青芒心里一惊。

不会吧？这说着说着，怎么有一种要认干儿子的架势了？公孙弘是我刻在狼头骨上的"仇人"之一，我可不能认贼作父！

这么想着，青芒赶紧冲秦姝月拼命使眼色。

秦姝月本想顺着杆儿往上爬，索性就让公孙弘认青芒做义子，话都到嘴边了，看见青芒的眼色，才暗笑着闭上了嘴。

张次公在一旁生了半天闷气，见状忙道："丞相，就算秦穆的身份不假，可他还是有重大嫌疑。"

公孙弘眉头皱成了一团："我说张将军，你还有完没完？事情不都搞清楚了吗？还有什么嫌疑？"

"丞相！"青芒不等张次公回话，忽然抢上前来，"扑通"一下跪倒在地，"卑职还有一事没有向您坦白。"

公孙弘一脸懵懂："还有何事？"

"卑职前些日子刚到茂陵，有一天在城外闲逛，捡到了一匹无主的骏马，一时贪心，便把它骑走了。后来回到客栈，才听人告诉卑职，说那是北军的战马，卑职吓坏了。正巧那天张将军带人来搜查客栈，卑职怕说不清楚，就……就从屋顶跑了。这可能就是张将军误解卑职的原因。"

青芒这番话，等于把张次公要说的话全都堵回去了，也把他即将提出的指控全都化解于无形。张次公顿时怒火中烧，却无计可施。

"张将军，你是否就因为此事，把秦穆认定为刺客了？"公孙弘问。

"我……"张次公涨红了脸，根本不知该说什么。本以为把蒹葭客栈的掌柜和伙计叫来，一下就能指认出青芒，可现在这两人却一点儿价值都没有了。情急之下，张次公灵机一动，大声道："丞相，要证明青芒是不是北邙山上的刺客，还有一个办法。"

公孙弘大为不耐："张次公，我说你上辈子是不是跟秦穆有仇啊，非得死乞白赖地指控他是刺客？！"

"卑职是出于公心，还望丞相不要误会。"

张次公又气又急，口气不觉便有些生硬，微然已有顶撞之意。公孙弘越发不快，白了他一眼："说吧。"

"韦吉遇刺当天，现场还有一位目击证人，便是韦吉的幼子。故卑职以为，只要把韦吉幼子带过来指认，真相便可大白于天下！"

青芒心中一凛，此法果然狠毒！不过他相信，公孙弘肯定不会给张次公这个机会。

"我说张次公，你是不是想立功想疯了？"公孙弘彻底拉下脸来，"三四岁的小孩子算个什么目击证人？！"说着把脸转向张汤："张廷尉，你办案经验丰富，你来说说看，有这么小的目击证人没有？就算有，小孩子的证词做不做得准？"

张汤很清楚，公孙弘现在非常器重秦穆，就算心里真有一丝怀疑，他也会尽量说服自己。在此情况下，张次公如此穷追猛打，肯定讨不着好。更何况，找个乳臭未干的小孩来指认刺客，的确不太合乎常理。

思虑及此，张汤便道："确如丞相所言，卑职办了这么多年案子，最小的目击证人也有十几岁。像韦吉幼子这么小的，的确不曾有过先例，就算真说出些什么，恐怕也做不得准，更不足以作为定案依据。"

"听见没有？"公孙弘盯着张次公，语重心长道，"张将军，你立功心切，本相完全理解，可你也不能捕风捉影、抓到碗里便是菜吧？办案不比行军打仗，不是勇猛冲锋便可杀敌制胜的。日后做事，还要周密、审慎一些，切不可再如此毛毛躁躁了。"

张次公今日本是志在必得而来，不料结果非但一无所获，反而丢尽了脸面，还招致了公孙弘的反感，心里真是沮丧透顶。

可饶是如此，他也不得不俯首躬身道："是，是卑职鲁莽，卑职谨遵丞相教诲。"

"行了，既然是一场误会，那大伙儿就散了吧。"公孙弘说完，对秦姝月和煦一笑："姝月小姐，初次见面，本相无以为赠，待会儿让秦穆带你到库房，领二十金，权当本相给你的见面礼。"

秦姝月大喜过望，兴奋得两眼放光："民女多谢丞相！"

"喂，这二十金，你就拿着做个样子，改天可得还我。"

领完见面礼，送秦姝月出来时，青芒低声道。

"凭什么？"秦姝月眼睛一瞪，慌忙搂紧怀里那袋金子，"这是丞相送我的见面礼，你休想！"

青芒一笑。

他当然不会讨回，这么说只是讨个人情而已。

"行啊，你留着也行，只是咱俩这场戏，说不定以后还得接着演，你可别给我穿帮了。"

自从察觉张次公在怀疑自己的身份，甚至连公孙弘也生出了疑心，青芒便开始编排今天这场好戏了。

早在公孙弘遇刺当晚，青芒偷听到了韩当和秦穆的对话，当时便觉得这两人似乎不像是表兄弟的关系，于是随后便向朱能打探，得知韩当在章台街有个相好的歌妓秦姝月，心里便隐隐猜出，秦穆绝非韩当的表弟，而很可能是秦姝月的胞弟。

几天前，青芒暗中找到了秦姝月，把韩当和秦穆已死的消息告诉了她，并称自己已将秦穆厚葬，然后温言安抚了一番。秦姝月闻言，哭了半天，旋即质问他是何人。青芒称自己是韩当的好友，与秦穆也认识，还说自己是孤儿，没有兄弟姊妹，以后就把她当自己的姐姐了。

秦姝月见他一表人才，待人温厚，虽半信半疑，但心里还是有些亲和之感。

青芒随即取出十块金饼放在了她面前。其中，三块得自公孙弘赏赐，其余则是之前行囊中的。秦姝月见到那些金子，眼睛顿时便亮了些。不过她阅尽世事，自然知道拿人钱财、替人消灾的道理，便问青芒是否有求于她。青芒便把自己欲顶替秦穆身份给丞相当差的事说了，并请她配合。

秦姝月有些惊讶，狐疑不决。

青芒见状，便道："这事我不强求。不过，韩当和秦穆都不在了，你要在章台街这种鱼龙混杂的地方讨生活，也需有人照应。若是有我这么一个在丞相邸当门尉的弟弟，对你来讲也不是什么坏事，你说呢？"

秦姝月思忖良久，觉得也有道理，便问："那你需要我怎么配合？"

青芒一笑，说只要会演戏就行了，然后便将日后有可能遭遇的情况和应对方法一一告诉了她。秦姝月又想了想，终于点头答应。过后，青芒和她一起"排练"了几次，二人边演边笑，不觉便生出了些许真姐弟的感觉……

"老娘哪天不逢场作戏？这点儿小事还难得倒我？"秦姝月翻了下白眼，"就说刚才吧，我的演技咋样？是不是惟妙惟肖、活灵活现啊？"

"演得还行，就是有些过火。"

秦姝月知道他指的是认干儿子的事，便道："哎，我说你这人傻不傻？认丞相做干爹，那是祖坟冒青烟的事儿，你为啥不干？"

青芒想着什么，淡淡一笑："我都不记得我爹长什么样了，现在忽然认个爹，你觉得我心里会舒服吗？"

秦姝月闻言，也触动了身世之感，想自己孑然一身，现在唯一能依靠的也只有面前这个假弟弟了，不由得黯然神伤。

细雨不知何时簌簌飘落下来，很快把二人笼罩在了迷离的雨雾中。

远处的一根廊柱后面，张次公探出头来，目光像利刃一样刺破雨幕，死死钉在了青芒和秦姝月脸上……

长安尚冠前街东段的一座民宅中，郦诺独自一人站在庭院里，闭着眼睛，仰着脸，任冰冷的雨丝一点点侵入肌肤。

一把油布伞从背后遮住了她。

"诺姐，你别着急，牛皋和刑天的事，我爹和盘古先生他们一定会想办法的。"

郦诺凄然一笑："都怪我，没听盘古先生的劝，结果把弟兄们都害了……"

"事已至此，你怪自己有什么用？"仇芷薇转到她面前，帮她擦去脸上的雨水，"更何况，为巨子和郭旗主报仇，是所有弟兄们共同的心愿，也是大伙儿一起拿的主意，又不是你一个人的主张。"

"虽然如此，但最后做决定的是我。"

"那又怎样？难道牺牲了一些弟兄，就证明你的决定是错的吗？"

"是的，我现在确实怀疑我错了。"

"咱们杀了那么多狗官和鹰犬，这不就值了吗？！"仇芷薇大声道，"咱们墨家的人宁可站着死，绝不跪着生！我相信，那些死去的弟兄们一定会含笑于九泉的。"

"咱们可以视死如归，可刑天的父母妻儿、三族老小呢？"郦诺仿佛是在质问自己，"他们何辜？凭什么要陪咱们一起死？"

仇芷薇一怔："那……那只能怪刘彻那个狗皇帝太卑鄙！"

"刘彻的账，迟早是要跟他算的，只是眼下……"郦诺若有所思，"咱们必须做点儿什么，不能这么干等着。"

仇芷薇蹙眉想了想，眼睛一转："对了，咱们索性去劫狱，把狗皇帝的大狱一把火烧了！"

"你干脆先把我一把火烧了。"

一个浑厚的声音从院门外冷冷飘了进来。声音落处，仇景走了进来，身后紧跟着两名壮汉。"你还嫌惹的事不够大吗？"

郦诺和仇芷薇赶紧迎了上去。

"我惹什么事了？"仇芷薇不服，"事情不都是刘彻那狗皇帝和公孙弘那个狗丞相惹的？"

"就你能耐，行了吧？"仇景一副懒得理她的样子。

郦诺一听，心里又有些难受，觉得仇景这些话更像是对自己说的。"仇叔，牛皋和刑天他们……怎么样了？"

仇景脸色沉郁："进屋说吧。"

一阵秋雨一阵寒，屋里燃起了一盆炭火。

三人围着炭火而坐，仇景把牛皋的事说了，郦诺和仇芷薇同时泪湿眼眶。

"牛哥死得不冤，至少做了饱死鬼！"仇芷薇一边抹着眼泪，一边笑。

郦诺别过头去，擦掉了脸上的泪水。

"刑天自被捕后，只字未吐，是条汉子！只是……"仇景欲言又止。

"朝廷若以他的家人相要挟，怕是再硬的汉子都扛不住。"郦诺接言道，"而且，以张汤的手段，只怕还不仅是要挟……"

"那他想怎么样？"仇芷薇睁大了眼睛。

"不排除他会拿孩子做文章。"郦诺黯然道。

"该死的酷吏!"仇芷薇咬牙切齿。

"你的担心不无道理。"仇景道,"这种事,张汤干得出来。所幸的是,我接到盘古先生的消息,说张汤最近被皇帝停职,勒归私邸了,暂时不能参与审案。"

"哈,还有这种事?"仇芷薇一乐,"他们这是狗咬狗吗?"

仇景白了她一眼:"大姑娘家,说话能不能别总带脏字?"

"'狗'算脏字吗?"仇芷薇一脸无辜地眨了眨眼,"'狗'字不能说,那我说'猪'好了。猪皇帝,猪丞相,猪拱猪……对了,刘彻本来就叫刘彘,彘不就是大猪的意思吗?我这么叫也没冤枉他。"

仇景苦笑,似乎拿这个女儿一点儿办法都没有。

"张汤为何被停职?"郦诺诧异问道。

"他数年前当过茂陵县尉,监管过陵寝修建的事,本身也有嫌疑。据盘古的消息,好像是御史大夫李蔡参了他。"

"果然是狗咬狗!"仇芷薇脱口而出,一见父亲在瞪她,便改口道:"不对,是猪拱猪。"

"仇叔,"郦诺又问,"夸父现在怎么样了?"

仇景叹了口气:"也被抓了,还有他和刑天手下的弟兄。不过,他们是跟陵寝的一千多名杂役一块儿被抓的。我估计,这么多人,朝廷肯定查不出什么,最后顶多是发配充军,至少可保住一命。"

"夸父不是那个叫荀什么的陵令吗?"仇芷薇颇感意外。

"夸父的伪装身份是杂役,当初地道就是他们挖的。"郦诺淡淡道,"那个荀遵不是咱们的人,只是时运不济,被咱们连累了。"

"反正是当官的,依我看也不是什么好东西。"

"官员也不全都是坏人,总有一些清廉、正直、爱护百姓的好官。"郦诺道。

"这种好官不都当不长吗?"仇芷薇道,"从古到今,都是好人不长命,祸害活千年,只有贪官、昏官、恶官吃得开。"

"行了行了,别尽扯些没用的。"仇景又白了她一眼,转脸对郦诺道:"我已经安排好了,一旦夸父他们被发配,弟兄们就在半道上把他们劫走。"

"有劳仇叔了。"郦诺感激道。

"夸父虽然是你赤旗的人,可不也是我的兄弟吗?不必说这种见外的话。"

"对了诺姐，"仇芷薇忽然想到什么，"有件事我一直挺纳闷，你们赤旗当初在陵寝挖地道，就是为了对付公孙弘吗？"

"芷薇！"仇景沉声呵斥，"咱们墨家各旗有各旗的机密，这规矩你不懂吗？瞎打听什么？"

"没事的，仇叔。"郦诺忙道，"事已至此，也没必要隐瞒什么了。"

"就是！地道的事连猪皇帝都知道了，我凭啥不能打听？"仇芷薇冲父亲做了个鬼脸，然后揽过郦诺的胳膊靠了一下："还是我的诺姐开通。"

"三年前，白旗郭旗主和咱们数以千计的弟兄被朝廷屠戮之后，我爹就预感到，与朝廷的对决恐怕在所难免，必须未雨绸缪，于是交给了我一个任务……"郦诺目光幽远，陷入了回忆，"他让我启动潜伏在陵寝的刑天和夸父，秘密挖掘一条打通内外城的地道，首要的目的其实不是对付公孙弘，而是对付刘彻。"

"巨子当初就想要刺杀猪皇帝了？"仇芷薇惊讶。

郦诺不置可否，接着道："自从陵寝动工修建以来，刘彻几乎每隔半年就会去视察一次。所以，若能成功挖出一条地道，派咱们的人潜入，趁其再赴陵寝之际将他刺杀，想来也并非多难之事。当然，我爹这么做，只是作为备用之策，并不是非杀他不可。我爹说，如果他能改弦更张，不再肆意杀戮天下的游侠和豪强，能让咱们墨家有一条生路，那咱们就继续隐忍，没必要鱼死网破。遗憾的是，这些年来，刘彻一直没有收手……"

"既然地道是留着要杀猪皇帝的，那现在暴露岂不可惜？"仇芷薇大为憾恨。

"这是我的错，我心急了。"郦诺苦笑，"自从我爹意外身故之后，我就一直在筹划对刘彻动手。可不知为什么，这几年刘彻竟一反常态，再也没有去陵寝视察过。我后来一想，地道的入口恰好在公孙弘宅邸边上，干脆利用地道作为撤离路线，先杀了公孙弘再说。我本以为，日后要杀刘彻还可以再次利用地道，可我却低估了张次公这帮朝廷鹰犬，最后公孙弘没杀成，还把地道暴露了……"

"这不是你的错。错的是那个该死的秦穆，要不是他，公孙弘早就下地狱了！"

"秦穆是谁？"仇景问，眼睛却看向郦诺。

"就是公孙弘家的看门狗！"仇芷薇抢着道。

"我没问你。"仇景没好气道。

"是丞相邸的门尉，身手很是了得。"郦诺答言，"行动那晚，公孙弘本已难逃一死，就是他替公孙弘挡了两箭。"

"如此鹰犬，早除早好，我回头便去安排。"仇景不假思索道。

郦诺和仇芷薇同时一怔，对视了一眼，眼神都有些复杂。

"爹，那个秦穆……暂时还不能杀。"

"为何？"

仇芷薇当然不敢说秦穆救了她们俩——而且是用"抱"的方式，所以一时语塞，只好用眼神向郦诺求援。

"此人与一般朝廷鹰犬有所不同，他……"郦诺斟酌着措辞，"他似乎还有些良知未泯。"

仇景看看郦诺，又看看女儿，目光狐疑，似乎已猜出她们有什么事情瞒着他。

细雨蒙蒙，原本车水马龙的北阙甲第区比平时冷清了许多。

此地是长安高官显宦的聚居区，一条通衢大道由北向南直抵未央宫北阙，两旁的高门大宅碧瓦飞甍、鳞次栉比。

一头瘦毛驴"嘚嘚哒哒"从长街那头走来，骑者披着蓑衣，戴着斗笠，两鬓有些花白，似是一位上了年纪的老者。

毛驴经过一座豪宅的大门时，骑者放慢了速度，仿佛不经意地瞟了府门一眼，只见门楣匾额上写着三个烫金大字：翕侯府。

毛驴又往前走了一小段，然后拐进了一条巷子。

巷子里有一棵老榆树，树下搭着一个简易的棚子，支着一个卖汤饼的小摊，锅里热气蒸腾。老者骑到摊前，翻身下来，对摊主道："来碗汤饼。"说完，找了个干净的地方坐下，朝斜对面瞥了一眼。

摊主答应着，麻利地舀了一碗，洒上浇头配料，端到老者面前，高声道："老丈请慢用。"紧接着压低嗓门儿道："有一伙人，二男二女，这几天来找了赵信两回，方才又进去了。"

老者不动声色，接过碗筷，"哧溜"喝了一口汤，回味了一下，这才抬起头来，凝视着斜对过的一面高墙。

墙上开有一扇黑漆木门，正是翕侯赵信府的侧门。

而这个"老者"便是杜周假扮。

"进去多久了？"杜周夹了块面片扔进嘴里。

"至少半个时辰。"摊主拿着块抹布，卖力地擦着杜周面前的食案。

"那四个人，什么长相？"

"两个女的罩着面纱，看不清；不过那两个男的深目高鼻，一看就知道是匈奴人，一个五十多岁，一个三十来岁。"

杜周眼皮跳了跳，咕噜一声，把喉咙里的面片吞了进去。

"赵信本人呢？有何动向？"

"大前天上午出去了一趟，一身行商装扮。"

"去哪儿了？"

"东市。"

杜周微微蹙眉："具体呢？"

"去了一家匈奴人开的皮毛店。"

"去干什么？"

"装腔作势地采购了一些貂皮和狐裘，然后便跟店主上了二楼。卑职上不去，又不敢待太久，便撤了出来。然后，卑职便把监视任务交给了咱们安插在东市的暗桩陈丙。过后的事情，卑职就不知道了。"

"立刻通知陈丙来廷尉寺见我。"

"是。"

杜周又盯着斜对面的木门："那四个人，住在何处？"

"卑职盯了两趟，第一趟跟到了城外的一家客栈，第二趟则是西市的一家客栈。卑职估计，他们每天都会换不同住所，今天不知会去什么地方。"

"继续盯着。"杜周说完，风卷残云地吃光了剩下的大半碗汤饼，掏出几枚铜钱扔在了食案上。

"多谢老丈，欢迎再来！"摊主高声道。

"仇叔，刑天目前情况危急，您和盘古先生可有良策？"

郦诺被仇景看得有些尴尬，赶紧转换了话题。

"别提了。"仇景叹了口气，"盘古已经正式派人通知我，从今天起，暂时中断与我们的一切联络。"

郦诺一惊："那，有没有说什么时候恢复？"

"有。"仇景一笑，"就给了两个字：待定。"

郦诺不禁苦笑："看来，盘古先生这回是真生气了。"

"爹，"仇芷薇好奇道，"盘古到底是什么人？"

"这是你该问的吗？"仇景不悦。

仇芷薇冷哼一声："要我看，您仇旗主恐怕也不知道吧？"

"你……"仇景难掩羞恼之色。

"没人知道盘古是谁。"郦诺接言道，"除了……除了我爹。如今他过世了，就再没人知道盘古的真实身份了。"

仇芷薇恍然。

"不过，盘古也没把事做绝。"仇景道，"他让咱们接下来跟后羿接头。"

"后羿？"郦诺思忖着，"我爹也提过此人，说他跟盘古一样，都埋得很深，轻易不会启动。如今启动后羿，说明盘古先生意识到事态严峻，所以要在他和咱们之间设置一个隔离层，以防不测。"

"是啊！"仇景感叹，"这家伙，在朝廷待久了，这套官场自保术也玩熟了。"

"眼下形势险恶，盘古先生这么做，也是无可厚非。只不过……"郦诺蹙眉，"咱们与后羿是第一次联络，要接上头，恐怕得好几天吧？"

"那当然要。"

"来不及了。"郦诺眉头深锁，站起身来，在屋内来回踱步，"朝廷随时可能利用刑天的家人，来迫使他开口……"

"依我看，刑天不会开口，即使朝廷拿他的家人要挟。"

"就算刑天宁愿让父母妻儿、三族老小跟他一起陪葬，可咱们呢？咱们能眼睁睁地看着这么多无辜之人为咱们去死吗？"郦诺眼眶泛红，不自觉便提高了声音。

仇景沉沉一叹，接不上话了。

"那就劫狱！"仇芷薇也腾地站起身来，"我刚才就说了，索性跟他们鱼死网破，把猪皇帝的大狱一把火烧了！"

"我刚才也说了，你要想这么干，就先把我这把老骨头烧了！"仇景瞪着她，沉声道，"给我坐下！"

仇芷薇嘟起嘴，跺了跺脚，只好坐了回去。

"劫狱是不可能的，那是让更多人去送死。"郦诺仍旧来回走着，忽然想到什么，蓦然止住脚步，"事到如今，只有一个办法了。"

"什么办法？"仇景和仇芷薇同声问道。

"让盘古先生帮最后一个忙。"郦诺神色凝重，"让他给刑天递个话，让他主动招供，就说愿意把咱们供出来……"

"什么？！"仇景父女同时喊出声来。

"你们听我说完。"郦诺苦笑，"我的意思是让刑天先释放一下烟雾，让朝廷暂时不动他的家人，给咱们争取时间。"

仇景父女顿时面面相觑。

"这也只能拖延时间而已。"仇景不解，"到最后，刑天和他的家人不也还是一个死？！"

"是的……"郦诺黯然，"就算我们有三头六臂，也改变不了这个结果，但是……咱们可以做点儿什么，给刑天留个后。"

"留后？"仇景蹙眉，"你的意思是，把刑天的儿子救出来？"

"是的。据我所知，刑天有一子二女皆已长大成人，还有一个最小的儿子年方六岁。咱们要救的就是这个幼子。"

"说了半天，这不还是得劫狱吗？"仇芷薇一脸困惑。

"不必劫狱。"郦诺眼中掠过自信的光芒，把脸转向仇景："仇叔，我记得你昨天跟我说过，刑天是被关在廷尉寺，而他的家人则被关在卫尉寺，对吗？"

汉代，三公的官署称"府"，如丞相府、御史大夫府；九卿的官署称"寺"，如廷尉寺、中尉寺、卫尉寺、太常寺等。这些官署基本都位于未央宫内或宫城周边，防范异常森严。

"对。"仇景点头，"廷尉寺关的都是重犯，朝廷为了显示宽仁、避免舆论指责，就把受到株连之人关在卫尉寺，那儿条件相对好些。可即使是后者，也是禁军重兵看守，想救人谈何容易？"

"不是到卫尉寺救人，我知道两边都不可能救。正因如此，才要让刑天以供出咱们为由，向朝廷提一个条件，就说想跟幼子在监狱外再见一面，最后再看一眼大汉的锦绣山川，地点就选在长安城外的渭水边上。如此，咱们就有机会在半道上把孩子劫走。"

"既然刑天和孩子都出了监狱，咱们不是可以两边都劫吗？"仇芷薇道。

"刑天那头必然是重兵看押，很难得手，咱们真正有把握的，只能是朝廷不太重视的孩子这头。"

仇景思忖片刻，重重点了下头："的确是个办法。看来，也只有这么做，咱们才能对得起刑天了。"

"事不宜迟。"郦诺决然道，"仇叔，咱们分头行动，您去联络盘古先生，我去找弟兄们商量一个营救计划。"

第十一章 营救

万事莫贵于义也。

——《墨子·贵义》

一连数日，那个神秘匈奴人鹰隼般的目光一直在青芒眼前挥之不去。

他是谁？他的目光中到底隐藏着什么？关于自己的身份和过往，他又知道多少？

青芒决定，无论如何都要找到这个人，进而找到这些问题的答案。

他再次来到了繁华熙攘的长安东市。

然而，当他策马立在车马行人川流不息的街头，看着一张又一张陌生的面孔从自己身边擦肩而过，心头涌起了一阵茫然。

要在这偌大的东市，在这来自四方且流散四方的万千人中，找一个只见过一面、不知其名姓，且刻意隐藏行迹之人，无异于大海捞针。

青芒闭上了眼睛，把那天的情景在自己脑海中迅速回放了一遍。

忽然，他脑中的画面定格在了一张脸上。这不是那个匈奴人的脸，而是一张蓬头垢面、稚气未脱却又机灵过人的脸。

六喜。

青芒一笑，策马驰入了人群之中。

没花多少工夫，青芒便在那天撒铜钱的地方附近找到了六喜。

"先生果然没有食言，是个君子！"

六喜一看到他，便嬉皮笑脸地凑上前来，口气很是老成。他身后十余个年纪相仿的小乞丐，也争先恐后聚拢过来，仰望着高头大马上的青芒，那眼神都像是见到了久别的亲人。

青芒心中一酸。

这些孩子，正值天真烂漫之年，本该在父母膝下承欢撒娇，却不知为何流落在此，衣不蔽体，食不果腹，当真可怜！

"老规矩，都站成一排，把碗举高。"青芒大声道。

六喜和众乞丐发出欢呼，立马照做。青芒像那天一样，把随身携带的铜钱一枚不剩地扔进了那些破碗里，然后拍拍手，朝六喜勾了勾指头。

六喜凑过来，还没等青芒发话，便眨了眨眼，道："先生是要找那天马车上那人吗？"

青芒一怔："你怎么知道？"

六喜嘻嘻笑道："那天您跟霍骠姚过招，我躲在一旁观战来着。后来马车溜了，您那一脸失望之色，可瞒不过我六喜的眼睛。"

青芒哑然失笑。

"既然知道我想找那人，可你见那马车溜了，怎么不去追？"青芒故意沉下脸来，"枉费我对你这么好了。"

"先生别急，听我说嘛。"六喜又是一笑，"您跟霍骠姚打得那么精彩，我哪舍得走开？不过，我当时就派几个腿快的弟兄跟上去了，后来嘛……"

见他一脸得意地卖着关子，青芒心中一动，忙道："后来便跟到那人的住处了？"

六喜又眨了眨眼："我六喜出手，岂有落空之理？"

本想发动六喜和小乞丐们一块儿去找，没想到连这都省了。青芒大喜过望，一把将六喜拉上马背："算你小子聪明，回头重重赏你，走！"

丞相邸，书房。

殷容战战兢兢地坐在下首，身旁放着一只小木匣，开着盖，匣子里堆满了金玉珠宝。

公孙弘坐在书案后，翻看着案上的一些文牍，头也不抬道："我大汉律法，向上司行贿，当属何罪，你殷中尉心里没数吗？"

公孙弘一边说，一边在心里估摸着匣子里那些东西的价值，觉得在老家买它个几千亩地都够了。

殷容这家伙，一出手就如此阔绰，看来当中尉这几年，没少贪赃纳贿！

"丞相，这是卑职的一点儿心意，完全出自卑职与您的私谊，怎么能算……能算行贿呢？"殷容满脸堆笑道。

"若是不出牛皋那档子事，咱俩的私谊，有这么深厚吗？"

一想到墨者牛皋在殷容眼皮底下居然活活把自己吃撑死了，公孙弘就觉得又好气又好笑。此事令天子震怒，本欲将殷容免职，所幸公孙弘替他求情，才算保住官位，仅罚俸一年了事。殷容对此感激涕零，所以今天便忙不迭地送礼来了。

"丞相说哪里话。"殷容窘迫，"您是一代大儒，学富五车，满腹经纶，卑职一向对您极为仰慕，平日总想来多多讨教，又怕搅扰了您，故不敢造次。这都是卑职的错，日后丞相若不嫌弃，卑职一定常来聆听您的教诲，多多跟您老亲近！"

听这意思，后续应该还有大礼，公孙弘心里挺满意，觉得这家伙还算会做人，但嘴里却道："你的心意我领了，可东西得拿回去，我不能收。"

殷容惶急，赶紧把坐姿改成跪姿，俯首在地："丞相，您若不收，卑职今天便长跪不起了。"

"你这是干什么？"公孙弘皱眉，旋即长叹一声，"听说最近函谷关内外不少郡县遭了蝗灾，百姓流离失所，虽说朝廷极力赈灾，但也是杯水车薪。你既然家境殷实，不如去救济一下灾民。"

殷容一听，眼珠子转了转，似乎明白了什么，忙道："是是，丞相心系天下、体恤百姓，令卑职十分感佩！那就有劳丞相，把卑职这点儿心意拿去赈济灾民，倘若不够，卑职还会再捐，还望丞相成全。"

公孙弘看着他，淡淡一笑："你有这个善心固然是好，只是……你的钱由本相转捐，怕是不合规矩吧？"

"这怎么会呢？"殷容忙抬起头来，"朝廷赈灾事宜一向由丞相府统筹安排，哪里灾民最多、最需要救济，也是您最清楚，所以由您来处理这笔赈灾款，再合适不过。"

"这么做，真的妥当吗？"

"妥当妥当，万分妥当！"

公孙弘又沉吟片刻，才淡淡道："好吧，既然你如此有心，那本相就勉为其难，帮你处理一下。"说完，他漫不经心地瞥了那盒珠宝一眼，仿佛已经看见了几千亩肥沃的良田。

"多谢丞相！"

殷容如释重负，这才坐直了身子。

"对了，上回韦吉的案子，你不是派人去朔方了吗，有没有查到什么？"

良田到手，公孙弘适时转换了话题。

殷容摇头："朔方军每月都会丢一些战马，多则十几匹，少则三五匹；另外，逃兵现象也时有发生。所以，那个朔方军马的线索，可以说毫无价值。"

公孙弘"嗯"了一声："那，过后我让你去查河内郡的线索，你查得如何？"

"卑职也查过了，时间对不上。"殷容道，"韦吉在河内郡担任贼捕掾期间，朝廷尚未开始全面打击游侠，而他当时抓过的一些人，也并未发现与郭解有何关联。"

"这么说……"公孙弘思忖着，"韦吉一案的刺客，的确与墨家无关了？"

"种种迹象表明，并无相关。"

公孙弘沉吟片刻，忽然道："韦吉在北邙山遇刺当天，不是有一个目击者吗？"

"对，一个樵夫。可他说，当时距离太远，没看清刺客的长相。"

"长相没看清，但是身材、体态、举止，总还有印象吧？"

"呃……这应该没问题。"殷容有些狐疑，"不知丞相何出此问？"

公孙弘想着什么，冷冷道："我想让他认一个人。"

殷容一惊："丞相发现嫌疑人了？"

"嫌疑人倒也谈不上，只是……有少许疑虑，需要澄清一下。"公孙弘若有所思，"这样吧，你改天带他过来，本相自有安排。"

"是，卑职尽快去办。"

尽管当着张次公的面，公孙弘一心只想证明青芒的清白，但这并不等于他对青芒丝毫没有怀疑。换言之，从情感和现实需要的角度讲，他很愿意相信青芒是无辜的，相信他的确是一个从魏郡邺县来的不谙世事的乡野青年；但是，从理智和经验的角度讲，他又始终对青芒怀有一丝难以消除的疑心。

毕竟在这个年轻人身上发生了太多颇具偶然性的事情，令他显得跟一般人很不一样。此外，青芒又太聪明、太能干了，这让他似乎具有了公府之人或江湖游侠的气质，与一名"乡野青年"的身份很不相称。所以，公孙弘看不清他，且总是隐隐觉得——在青芒貌似单纯和忠心耿耿的外表之下，仿佛隐藏着另外一张复杂且令人捉摸不透的面孔。

殷容起身告辞，公孙弘却心不在焉。

直到殷容走到门口，公孙弘才忽然想到什么，叫住了他，道："不必带过来了。改日，直接带他去韦吉遇刺的现场。具体时间，等我通知。"

"是。"殷容观察着他的神色，终于抑制不住好奇心，"丞相，不知您到时候想让他认什么人？"

"这你就不必问了，到时候你自然知道。"公孙弘沉声道，"还有，这件事情，无论结果如何，你都要把它烂在肚子里，听懂了吗？"

"当然，当然，卑职明白。"殷容连忙赔笑。

不论结果证明青芒是无辜的还是有罪的，公孙弘都绝对不想让事情公开化。

万一青芒真的是刺客，也要由公孙弘自己私下处理，而不能在公开状态下被动地受制于人。这一点正是张次公因急于立功而犯蠢的地方，也是公孙弘对他极为不悦的地方。

六喜领着青芒来到了东市附近一条僻静的巷子中。

一座白墙灰瓦的两进宅子坐落在巷子尽头，周围竹林环绕，甚是清幽，是东市一带难得一见的闹中取静之处。

青芒让六喜先行离开，然后把马系在竹林里，摸到近前观察，发现宅子前后皆有武士看守，防范甚是严密。那些武士分明就是霍去病的手下，想必霍去病此刻应该也在宅中。

为何堂堂朝廷校尉，要如此寸步不离地保护一个匈奴人？这个匈奴人到底是什么身份？

尽管是光天化日，可强烈的好奇心还是驱使着青芒前去一探究竟。

他摸到宅院东北角的围墙外，侧耳听了听动静，旋即翻墙而入。

这里是后院，居中一座精致的二层小楼，周遭奇石峥嵘、绿竹掩映。青芒刚一落地，便有几名巡逻的武士走了过来，他立刻闪身躲到一处假山背后。等到那几名武士绕过屋角，他迅速跑过去，跃上屋檐，翻过栏杆，悄无声息地伏身在了二楼走廊上。

这个角度，下面绕着楼房巡逻的武士根本发现不了他。

青芒猫着身子摸到一扇洞开的窗户下，听到屋里传出了一个年轻人的说话声。

霍去病！

"……先生，陛下命我来保护你，我便要对你的安全负责。"霍去病口中虽称"先生"，语气却没有多少尊敬之感，"可你那天趁我不在，便强行离开，结果在街市上又惹了事，若非我及时赶到，只怕你的身份和行藏便暴露了。你说，若果如此，不是枉费了陛下对你的一番苦心吗？"

听这意思，与其说霍去病是天子派来保护此人的，还不如说是来软禁他的。青芒越发狐疑：这个匈奴人到底是谁？为何要搞得如此神秘？

屋里静默了一会儿，一个略带沙哑的嗓音用生硬的汉话道："已经三年了，陛下把我关在这里，寸步不让我离开，终年不见天日。我这么活着，与死人何异？！"

"没错，对世人而言，你三年前就死了。"霍去病的口气很冷，"能让你活到今日，已经是陛下慈悲了，你还想如何？"

"继续这么苟活，你还不如一刀把我杀了！"匈奴人似乎已忍无可忍。

"你以为我不想杀你吗？"霍去病的声音中也透出了压抑许久的怒火，"我一个大汉的血性男儿、堂堂冠军侯，不能在战场上杀敌建功，不能从你们匈奴人的屠刀下拯救更多的大汉子民，却要窝在这么一个鬼地方，每天跟你这个活死人为伍，你以为我心里好受吗？！"

匈奴人发出一声冷笑："既然你我都厌倦了这种日子，那今天索性就做个了断吧！"

青芒听见屋内"嘶"的一下，似乎是匈奴人撕开了自己的衣领。紧接着，又是"铿"的一声，估计是霍去病拔刀出鞘了。

局面突然变得如此紧张，大出青芒意料之外。他忍不住凑近窗口瞥了一眼，只见那个匈奴人果然露出了胸膛，一脸视死如归之状，而霍去病那把寒光闪闪的环首刀竟抵在了他的胸口上。

就这么僵持了片刻，霍去病忽然收刀入鞘，冷然一笑："杀你脏了我的刀。若你一意寻死，就找根绳子上吊吧，或是从这楼上跳下去也行。我回头就去跟陛下请罪，就说我保护不周，甘愿受罚。大不了，我这冠军侯不当了，拿来抵你一命。"

匈奴人也冷哼一声："霍骠姚，你见过草原上的狼吗？它可以饿死、累死、老死、被杀死，可你什么时候见过一头狼自尽而死？"

"哈哈，说得好！"霍去病朗声一笑，"既然这头狼还不想死，那就老老实实在这囚笼里待着，别再妄想你的草原了。那片草原，早就不属于你了！"

匈奴人闻言，顿时神色一黯，把头垂了下去。少顷，才咬着牙根，一字一顿道："总有一天，我会回去的。"

"是的，也许你会回去，但那也是陛下想让你回去。"霍去病忽然凑近，直视着他的眼睛，"在此之前，如果你敢轻举妄动，那我向你保证，你绝没有第二次起死回生的机会！"

青芒蹙眉。

听他们话里的意思，似乎这个匈奴人是已经死过一次，又被救回来了。而天子并不想让世人知道他还活着，于是顺势把他雪藏了起来。看样子，此人在匈奴的地位肯定不低，否则天子不必如此煞费苦心地保护他。

"轻举妄动？"匈奴人苦笑，"你刚才也说了，我现在就是个活死人，我还能怎么妄动？"

"你那天不就动了吗？"霍去病眉毛一扬，"既然话说到这了，那请你告诉我，你那天究竟去了什么地方？又是跟什么人见面？"

"你想多了。"匈奴人冷冷道，"我只不过是出去透透气，领略一下久违的人间烟火罢了。"

"人间烟火？"霍去病呵呵一笑，"想不到你来我大汉也没几年，便已学会如此雅驯之词了。行，看看烟火倒也无妨，怕只怕，你於单太子是在偷偷玩火！"

於单太子？！

青芒顿时一震。

刹那间，残存在大脑深处的某部分记忆就像暗夜的磷火一样隐隐闪烁了起来……

"什么？你说於单太子还活着？！"

在一间茶肆的雅间中，汲黯乍一听杜周这么说，顿时惊骇莫名。

"只是有可能，这只是卑职的推测。"杜周忙道，"据卑职得到的情报，数日前，翕侯赵信曾乔装成商人模样，前往东市一家匈奴人开的皮毛店。而当天同一时候，也有一位神秘客商造访了该店。据卑职的手下描述，这个客商的长相，与於单颇有几分相似。"

"你的手下认识於单？"汲黯斜着眼问。

"那倒不是，是卑职根据他的描述做出的推测。"

"如此推测，可靠性不是太低了吗？"

"是的，所以卑职只是说有可能。"

"当初於单在望阴山酒肆被下毒，是谁第一个赶到现场的？"

"张廷尉。"

"那他当时就没有确认於单是否已经死亡？"

杜周回忆了一下："据卑职所知，於单当时七窍流血，但似乎仍有一丝脉息。张廷尉一边勘查现场，一边立刻派快马入宫奏报。陛下命他即刻将人送入宫中让御医抢救。而送进去不久，宫中便传出消息，说於单因抢救无效身亡了。对此，自然没人会怀疑。"

汲黯闻言，眉头紧锁。

会不会是於单被抢救过来了，而天子却故意释放了假消息呢？鉴于於单身份的特殊性和重要性，天子完全有可能这么做，随后再将他秘密保护起来。因为只有如此，才不会有人再打於单的主意，也不必担心有哪个匈奴贵族或降将会再来依附於单。

然而天子千算万算，会不会算漏了赵信这个人呢？

有没有可能在於单当初的"小朝廷"中，这个赵信便是核心人物，因而他们暗中一直保持着联络，即便是在於单"假死"之后？

思虑及此，汲黯顿时神色凝重："假如与赵信秘密接头的这个人真是於单，加上你说的那四个私下接触赵信的匈奴人，那事态就复杂了……这个赵信到底想干什么？"

"卑职也觉得问题有些严重。"杜周道，"依内史看来，此事该不该禀报陛下？"

汲黯又沉吟片刻，道："眼下没有任何确凿证据，恐怕还不到时候。如果与赵信暗中接触的人不是於单，而另外那四个匈奴人又都已归附我大汉的话，那咱们能指控赵信什么？告他私下贩卖皮货吗？"

杜周不禁被逗笑了："说的也是。"

就在这时，门上突然响起了急促的拍打声，有人低声道："廷尉史，出事了……"

杜周和汲黯迅速交换了一下眼色。汲黯点了下头，旋即起身，躲到了屏风后面。杜周来到门后，把门拉开了一条缝。一个手下透过门缝低声说着什么，杜周脸色骤变。

杜周听完，也低声交代了几句，随即把门关上，神色沉重地转过身来。

汲黯从屏风后快步走出："出了何事？"

"负责盯梢那四个匈奴人的几位弟兄……遇害了。"

汲黯大吃一惊："在什么地方？"

"杜门大道北边，一条僻静的巷子里。"

"这么说，这条线索算是断了？"

杜周叹了口气："除非，他们还会去找赵信。不过，他们既然已经发现被人跟踪，恐怕……"

汲黯无语。

事情很明显，这四个匈奴人来者不善，而翕侯赵信绝对有问题！

青芒努力搜索着脑中残存的记忆，约略想起，於单似乎是匈奴前太子，其父军臣单于死后，他与其叔父、左谷蠡王伊稚斜展开了激烈的权力斗争，之后落败，遭到废黜。再后来的事情，青芒就想不起来了。

难道是於单落败之后流亡大汉了？

屋内，於单听完霍去病的警告，却淡淡道："我不懂你在说什么。"

"不管你懂不懂，总而言之，从现在起，你一步也别想踏出这个房子！"霍去病说完，拂袖而去，"砰"的一声带上了房门，还落了锁。

听着霍去病"咚咚咚"走下楼去的脚步声，青芒几乎没有多少犹豫，便翻窗而入，无声地走向於单。

於单正自垂首想着什么，蓦然察觉，抬起头来，登时吓得目瞪口呆，身子下意识地缩到了坐榻上。

青芒径直走到他面前，俯下身去，微微一笑，低声道："别来无恙，於单太子。"

"你，你……"於单满脸惊愕，半晌才憋出一句话，"你是怎么找到我的？"

"只要你还活着，总能找到你。"青芒避实就虚道。

"你……你终于也逃出来了？"於单看着他，眼神似乎既熟悉又陌生。

果不其然，他认识我！

青芒心中一动。而且，从他的神情足以看出，他跟自己的关系并不一般。可是，他这话又是什么意思？为什么说我也"终于逃出来了"？难道我和他一样，也是从匈奴来的？

青芒大为困惑，脸上却不动声色，道："当然！否则我怎么会出现在你面前？"

於单凝视着他，稍稍恢复了镇定之色："这就好。我……我这几年一直担心你来着。"

"担心我什么？"

青芒已经完全记不得跟他之间的任何事情了，只能如此试探。

"伊稚斜并不信任你，更何况，三年前你还帮了我，万一被他发现，你……你不就凶多吉少了吗？谢天谢地，你终于还是……还是逃出来了。"

青芒听着他的话，感觉完全是在听一个别人的故事。但至少有一点他听明白了，自己果然是从大漠来的，否则怎么会跟匈奴的新单于伊稚斜扯上关系？可关键的问题在于：自己到底是从汉地逃亡到大漠的汉人，还是从大漠流亡到汉地的匈奴人？

青芒知道，匈奴是个游牧民族，部落众多，土地异常辽阔；极北的匈奴人肤色苍白、高鼻深目，而中部和南部的匈奴人，长相则跟汉人差不多。所以，此刻的青芒便惶惑了——他根本无法确定自己到底是汉人还是匈奴人。

"难得你还记得我帮过你。"青芒强抑着内心的茫然和困惑，轻轻一笑，挨着他坐了下来，"三年时间，说长不长，说短也不短，有些记忆，连我自己都模糊了。来吧，咱们叙叙旧，聊聊过往。"

"聊……聊什么？"

"随便聊，比如咱们过去在一起的那些日子，再如，三年前我是怎么帮你的？"青芒朝他挤了挤眼，"好让我知道，你欠了我多大人情，该怎么还我？"

"兄弟说笑了。"於单放松了下来，"你向来是施恩不图报之人，这也是当时大伙儿喜欢你的原因。你也知道，咱们匈奴人是不轻易称人为'屠耆'的，但是大家都这么叫你。"

屠耆？

青芒立刻回想了起来，"屠耆"在匈奴语中是"贤明"之意，如匈奴的左屠耆王、右屠耆王，在汉话中便是左贤王、右贤王的意思。

"我施恩不图报，那是我的美德。"青芒似笑非笑道，"你知恩图报，那是你的本分。倘若你受了我的恩惠却不思报答，不就成忘恩负义了吗？"

"是是，兄弟说的是。"於单尴尬笑笑，眼中闪过一丝诡谲之色，"不过，我千辛万苦把'天机图'送到汉地，也算是报答你了吧？"

"天机图？"

青芒脱口而出。可就在话一出口的一刹那，心中顿时懊悔不迭。因为这个下意识的懵懂反应，很可能暴露自己失忆的事实。

果然，於单闻言，便眯起眼睛，用一种狐疑的目光打量着他："兄弟，你不会是……出了什么事吧？"

"少废话，跟我说说，天机图现在在哪儿？"青芒强自镇定，与於单对视着，目光不觉却有些闪烁。

於单不语，而是定定地看着他，片刻之后忽然道："阿胡儿，你想不想跟我一起杀回王庭，宰了伊稚斜，再杀光他全家？"

阿胡儿？

难道是我的匈奴名字？

在记忆完全缺失的情况下，青芒也只能硬着头皮、顺着他的话往下说了。

"伊稚斜夺了你的单于之位，当然该杀，只不过，眼下你毫无实力，说这话岂不是自欺欺人？"青芒淡淡道。

突然，於单整个人跳了起来，像躲避瘟神一样后退了几步，用一种完全陌生和难以置信的眼神盯着他："你到底出了何事？你是不是……什么都不记得了？"

青芒万万没料到他会做此反应，虽然知道自己的回答肯定出了纰漏，但压根儿不明白纰漏出在哪儿，只好继续硬撑："怎么，方才还口口声声喊我兄弟，现在就翻脸不认人了？"

"别装了。"於单似乎已经确认了他的失忆，冷冷道，"你根本不叫阿胡儿。"

完了，中计了。

青芒没料到，於单故意提起伊稚斜的话头，其实却是把坑挖在这儿！

事已至此，青芒也只能图穷匕见、单刀直入了："於单，你不必管我怎么回事，你现在只需把我在大漠的情况，还有天机图的事情，原原本本告诉我……"

"否则呢？"於单意识到自己已从被动变为主动，口气便硬了起来。

"否则，我便让你暴露在世人面前。"

"呵呵！"於单苦笑了一下，"若果如此，那我还真得谢谢你了，让我可以重见天日，走出这个活死人的坟墓。"

青芒看着他，心底涌起了一股深深的无奈。正盘算着如何撬开他的嘴，外面的楼梯突然响起了重重的脚步声。

霍去病察觉了！

青芒深长地看了於单一眼，迅速转身，三两步便从窗口跃了出去，瞬间消失不见。霍去病冲到门前，等不及开锁，猛地一脚踹开房门，冲进来环视一眼，大声道："刚才你在跟谁说话？"

於单仍旧坐在榻上，正懒洋洋地盯着自己的手指甲，眼也不抬道："这房中就我一人，我能和谁说话？"

霍去病满腹狐疑，忽然发现窗口洞开，立刻跑过去，探头一看，走廊上和楼下皆空无一人，只有远处的竹林在大风吹拂下摆动着枝叶，发出"沙沙"的声响。

"我明明听见了说话声。"霍去病关上窗户，转身盯着於单，"你还敢狡辩？"

"有说话声就必须是跟别人说话吗？"於单一笑，"在这活死人的坟墓里，我要是不想发疯，不得和自己聊聊天、说说话？"

"於单，我知道你一直在玩小动作，而且玩得挺欢。"霍去病冷哼一声，"没关系，你接着玩，看哪天把自己玩死，咱俩都解脱！"

说完，霍去病大踏步走了出去。

看着被踹坏的房门，於单苦笑了一下，拉长了声调道："找人来修一修门吧，不然我今晚就冻死了，哪还有机会把自己玩死？"

没有人回答他。

於单百无聊赖地往榻上一倒，直直盯着房梁，若有所思。

青芒回到了未央宫东阙外的丞相府。

今早，他护送公孙弘来丞相府处理积压的公务，趁着空当便溜了出去。不想此刻刚一走进府门，朱能便急急忙忙地迎上来，道："老大你上哪儿去了？丞相一直在找你呢。"

"我去章台街了。"青芒随口道，"丞相找我何事？"

"这我哪知道？他老人家找你，定有要事。"朱能说着，忽然又问："你刚才说你上哪儿了？"

"章台街呀。"

朱能一怔，旋即嘻嘻一笑："老大你好有兴致，这大白天的……"

青芒瞪了他一眼："你想什么呢？我是找我姐去了！"

"是是，我信我信。"朱能犹自窃笑。

"嘿，我说你这脑子里都装什么呢！"青芒忍不住拍了他脑袋一下，"不这么醒龌你会死啊？"

"这怎么能叫龌龊呢？"朱能摸着脑袋，一脸不服，"是个男人哪有不上章台街的？"

青芒又好气又好笑："滚一边去，懒得理你。"说完便快步朝里走去。朱能赶紧跟上，一路上还不停地叽叽歪歪……

一迈进正堂大门，青芒便见公孙弘沉着脸，似已等得颇不耐烦。

青芒连忙上前赔罪，又解释了一遍自己的去向。

"行了，回来就好，赶紧去卫尉寺，一大帮人等着你呢。"

"卫尉寺？"青芒丈二和尚摸不着头脑，"去那里做什么？"

"和苏建一块儿，护送一个娃儿出城去。"

"娃儿？"青芒越发不解。

"是孔禹的幼子。"公孙弘道，"孔禹打算招供了，提出条件，说要跟他的幼子在城外见最后一面。廷尉寺方才已派重兵押他出城了，卫尉苏建和那个娃儿，按照我的吩咐，现都在北阙等着你呢。"

青芒蹙眉，似乎想到了什么："丞相，这种事情，用得着咱们丞相府出马吗？"

"照理是不用，可苏建这个人，上阵打仗还行，要对付那些神出鬼没的游侠，还是欠缺经验。你脑子活泛，又跟游侠交过几回手，去照应一下，我比较放心。"

"丞相是担心……那帮墨家游侠会来劫人？"

"你觉得呢？"公孙弘不答反问。

"按说，他们要劫也该劫孔禹吧，劫一个小孩子干吗？"

公孙弘意味深长地一笑，却不回答，只摆摆手，示意他赶紧去。

青芒策马来到北阙，见苏建和一队禁军、一驾马车早已等在那儿，连忙上前见礼。苏建一脸不悦，道："秦门尉，你架子不小嘛，居然让本卫尉和这么一大帮兄弟，在这等了你足足一刻钟。"

"请卫尉见谅。"青芒抱拳道，"卑职也是刚刚接到丞相命令，便立刻赶了过来，实在无意冒犯。"

"丞相如此抬举你，长安和茂陵的百姓又人人传颂你，我还以为你长着三头六臂呢！"苏建满脸揶揄，斜了他一眼，"可现在看来，也不过如此嘛。"

青芒一笑："卫尉说笑了，长着三头六臂的，那不是人，是妖。"

苏建冷哼一声，没再说什么，对众军士道："走。"

车队启动，穿过甲第区，沿着华阳街朝北边的横门而去。一路上车马骈阗，行人熙攘。青芒策马行于马车旁边，不断回味着公孙弘那个意味深长的笑容。

事实上，当公孙弘说孔禹打算招供时，青芒就已经意识到这里头有问题了。以青芒对墨家的了解，加之这几次与墨家游侠的交手，他很清楚，这些人个个都是赴火蹈刃、死不旋踵的死士，绝不可能轻易屈服。所以，在青芒看来，此事很可能是墨家游侠和孔禹联手设下的一个局，不过其目的并非解救孔禹，而是借机营救孔禹幼子，好给他留一个后。

既然自己可以想到这一层，那么朝廷和公孙弘又何尝想不到呢？

方才公孙弘那个讳莫如深的笑容，不是已经说明了一切吗？

如果墨家游侠和孔禹设下的这个局已经被识破，那么朝廷最有可能的做法便是将计就计，以孔禹幼子为诱饵，对企图设伏营救的墨家游侠进行反埋伏！

思虑及此，青芒的脊背不禁隐隐生寒。

刹那间，那个墨家女子美丽绝伦而又桀骜不驯的脸庞立刻浮现在他的眼前。

朝廷此次定会重兵设伏，她若敢前来，势必凶多吉少！

这么想着，青芒下意识地抬头观察街道两旁的房屋，忽然发现了一个奇怪的现象——在此刻的华阳街上，凡是两层楼的店肆商铺，其二楼的窗户几乎都虚掩着，且都无一例外地开着一条缝。

很显然，在这一条条窗缝背后，很可能都埋伏着禁军的强弓劲弩！

此时，车队已逐渐接近横门，也离东、西两市越来越近，行人车马越发拥挤。苏建带着十余骑禁军走在队伍前列，不断驱赶着拥堵的人群。

如果我是墨家游侠，一定会选择在这里动手。因为越混乱的环境，越有利于营救行动及随后的撤离。

然而，敌之要点即我之要点。这一围棋的博弈手段，天子和公孙弘又何尝不知？

青芒苦笑了一下，右手按上了腰间的刀柄。

几乎就在同一瞬间，隐藏在人群中的墨家游侠动手了。

最先发难的是十来个伪装成苦力的墨者，他们故意挤到苏建等人身边，然后突然出刀。只见鲜血飞溅，但闻惨叫声起，顷刻便有六七名禁军被猝不及防地砍落马下，非死即伤。

紧接着，四五个墨者开始围攻落单的苏建，其他墨者则朝马车杀了过来。

与此同时，在车队的左、右两方和后方，也有数十名伪装成各种身份的墨者猝然发动，同样以先发制人的方式砍杀了十几名禁军。

作为朝廷的人，此时青芒最应该做的事情自然是坚守在马车旁边，以确保孔禹幼子不被劫走。然而，他毕竟不是朝廷的人，况且心里还一直牵挂着那个墨家女子。所以，他今天的行动策略必然是明着帮朝廷，暗中帮墨家。

而帮墨家的最好方式，便是把马车留给他们。

于是，他毫不犹豫地拔刀出鞘，同时飞身而起，足尖轻点前面那些禁军的肩膀，扑向围攻苏建的那几个墨者。

危急时刻，先营救陷入险境的卫尉，事后来看也不会有任何破绽。

此时苏建的坐骑已被砍倒，一人独挡那四五个墨者，一时间左支右绌、险象环生。见青芒飞速前来扑救，心中甚慰，嘴上却大喊："别管我，去保护马车！"

不料就这么一分神，左肩便被砍了一刀，登时鲜血淋漓。

"难道那娃儿比你苏卫尉的命还贵重？！"

青芒大声回应，一把将他拉到自己身后，挥刀逼退了几名墨者。

"当然！"苏建心中虽有些感动，嘴上仍道，"宁可我死，人不能丢！"

"你不能死，人也不能丢！"青芒一边说着，一边飞腿横扫，把面前的三个墨者全都踢飞了出去。

就在这时，让青芒隐隐挂怀的那个身影终于出现了。

她依旧穿着一袭红裙，脸上依旧戴着面具，像一只红色的大鸟从街边的屋檐飞下，直扑停在街心的马车。

紧随其后的，还有十几名同样装束的墨者。

此时，马车边上的禁军已然稳住阵脚，遂与墨者展开激战。而那些藏身在街道两旁窗户后面的禁军弓弩手，也在此刻开始了居高临下的点射。

墨者显然没料到朝廷早有埋伏，转眼便有七八个人被弓弩射杀。为首的郦诺更是成为众矢之的，不得不拼命挥刀格挡，根本腾不出手去劫夺马车。

青芒见状，当即对身旁的军士大喊："卫尉交给你们了，我去保护马车！"旋即纵身飞起，杀回马车旁，与郦诺交上了手。

乍一看到他，郦诺顿时一怔，旋即怒道："又是你？！"

"缘分嘛！"青芒一笑，"老天爷安排的，我也没办法。"

"你这是在逼我杀你！"郦诺发起了一阵急攻。

青芒闪避着："你就这么恨我吗？"

"对，我恨不得把你大卸八块、碎尸万段！"

"你如此残忍，那我就算化成厉鬼也要缠着你。"

"那我就让你魂飞魄散，连鬼都做不成！"

"好可怕，吓死我了。"青芒一边格挡，一边煞有介事地摸了摸心口，"都说最毒莫过妇人心，我今天算是领教了。"

"少废话！"郦诺攻得更急了，"今天不是你死，便是我亡！"

青芒始终面带笑意，一边轻松格挡，一边不停地闪展腾挪，且不时偷眼观察高处的那些弓弩手。郦诺则一边出招，一边心生纳闷，发觉他的步法和身形都很奇怪，遂循着他的目光瞟了一下，顿时恍然大悟：原来他表面上与她打得热闹，其实一直在替她遮挡那些弓弩手的射击角度，令他们投鼠忌器，不敢随意放箭，即使勉强射出几箭，也大失准头。

简言之，他刚才忙不迭地从前头杀过来，其实是来保护自己的！

郦诺心中不觉涌起了一股暖意。

就在此时，长街两头同时传来了杂沓的马蹄声——大批早已埋伏好的禁军骑兵，正迅速包抄上来！

见此情景，郦诺不禁大为忧急，恨自己终究还是低估了朝廷。

青芒眉头一蹙，遂不再消极格挡，而是拿刀架上她的刀，一用力，把她整个人逼退到车厢旁，后背顶在了板壁上。

"听着！"青芒凑近，低声道，"全力攻我，把我逼到御者身边，再用力踹我一脚。快！"

郦诺虽不太明白他的意思，却也来不及犹豫，遂依他所言全力进攻。青芒假装退却，一直退到了马车前部。郦诺一声娇叱，飞起一脚踹在了他的胸口上。

这一踢看上去很猛，其实力道不重。青芒足下一点，佯装被她踢飞，整个人向后飘去，顺势把御者撞下了马车。

郦诺跳上马车，抢过缰绳，厉声一喝："驾——"马车迅即朝前冲去，一下撞飞了四五名禁军。

苏建及手下军士见马车疯狂驰来，也不得不朝两边闪避。

青芒翻身而起，抢过一匹马追了上去，嘴里大喊："贼人休走！"

马车迅速朝右一拐，拐进了一条东西向的横街中。

青芒在后面紧追不舍。

然而，郦诺在横街上刚驰出十几丈远，前方街面上便赫然出现了一排尖尖的鹿砦。鹿砦后面三丈开外，一大队禁军骑兵正严阵以待，为首者正是张次公。

一见路障，郦诺大惊失色，慌忙拉起缰绳。

可是，马车的速度太快了，郦诺又强行勒马，巨大的惯性导致车轭"咔嚓"一下断裂，整个车厢飞了起来。

郦诺被一股巨大的力量甩向了半空。

车厢内哭叫的孩子也被甩了出来，飞向空中。

张次公及手下眼见车厢从半空中砸了过来，吓得掉转马头，纷纷向后跑。

青芒远远望着一同飞向空中的郦诺和孩子，顿时僵在当场，目瞪口呆……

第十二章

匈奴

圣人以治天下为事者，必知乱之所自起，焉能治之；不知乱之所自起，则不能治。

——《墨子·兼爱》

郦诺被遽然抛向空中的瞬间，整个人都吓蒙了。

所幸，她的意识仍然清醒。

当孩子从她头上飞过时，郦诺立刻伸手拽住了他并紧紧抱在怀里，然后在空中翻转了几圈，旋即重重落地。

以郦诺的身手，原本落地时是可以向前翻滚以卸去力道的，但她怕摔坏了怀里的孩子，便强行以双脚落地。

结果，就在脚底触地的刹那，郦诺听见了"咔"的一声，同时右脚传来一阵钻心的剧痛。

胫骨折了。

她顾不上疼痛，抱着孩子一瘸一拐地蹿进了左手边的一条巷子。

怀中的孩子脸色苍白，双目紧闭，显然是晕厥了。

青芒望见二人脱险，松了口气，但不敢追上去，怕与张次公撞个正着，便掉头驰了一段路，冲进了另一条巷子。

张次公跑得及时，总算躲过一劫，但他的两名手下却不幸被车厢砸中，几乎砸成了肉酱，现场惨不忍睹。

饶是见惯了战场上的死人，张次公还是难受地别过了头去。

就是这么一眨眼的工夫，郦诺和那小孩便都不见了。

"给东市的弟兄发信号，让他们往南面堵截！"张次公虽心中恼怒，却还是沉着地对一旁的陈谅下令。

"是！"陈谅立刻拈弓搭箭，朝空中"嗖"地射出。

利箭在空中发出了一阵刺耳的鸣叫。

这是一支鸣镝，又称响箭，箭镞挖了孔洞，飞行时会发出尖锐的啸声，由匈奴的冒顿单于发明，后流传汉地。

张次公此次重兵设伏，志在必得，不仅在华阳街两侧布置了弓弩手，而且在方圆三里之内也都安排了步骑。所以他料定，这回，这个抢走孔禹幼子的墨家刺客一定插翅难逃。

"追！"张次公大手一挥，带着陈谅和大队骑兵冲进了巷子。

这一带的巷子纵横交错，犹如蛛网。

郦诺抱着因惊吓而昏死过去的孩子左弯右拐，虽然借助有利地形摆脱了大部分追兵，但不论怎么跑，身后杂沓的马蹄声却始终甩不掉。

慌乱中，郦诺一头闯进了一条断头巷，遂被一堵高墙挡住了去路。

若在平时，即使受伤，郦诺也还是上得去，可眼下抱着这个孩子，她就无可奈何了。

正自绝望时，青芒的脸忽然从墙头上露了出来，冲她一笑："需要帮忙吗？"

郦诺心中登时一热。

为什么这张脸总是在她最意料不到的时候出现？

每次她要办正事，这个人总是突然冒出来，令事情横生波折；而每次她濒临绝境或生死攸关时，这个人又总是会及时出现，让她脱离险境。如果这真是上天安排的所谓"缘分"，那它究竟是一种怎样的孽缘呢？

郦诺在心里苦笑，一把掀开面具，冷冷道："你爱帮不帮。"

"真的吗？"青芒利落地坐上墙头，晃动着双腿，"追兵转眼就到，你真的宁可被捕，也不需要我帮忙？"

"你要是忍心看着我和孩子去死，那我也没有话说。"

"那又不是我的孩子，我为什么不忍心？你跟我也非亲非故，甚至到现在我都还不知道你叫什么……"青芒叹了口气，"我为什么要不忍心？"

"听你这意思，是不是要我把名字告诉你，你才肯帮忙？"

"打听你一个名字，还你两条人命，这生意怎么说都是你划算，对不对？"

"你这是乘人之危，是讹诈！"郦诺一脸鄙夷。

"我这是公平交易。"青芒笑意盎然。

"为什么你非要知道我的名字？"

"咱俩如此有缘，又打了这么多次交道，你不觉得应该告诉我吗？更何况，我的名字你早知道了，我却不知道你的，这对我有点儿不公平。"

此时，外面的巷子已传来急促的马蹄声，分明正朝这边疾速靠近。

"那我要是不说呢？"郦诺心中着急，脸上却不动声色。

"那我就爱莫能助了。"青芒抱起双臂，一脸作壁上观的表情。

"也罢，既然你说这孩子不是你的，你就不帮忙，那这孩子也不是我的，所以我也爱莫能助了。"郦诺说完，把孩子往地上一放，自己强忍着疼痛跃上墙头，坐在另一边，也抱起了双臂。

青芒没想到她会来这一手，登时愣住了。

"秦穆，你要是真的忍心见死不救，那我真没话说。"

这回轮到郦诺笑意盎然了。

而且她故意叫出青芒的名字，摆明了就是挑衅——我就是不让你知道我的名字，你能奈我何？

追兵的马蹄声越来越近，两个人却都绷着，谁也没动。

最后，青芒终于绷不住了，长叹一声："算你狠。"随即跳下墙头，抱起孩子，轻而易举地跃了上来。

郦诺粲然一笑："你虽是朝廷鹰犬，但总算良知未泯，还有救。"

青芒瞪了她一眼，两人同时转身，从墙上跳下，落在了一座废弃的宅院里。

几乎在同一瞬间，张次公带着手下疾驰而至，狐疑地看了看这条断头巷，面露失望之色，旋即带队离开。

听着马蹄声逐渐远去，郦诺才暗暗松了口气。

"你这算不算讹诈？"青芒一脸不悦，把孩子塞回给她。

郦诺接住，仍旧笑道："恻隐之心，人皆有之，你若连这点儿恻隐都没有，那还算人吗？"

青芒刚想回嘴，忽然看见她的裙裾下摆被鲜血浸透了，神色一凛，赶紧蹲下身，要去查看伤势。郦诺下意识地退了两步："你干什么？"

"都这时候了，还有男女授受不亲的忌讳吗？"青芒苦笑了一下，"让我看看你的伤。"

郦诺看着他，一时不知道该说什么。

青芒仰着脸，眼中满是关切，又隐隐有一种不由分说的威严。

不知为什么，看着他的眼神，郦诺心底就生出了一股暖意，还有一种无形的却又很踏实的感觉。郦诺还记得，以前父亲在世的时候，也会让她有这种类似的感觉。但也只是类似而已。她说不清在这种类似之外，还有一点点微妙的差异究竟是什么。

片刻后，郦诺轻轻点了点头。

青芒掀开裙裾，只见里面白色的中裤早已被血染红，折断的骨头刺破裤子，露出了雪白的一截。

"伤得不轻。"青芒站了起来，眉头深锁，"得赶紧包扎，否则你这条腿……"

郦诺勉强一笑："没这么严重，我又不是没受过伤。"

青芒没再说什么，一把将孩子抱了过去，转过身，把背朝着她，轻声道："上来。"

郦诺心中蓦然一动，再次暖意充盈。

"不必了。"郦诺又把孩子抱了回去，"这附近就有我们的落脚点，你赶紧走吧。"

青芒看着她，忽然一笑："我不打听你名字了，这回白帮你忙还不行吗？"

郦诺也笑了："现在周围到处都是禁军，你这么帮我，太危险了，万一撞上，咱们谁都走不掉。"说完，又深长地看了他一眼，算是告别，然后便一瘸一拐地向巷口走去。

"等等。"青芒追了上来，"你可不能就这么走，得给我来一下。"说着，抽出佩刀递给了她。

郦诺有些不忍："非得如此吗？"

"不如此我如何交差？"

"把你打晕……不就行了吗？"

"你这么不忍下手，可不像是对付朝廷鹰犬的样子。"青芒脸上又浮出了一丝坏笑，"倒像是……"

"倒像是什么？"郦诺看他这副笑容就来气。

"倒像是……你挺关心我、挺有好感似的。"

话音刚落，郦诺便一拳打在了他的脸上。青芒眼前一黑，瘫坐在地，脸上鼻血横流。

"要打晕，你……你也别打脸呀……"青芒无力地抹了一把脸，竟然满手是血。

"下回再说这种孟浪之语，打的就不只是脸了。"郦诺狠狠说着，反手用刀柄往他头上一敲，青芒应声倒地。

在失去意识之前，青芒隐约听到她附在自己耳旁，轻轻说了一句："我叫郦诺，可惜你听不见了。"

青芒模模糊糊在心里一笑：可惜我还没晕，听见了……

最后这个念头闪过，青芒便彻底失去了知觉。

这一天，朝廷禁军在华阳街上杀了二十多名墨者，余皆逃逸，却没有抓到半个活口——一些负伤的墨者在被抓捕之前，都把刀挥向了自己；而禁军一方则被劫走了人质，同时付出了两倍于墨家伤亡的代价。

次日，天子刘彻愤然下旨，将孔禹及其三族百余口人尽皆斩首弃市；苟遵事前已于狱中发疯，且无确凿证据表明他与墨家有何瓜葛，遂侥幸保住一命，与三族老小一起被流放边地。

轰动一时的墨家刺客案至此告一段落。

对于最后这桩"孔禹幼子"事件，朝野上下议论纷纷。很多人都说墨家太傻，牺牲了二十多条性命才换走一个乳臭未干的娃儿，这笔"生意"太不划算。但也有人持不同看法，认为"账"不能这么算，不能以付出与回报的数量多寡来衡量"义"的行为。因为救走孔禹幼子，既拯救了一个无辜的生命，又给孔禹留了后，这便是实现了墨家最重要的主张"兼爱"，也就等于完成了墨家所认为的最高的"义"，故而义之所在，必竭尽全力为之，至于付出多少代价，大可以在所不计。

当然，赞同墨家的终究是少数，而且只敢在私下嚼嚼舌头，公开场合当然是众口一词地谴责墨家无视大汉律法和朝廷纲纪……

孔禹被斩当天，汲黯来到御史大夫府，找到李蔡，把他最近的调查和重大发现跟李蔡交了底。李蔡得知於单有可能没死，也吃惊不小，又听说翕侯赵信与一伙来历不明的匈奴人暗中接触，而且杜周的三个手下还死于非命，顿感事态严重。

二人商量了一阵，李蔡建议汲黯即刻入宫奏报。

汲黯旋即来到未央宫，在天子寝殿温室殿觐见了刘彻。

刘彻正躺在御榻上看书，听黄门禀报说汲黯求见，连忙翻身而起，匆匆整了整衣裳，在御案前正襟危坐，一脸肃然。

满朝文武前来觐见，刘彻经常是不修边幅、懒懒散散，即便丞相公孙弘来见也是如此，唯独汲黯他不敢怠慢。一来因为汲黯是东宫旧臣，刘彻对他的尊重已经养成习惯；二来汲黯刚直敢言，若见他失礼，必犯颜直谏，所以刘彻也不想多事。

君臣见礼后，汲黯入座，郑重禀报了赵信的事，至于於单之事纯属推测，他暂时没敢提。

出乎汲黯意料的是，刘彻听完，居然没什么反应，只淡淡道："赵信本就是匈奴人，跟他的同族之人有些交往也属正常，没什么可大惊小怪的。"

汲黯愕然："陛下，赵信化装成皮货商去东市与人接头，行踪诡异，这也叫正常？"

"除非你抓到接头人，并且证明对方是匈奴细作，否则你能指控赵信什么？"刘彻仍旧不以为然。

"可是……"汲黯摸不清天子到底在想什么，"陛下，臣刚才已经说了，御史府的三名暗探在盯梢过程中被杀，这也正常吗？"

刘彻面不改色："那依你看，他们被谁杀了？"

汲黯不假思索："当然是那伙来历不明的匈奴人。"

"谁看见了？你有证据吗？"

汲黯一怔："证据暂时没有，但这是最合理、最有可能的推测。"

"既然是推测，不是定论，那朕就不能拿赵信怎么着，对吧？"

汲黯语塞，同时满腹狐疑。

天子今天这是怎么了，一意替赵信说话？虽然赵信的确是匈奴降将中级别最高、声望最著的，但也没理由袒护他吧？尤其是此事关乎社稷安危，天子为何竟无动于衷呢？

这不正常，太不正常了！

然而，汲黯一时却猜不透这背后的原因。

"汲爱卿，你有这种见微知著、居安思危的警惕性，朕心甚慰。"刘彻和煦地笑了笑，"但是，凡事皆须有确凿证据，若捕风捉影、随意猜测，只怕会乱了人心，你说是不是？"

"陛下，臣绝非捕风捉影、随意猜测。"汲黯梗着脖子道，"根据目前这些线索，基本可以断定，那伙来历不明的匈奴人极可能是潜入我朝的细作，而赵信一边与他们接触，一边又与神秘人物接头，这里面必定大有文章，岂可等闲视之？"

"神秘人物？"刘彻眉毛一挑，"什么样的神秘人物？"

既然话说到这儿了，汲黯索性捅破了这层窗户纸："据监视的暗探描述，此人……很像是三年前归顺我朝的一个匈奴人。"

"哦？"刘彻似乎颇感兴趣，"哪个匈奴人？"

"於单。"

刘彻一怔，旋即哈哈大笑："这不是大白天见鬼了吗？谁不知道於单三年前便中毒身亡了，这种说法也太匪夷所思了吧？"

"陛下，"汲黯直视着刘彻，"请恕臣直言，臣怀疑於单并没有死。"

"这又是你的一个推测吗？"刘彻微微冷笑着与他对视，"假如於单没死，那这三年他在什么地方，现在又在哪儿呢？"

"这个问题，恐怕只有陛下能回答。"

"听你这口气，是朕把他藏起来了？"

"据臣所知，於单当时中毒后立刻被送入宫中抢救，倘若没死，自然是这个结果。"

"汲爱卿，"刘彻终于拉下脸来，"朕念及旧情，向来不太与你计较，但你自己说话做事也要有个分寸，切莫滥用朕对你的信任，也莫辜负朕对你的宽容，更别把君臣尊卑不当回事。"

"臣只是就事论事，并非有意冒犯陛下。"汲黯不卑不亢，"更何况，臣说这些，也是出于社稷安危，以朝廷大局为重，并非为了一己私利，故而谈不上什么滥用和辜负。"

"还好你是出于公心，否则朕早把你轰出去了。"刘彻冷冷道，"行了，此事到此为止，你不必管了。那三名暗探被杀之事，朕会让李蔡和张汤去查。"

"张汤？他不是被停职了吗？"

"朕昨日已让他复职了。"

汲黯无奈一笑："也罢，臣不中用了，也许该考虑乞骸骨了，免得让陛下看着碍眼。"

古代官吏自请退职，常称"乞骸骨"，也就是让骸骨得以归葬故乡之意。

"行了行了，别一脸怨妇之态。"刘彻笑了笑，"朕也是就事论事，没有赶你走的意思。对了，今年你五十五了吧？逢五逢十，你的生日宴朕必到场，今年也不例外。你好好准备下，到时候朕到你府上热闹一番。"

都说伸手不打笑脸人，人家天子都主动示好、放低姿态了，汲黯虽满心不悦，却也不好再说什么，只好道了声谢，起身告退。

刘彻也站了起来，亲自把他送到殿门口，还面带笑容地拉了几句家常，然后目送他离开。

当汲黯在视线中远去，刘彻的笑容瞬间消失，对殿门边的宦官道："传翕侯赵信，即刻入宫。"

"是。"

青芒那天在荒宅中醒来时，仍没有人发现他，他只好在自己的左臂和腿上各划了一刀，制造鲜血淋漓的样子，其实伤口都很浅。然后，他才一瘸一拐地从巷子里走出来。禁军士兵见状，赶紧把他护送回了丞相府。

虽然任务失败，但见他挂了彩，公孙弘也不便说什么，只能温言勖勉，并命医匠给他敷药包扎，随后又命朱能把他送回茂陵丞相邸养伤。

这几日，青芒一直在屋里静养，颇觉百无聊赖，便让朱能去书房取些书来看。朱能问他想看什么，青芒随口道："就拿《墨子》吧。"朱能随即把几十卷《墨子》都搬了过来。青芒每天翻看几卷，权当消遣。这天，他无意中翻到《迎敌祠》一卷，目光便被起首的一段文字吸引了：

> 敌以东方来，迎之东坛，坛高八尺，堂密八……主祭青旗……将服必青，其牲以鸡。敌以南方来，迎之南坛，坛高七尺，堂密七……主祭赤旗……将服必赤，其牲以狗。敌以西方来，迎之东坛，坛高九尺，堂密九……主祭白旗……将服必白，其牲以羊。敌以北方来，迎之北坛，坛高六尺，堂密六……主祭黑旗……将服必黑，其牲以彘。

不知为何，青芒忽然觉得这段文字很熟，像是在哪里见过……不，是在哪里听到过。

可到底是从哪儿听来的呢？

青芒蹙眉，回想了半天，脑中终于灵光一现——陵寝。

是的，就是陵寝！

大闹陵寝的那天夜里，他从地道潜入园囿，躲在离郦诺那间木屋不远的一棵树上，听见孔禹在门外跟郦诺对暗号。尽管孔禹把声音压得很低，可青芒听力过人，还是听见他说了一句："敌以南方来，迎之南坛。"而郦诺回应的暗号则是："将服必赤，其牲以狗。"紧接着，孔禹便称呼郦诺为"旗主"。

这是不是意味着墨家组织的内部架构便是以"旗"为单位呢？

很有可能！

联想到郦诺行刺公孙弘那晚穿的便是红衣，前几日的行动也是着一袭红裙，再结合这两句暗号来看，那么郦诺显然便是墨家的"赤旗"旗主。在她之外，应该还有三名旗主，分别掌管青旗、白旗和黑旗，四人同奉巨子号令。

巨子下面的这四位旗主，在墨家内部的地位可能不是一样高的，这从"坛高""堂密"后面的数字便可见出。"坛高九尺""堂密九"的白旗旗主，地位应该是最高的，其次是青旗、赤旗、黑旗。

想到这里，青芒忽然又忆起，他潜入丞相邸的当晚，躲在书房窗外偷听公孙弘和张汤谈话，当时张汤说了一句："丞相，倘若这些刺客是墨家之人，那么……郭解莫非也是？"公孙弘的回答是："很有可能，而且我相信，他在墨家组织中的级别一定不低。"

如果他们的猜测是对的，青芒想，那么郭解要么是墨家巨子，要么就是四大旗主之一……不对，青芒猛然又想起来，那晚把郦诺二人从陵寝中救出时，她身边那个姑娘曾失言提到"郭旗主"，由此可见，郭解定然与郦诺一样，也是四大旗主之一。

无意间窥破了墨家的如许机密，青芒不觉有些兴奋。

他翻看着手里的竹简，心想《墨子》这部书中，一定还隐藏着许多墨家的秘密。对于世人而言，《墨子》不过是一部先秦典籍而已，虽然在诸子百家中算是比较重要的著作，但除了史学价值和思想价值外，别的也没什么了。可又有谁能想到，当年墨子和他的门徒编撰这部书时，已经以隐秘而巧妙的手法把墨家的许多机密记录进去了呢？

把最隐晦的秘密保存在人人皆可一见的书籍中，其实是一种很高明的手法。民间百姓对此的形象说法便是"灯下黑"——因为一切都摆在明面上，人们往往容易忽视，根本不会料到举目可见的东西之下会暗藏什么重大的机密。

青芒自己也不知道，为何对墨家的事情这么感兴趣。或许是因为自己从北邙山醒来的那一刻起，便不由自主地卷入了墨家与朝廷之争吧？

又或许是因为对郦诺这个女子感兴趣而引发的？正如秦汉之际的经学大师伏胜在《尚书大传》中所说的："爱人者，兼其屋上之乌。"

也可能是二者兼而有之吧。青芒这么想着，情不自禁地走到床榻边，从枕头下面拿出了一样东西。

玉簪。

看着这支洁白而温润的玉簪，青芒眼前立刻浮现出了郦诺的脸。

那天在荒宅中，郦诺打晕他之后，又附在他耳旁把名字告诉了他，此举颇为出乎青芒意料。此刻，青芒不禁想，郦诺究竟是以为他已经晕过去了，才随口一说，还是明知道他还有意识，却故意告诉他呢？

倘若是后者，那自己那天对她说的话便一点儿没错："你这么不忍下手，可不像是对付朝廷鹰犬的样子。倒像是……你挺关心我、挺有好感似的。"

青芒这么想着，顺势往床上一倒，闭上眼睛，下意识地把玉簪放在鼻子前，轻轻嗅着。

上面还残留着一缕淡淡的发香。他感觉，这缕清香不仅沁入了鼻孔，似乎也一下沁入了心田……

青芒的嘴角不觉泛起了一抹笑意。

忽然，他察觉到什么动静，猛然睁开眼睛，眼前是一张两颊涂满胭脂、红得异常夸张的脸。

潘娥？！

青芒吓了一跳，赶紧坐起身，顺手把玉簪塞回了枕头底下。

"别藏了，我早看见了。"潘娥居然一脸醋意，悻悻道，"谁家女子如此有幸，竟能让咱们秦门尉独守空房，还害起了相思呢？"

"你怎么进来的？"青芒丝毫不想掩饰自己的不悦。

"当然是从大门走进来的，难道本姑娘还会扒你的窗不成？"潘娥叉着腰，毫无愧意，更无愧色。

"找我何事？"青芒冷冷道。

"没事就不能找你了？"潘娥依旧理直气壮，"前阵子天天伺候你好吃好喝，你怎么不问我找你何事？！"

拿人手短，吃人嘴软，青芒只好转移话题，看着她的脸，笑笑道："你今天的脸……看上去好特别。"

"这才像句人话。"潘娥觉得青芒是在夸她，遂转怒为喜，还露出娇羞之状，"怎么样，好看吧？人家捯饬了好一会儿呢！"

"呃……以前没见你抹过胭脂啊。"

"讨厌，你就这么注意人家？"潘娥越发娇羞，"人家抹没抹胭脂你都看得出来？"

红得跟猴屁股似的，瞎了眼才看不出来。青芒心里嘟囔，随口敷衍道："这胭脂是上等货吧？"

"那是当然！"潘娥得意道，"正宗焉支山出产的，匈奴贵族才用得起的东西，花钱都买不到的。"

"是吗？那肯定是哪位郎君送的喽？"

"自然是有人送的。"潘娥故作矜持，"你是不是挺想知道是哪位郎君？"

我的天，莫非这就是人们常说的自作多情？青芒心里叫苦不迭，忙道："不不不，那是你的事，我一点儿都不想知道。"

潘娥捂着嘴嘻嘻笑了："口是心非！瞧你急得脸色都变了，还嘴硬。"

青芒哭笑不得，只好闭嘴。

"算了吧，看你那么难受，本姑娘就不折磨你了。"潘娥搔首弄姿，秋波频送，"实话告诉你，这胭脂是我表舅送的，不是什么郎君，这下你放心了吧？"

"哦，那你表舅对你真好。"青芒无奈地应付着，起身拿了根鸡毛掸子，装着拾掇屋子的模样，故意往灰尘多的地方扫去，弄得屋里一下子灰尘乱飞。

潘娥一手捂着口鼻，一手扇着灰尘，瓮声瓮气道："哎，你别以为我就是个厨娘，你可知我表舅是什么身份？"

青芒装作没听见。

"喂，跟你说话呢，听见没有？"

"我又没聋，你说你的呗。"青芒背对着她，又扫起了一片灰尘。

"我表舅的身份，说出来会吓死你。"

"嗯。"青芒觉得自己快要忍到极限了。

"你仔细听着，我表舅是堂堂的朝廷中尉，九卿之一！"

殷容？！

青芒这下倒是有些意外了，转身看着她："殷容是你表舅？"

回想自己前不久也曾跟一名缇骑胡扯，说殷容是自己表舅，没想到如此凑巧，居然在这碰上人家的真外甥女了，想想也是好笑。

"怎么样？吓着了吧？"见他甚是意外，潘娥颇感得意，"所以说，你可别瞧不起我，谁将来要是娶了我，那都算他高攀了。"

"没人瞧不起你。"青芒笑了笑，"你表舅这回是专程来看你的吗？"

殷容负责调查韦吉一案，说白了就是专门追查自己的，所以青芒有必要打探一下他来此的目的。

"主要当然是来看我，不过顺便嘛……也跟咱们丞相聊了聊。"

"哦。"青芒忍着笑，心想这姑娘的脸皮也不知是用什么东西做的，简直厚得无与伦比了。

"对了，我表舅还问起你来着。"

青芒微微一怔，停下了手里的动作。"是吗？这就奇了，殷中尉又不认识我，怎么会打听我呢？"

"这我哪知道？反正他问完后还说了句莫名其妙的话，我也不懂啥意思。"

"哦？他说什么了？"

"他说，丞相说的那个人，想必便是你了。"

青芒心里咯噔了一下。

这话什么意思？公孙弘到底说了什么？而殷容为何又会这么认为？

尽管目前什么都猜不出来，但有一点青芒可以肯定——公孙弘和殷容秘晤，话题竟然涉及了自己，显然不会是什么好事。

翕侯赵信趋步走进温室殿的时候，天子刘彻正躺在御榻上闭目养神，还高高地跷着二郎腿。

赵信四十余岁，鹰钩鼻，深眼窝，脸色蜡黄，相貌既不完全像极北的匈奴人，也不似汉地人，大致居于两者之间。他跪拜见礼后，等了片刻，天子才懒洋洋道："平身吧。"

"谢陛下。"赵信起身，却不敢抬头，眼睛盯着脚面，神色恭谨。

刘彻仍旧闭着眼睛，二郎腿一晃一晃，慢条斯理道："赵信，你那几个匈奴朋友，本事不小嘛，一来就干掉了朝廷的三名暗探。"

"陛下，此事臣亦深感意外。"赵信惶恐道，"臣已叮嘱过他们了，若遇盯梢，甩掉即可，切勿妄动，可没想到……"

"其实这样也好。"刘彻睁开眼睛，忽然一笑，"让他们杀几个盯梢的，这出戏就更逼真了。如此一来，他们自以为安全了，才敢放胆做事，你说对吧？"

"呃……陛下所言甚是。"

天子的话锋转得如此之快，赵信有点儿跟不上趟，只能随声附和。

"伊稚斜此次派人潜入我朝，到底有几个目的，你打探清楚了吗？"刘彻问。

"回陛下，他们明显的目的有二：其一，企图策反臣，以高官厚禄诱使臣叛我大汉、再归王庭；其二，伊稚斜怀疑於单太子尚在人世，想确认这一点，倘若於单真的没死，他们便要再次下手，将其刺杀。"

"嗯，大体不出朕之所料。"刘彻若有所思，"只是有一点，朕觉得奇怪：伊稚斜凭什么认为於单还没死呢？此事是我朝的最高机密，连汲黯和李蔡他们尚且不知情，伊稚斜又是怎么知道的？"

"臣对此也颇有疑问，然几番试探，他们始终不曾透露丝毫，只说这是伊稚斜的直觉。"

"直觉？"刘彻冷冷一笑，这才翻身坐起，"你信吗？"

"回陛下，臣自然不信。"

"那依你看，问题出在哪儿？"

"臣怀疑，我朝……我朝有匈奴的奸细。"

"没错，朕也有同感。只是朕刚才说了，此事的知情者，除了朕和你之外，就只有公孙弘、张汤、苏建、卫青、霍去病等寥寥数人，若真有匈奴的奸细，那么这个奸细岂不就在尔等之中？"

"这个……"赵信一怔，忙道，"陛下圣明，臣等数人虽有嫌疑，然当初抢救於单时，宫中尚有御医、宦官、宫女、禁军侍卫等在场；何况这几年，卫大将军和霍骠姚的不少手下都曾参与看守。他们这些人是否也有嫌疑呢？"

"是的，诚如你所言，他们确有嫌疑。"刘彻微微一笑，"不过，朕终究觉得，比起他们来，你们这几位大臣，似乎嫌疑更大。而在你们数人之中，朕又觉得，嫌疑最大的其实只有一个！"

赵信矍然一惊，抬起头来："陛下，您……您是怀疑臣吗？"

"你说呢？"刘彻面含笑意。

"陛下明鉴！"赵信慌忙以头磕地，"臣虽是匈奴人，但臣胸中怀着一颗对陛下和大汉的拳拳忠心啊！三年前您让臣潜伏在於单身边，臣便遵照您的旨意，一一记录了与他过从甚密的那些人的名单，然后悉数交给了陛下。他们……他们可都是臣的同族之人哪！可臣为了大汉社稷的安危，为了效忠陛下，却宁可出卖他们。这……这难道还不足以表明臣对您的赤胆忠心吗？"

刘彻不语，盯着他看了片刻，忽然哈哈一笑："你慌什么？朕不过是随口一说而已，若朕对你已无丝毫信任，又何必当你的面说这些呢？"

"是，是，陛下圣明。"

"不过，话说回来。"刘彻的话锋又转了，"假如朕是你的话，如果伊稚斜真的许给了我高官厚禄，我可能真的就动心了。说到底，异地他乡再好，也不如生养自己的故乡好。你们匈奴人不是常说吗？雄鹰飞得再高，最终也要回到大地的怀抱。"

赵信再度惶恐，又猛地磕了好几个响头："陛下明鉴，臣若真的心怀异志，那臣早就叛回大漠了，又怎么还会跪在这儿呢？"

刘彻无声一笑："也许，你是一个双面间谍，还有什么任务没完成呢？"

"陛下！"赵信大喊了一声，居然有了哭腔，"臣千言万语也无法自证清白，请陛下赐给臣一把刀吧，臣愿当庭剖腹挖心，让陛下看看臣是忠是奸！"

"行了行了，堂堂七尺男儿，别动不动就寻死觅活。"刘彻起身离榻，走了过来，伸出一只手将他扶起，"朕最不喜欢你们匈奴人这一点，动辄便要以死明志。与其如此，还不如留着这颗项上人头，以行动来证明忠心，你说是不是？"

"谢陛下！"赵信踉跄起身，抹了抹眼泪，哽咽道，"臣这颗头颅永远是陛下的，不论陛下何时要取，臣绝无二话！"

刘彻看着他，呵呵一笑："好了，擦干眼泪，言归正传。你方才说，伊稚斜派来的人，明面上有两个目的。听你这口气，是不是他们暗中还有什么企图？"

"陛下圣明。有一事，臣尚未来得及向您奏报，就是此次匈奴来人，为首两个：一个是匈奴的大当户，名叫胥破奴；还有一个臣完全没料到，是……荼藦居次。"

"荼藦居次？"刘彻诧异，"'居次'不就是你们匈奴的'公主'之意吗？"

"是的陛下，此女正是伊稚斜的掌上明珠，被称为草原上最美的公主。"赵信说着，眼中居然微微放光，"此女不但身份尊贵、美艳绝伦，而且精于骑射、武艺超群……"

"照你的意思，"刘彻打断了他，"这回伊稚斜连他的掌上明珠都派来了，肯定是别有所图了？"

"正是。不过他们具体想做什么，臣还需进一步打探。"

刘彻"嗯"了一声，换了个话题："你那天去东市皮毛店，应该是跟於单见面吧？"

"是的陛下。"

"那你把匈奴来人的消息透露给他了吗？"

"是的，臣遵照陛下旨意，故意把消息告诉了他。"

"他作何反应？"

"他很惊讶，一直在打听他们的目的。"

"你怎么说？"

"臣想试探一下他对大汉的忠心，便告诉他说，伊稚斜有可能想与他和解，让他回去当左贤王。"

"那他如何回答？"

"看上去，他还是感念陛下恩德的。他说陛下在他落难时收留了他，他不能对不起大汉，又说除非伊稚斜退位，否则他死也不回大漠。"

刘彻听了，微露满意之色。

"陛下，臣想请示，是否应该对荼藬居次等人进行监控？"

刘彻沉吟片刻，断然道："不必了，在弄清他们的隐秘意图之前，暂时不要打草惊蛇。朕要放长线钓大鱼，只是这鱼竿……你可要给朕把稳喽。"

"臣遵旨。"

第十三章

巨子

贤者，举而上之，富而贵之，以为官长；不肖者，抑而废之，贫而贱之，以为徒役。

——《墨子·尚贤》

日暮时分，长街上行人稀少、落叶纷飞。

一支十余人的马队来到了尚冠前街的一处民宅前。为首二人罩着斗篷，看不清面目；其他人都是一身工匠装束，个个神色精悍。

原本紧闭的宅门适时打开，仇景大步迎了出来，目光左右一扫，见周遭无人，便冲着为首二人抱拳道："倪右使、田旗主，一路辛苦了。"

二人下马，掀开斗篷，抱拳还礼。

被称为"倪右使"的是一位年过七旬的老者，鹤发童颜，身材修长；被称为"田旗主"的五十开外，魁梧健壮，目光矍铄。

前者名叫倪长卿，是墨家右使；后者名叫田君孺，是墨家黑旗旗主。

仇景与二人略加寒暄，便领着众人进了宅子。

片刻后，仇芷薇小跑着来到后院郦诺住的地方，把倪长卿和田君孺到来的消息告诉了她。郦诺这几日都在屋里养伤，足不出户，乍一听，不禁诧异："他们怎么来了？"

"我爹请他们来的。"仇芷薇道，"我爹说咱们墨家最近发生了这么多事情，也是时候聚一聚，讨论下一步的打算了。"

郦诺闻言，若有所思，似乎已然明白仇景的真实用意。

"扶我下来。"

"咱们就在外间等着吧。我爹说，你腿脚不方便，就不必出去了，他们待会儿就过来。"仇芷薇一边说，一边把郦诺扶下床，走到了外间。

"我是后辈，岂能让长者前来？理应是我出去。"

郦诺话音刚落，一个中气十足的声音便从门外传了进来："长者怎么就不能来看你了？咱们又不是儒家，哪来那么多繁文缛节？"

随着话音，倪长卿面带笑容，当先一人走了进来，仇景和田君孺紧随其后。

郦诺和仇芷薇连忙见礼。众人又是一阵寒暄，然后各自落座。仇景给仇芷薇使了个眼色，示意她出去。仇芷薇立马嘟起了嘴："诺姐走路不方便，我得在这陪着她。"

"我们要讨论重要事务，你一个小丫头在这儿掺和什么？"仇景板起了脸。

"无妨无妨。"倪长卿笑道，"仇姑娘最近跟着郦旗主历练，明显成熟了不少，不能再把她当小丫头看待了。"

仇芷薇大喜："多谢倪伯夸赞，还是您老人家通情达理。"

"就是！"田君孺也在一旁帮腔，"芷薇姑娘，你爹这人就是死板，你别理他，田叔也支持你。"

"多谢田叔！"仇芷薇越发眉飞色舞，忍不住白了父亲一眼。

仇景只能苦笑。

"对了倪伯，"郦诺开言道，"最近，各处的弟兄们可还安好？"

倪长卿不置可否地笑笑："自从你在长安动了刀子，各地的弟兄便纷起响应，到处都跟官府开战了，这个'好'字就得看你怎么说了。"

郦诺歉然道："都怪我思虑不周，把弟兄们给连累了……"

倪长卿摆摆手："郦旗主误会了，我并无责怪你之意。事实上，就算你不动手，弟兄们也都会动起来的，就连我本人也已经忍无可忍。"

"右使说得对。"田君孺接言道，"朝廷如此赶尽杀绝，咱们岂能坐以待毙？不给官府点儿颜色瞧瞧，他们就把咱们墨家当砧板上的鱼肉了。"

"话是这么说，可是……"郦诺想着孔禹和牛皋，神色凄然，"那么多弟兄牺牲了，还连累了那么多无辜的人，咱们这场仗，也不知打得对还是错。"

众人闻言，也不禁黯然了片刻。

"既是打仗，伤亡便在所难免。"倪长卿叹了口气，"咱们墨家虽然一向反对战争，但那是反对恃强凌弱，而非赞成逆来顺受。如果是出于自卫的战争，那当然是正义的。"

"右使、诸位，"一直沉默的仇景终于发话道，"不管怎么说，咱们现在与朝廷是势不两立了。既如此，就不必再为已经发生的事伤神，目前最紧要的事务，是不是该商讨一下，接下来怎么办？"

"仇旗主所言甚是。"倪长卿将了将胸前长须，"自从巨子身故，咱们墨家便群龙无首了。要想凝聚人心、对抗朝廷，势必要推选出一位新巨子。老朽以为，要说急务，这便是眼下头号急务，不知诸位以为然否？"

"我完全赞同。"仇景道，"这也是我召集诸位过来的目的。"

郦诺心想，不出所料，仇景果然是急着要张罗这件事了。

田君孺瞥了仇景一眼，忽然咧嘴一笑："仇兄如此热心张罗，莫不是想毛遂自荐？"

"田旗主这话是怎么说的？"仇景微然不悦，"推选巨子是咱们墨家的当务之急、头等大事，凡我墨者不都应该热心张罗吗？若人人如田旗主这般避嫌，那就啥事都不用干了。"

"我就这么随口一说，仇兄还当真了？"田君孺呵呵一笑，"不过你说我'避嫌'，这词可不太准确。咱们墨家四旗，白青赤黑，田某位居末流，要避嫌也轮不上我啊！田某不过是有自知之明罢了。"

"田叔，你这是骂谁呢？"仇芷薇听他话里话外都是揶揄之意，顿时忍不住了，"什么叫自知之明？难道我爹一心为公、操心咱们墨家的大事，反倒是没有自知之明了？"

"芷薇！"仇景脸色一沉，"大人们说话，你小丫头插什么嘴？"

"我也是墨家一员，凭什么不能说话？"仇芷薇梗着脖子道。

"仇叔、田叔，"郦诺一边微笑着目视二人，一边暗暗扯了扯仇芷薇的袖子，"二位前辈都是咱们墨家德高望重的老人，也是家父生前的好兄弟，在我郦诺眼中，二位不管谁来坐这个巨子之位，都是实至名归、理所应当的。不过话说回来，国有国法，家有家规，按照咱们墨家的规矩，新任巨子本应由原任巨子推荐，再由众人表决，如今家父不在了，此任当由右使履行。今日既然倪伯在此，那咱们自然要听他老人家的意见，不知二位叔父意下如何？"

倪长卿静静地看着她，眼中流露出赞赏之色。

"我没意见。"田君孺抢着道，"本来便是要照规矩办事。按说本次聚会，原本也是要由倪右使发起才对……"

"田旗主，"倪长卿淡淡地打断了他，"谁发起的并不重要，重要的是本次聚会能不能取得成果，你说对不对？"

"那是那是。"田君孺这才闭上嘴。

"既然大家都无异议，那就请倪右使提名吧。"仇景道。

倪长卿环视众人，最后将目光落在郦诺身上，正色道："本右使推荐郦旗主担任我墨家第十三任巨子。"

此言一出，众人都有些始料未及，郦诺本人更是一脸诧异："倪伯，这万万使不得！我是后辈，且才疏智浅、德薄能鲜，岂能当此大任？不论是您倪右使还是仇、田二位旗主，都比我更有资格当这个巨子。"

"郦旗主过谦了。"倪长卿微笑道，"你虽年轻，然有勇有谋、能文能武，且魄力、胆识、才具，皆罕有人及，即便不说人中龙凤，至少也是万里挑一。老朽不才，看人的眼光还是有的。更何况，你是巨子的独女，也是他唯一在世的传人，所以，无论怎么讲，你都是我墨家新巨子的不二之选。"

"倪伯如此盛赞，晚辈愧不敢当。"郦诺忙道，"晚辈或许不乏血气之勇，然既无深虑远谋，又无宏图大略，且阅历尚浅、经验亦缺，必定难以服众。是故继任巨子一事，请恕晚辈不能从命。另外，晚辈想斗胆请教右使，可否由晚辈推荐一人担此大任？"

倪长卿微微一怔："呃……你是旗主，原则上，你当然也有权推荐。"

"那晚辈推荐仇旗主。"

郦诺不假思索，迅速接言。众人再度愕然，一时面面相觑。

"在下无德无能，亦不堪此任。"仇景立刻反应过来，"我也想推荐一人。"

众人的目光立刻聚焦到了他的身上。

"我推荐倪右使。"

话音一落，众人越发错愕。问题倒不在于仇景推荐了倪长卿，而是这么绕了一圈之后，郦诺、仇景、倪长卿相当于各得一票，谁都没有优势了——这不仅不符倪长卿本意，且大大出乎众人意料。

情形变得既微妙又尴尬。

倪长卿不禁哑然失笑，把目光转向了田君孺。

此刻，田君孺的一票无疑将决定墨家新巨子的归属，所有人自然也都看向了他。

田君孺迎着四人的目光，忽然诡谲一笑，说了一句让众人更加无语的话：

"田某可以毛遂自荐吗？"

暮色四合，竹林深处的宅院在黑暗中透出冷寂的微光。

青芒一身夜行衣，像只敏捷的黑猫一样掠过竹林，翻过院墙，轻车熟路地蹿上於单所住的这幢二层小楼，然后照旧摸到了东北角的窗下。

於单席地而坐，斜倚在案上看书，貌似专注，实则目光游离，不知在想些什么。

青芒猫腰摸到走廊拐角，朝房门和楼梯处瞥了一眼，确认安全后，才返身从刚才的窗户一跃而入。

"等你好几天了，现在才来？"於单察觉动静，头也不抬道。

"你料定我会来？"青芒缓步走了过来。

於单淡淡一笑："偌大的长安，如今可能只有我一个人知道你是谁、了解你的过去，你又怎么会不来呢？"

"说不定我现在活得挺好，不需要知道自己的过去呢？"青芒一屁股在书案对面坐下。

"既然如此，那你还来干什么？"於单不无揶揄地笑笑。

"天机图。"青芒盯着他的眼睛，"我想知道，天机图到底是什么，现在在哪儿？还有，你为什么说把天机图送到汉地，就算是报答我了？"

"我不知道它是什么，更不知道它现在在哪儿。"於单道，"三年前你把东西交给我的时候，也没告诉我是什么，只让我把东西带到长安，跟某人秘密接头，把东西交给他。我照做了，其他的我什么都不知道。"

"那个某人是什么人？是汉人还是匈奴人？"

於单摇摇头："我只知道是个男人，蒙着脸，看不见长相，不知道是哪里人，汉话说得倒是挺流利。不过，如今好多匈奴人的汉话都说得挺好，比如我。"

"你？"青芒鄙夷一笑，"就你那口音，恐怕连街上的狗都听得出你是匈奴人。"

"也许吧。"於单尴尬笑笑，"汉人不是有句话叫'离乡不离腔'吗？话好学，可惜腔难改。不过……你好像是个例外。"

"什么意思？"

"你是地道的匈奴人，可你的汉话却说得跟汉人一样地道。"

青芒心中一紧，却不动声色："你这就要开始告诉我，我是谁了吗？"

"除了天机图，这难道不是你最想知道的？"

"我想知道的是真相，而不是你的谎言。"

於单呵呵一笑："我为什么要对你说谎？你失去了记忆，我失去了自由，而且你我都失去了故乡。咱俩现在可以说是同病相怜，我怎么会骗你呢？"

"既然你愿意说，那我便洗耳恭听了。"

青芒现在别无他法。的确正如於单所言，目前除了他，没人知道自己的身份和过往，所以不管於单说的是真是假，青芒也只能先听了再说。

"你我是同一个部落的人，你的名字叫阿檀那，爹娘都是咱们匈奴的贵族，只可惜在你很小的时候，他们便被汉人杀了。你成了孤儿，是我爹收养了你。咱俩从小一块儿长大，后来又并肩与汉人作战，可以说亲如手足。你武艺过人，骁勇善战，被我爹任命为左都尉，麾下勇士足有数万。我们曾发誓要同享富贵，如果不是人面兽心的伊稚斜谋反篡位，如今我就是单于，而你便是左贤王了，何至于双双沦落至此！"

他说的都是真的吗？

我居然是一个匈奴人，而且父母还都被汉人杀了？！

青芒脸上不动声色，心里却早已波涛汹涌。他拼命想从自己的脑海中打捞出相关的记忆，哪怕是一鳞半爪也好，可努力了半天，除了额头隐隐作痛之外，却什么也没得到。

如果真的像於单说的那样，自己的父母多年前已被汉人所杀，那么自己又为何会在狼头骨上刻下韦吉和公孙弘的名字呢？

青芒觉得，就算於单所说的其他部分都是事实，但是在这一点上他肯定没说实话。

"如果你说的是真的，那么三年前伊稚斜谋反的时候，我一定会毫不犹豫地跟你站在一起，可为什么你逃了，我却留了下来？"青芒问。

"没错，你是跟我站在一起，只不过采取了隐蔽的方式。"

"什么意思？"

"你假意投靠伊稚斜，其实一直在暗中帮我，包括帮我成功出逃。"

"那我为什么不和你一起逃？"

"当时的情况极为凶险，假如一起逃的话，恐怕谁也逃不掉。"

青芒想了想，这道理似乎也说得通，又问："我怎么会有天机图，又为什么要让你带到汉地？"

"就像我刚才说的，这些你统统没有告诉我。你只对我说这东西很重要，一定要拿命保护它，然后我历经九死一生才完成了你委托的事情，其他的我都不知道。"

青芒知道，於单的话真真假假，但眼下却根本无从判断何者为真，何者为假。

"那依你看，我这次为何会逃出来？"

於单略为沉吟，道："要我说，你这回逃出来，应该有三个原因：其一，伊稚斜奸诈多疑，很可能不信任你了，所以你非走不可；其二，你心里可能还惦记着天机图，想来确认它的下落；其三，你可能从什么地方得知我被软禁的消息，所以想来救我。"

青芒闻言，冷然一笑："想让我救你可以明说，不必如此拐弯抹角。"

"我何须拐弯抹角？凭咱们兄弟的感情，你肯定会来救我的。"於单极为笃定，"而且你的为人我最清楚，你绝对不会见死不救。"

"不管我为人如何，也不论你我有没有感情，现在的问题是，我失忆了，你对我来说就是个陌生人。所以，我凭什么要救你？"青芒微笑着，面带嘲讽。

"你会想起来的。咱们那么多年的兄弟情分，我就不信你会忘得一干二净。"

"假如你说的都是真的，或许我会想起来，不过……是三年五年，还是十年八年，那可就不好说了。"

於单苦笑了一下："到现在你还不相信我，真是……太让我伤心了。"

"先别忙着伤心。"青芒揶揄一笑，"想让我救你，其实也不难，只要你答应我一件事。"

"什么事？"

"把天机图还给我。"

於单再度苦笑："天机图三年前就照你说的方法交给那个接头人了，你让我上哪儿找去？"

"别装了，我知道，你没说实话。"青芒身体前倾，凑近他，盯着他的双眼，"你把东西还我，我救你出去，这交易很划算，你好好想想。"

於单躲开他的目光，凄然一笑："罢了，兄弟做到这份儿上，我也没什么好说的了，你走吧。"

"你可要想清楚，我这一走，就不会再来了。"青芒站起身来，"刚才我说过，我现在活得挺好，所以，我可不想被霍骠姚逮住，毁了自己的大好前程。"

此刻，青芒和於单绝对不会料到，从青芒进入於单房间的那一刻起，有一条修长的身影，便已静静站在了紧闭的房门外，而两人说的话，也一字不漏地落入了此人的耳中。

这个人就是霍去病。

而他手下的数十名武士，也早已埋伏在小楼周围，只等他一声令下，便冲上来抓人。

原本霍去病很早就想动手了，可方才那番交谈中，有两点引起了他的兴趣：其一是青芒的来历和身份，其二便是他们口中那个神秘的"天机图"。

所以，他决定按兵不动。

此时，听见青芒提到了自己，黑暗中的霍去病不禁无声一笑。

"你走吧。"於单冷冷道，"既然你不仁，那就别怪我不义。有件事本来想告诉你的，现在看来也无所谓了。不过，我还是想劝你一句，最近走暗路的时候当心点儿，可别被人抹了脖子。"

听他弦外有音，青芒心中狐疑，脸上却泛出轻笑："生死有命，富贵在天，我怕什么？再说，最近整个长安都不太平，满朝文武人心惶惶，连公孙丞相都屡遭刺杀。要说当心，他们这些大人物才得当心，像我这样一文不名、无足轻重的小角色，有什么好当心的？"

"你真的以为自己无足轻重吗？"於单冷笑，"一个堂堂的匈奴左都尉叛逃汉地，你觉得伊稚斜会无动于衷？"

"照你的意思，他想派人杀我？"

"不是想，是已经！杀手早在十余日前便已潜入长安了！"

青芒心中诧异，却仍笑了笑："即便我过去真的是匈奴的左都尉，可也算不上多重要吧？这些年，叛逃汉地和战败被俘的匈奴人还少吗？上至你於单太子，下至各部亲王贵族，哪个不比我分量重？"

"你不一样。"

"怎么不一样？"

於单迟疑了一下，道："别的暂且不说，就说今年夏天的漠南之战吧。据我所知，咱们匈奴一开始是处于上风的，可没人料到，霍去病竟然会以八百轻骑孤军深入，轻而易举地穿越了前锋大军的防线，一举端掉了咱们的大营，杀了相国、当户，还有老王爷籍若侯，生擒亲王罗姑比，令咱们全线溃败。这一仗，霍去病赢得不费吹灰之力，而咱们败得完全没道理，简直可以说是咱们匈奴的奇耻大辱……"

"你等等。"青芒打断了他，"这场大战我也知道，可我却不记得这些跟我有什么关系，听你这口气，这一仗我是不是也参加了？"

"何止参加？"於单冷哼一声，"你阿檀那就是当时的前锋大将！"

青芒不由得一震。

与此同时，门外的霍去病也瞬间变了脸色。

从於单提到漠南之战，他便一下竖起了耳朵——这不仅因为此役是他的成名之战，更是因为这一仗胜得太过轻松，甚至有些离奇，所以霍去病心里一直有些疑问未解。

其中最主要的困惑便是当时匈奴的前锋大将阿檀那明明率领数万大军挡在汉军前面，可当他孤军深入时，却未曾遭遇匈奴的一兵一卒，感觉就像是阿檀那故意给他开了个口子，让他得以长驱直入，直捣匈奴大营似的。

可是，一个匈奴的左都尉，为什么要给汉军"开口子"呢？除非他是汉军派过去潜伏的间谍，或者已被汉军策反，否则如何解释？

然而，据霍去病所知，这两种情况都不存在。

所以此刻，当霍去病蓦然听到於单说，这个名叫秦穆的丞相门尉居然就是匈奴左都尉"阿檀那"，也就是漠南之战的前锋大将时，他的注意力自然就高度集中了起来。

他意识到，於单和这个"阿檀那"接下来的话，将很有可能解开这个谜团，消除他数月来一直悬在心中的困惑。

房间内，青芒也陷入了沉思。

倘若於单所言非虚，那么自己在这一仗中究竟做了什么，才会让霍去病赢得那样一场匪夷所思的胜利，同时导致匈奴损失惨重、一败涂地呢？

青芒满腹狐疑地坐了下来，不由自主地闭上了眼睛。

他相信，既然自己还记得这一仗的结果，那就没理由完全想不起自己在这一仗中的所作所为。

额头又开始剧烈地疼痛了起来，可青芒还是艰难地、一点儿一点儿地进入了自己残缺不全的记忆深处。这感觉就像是擎着一支微弱的烛火，走进了一个巨大而黑暗的山洞……

尚冠前街的宅子里，田君孺话音一落，众人不禁愕然。

仇芷薇头一个反应过来，冷笑道："田旗主，我说您刚才怎么对我爹阴阳怪气呢，原来一门心思想当巨子的人是你啊！"

田君孺哈哈一笑："说不想当那是假话，不过我这人有自知之明，我知道我不够格，但是过过嘴瘾总行吧？"

"田旗主，"倪长卿沉声道，"这不是开玩笑的时候，请你严肃一些。"

"是是是，严肃严肃。"田君孺赶紧收起笑容，"我也想推荐一人……"

众人都屏气凝神地等着他。

田君孺故意停顿了一下，目光从众人脸上一一扫过，最后停留在郦诺身上："我推荐郦旗主。"

郦诺再度讶然，一时张着嘴说不出话。

倪长卿抚着长须，露出如释重负的笑容。

仇景面无表情，似乎并不完全赞同，却也不反对。

仇芷薇则忍不住发出了一声欢呼，结果又被仇景白了一眼。

"倪伯、田叔，感谢你们的抬爱，但此事晚辈断难从命……"

郦诺既焦急又无奈。

"不必说了，郦旗主，这就叫众望所归。"倪长卿站了起来，"即使把咱们墨家的弟兄全都叫过来表决，我想结果也不会两样，你就别再推辞了。"

说完，不等郦诺反应，倪长卿便单腿一跪、双手抱拳，朗声道："属下倪长卿拜见巨子。"其他三人见状，也当即下跪见礼。郦诺哭笑不得，连忙把他们一一扶起，感觉自己竟有些手足无措、方寸大乱了。

"倪右使，咱们这群龙，这下算是有首了。"田君孺笑道，"不过咱们新巨子即位，可不能太寒碜，该办的仪式总得办吧？"

"这个……"倪长卿微微迟疑，"仪式固然要有，但也不急在这一时。此处太过简陋，等日后回了濮阳，在咱们历代祖师牌位前，再隆重办一场也还不迟。"

东郡濮阳是郦宽、郦诺父女的家乡，也是目前墨家组织的总部，每逢墨家大事，通常都在该地秘密举行。

"倪右使，"仇景也发话了，"任职仪式可以延后，但是巨子令的交接，恐怕还是得照规矩来，否则如何号令众弟兄？"

巨子令是墨家至高无上的圣物，也是最高权力的象征。按墨家数百年流传下来的规矩，凡新巨子继位，皆须由前任巨子或右使、左使授其巨子令，才算正式实现权力交接，新巨子才能对所有墨者发号施令。

两年前，原巨子郦宽意外身故，而据倪长卿所言，事发前郦宽已将巨子令交由他代管，所以这两年来，巨子令一直在倪长卿手中。

本来郦诺还在想用什么法子推托，见倪长卿有些迟疑，便顺势对仇、田二人道："仇叔、田叔，倪伯说得对，兹事体大，不宜草率，无论是任职仪式还是令牌交接，都等日后回到濮阳再说……"

"不！"倪长卿像是下定了什么决心，断然道，"诸位请在此稍候，老朽这就去取巨子令，今晚便完成交接。"

说完，倪长卿便大步走了出去。

郦诺望着他离去的背影，若有所思。

青芒在自己的记忆深处步履维艰地跋涉着。

终于，黑暗中出现了一丝光亮。青芒深一脚浅一脚地朝着光亮走去，然后伸出手中的烛火，像点燃黑色的帷幕一样点燃了周遭的黑暗。

火焰迅速蔓延开来，光亮越来越大，紧接着便有一幅画面隐隐浮现，由模糊渐渐变得清晰。随之而来的是一阵阵朔风呼啸和战马嘶鸣的声音……

大漠黄沙，残阳如血。

青芒走进了画面中。他远远望见，一名匈奴大将正策马立在地平线上，头上是一面猎猎飞扬的狼头大纛，身后是密密麻麻的数万大军。

转瞬间，青芒就来到了这名大将的跟前，然后他发现——这个人就是他自己。

青芒不禁苦笑。

匈奴左都尉，阿檀那。

看来，於单说得没错——自己不仅是匈奴人，而且还是匈奴的高级将领！

阿檀那神色凝重，极目远眺，眉宇间凝聚着挥之不去的阴郁和苍凉。片刻后，青芒听见他用匈奴语对身旁的副将道："传令下去，留三千人就地扎营，多派斥候和游骑在方圆三十里内巡逻，以防不测，其他人即刻随我出发，从西面奔袭鸣沙山。"

"鸣沙山？"副将一怔，"敢问左都尉，为何要去鸣沙山？"

"根据我的经验，汉军的大营一定在那儿！今夜，我就要砍下卫青的头颅祭旗！"

"可是，咱们只留下三千人防御正面，万一……"

"万一什么？"

"万一卫青也去偷袭咱们的后方大营……"

"不可能！"阿檀那冷冷道，"我了解卫青，他作战固然勇猛，但稳健有余、锐气不足，像这种冒险奇袭的事儿，他连想都不敢想。"

"可据情报，这次卫青的外甥也来了，这小子听说不是善茬……"

"霍去病？"阿檀那冷笑，"一个乳臭未干的家伙，也值得你这么紧张？"

"可是……"

"别可是了，我意已决。"阿檀那扭头盯着副将，"敢违军令者，斩！"

看着眼前的这一幕，青芒不由得自嘲一笑。

很显然，正是自己的这一决定，导致霍去病得以穿越匈奴防线，如入无人之境，直捣匈奴大营。然而关键的问题在于：自己这么做，究竟是因麻痹轻敌而失误，还是故意给霍去病制造机会？

如果答案是后者，那么自己为什么要这么做？

可能性有二：一、我是汉人安插在匈奴的卧底，所以才会在最关键的时刻给霍去病"放水"；二、我确实是於单太子的人，漠南之战前已决意逃亡汉地，所以才要处心积虑地给汉朝献上一份"厚礼"。

答案究竟是哪一个？或者是二者兼而有之？！

"怎么样，阿檀那？都想起来了吧？"

忽然，於单的声音从远处飘来，青芒眼前的画面倏然消失。

他睁开眼睛，定定地看着於单："是的，我想起来了，不过那只是一次决策失误……"

"决策失误？"於单冷然一笑，"别自欺欺人了。你本来便是我的人，迟早会被伊稚斜怀疑。我估计，你在战前已察觉到了危险，所以下决心要逃亡汉地。因此，你才故意给霍去病'放水'，目的便是用咱们数千匈奴人的头颅，换取汉朝给你的高官厚禄。只可惜，你失忆了。我不知道你是如何当上丞相邸的门尉，不过我想，你原本打算从刘彻那儿得到的官帽绝对比这区区门尉大得多！"

房门外，霍去病无声苦笑。

倘若真如他们所言，那么自己在漠南之战中取得的这场"奇迹般"的胜利，岂不是胜之不武？！

"照你的意思，我和霍去病肯定在战前便已暗中谋划好了，对吧？否则我怎么知道他会在那一晚发动奇袭？倘若如此，那我更有可能是潜伏在匈奴的汉人，而不是你所谓的兄弟阿檀那。"

内心深处，青芒根本不愿意相信自己是一个匈奴人。

"你们不一定要事先串通。"於单道，"你的本事我知道。每一次上战场前，你都会千方百计了解自己的对手。所以，你事先肯定已经摸准了霍去病的脾气和心思，料定他年少气盛、求胜心切，故而大胆地赌了一把，赌他当晚会奇袭咱们的大营。幸运的是，你赌对了；不幸的是，咱们那么多同胞，就这么被你出卖了。"

黑暗中，霍去病感觉血往上冲，脸颊上的咬肌不由得一跳一跳。

一种被利用和愚弄的愤怒几乎快把他吞没了，他恨不得现在就冲进去抓住这两个该死的匈奴人，把漠南之战的真相彻底弄清楚！

他宁可让不利于自己的真相大白于天下，把自己"冠军侯"的爵衔还给天子，也不要这种被人暗中操纵的所谓"胜利"！

然而，他最终还是忍住了破门而入的冲动。

因为理智告诉他，在破解天机图以及这个"秦穆／阿檀那"身上的种种谜团之前，他不能轻举妄动。

"你极力想证明我就是你的兄弟阿檀那，不就是想让我把你从这儿弄出去吗？"青芒冷冷道，"这其实也不难，只要你把天机图交出来。"

"你要我说几遍？"於单似乎有些怒了，"我早就把天机图交给你指定的接头人了！"

"那我就爱莫能助了。"青芒再次站了起来，"既然你不肯说实话。"

"你如此绝情，就不怕我把你的真实身份捅出去？"於单拉下脸来。

"你敢吗？"青芒一笑，"你打算怎么告诉陛下？是不是想说一个逃亡汉地的匈奴将领，暗中与你频繁接触，还聊了一些不可告人之事？"

於单语塞。

这家伙说得没错，若是把他供出去，自己肯定说不清楚，只能导致刘彻更深的猜忌，对自己来说绝对得不偿失。

"你再好好想想，把得失都考虑清楚。"青芒淡淡道，"反正，你被关在这个活死人的坟墓里，啥也干不了，有的是时间。"

说完，青芒便径直朝东北角的窗户走去。

於单看着他的背影，嘴唇嚅动了一下，想说什么，却终究没有出声。

青芒走到窗前，稍微停了停，听身后毫无动静，嘴角掠过一丝苦笑，旋即跃出窗外，消失在了黑暗中。

门外，霍去病望着迷离的夜色，眼神复杂。

墨家巨子令是一块巴掌大小的盾形令牌，青铜质地，边缘铸有一圈细密繁复的蟠螭纹，正面中央刻着"巨子令"三字，背面刻着"兼爱"二字，皆为篆书、阳刻。

倪长卿郑重其事地把巨子令递给了郦诺，同时说了一番勖勉之言。

郦诺却仍犹豫不决，始终没有伸手去接。

在场诸人中，只有仇芷薇一人没见过这一墨家圣物，心里满是好奇，见郦诺不接，便一把抢了过去，笑嘻嘻道："诺姐，我替你收下了。"说着拿在手上翻来覆去地看着。

"芷薇姑娘，从今往后，你这称呼可得改改了，不可再跟巨子没大没小。"倪长卿微笑道。

"对对对，我忘了。"仇芷薇吐了吐舌头，旋即收起笑容，煞有介事地对着郦诺深长一揖："巨子在上，属下有礼了。"

郦诺笑着白了她一眼，把巨子令接了过去，下意识地端详了起来。

倪长卿看着她，目光闪烁了一下。

"时辰不早了，诸位请各自回屋休息吧。"倪长卿对众人道，"巨子身上还有伤，更要早点儿安歇。其他事，咱们明日再谈。"

仇景和田君孺闻言，当即行礼告退。倪长卿笑着对郦诺道："巨子，这令牌从现在起便归您了，日后有的是时间看，您还是早点儿歇息吧，属下告退。"说着做了一揖。

郦诺一直盯着巨子令怔怔出神，竟然充耳不闻。

仇景和田君孺心生诧异，不觉对视了一眼。

倪长卿却不以为意，抬手示意仇、田二人一块儿走，并率先走出了房门。仇芷薇见郦诺仍旧呆愣着，赶紧扯扯她的袖子："诺姐，你怎么了？"

郦诺看都不看她一眼，目光始终没有离开那面令牌。紧接着，她伸手在令牌正面的某个地方摸了一下，脸上忽然露出抑制不住的惊疑之色，嘴唇嚅动了一下，却又没出声。

"诺姐，你到底怎么了？"仇芷薇大惑不解，"你别吓我啊！"

倪长卿等三人很快就走出了院门，脚步声渐渐远去。

郦诺又沉吟片刻，面色凝重道："芷薇，传我命令，让雷刚和许虎带上十个弟兄，要身手最好的，今夜埋伏在倪右使的房间外，盯住他的一举一动，有任何情况随时来报。"

仇芷薇大为惊愕："这……这是为什么呀？"

"别问那么多，快去传令！"郦诺冷冷道。

仇芷薇不敢再问，慌慌张张地跑了出去。

郦诺低头，再次盯着手上的巨子令，脸上的惊疑之色更浓了。

青芒一觉醒来，见外面阳光明媚，便在院子里练了一会儿剑。正舞得起劲，朱能忽然匆匆跑了过来，道："老大，丞相有命，让咱们出去一趟。"

"去哪儿？"青芒心中微然一动，做了一个收剑的姿势，徐徐呼出一口气。

"呃……丞相说，到了地方你就知道了。"朱能目光闪烁。

"还跟我保密？"青芒呵呵一笑，"丞相出于公务，不便明言，理所应当，可连你都瞒着我，是不是不太厚道啊？"

朱能大为窘迫，顿时抓耳挠腮，想说又不敢说，一张胖脸涨得通红。

"行了行了，瞧你那熊样，不说就不说呗，我还能杀了你不成？"青芒说着，转身走回屋里，"容我洗把脸，换身衣服，你去大门口等我。"

"好嘞，不急不急。"

朱能赔笑着，暗暗松了口气，旋即想到什么，忙道："对了老大，丞相吩咐过，让你不必穿甲胄，就穿便装即可。"

"今儿这是怎么了？"青芒笑着从窗口探出头来，"连我穿什么都要吩咐？"

朱能嘿嘿笑着，算是回答。

青芒无奈，只好点点头："行，既然是丞相吩咐，别说让我穿啥了，就算让我光着身子我也得照办，你说是不？"

朱能被逗乐了，哈哈大笑，这才转身朝外走去。

出了小院，穿过回廊，刚走过一个月亮门，便隐约听见哪个地方传来一阵"扑棱扑棱"的声音，像是什么鸟儿飞了起来。

朱能举头四顾，却什么都没看见。

片刻后，青芒和朱能策马从丞相邸出来，刚驰出两条街，便发觉身后多了"尾巴"。

拐过一个街角时，青芒迅速用眼角扫了一下。

那是三个行商装扮的大汉，虽故意作出懒散之状，面目却颇为精悍，身姿也很挺拔，一看便知是训练有素的行伍之人。

青芒放慢了马速。朱能诧异："老大怎么了？"

"早上起来还没吃饭呢。"青芒勒了勒缰绳，朝街边的一个油饼摊子努努嘴，"去买块饼填填肚子。"

"哦，老大稍候。"朱能赶紧翻身下马，殷勤地跑去买饼。

青芒料定，身后那三人见他止步，一定也会假装停下来买东西。然而，让他没想到的是，那几个大汉居然马不停蹄地从他身边驰过，连看都没看他一眼，彼此还说说笑笑。

难道是自己过于敏感，判断错了？

青芒一向信任自己的直觉，不相信自己会看走眼，可那些人的确慢慢走远了，一个都没有回头。

青芒自嘲一笑：也许真是看走眼了吧。

这时，渐行渐远的那几个大汉向右拐进了一条横街。就在他们即将从青芒的视线中消失之际，其中一人终于忍不住回头瞥了一眼。

青芒冷然一笑。

即使相隔甚远，即使这一瞥貌似漫不经心，可青芒还是毫不怀疑地确定——这几人方才的确是在跟踪自己，只不过他们的盯梢技巧比一般人更高明、更不着痕迹罢了。

他们究竟是什么来头？为何要跟踪自己？

直到两块油饼下肚，策马驰出了茂陵邑，青芒仍旧满腹狐疑。

北邙山的树林中，几名侍卫带着一个樵夫模样的人走了过来，身后跟着策马而行的公孙弘、殷容和一队缇骑。

走在前面的樵夫，正是韦吉一案的目击者。

一行人来到树林边缘，樵夫停下脚步，站在一棵松树后面，往树林外探了探头。

离这片树林约莫二十余丈的地方，正是当初韦吉坠落的那个悬崖。

"就是这儿吗？"领头侍卫问。

樵夫点点头："错不了，小民那天就站在这儿。"

公孙弘等人跟了过来，翻身下马。然后，公孙弘走到樵夫身边，循着他的目光望去，看见说远不远、说近也不近的悬崖，的确不易看清一个人的容貌，只能看个大概的身形和体态。

今天带樵夫过来认人，公孙弘心里其实是颇为矛盾的。

他既希望今天的事情能有一个结果，锁定刺杀韦吉的凶手，把这个久悬未决的案子破了，同时又不希望看到樵夫指认秦穆是凶手，毕竟这个年轻人是个不可多得的人才，更是打着灯笼也难找的好保镖。

可是，一边这么矛盾着，一边他还是不由自主地安排了今天的这个局。

归根结底，只要秦穆不能完全洗脱嫌疑，那么为了自身安全着想，他就无论如何都要查明真相——即使真相是秦穆有罪！

"待会儿人来了，你要给本相瞧仔细了。"公孙弘对樵夫道，"既不能冤枉好人，也不能放过坏人，听明白了吗？"

"明白，明白。"樵夫点头哈腰，诚惶诚恐。

青芒和朱能策马奔驰在山道上，绕过一个山角，远远便望见了那个高高的悬崖。

朱能忽然勒住了缰绳。

青芒也勒马停住，诧异道："怎么了？"

"那个……丞相吩咐过，让卑职就跟你到这儿，让你一个人上去。"朱能说着，朝那片山崖指了指。

"我一个人去那上面做什么？"青芒不解。

"这个我就不太清楚了。"朱能为难地挤出一丝笑容,"或许……或许丞相会在上头跟你会合吧。"

青芒狐疑地盯着他。

朱能一脸无奈,他确实不知丞相的用意。

"也罢,不为难你了,你回吧。"青芒说完,鞭子一抽,坐骑朝山上疾驰而去。

山上树林中,公孙弘背着双手,神色凝重,目光透过树林间的缝隙,一直盯着远处的山道。殷容和侍卫们见状,也都屏着呼吸,大气都不敢出。

樵夫有些百无聊赖,一会儿望望悬崖,一会儿看看山道,不时又回头偷瞄公孙弘。

"盯着你该看的地方。"公孙弘头也不回地冷冷道。

樵夫一惊,赶紧把头转了回来。

就在这时,寂静的山岭上忽然响起一阵急促的马蹄声。远远望去,依稀可见一人从山道策马而来,一路向悬崖驰去。几十道目光顿时齐刷刷地盯在他的身上,一直跟着他慢慢移动。

尽管距离较远,且中间还有一丛丛或高或矮的灌木不时隔断视线,可公孙弘还是很快断定,来者正是秦穆!

这不仅是因为此时天色尚早,山上空无一人,来者基本不可能是别人,而且从此人的身材和体型来看,也当是秦穆无疑。

转瞬间,那人便已驰到了悬崖边上。他勒马停住,朝远处眺望了一会儿,旋即下马,张开双手,蹬踏着双腿,似乎在舒展筋骨。

公孙弘给了殷容一个眼色。殷容立刻对樵夫道:"把眼睛睁大喽,好好瞧瞧!"

"是是。"樵夫连忙睁圆双眼,死死盯着青芒的背影和动作。

"听着,倘若你认出此人便是那天出现在这里的刺客,朝廷自会重重赏你。不过……"殷容沉声道,"万一你认错了人,朝廷也会以反坐之法惩处你,听清了吗?"

"反……反坐之法?"樵夫吓了一跳。

"殷中尉,咱们是请他来协助朝廷办案的,不必如此严厉。"公孙弘说着,转脸对樵夫道:"你若认出来,有赏;若认错了,也无妨,朝廷不会追究。"

"多谢官爷,多谢官爷!"

　　这显然是一笔稳赚不赔的买卖，樵夫顿时大喜过望，连忙目不转睛地盯着远处的那人。

　　公孙弘之所以修正殷容那个严苛的条件，便是希望樵夫能在放松的状态下如实指认；若以"反坐之法"恫吓，那他即使认出来了，恐怕也会担心认错而矢口否认。

　　悬崖边的人似乎在练剑，樵夫紧盯着他，眼神时而确定，时而又有些狐疑。

　　眼看一套剑法都快练完了，殷容忍不住催促："怎么样？你到底认出来没有？"

　　樵夫惶恐，嗫嚅道："小民……小民当初就说过，没……没看清他的相貌。"

　　"无须认清相貌。"公孙弘接过话，"你只需从他的身材、体型、举止进行判断。"

　　"若是如此，那……那就好办了。"樵夫一喜，"据小民的印象，此人……的确很像那名刺客。"

　　"很像？"殷容眉头一皱，"是就是，不是就不是，什么叫很像？"

　　"是是是，他就是！"樵夫忙不迭道。

　　"你敢肯定？"

　　"我肯定，我肯定。"

　　殷容转头看着公孙弘，等他示下。此时，那人已练完剑，正背对树林，长身而立，目视远山。公孙弘沉吟半晌，终于大手一挥："走！"

　　一行人簇拥着公孙弘，带着樵夫快步走出树林，朝悬崖边走去。

　　双方距离五六丈时，那人听见动静，慢慢转过头来。

　　这竟然是一张完全陌生的脸，根本不是秦穆！

第十四章

令牌

爱人利人者，天必福之；恶人贼人者，天必祸之。

——《墨子·法仪》

公孙弘怔住了，众人也都跟着刹住脚步。樵夫不明就里，还以为他们是因猝然面对刺客而紧张，忙指着那人大声道："官爷，就是他，此人就是刺客！这会儿离得近，小民看得更清了，就是他，没跑了！"

公孙弘充耳不闻，而是直视着悬崖边上的那名男子，沉声道："你是何人？"

男子惶惑地看着这群身穿公服的人，忙抱拳躬身道："回官爷话，小民姓孙名泉，茂陵人氏。"

"你为何会在此处？"

"这……小民约了朋友，在此见面啊。"

"撒谎！"殷容趋前一步，"一大清早，什么人会约在这种荒山野岭见面？"

"回官爷，"孙泉腼腆一笑，"秋高气爽，山林清幽，正是绝佳的练武之所，小民是约人来此一块儿练剑的，这……应该不违背朝廷律法吧？"

"那你约的人在哪儿？"

孙泉往山道那边望了望："这会儿应该到了吧。"

正说着，便有一骑朝这边疾驰而来，片刻后来到目前。骑者的年龄、身材皆与孙泉相仿，腰间也挂着佩剑。

"刘忠，快来快来，帮我做个证明。"孙泉连声高喊。

"做啥证明？"刘忠翻身下马，走了过来，一脸懵懂地看着这群公府之人。

殷容立刻上前盘问，但此人的说辞跟孙泉完全一样，根本寻不出任何破绽。正僵持间，突然又是一阵马蹄声从山道那边传来。众人抬眼一看，这一次来的才是秦穆！

青芒飞驰而至，下马行礼："丞相，卑职来迟了。"然后看着现场这一大群人，露出不解的表情。

公孙弘含糊地应了一声，勉强笑笑，然后给了殷容一个眼色。

殷容赶紧把樵夫拉到一旁，低声问："仔细瞧瞧，最后来的这个人像不像刺客？"

此时，樵夫已经彻底蒙圈了。他凌乱的目光在孙泉、刘忠、青芒这三个年龄和身材都差不多的人身上转来转去，半晌才道："这……这人似乎比头一个更像。"紧接着又指了指那个叫刘忠的人："还有他……他也挺像的。"

公孙弘闻言，不禁在心里苦笑。

若按樵夫这种指认法，只怕半个茂陵的年轻人都会被他指为刺客。

"你他娘的狗眼瞎了！"领头侍卫忍不住上前揪住樵夫的衣领，"看谁都像，你看老子是不是也挺像？！"

"不不不，您可不像。"樵夫把头摇得像拨浪鼓，"那刺客的个头……比您高多了。"

"去你娘的！"领头侍卫一脚将樵夫踹在了地上。

"什么像不像的？"看着这一幕，一旁的青芒不由得笑了，对公孙弘道："丞相，他们这是唱的哪一出啊？卑职是不是错过什么好戏了？"

公孙弘尴尬地咳了咳，道："呃，是这样，殷中尉负责大行令韦吉遇刺一案，而此地便是韦吉当时遇刺的现场，今日找你来，呃……主要是想让你了解一下案情，再结合现场情况分析分析，看能否帮殷中尉理出一些头绪。"

"哦，原来如此。"青芒作恍然状，"那卑职自当不揣浅陋，略尽绵薄。"

见公孙弘开始找台阶下了，旁边的殷容心领神会，忙接过话茬，然后装模作样地把青芒请到了悬崖边，介绍起了相关案情。公孙弘意识到今天的闹剧该收场了，就让侍卫登记了孙泉和刘忠二人的姓名、地址等名籍信息，随后便把他们连同樵夫一块儿打发走了。

自以为得计，结果却白忙了一场，公孙弘不免有些失落。

不过与此同时，他却也暗自生出了一丝庆幸：假如真的把秦穆认定为刺客，令韦吉一案真相大白，那么于公而论，他公孙弘固然是立了功，可于私而言，却无疑是他个人的耻辱和失败——虽然他可以在最小范围内解决此事，不让它公开化，但终究是他亲手把一名凶险的刺客召到身边当了门尉，这让他情何以堪？！

所以，现在这个结果也未尝不是好事。公孙弘想，既然连现场目击者都无法准确指认秦穆，那他至少可以落一个心安。尽管这份心安并非那么笃定且不可置疑，可总比没有强。

人活一世，有时候免不了要糊涂一些，诚如老子所言：水至清则无鱼，人至察则无徒。若事事都要刨根究底、明察秋毫，那就活得太累了。从这个意义上说，适当的"糊涂"又何尝不是一种人生智慧呢？

公孙弘在心里频频感叹，然后就这么说服了自己。

与此同时，青芒站在悬崖边上，一边心不在焉地敷衍着殷容，一边忍不住为自己一手策划的这场好戏而窃笑。

自从无意中从潘娥处得知公孙弘和殷容在背后盯上了自己，青芒便警觉了起来。随后，他利用自己丞相门尉的身份暗中打探了一下，得知韦吉案有一个目击者，不过值得庆幸的是，这个目击者并未看清自己的相貌。

由此，青芒断定，公孙弘与殷容密议的目的，很可能是让这个目击者来指认自己。所以，自己必须设法把水搅浑，让目击者的证言失去可信度。于是，青芒便到章台街找了秦姝月，给了她一些钱，让他帮忙找两个靠得住的并且年龄和身材都跟自己相仿的人。秦姝月久处青楼，身边恩客无数，要找这样的两个人自然不是难事，何况还有钱赚。

很快，秦姝月便找来了孙泉和刘忠。

青芒直言不讳地表明了自己的身份，然后把需要二人做的事情一一告诉了他们。孙、刘二人都是在街面上混的，身上有些功夫，平生最敬佩行侠仗义、武功高强之人，听说他便是那个早已在长安和茂陵传开的传奇人物秦穆，顿时佩服得五体投地，遂对他言听计从，连青芒要给钱他们都执意不要，只求向他拜师学艺。

青芒见二人虽是游手好闲之徒，为人却还仗义，索性便收了他们，并教给了他们一套剑法。最后，青芒命他们找来一只经过训练的信鸽，悄悄养在了自己屋后，并叮嘱二人随时待命，一旦接到信鸽指令，立刻按计划行事。

今早，当朱能来找他时，青芒当即意识到，公孙弘很可能已经在北邙山的案发现场设局等他了，随即在信鸽脚上系上布条放飞，通知孙、刘二人即刻赶往北邙山。而朱能今早在丞相邸中听见的那阵扑棱之声，正是青芒放飞信鸽的声音……

此刻，青芒用眼角的余光悄悄打量公孙弘。从他的神色足以看出，自己安全了，至少是暂时安全了。

可接下来，还有比韦吉案更麻烦的事情在等着自己。

那便是於单、天机图，以及自己与匈奴之间的种种纠葛。

如果我真是匈奴左都尉阿檀那，那么刺杀韦吉会不会是匈奴单于伊稚斜安排给我的任务？而同样被刻在狼头骨上的"公孙弘"，会不会也是目标之一？可我若真是伊稚斜的人，又为何会在漠南之战中给霍去病"放水"，令匈奴损失惨重呢？

这两者明显是自相矛盾的。

尽管打心眼儿里，青芒绝对不相信自己是匈奴刺客，而更相信自己是个汉人。然而，就目前已经恢复的记忆来看，自己又的确是漠南之战中的那个匈奴左都尉阿檀那。

想到这里，他不由得在心里发出了一声悲怆的长叹：

青芒，你到底是谁？！

一大早，郦诺便把仇景和田君孺邀请到了宅中的正堂，又命雷刚和许虎"护送"倪长卿前来，然后屏退众人，紧闭房门，一脸肃然地对三人说："我有非常重要的事情要商议。"

倪长卿似乎明白了什么，脸上隐隐泛出一丝苦笑。

见郦诺一夜之间便有了巨子的派头，田君孺有些意外，笑道："想不到巨子这么快就适应这个新身份了。"

郦诺淡淡一笑："田旗主不必紧张，我现在只是以赤旗旗主的身份召集会议，不是以巨子的名义，你要毛遂自荐，日后有的是机会。"

田君孺大为诧异，顾不上理会她话里的揶揄之意："巨子此言何意？"

"不必称我巨子。"郦诺道，"我还没有资格当巨子，所以，田旗主还是照过去那样称呼我吧。"

"这是为何？"田君孺越发不解。

仇景方才一进来便发觉气氛不大对头，此时又听郦诺这么说，便道："巨子昨夜连令牌都已经接了，何故现在又说这种话？"

郦诺冷然一笑："这就要问倪右使了，他心里最清楚。"

仇景和田君孺面面相觑，不禁一起看向倪长卿。

倪长卿从容地抚着胸前长须，微笑道："老朽什么都不清楚，还望巨子明示。"

"我再说一遍，我还没有资格当巨子。"郦诺提高了音量，然后从袖中掏出那块令牌，"啪"的一声拍在面前的几案上："如果诸位要问为什么，答案就在这枚巨子令上。"

仇景和田君孺都一脸困惑地看了过来，倪长卿却只是淡淡一瞥，便把目光挪开。

"莫非，这巨子令有什么问题？"仇景终于反应过来。

郦诺没有答言，而是看着倪长卿："倪右使，关于巨子令，你真的没什么想说的吗？"

倪长卿摇摇头："老朽根本不明白你的意思，你让我说什么？"

"好吧。"郦诺冷笑了一下，"既然如此，那我就直说了——这枚巨子令，是伪造的！"

此言一出，仇景顿时倒吸了一口冷气；倪长卿的脸颊微微抽搐了一下；田君孺则腾身而起，冲上前来，一把抓过巨子令，翻来覆去看了好几遍，急道："这……这怎么可能是伪造的？！"

"我也觉得匪夷所思，可遗憾的是，这就是事实。"郦诺冷冷道。

"郦旗主，这枚巨子令是令尊生前托付给老朽的，老朽昨夜又把它交给了你。"倪长卿从容道，"你现在却说它是假的，不知有何凭据？"

"我当然有凭据。"郦诺直视着他，"真的巨子令有一个暗藏的机关，想必倪右使不会不知道吧？"

"机关？"倪长卿眼中闪过一丝慌乱，"什么机关？我从来没听说过。"

郦诺冷哼一声，环视三人："诸位，巨子令中藏有机关一事，是咱们墨家的机密，我本来无权透露，但事已至此，我也无法再隐瞒了，所以……"她拿起案上的令牌，把正面朝向三人，指着"令"字中间短短的一竖："诸位请看这里，真正的巨子令，这个地方其实是可以活动的，把它向右旋转一圈，再摁下去，就会有意想不到的事情发生……"

仇景和田君孺紧盯着令牌，都下意识屏住了呼吸。

倪长卿则面无表情，眼睛一直看着别处。

郦诺卖了个关子，随即把巨子令平举，让盾形令牌的底端朝向三人，道："一旦启动机关，便会从令牌的底部射出三枚银针，每一枚都足有三寸长，且抹了剧毒。诸位可以想象，假如有人企图抢夺巨子令，会遭遇什么后果。"

仇景和田君孺恍然大悟，心想墨子他老人家果然是擅长机关制作的大师，竟匪夷所思地把巨子令做成了一种致命的暗器。

"只可惜，墨子他老人家这种巧夺天工的技艺并未流传下来，如今咱们墨家人数虽众，却再也没人有制造这种机关的本事。"郦诺说着，不无嘲讽地看向倪长卿，"所以，尽管倪右使仿造得很用心，把外形做得像真的一样，却终究只是虚有其表的赝品！"

说完，郦诺便把手中的赝品"哐当"一声扔回了案上。

至此，倪长卿伪造巨子令之事已经无可争辩。田君孺愤然走到倪长卿面前："倪长卿，你还有何话说？"

倪长卿苦涩一笑，闭上了眼睛。

"我问你话呢！"田君孺"唰"地拔刀出鞘。

"田旗主！"郦诺高声道，"事情还没搞清楚，请务必克制。"

"田老弟，少安毋躁，咱们总得给倪右使一个解释的机会嘛。"仇景也道。

田君孺这才悻悻收刀。

仇景走过来，拿起那块假令牌，好奇地看了看，忽然道："郦旗主，我有一事不明，想要请教。"

"仇叔有话请讲。"

"既然这巨子令中暗藏的机关是咱们墨家的机密，连我和田旗主都不知晓，你又是如何得知的？"

郦诺一笑："仇叔是不是想说，家父生性严谨，绝对不会让我接触巨子令，更不可能让我知道这上面暗藏机关？"

"以我对巨子的了解，确实如此。"

"这个秘密并非家父告诉我的，而是我六岁那年无意中得知的……"郦诺回忆了起来，眼神有些感伤，"想必您和倪右使、田旗主都还记得，那年，咱们墨家有一次大行动，家父把诸位召集过来，宣布了行动计划，并出示了巨子令。那天，白旗的郭旗主也在场。我当时性子顽劣，出于好奇，便躲在屏风后面偷听你们说话。聚会结束后，众人散去，只剩下家父和郭旗主还在说话。当时，家父就把巨子令放在书案上，我便偷偷溜过去，拿起来把玩，不料竟触动了机关。所幸郭旗主机敏，及时发觉，冲过来一脚踢飞了令牌……"郦诺苦笑着，摸了摸自己的脸颊："那一刻，那三枚银针就擦着我的脸颊飞了出去。事后，家父把我狠狠打了一顿，不过也是那顿打，让我牢牢记住了这件事。"

仇景恍然，却又想到什么："照你这么说，郭旗主之前应该就知晓这个秘密吧？否则怎么会有那种反应，一脚就把令牌踢飞？"

"没错，郭旗主知道。"

"这又是怎么说的？"田君孺悻悻一笑，插言道，"同为旗主，我和仇兄都不知道，他郭旗主又是如何得知的？"

"田旗主不必怀疑。"一直沉默的倪长卿终于开口，"这个秘密，在咱们墨家之中，向来只有四个人知情，那便是巨子、左右二使和'坛高九尺'的白旗旗主。田旗主你'坛高六尺'，在四旗中排名最末，不知道此事很正常。"

说到最后，倪长卿已语带嘲讽，似乎是在回敬田君孺方才的拔刀相向。

"哈，原来如此，那是田某自作多情了。"田君孺只能以自嘲掩饰尴尬。

仇景摸了摸鼻子，也微觉尴尬。

他是"坛高八尺"的青旗旗主，排名第二，自然也没资格知晓这个秘密。

"正因为此事向来只有四人知情，"郦诺接过话茬，看着倪长卿，"且家父和郭旗主都已不在人世，而樊左使又失踪已久，所以右使便以为，这个秘密只剩下您一人知晓了，因此才放心大胆地交给我一枚伪造的巨子令，以为我绝对看不出来，对吧右使？"

这回轮到倪长卿尴尬自嘲了："也许，这就叫人算不如天算吧。"

"那右使能不能解释一下，"田君孺乜斜着眼，"你伪造巨子令，企图瞒天过海，到底是在算计什么？"

"老朽未曾算计什么，只是在万般无奈之下，为了维护咱们墨家的稳定，才不得不出此下策。"

"哦？"田君孺冷笑，"如此恶劣的偷梁换柱之举，怎么到了您倪右使嘴里，就变成是为咱们墨家考虑，甚至还有点儿忍辱负重的味道呢？"

郦诺知道倪长卿必有难言之隐，便道："田旗主，右使这么做固然不对，可我相信他一定有不得已的苦衷。咱们让他把话说完。"

倪长卿一声长叹："事已至此，我也没什么好隐瞒的了。只是，此事说来话长……"

"没关系，咱们有的是时间，您慢慢说。"田君孺一屁股坐回了自己的坐席。

仇景闻言，也回到了自己的座位上。

"事情得从两年前的冬天，也就是巨子遭遇毒手的那天说起……"倪长卿目光邈远，神色苍凉，"当时的情况，诸位也都清楚，朝廷疯狂捕杀天下各郡国的游侠豪强，咱们墨家虽一直藏于暗处，却也难逃此劫。自三年前郭旗主遇害之后，朝廷的剿杀行动愈演愈烈，绞索也渐渐逼近咱们巨子所在的东郡濮阳。

"那年冬天，有人暗中向朝廷举报了巨子，诬称巨子是濮阳当地一霸。于是，刘彻便派了一个内朝官出使濮阳，抓捕了巨子。诸位应该还记得，巨子是在那天午后被捕的，但诸位不知道的是，巨子被捕之前，也就是那天早上，曾经跟一个代号'精卫'的人暗中接头，此人是咱们潜伏在官府的一名卧底，据说职位不低。那天，我也随巨子一道去了，但未睹其面，也不知精卫的真实身份。我只知道，精卫可能已经察觉朝廷要对巨子动手，于是向巨子示警，劝他赶紧撤离。然而，正如诸位所知，巨子最终并没有走……"

郦诺、仇景、田君孺都是第一次听到"精卫"之事，不禁讶然。尤其是郦诺，父亲被害之时她在外地执行任务，不在濮阳，等到得知噩耗已是多日之后。虽然事后她也了解了父亲遇害的大致经过，但却万万没想到父亲事先得到过示警。

"倪右使，"郦诺忍不住道，"既然家父已从精卫那里得到示警，为何最后还是没走？"

倪长卿苦笑了一下："你也知道，自从朝廷开始打击游侠，江湖上便人人自危，随时都有各种消息疯传，咱们墨家也经常收到各种示警的情报。而令尊的为人你最清楚，从不因各种小道消息而自乱阵脚，更看不起那些稍有风吹草动便逃之夭夭的人。再者，精卫当时得到的情报也很模糊，多半还是居于推测，加之咱们的很多弟兄都在濮阳，所以巨子才不愿弃众而逃。不过，巨子生性谨慎，为防万一，他虽然人没离开濮阳，却还是未雨绸缪地做了一件事……"

听到这里，郦诺忽然眸光一闪："是不是家父在被捕之前，已经把巨子令转移了？"

倪长卿点点头："正是。"

仇景和田君孺闻言，既恍然又惊诧。

"那右使可知，巨子将令牌转移到了何处？"仇景紧跟着问。

倪长卿迟疑了一下，叹了口气："巨子将令牌交给了精卫，然后命他……转交给了盘古。"

"盘古？！"田君孺一听便瞪圆了眼，"为何要交给盘古？"

仇景闻言则微微皱眉，没说什么。

郦诺略为思忖，便已明白了父亲的用意，遂道："倪伯，家父此举的本意，是不是万一他遭遇不测，便让盘古继任巨子？"

倪长卿又长叹一声，算是默认了。

"这我可不答应！"田君孺霍然起身，"盘古长年潜伏于朝，得享刘彻给他的高官厚禄，就算没有变节，只怕也早已丧失斗志了。眼下他的屁股究竟坐在哪一边，谁也说不清，让他当巨子，岂不是把咱们墨家往火坑里推？！"

倪长卿苦笑了一下："田旗主所言，虽说有些武断，却也不无道理。不瞒诸位，老朽在这件事情上也犹豫了许久。按说身为右使，理应遵奉巨子遗命，率诸位弟兄一同拥立盘古，听从他的号令。然而打心眼儿里，老朽又不敢对盘古寄予全盘信任，理由与田旗主大致相同。是故，自巨子去世后，老朽便一直纠结于此，夙夜忧思，难以决断。最后，念及巨子之位不可久悬，又见郦旗主日渐果敢有为，大有巨子当年遗风，老朽遂下定决心，不惜违背巨子遗命，暗中命人仿造了一枚巨子令……"

至此，郦诺终于明白了倪长卿的良苦用心，心中颇为感动。她知道，倪长卿一直对父亲忠心耿耿，要做出违背父亲决定的事，他的内心一定经历了异常痛苦的煎熬。

仇景和田君孺听完，也同时恍然。

想起方才对倪长卿出言不逊，甚至拔刀相向，田君孺不觉面露愧色，忙抱拳道："田某适才多有得罪，冒犯了右使，还望您老海涵。"

倪长卿笑着摆摆手："不知者无罪，田旗主切莫放在心上。何况老朽伪造了巨子令，分明是有错在先，而田旗主适才所为，则是在维护咱们墨家的规矩，更无足怪。"

郦诺看着倪长卿，想起父亲之死，一个困扰了她许久的问题再次冒上心头：到底是什么人向朝廷告发了父亲？此人究竟是与父亲有过节的江湖之人，还是墨家的内部成员？假如是后者，那么这个内奸存在一日，墨家岂不是一日有倾覆之危？！

未央宫的温室殿北面有一片靶场，天子刘彻在政务之余经常来这里练手。

此刻，靶垛上已经插着六七支羽箭，却都射在了外围，没有一支正中靶心。刘彻站在一百步开外，手里握着一张精致的牛角弓，眼中浮起一丝懊恼。

他深长地呼出一口气，定了定神，又搭上一支羽箭，"咯吱"一声把牛筋弓弦拉开了九成。不是他不想拉满，而是接连射出多箭之后，此时的右臂竟有些酸痛，已然心有余而力不足。

这是一张三石的强弓，连常年征战的军中猛将也不见得人人可以拉满，但刘彻一向自恃悍勇，所以方才那几箭都有意拉了满弓，以致体力不免有些透支。

尽管如此，刘彻还是不甘心，遂咬肌一紧，忍着手臂的酸痛，强行把弓弦拉到了极限。

箭镞瞄准了远处的靶垛，却微微颤抖着。

将要松开手指的瞬间，刘彻眼角的余光瞥见一个英武的身影大步走进了靶场。稍一分神，呼啸而出的羽箭竟然擦着靶垛飞了出去，"噗"的一声射入了黄土之中。

刘彻苦笑，把弓扔给侍立一旁的宦官，对快步走来的霍去病大声道："你小子早不来晚不来，一来朕就脱了靶，你说你该当何罪？"

自从漠南之战后，霍去病便深得刘彻的赏识和宠信，遂与卫青一样，被赐"自由出入禁中"的特权，可以随时觐见天子，无须事先奏报。

霍去病走到跟前，躬身行礼，微然一笑："天子之箭，本以天地为靶场，不以草垛为鹄的，例无虚发，射在哪儿都不算脱靶，臣何罪之有？"

刘彻哈哈一笑："你何时也学得如此巧言令色了？"

霍去病笑而不语。

"那你说说，天子之箭，不以草垛为鹄的，该以何者为目标？"

"陛下自有韬略，何需臣来饶舌？"

"朕就想听你说。"

霍去病又笑了笑："如今天下晏然，唯北地边患频仍，陛下之箭，自然是射匈奴了。"

刘彻朗声大笑，当胸捶了他一拳："上天既然把你赐给了大汉，朕又何愁边患？再来几场漠南之战，匈奴必灭！"

霍去病闻言，脸色忽然微微一黯。

"怎么，"刘彻看着他，"几个月没上战场，是不是手痒难耐了？"

"陛下圣明。臣整天守着那个活死人，的确有些气闷。"霍去病苦笑了一下，"不过臣今天来，非为请战，而是有要事向陛下禀报。"

刘彻一听，当即挥手屏退了身边的那些宦官。

"是关于於单的吗？"

"是。"

"说吧。"

"於单表面臣服于我大汉，实则心怀异图。臣斗胆以为，此人日后必成大患。"

"何以见得？"刘彻神色一凛。

数日前，赵信刚刚向他禀报，说於单十分感念大汉恩德，而此刻霍去病的判断却与之大相径庭，让刘彻不免诧异。

"回陛下，臣派人对他进行了试探。"

"哦？说具体点儿。"

"臣派了一名漠南之战中俘获的匈奴将领，此人乃於单旧识。臣让他以潜入我朝的名义暗中接触於单，结果於单便泄露了心迹，一心想让此人帮他逃归大漠，夺回单于之位。"

在青芒这个环节上，霍去病不得不撒了谎。

因为，他已决定自己去查清漠南之战的真相和青芒的真实身份，所以在此之前，他暂时不想把青芒暴露给皇帝。

"於单身为匈奴太子，被伊稚斜篡了单于之位，自然想要报仇雪恨，夺回大权。平心而论，他这么想也属人之常情，不好据此便说他心怀异志吧？"

"当然。如果仅止于此，臣也不会说什么。不过，於单身上还藏着一个秘密，却一直瞒着陛下。"

刘彻眉头一蹙："什么秘密？"

"於单手上有一样东西，叫'天机图'……"

"天机图？"刘彻的神色凝重了起来，"这是何物？"

"臣目前还无法确定，但於单一提到此物便三缄其口、讳莫如深，所以臣料想，此物一定非同小可。"

刘彻眉头紧锁，半晌才道："干得不错，继续探，务必把天机图的秘密和於单的企图给朕查个水落石出！"

"臣遵旨。"

"需不需要朕给你多安排一些人手？"

"目前暂且不必，若有需要，臣再向陛下请旨。"

"好吧。你自己凡事小心，切不可孤身犯险。"刘彻露出关切的神色，"朕可不想看到你有任何闪失。"

"谢陛下！臣谨记。"

霍去病行礼告退。

刘彻一直站在原地目送霍去病远去，陷入了沉思。

倘若於单手上真的藏着什么"天机图"，而此物又的确干系重大的话，那么这家伙便真是居心叵测了。而翕侯赵信此前还在替於单打包票，又是安的什么心？他到底是受了於单的蒙蔽，还是在妄言欺君？还有天机图的事，赵信是否知情却隐瞒不报？此外，伊稚斜的女儿荼藭居次亲自带人潜入长安，会不会也是冲着天机图而来？

"来人！"刘彻猛然发一声喊。

不远处的宦官慌忙跑了过来。

"传张汤即刻入宫。"

"是。"

这几天，青芒一直在苦苦打捞自己的记忆。

於单坚称早已把"天机图"交给了某个接头人，虽然青芒怀疑他没说实话，但仅是出于直觉，并没有任何证据。要想弄清真相，唯一的办法只能是找到当初的那个接头人。然而，对于青芒十不存一、支离破碎的记忆而言，要忆起当初究竟让於单到什么地方、用什么方式与人接头，实在是一个过于艰难的任务。

当然，也有一个办法，就是再去质问於单，逼他说出接头地点和联络方式。可青芒又一想，如果他存心隐瞒，随便撒个谎就行了，或者推说时隔太久，他已经忘了，那也只能干瞪眼，拿他没辙。

所以想到最后，青芒还是只能从自己残破的记忆中寻找答案。

一连数日，青芒想得头痛欲裂，却始终一无所获。

这天，天色已然大亮，又是一夜未睡、苦思无果的青芒刚迷迷糊糊合上眼，便被外面猝然响起的一阵叫骂声惊醒了。

"你这遭瘟的贼猢狲！又偷腥，看老娘不撕烂你的嘴！"

潘娥扯着嗓子破口大骂。

"你别诬赖好人,那是耗子干的,不是我……"

"还敢顶嘴,长能耐了你……"

青芒从床上翻身坐起,睁着布满血丝的眼睛,不由得苦笑。

想必是杂役郭小四又从厨房里偷东西吃了。这一幕几乎隔几天就会上演一次,大伙儿也都见怪不怪了。

青芒披衣下床,走出去打开院门,准备帮郭小四说几句好话。

潘娥正拿着根扫帚在大院里追打郭小四。这小子十五六岁,瘦得像根麻秆,所以身轻如燕,"嗖"的一下蹿上一棵榆树,害潘娥在下面团团转,叉着腰直喘粗气。

"你下来,帮我去西市跑一趟腿,老娘便饶了你。"

"去西市干啥?"

"找铁锤李,老娘吩咐他打了些菜刀锅铲,赶紧去取,后厨的菜刀都切不动了。"

"我不认得他。"

"你这遭雷劈的,哪来那么多屁话!西市铁匠铺就一个铁锤李,一问都知道,快给老娘滚下来,麻利地!"

青芒笑了笑,正想开口说什么。忽然,他猛地顿住了,脑中"唰"地闪过一道光芒。

"到了长安,你去西市铁匠铺找铁锤李,务必把东西交到他本人手上……"

这句话猝不及防地在他耳边响起,而且分明是他自己的声音。很显然,这一定是他当初把天机图托付给於单时说的话。

苦思多日,这块记忆的碎片终于还是从忘川中被他打捞上来了!

青芒心中掠过一阵悸动。

他赶紧掩上院门,闭上眼睛,尽量不移动身体,仿佛生怕一动就什么都想不起来了。

慢慢地,他看见了一幅画面。画面很黑,很模糊,似乎是一个伸手不见五指的黑夜,有个人和於单各乘一匹马,在荒野上狂奔,两人都穿着匈奴的裘皮戎装。

阿檀那!

这是青芒第二次"看见"阿檀那。

身后数十丈外,一条由火把组成的长龙紧紧咬着他们,并且渐渐迫近。

"糟了！"於单的速度忽然慢了下来，用匈奴语发出一声低低的惊呼。

阿檀那扭头一看，於单的坐骑正口吐白沫，明显快撑不住了。他不得不跟着放慢马速，举头四顾。

所幸，前方出现了一片不大的白桦树林。

"走，进林子！"阿檀那也用匈奴语道。

两人迅速驰进林中，翻身下马。阿檀那把自己的坐骑交给了於单，道："待会儿我把追兵引开，你只管往南跑，十几里外就是汉大行令韦吉的行营。我都跟他交代过了，你可以信任他，他会帮助你去长安。"

"跟我一起走吧，你留下来太危险了！"於单焦急道。

阿檀那望着树林外越来越近的追兵，苦笑道："一起走，咱俩谁都逃不掉。"

於单重重叹了口气。

"记着我托付你的事。"阿檀那拍了拍紧系在马鞍上的一个东西，"到了长安，你去西市铁匠铺找铁锤李，务必把东西交到他本人手上。"

"这天机图究竟是何物事，为什么连伊稚斜也在找它？"

"这你就不必问了，你只管把东西安全送到长安。"阿檀那淡淡道。

於单若有所思，旋即一笑："放心吧，只要我还活着，它就丢不了。"

"接头暗号记住了吗？"

"维天有汉，鉴亦有光。"於单道，"对方回应：天女机杼，银汉迢迢。只要暗号对了，就把东西交给他。"

……

画面消失。青芒微微一震，倏然睁开眼睛。

维天有汉，鉴亦有光？！

他一个箭步冲回屋里，跑到屋角的一口木箱前，掏出钥匙打开铜锁，盖子一掀，扒开里面的衣服，取出那只黑布包裹，找到那块写有血字的布片，展开一看——

果不其然，正是这八个字！

如果不是忆起这一幕，眼前这块布片和八个血字早就被他抛诸脑后了。没想到，这八个字竟然就是交接天机图的暗号！

谜题得解，青芒心头涌起一股惊喜。

事不宜迟，只要到西市找到铁锤李，不仅马上可以弄清於单是否撒了谎，而且能弄清天机图究竟是什么东西，以及自己跟天机图到底是何瓜葛。

郦诺拄着拐杖，一瘸一拐地穿过一个月亮门，走进一座静阒的小院。

这里是倪长卿的下榻之处。

两名武士站在院子里聊天，一看到郦诺，赶紧迎上前来。他们是倪长卿的贴身侍从，一个叫石荣，一个叫刘五。

"郦旗主，您怎么来了？"石荣道。

"我找右使，劳烦通报一声。"

石荣面露难色："这个……他老人家还没起呢。"

"谁说我还没起？"屋门"吱呀"一声打开，倪长卿走了出来，"况且就算是没起，你们也得叫醒我，怎么能对郦旗主这么说话？"

石荣和刘五慌忙俯首，诺诺连声。

"不怪他们，是我来得早了……"郦诺忙道。

倪长卿抬手止住她，仍对两个侍从道："你们给我听清了，郦旗主马上就是咱们墨家的巨子了，再有丝毫怠慢，当心家法处置！"

石荣和刘五一惊，下意识看了郦诺一眼，连连赔罪。

郦诺一边敷衍着，一边在心里苦笑：看来倪长卿一天不把自己推上巨子位，是一天也不会"善罢甘休"了。

二人进屋坐定，略加寒暄，郦诺便道："倪伯，眼下巨子令在盘古先生那儿，即使他暂时不能继任，晚辈也不该僭越……"

倪长卿抚须一笑："老朽正打算去找你商量此事呢。"

"哦？您说。"

"老朽准备联络盘古，把咱们商议的结果告诉他，然后请他……交还巨子令。"

郦诺大为惊诧："晚辈以为不妥。"

"有何不妥？"

"家父既然把巨子令交给了盘古，咱们便要尊重他老人家的遗愿。"

"巨子诚然有此遗愿，可总得盘古本人愿意吧？"

郦诺眉头微蹙："您的意思是，盘古不愿意？"

"他如果愿意的话，早就跟我联络，完成任职仪式和权力交接了，可事实是这两年他一直悄无声息，这说明什么？"

"也许他只是无暇顾及呢？"

"这么大的事情他都无暇顾及，那只能表明他没有以大局为重。既如此，本使又怎么敢放心把墨家交给他？"

郦诺略为思忖，道："晚辈以为，除非盘古先生本人明确表态不想当巨子，否则咱们无权让他交还巨子令。"

倪长卿点点头："好吧，那老朽就先征求一下他的意见。不过郦旗主，咱们可得说好了，若盘古愿意交还，你可不许再推托了。"

郦诺淡淡一笑："若果如此，晚辈自然责无旁贷。"

"好！老朽就欣赏你这种气概！"倪长卿大喜。

"对了倪伯，晚辈今天来，是有一事想要请教。"

"你说。"

郦诺想着什么，双眼似乎蒙上了一层雾霭："当初家父遇害，晚辈不在濮阳，等我闻讯赶回，已然……已然物是人非，而当时您另有任务，也离开了。这两年咱们虽然偶有见面，但一直没有机会深谈，所以今日，晚辈想听您亲口说说，家父遇害当天到底发生了什么。"

倪长卿神色一黯，眼眶有些湿润，沉吟片刻后，才慢慢讲述了起来……

第十五章

机关

志不强者智不达，言不信者行不果。

——《墨子·修身》

青芒身着便装，策马出了丞相邸，没走多远，便发现身后有人跟踪。

让青芒既意外又好笑的是，跟踪者居然有两拨，而且相互之间似乎并不知情。头一拨有三个人，跟得很紧，距他只有三四丈远；后一拨有两人，与他相距六丈开外。

前者明显就是几天前跟踪他的那拨人，而后者隔得较远，看不清相貌，不知是何来头。

青芒佯装不知，快马加鞭地往前驰了一段，突然拐进了一条巷子。两拨跟踪者赶紧一前一后跟了进去。

这一带的巷子纵横交错，不消片刻，前面的三名跟踪者便丢失了目标，只好勒住缰绳，茫然四顾。不一会儿，后面的两骑也追踪而至。双方打了个照面，先是一愣，继而无奈地对视着，目光既尴尬又警惕。

他们并不知道，此时青芒正匍匐在不远处的一处房顶上，冷冷地盯着他们，嘴角挂着一丝恶作剧般的坏笑。

僵持片刻后，前面那三名跟踪者率先挪开目光，拍马欲走，对方一人忽然沉声道："站住！"

青芒心中一动，立刻有了一个判断。

这种口气，显然是官府之人惯用的。

那三人怔了怔，同时扭头盯住这两人，目光中陡然带上了一丝狠厉。

"你们是何人？"方才那人继续喝问，"在此鬼鬼祟祟做什么？"

果然是吃皇粮的。

青芒确认了自己的判断。可问题在于：他们是谁派来的？张次公吗？

那三人始终不回话，眼中却已有了杀机。

看来，自己上回对他们的判断是对的。青芒想，这三个定是久经沙场的行伍之人，所以面对危险非但毫无惧色，反而斗志昂扬。

另一头这两人似乎也感到了杀机，同时把手放在了腰间的刀柄上。方才那人又厉声道："再不回话，休怪老子不客气了！"

那三人交换了一下眼色，居然发出几声怪笑，接着突然抽刀，同时策马扑了过来。

这两人也不示弱，挥刀迎了上去。

双方瞬间杀成一团。

青芒在屋顶上冷眼旁观，发现这两拨人的身手都不弱。尤其是那三个不说话的家伙，刀法异常凶悍，还不时发出一两声怪叫，在气势上便已稍胜对方一筹。

这边两人虽然稳扎稳打，但终究是以二敌三，渐渐落了下风。

看着看着，青芒心里忽然闪过一个念头：这三个凶悍的家伙会不会是匈奴人？

就在这时，方才喝问的那人像是发现了什么，忍不住喊了一声："你们是匈奴人？！"

果不其然！

青芒不禁眉头微蹙：这几个匈奴人到底什么来头，为何要跟踪自己？

刚这么一想，他便猛地忆起那天晚上於单跟他说过的几句话：

"最近走暗路的时候当心点儿，可别被人抹了脖子。"

"一个堂堂的匈奴左都尉叛逃汉地，你觉得伊稚斜会无动于衷？"

"杀手早在十余日前便已潜入长安了！"

难道这几个家伙真是伊稚斜派来杀我的人？

无论如何，这两拨人的身份还是大致有了眉目。虽然下面打斗正酣，青芒却已无心观战，旋即起身，悄然离开。

青芒策马从巷子里出来，左右看了看，没发现有何异常，便朝茂陵南门疾驰而去。

然而青芒并不知道，从他一出现在巷口，便有一双眼睛盯住了他。

这是一个女子，一身贵妇装扮，头戴帷帽，轻纱遮面。

她站在斜对面的一个首饰摊前，用眼角的余光看清了青芒的一举一动。她身边站着一个侍女模样的人，手里牵着两匹马。

"您所料不错，看来乌拉尔他们还是跟丢了。"侍女低声嘟囔，"真是一群废物！"

贵妇冷然一笑，却不说话，转过身来，轻盈地跃上马背。侍女也跟着翻身上马。

两骑不远不近地跟上了青芒，扬起一路黄尘。

长安的西市位于横门南侧，与东市隔街相望。

西市以手工业作坊为主，其中既有官营也有私营。兵器、铸币等作坊通常由官府掌控，而马具、皮革、铁器、陶器等日用品作坊多为民间私营。

铁器坊基本都集中在西市的东南角。青芒从东门进入，稍加打听，没费多少工夫便找到了铁锤李的铺子。

铺子临街，门脸简陋，檐下斜挑着一面招子。招子烟熏火燎，颜色莫辨，不过隐约还可认出篆体的"铁锤李"三字。青芒把马系在一棵树下，却不急着过去，而是抱起双臂，斜倚树干，远远打量了起来。

六七个壮汉光着膀子在铺子里忙活。炉火通红，把他们身上的汗水映得闪闪发亮。一片叮叮当当的敲打声中，夹杂着风箱呼哧呼哧的急喘；间或有铁器探入水中淬火，随着"呲呲"的声响传来，顿见水槽上腾起团团白烟。

一家看上去再正常不过的铁匠铺，会藏着什么秘密？

青芒走进了铺子。

一个二十来岁的年轻人放下手里的活计，斜眼看着他："客官有何需要？"

"我找你们师父。"青芒扫了屋内众人一眼，凭直觉便断定铁锤李不在其中。

"师父不在，有事跟我谈。"

"你做得了主吗？"

"当然。"

青芒看着他，微微一笑："当真？"

"怎么，"年轻人眉毛一挑，"瞧不起我？"

"那好，你听着。我要三十一把锄头、四十六根铁锹、五十二把镰刀、七十七件犁头，外加九九八十一支铁镐。对了，还要一百三十七副门环。"青芒连珠炮般报了出来，却始终面含笑意，"价钱好说，不过三日之内，必须交货！"

年轻人顿时蒙圈，眨巴了十几下眼睛，才道："价钱好说？那我说要你十金，你干不？"

"成交。"青芒从怀中掏出一块金饼，"当"的一声扔在旁边的打铁墩上，"这是定金。不过丑话说在前头，三天后交不了货，你们要倒赔我三倍的钱。"

此言一出，整座铺子瞬间安静了下来，所有人都扭头瞪着他。

一个正在抡大锤的大块头操起大锤就走了过来，往青芒跟前一站："小子，你是来找碴的吧？"

这家伙足足高出青芒一个头，有如一尊铁塔。

青芒从容一笑："老兄，你见过找碴的一来就给你扔金饼吗？"

"把钱捡起来，滚！"大块头恶狠狠道，"趁老子还没发火。"

"开门做生意，和气生财。"青芒叹了口气，"你们这么对待客人，就不怕砸了铁锤李的招牌？"

"老子先砸了你的脑袋！"大块头"呼"的一下抡起了大锤。

"铁柱，不得无礼。"

一个慢条斯理的声音传了过来。

声音很轻，铁柱却像挨了一鞭一样瑟缩了一下。

铁墩旁一个三十多岁的麻脸汉子扔掉手里的铁钳，拍了拍手，走到青芒面前，冷冷看着他："这位客官，我就是铁锤李。很抱歉，你的活太多、太急，我们接不了，你还是另请高明吧。"

青芒和他对视着："我找的是铁锤李。接不接，都得他本人说话。"

旁边的铁柱一听，眼睛立马又瞪圆了。麻脸汉子瞟了他一眼，铁柱立刻蔫了。

"我刚才说了，我就是。"麻脸汉子淡淡道。

"别蒙我了。"青芒一笑，"铁锤李在西市成名至少已经三十年，可老兄你年不过四旬。你总不会告诉我，你六岁就开始打铁了吧？"

麻脸汉子一怔，撇了撇嘴："找我师父，想干什么？"

"有笔交易，得跟他老人家面谈。"

"交易？"麻脸汉子冷笑，"就你刚才那些乱七八糟的玩意儿？"

"当然不是。"

"那你什么意思？要我们吗？"

"老兄见谅。我若不故作惊人之语，又怎么见得着铁锤李他老人家？"

"那你以为，这么一惊一乍的，你就能见着了？"

"总得试试。"

"那你现在试过了，请回吧。"

"老兄如此拒人于千里之外，就不怕耽误了尊师的大事？"

麻脸汉子眯起眼睛，又打量了青芒一下："你到底是什么人？为何找我师父？不把话说清楚，你休想见。"

"对不起，这些话，我只能跟他老人家当面说。"

麻脸汉子冷哼一声，扭头就走："铁柱，送客！"

铁柱早就憋了一肚子火，闻言大喜，一个大步跨上来，左手猛地揪住青芒的衣领，右手把铁锤高高举起，大声喊道："滚！"

这一声震耳欲聋，差点儿没把青芒的耳屎震出来。

青芒无奈一笑："你这么抓着我，我怎么走？"

铁柱重重哼了一声，左手暗暗运力，打算把青芒一把提起来扔街上去。青芒仍旧微笑着，右手仿佛不经意地往他手腕上一搭，然后向下一掰，铁柱顿时发出一声哀嚎，整个人不由自主地跪了下去。

"铁柱兄弟，怎的行此大礼？万万使不得！"

青芒故作惊诧，伸出左脚把铁柱右手上的大铁锤死死踩在地上，右手仍然紧抓着他的手腕，同时还把自己的左手背在身后，一副轻松潇洒之态。

麻脸汉子和其他大汉见状，不禁勃然大怒，个个抄起家伙围了上来。一时间，他们用刀、剑、斧头、镰刀、菜刀纷纷逼住了青芒。

"你们都不嫌丢人吗？"

千钧一发之际，里屋传出一个低沉喑哑又威严十足的声音。大伙儿生生顿住，面面相觑。

青芒暗暗一笑，心想这个铁锤李还真是沉得住气，忍到现在才吱声。

"都愣着干吗？还不把人请进来？"里头那人又道。

麻脸汉子瞪着青芒，瓮声瓮气道："请吧。"

"多谢。"青芒笑着放开了铁柱。

铁柱慌忙后退几步，抱着手腕疼得龇牙咧嘴。

尚冠前街的宅子里，倪长卿一边回忆，一边对郦诺娓娓道来。

那是元朔四年深冬的一天，濮阳城大雪弥漫。墨家巨子郦宽一大早便接到卧底精卫派人送来的密信，要求与他在城东的一家茶肆见面。郦宽随即带着倪长卿和几个贴身侍从前往。到了茶肆后，郦宽只身进入事先约定的一个包间，与精卫密谈了小半个时辰。出来后，郦宽神色凝重。倪长卿忍不住询问。郦宽沉默良久，才道出了事情原委，说精卫得到消息，有人暗中向朝廷举报了他，称其表面虽是商人，实为濮阳当地一霸，手下豢养了很多死士，还跟江湖上的不少游侠过从甚密，其中便有一年前被朝廷诛杀的郭解。据精卫的情报，刘彻对此事颇为重视，很可能会派遣密使前来濮阳抓捕郦宽，所以劝他赶紧撤离，以防不测。

倪长卿一听，慌忙劝郦宽听从精卫的建议。可郦宽却一笑置之，说这两年类似的消息多了，若稍有风吹草动便落荒而逃，岂不是一年到头都要东躲西藏，还能干什么事？倪长卿大为焦急，说此事不仅关乎他个人安危，更关乎整个墨家的大局。郦宽便安抚他，说纵使自己出了事，也影响不了墨家大局。倪长卿惊问何故。郦宽说，方才他已将巨子令交给了精卫。若自己遭遇不测，便让精卫把巨子令交给盘古，由其继任巨子；若太平无事，精卫再把巨子令交回。

倪长卿虽然不太认同郦宽的做法，但事已至此，也不好多说什么，随即劝郦宽暂时到濮阳城外的据点躲避，等风声过了再回城。郦宽笑称倪长卿是惊弓之鸟。倪长卿说宁信其有不信其无，当一只惊弓之鸟也好过当一只待宰羔羊。

郦宽拗不过他，只好答应了。随后，一行人便来到了城南三十里外的弱水村，这里是墨家的一处秘密据点。安顿下来后，郦宽处理了手头的几件急务，其中一件需要派人送信到四十多里外的另一处据点。郦宽吩咐一侍从前往，倪长卿却拦住了侍从，说现在任何人都不得离开，信由他去送。

郦宽知道倪长卿是担心泄露了行藏，便把他拉到一边，劝他不必过于紧张，说手下这几个侍从已跟随多年，忠心绝无问题。倪长卿却说，现在是非常时期，原则上任何人都不可信任。郦宽苦笑，说照你这么说，岂不是连你也不可信任了？倪长卿点头说没错，眼下所有人都不可绝对信任，当然包括我，只不过相较其他人，我更牢靠一点儿而已。郦宽无奈，只好把信交给了他。

倪长卿随即动身，临走前还把整个村子的外围查了一遍，确认没有可疑情况后，才离开了弱水村。

然而，令倪长卿万万没料到的是，等他送完信，火急火燎地赶回来时，却见屋内屋外一片狼藉，几名侍从已倒在血泊之中，而巨子郦宽早已不知去向。

倪长卿悲愤莫名，发现一名侍从还没断气，便追问出了何事。侍从说，他刚走不久，便有一队官兵杀了进来，抓走了巨子。倪长卿又问是哪里的官兵。侍从说听口音，应该是京城来的，说完便咽气了。

由此可见，精卫的情报是准确的，抓走巨子的人，便是朝廷直接派遣的密使。

倪长卿强忍悲痛，立刻赶回城中找到青旗旗主仇景，把事情告诉了他，并与他商讨营救之策。仇景大惊失色，马上把手下人都撒了出去，全力追查巨子的下落。

当天日暮时分，一名安插在濮阳县廷的书吏终于探到消息，回报称：午后申时左右，巨子被一队长安来的禁军抓进了县大牢，可才关了半个多时辰，东郡太守蒙安国便突然带着大队人马来到县廷，逼迫县令把人交给他。当时密使恰好不在，县令和那些禁军无力阻拦，只能眼睁睁看着蒙安国劫走了巨子。据书吏打探，蒙安国随即就将巨子关进了郡府的监狱。

倪长卿大为诧异，追问蒙安国为何劫人。书吏说具体事由他也不太清楚，好像是蒙安国责怪朝廷来的人没跟他打招呼就随便抓人，分明没把他这个封疆大吏放在眼里。倪长卿这才弄明白，原来蒙安国是在跟朝廷来的人抢功。

不过这样也好。倪长卿想，如此一来，巨子一时半会儿还不会被抓去长安，只要人在濮阳，就可以不惜一切代价营救出来。

随后，倪长卿和仇景立刻组织了一支敢死队，准备当晚子时劫狱。

为了确保行动万无一失，仇景还出去奔走了一个多时辰，设法弄到了一份郡府监狱的地形图。

当晚亥时末，正当倪长卿和仇景要带人出发时，又一惊天噩耗传来——巨子已在郡府监狱中身亡。

消息是书吏带来的。倪、仇二人顿时如遭电击。

呆了半天，倪长卿才质问书吏从哪儿得到的消息。书吏说是听濮阳县令亲口说的。仇景大不以为然，说这一定是骗局，肯定是官府怕被人劫狱才故意放出的假消息。倪长卿也有同样的疑惑。但书吏却紧接着说，消息恐怕是真的。

他解释了原因：巨子被蒙安国劫走后，密使赶回，闻讯大怒，立刻带着县令和禁军去跟蒙安国要人。蒙安国却冷冷地告诉他们：郦宽畏罪自杀了。密使等人不信，随即赶到狱中，然后亲眼看见了郦宽的尸体。

书吏最后告诉倪、仇二人，密使和县令等人是空手回到县廷的，这也间接表明巨子的确遭遇了毒手。

仇景还是不死心，坚持要带人杀进郡府监狱，说活要见人，死要见尸。

倪长卿阻止了他，说再忍一忍，也许明天一早就会有确凿消息。

果不其然，次日清晨，郦宽的首级便被挂在了濮阳的城头上，旁边还贴着蒙安国亲笔签发的告示，称郦宽罪大恶极、死有余辜云云，极尽污蔑之能事。

仰望着那颗血淋淋的头颅，倪长卿和仇景目眦欲裂、悲痛欲绝。

当天夜里，仇景便不顾一切地带人把首级抢了回来，旋即入殓。然后，倪、仇二人带着一众墨者在郦宽的棺木前跪了一夜，也哭了一夜。

三天后，惊闻噩耗的郦诺才从外地日夜兼程地赶回了濮阳……

倪长卿哽咽着说完，看见郦诺早已泪流满面。

"贤侄，斯人已逝，你要节哀……"倪长卿自己红着眼眶，无力地劝慰道。

郦诺抹了抹眼泪，急切问道："倪伯，我有一事不解，咱们在濮阳城外的秘密据点不下十个，弱水村只是其中之一，朝廷密使怎么可能知道我爹躲在那儿？"

倪长卿长叹一声："这也是老朽一直以来的困惑。我想来想去，唯一的解释，便是巨子身边出了叛徒。"

"您是说我爹身边那几个侍卫？"

倪长卿点点头："那天，我之所以坚持要去送信，就是为了防止别人利用送信之机去告密。我怀疑我走之后，那几个侍卫中还有人也离开过弱水村。可问题是，这一点现在已然无从查证了。"

郦诺蹙眉思索："但是您刚才说，您赶回弱水村时，那些侍卫都死在了现场，这又如何解释？"

"或许，是朝廷密使认为那个内奸已无利用价值，就顺手把他除掉了吧。"

死无对证。除了这个理由，似乎也没有别的解释了。郦诺想了想，又问："那个朝廷密使究竟是何人，咱们都无从追查吗？"

"事后我也追查了，甚至还联络了盘古。"倪长卿无奈道，"但是盘古传话说，那个密使是刘彻直接派遣的内朝官，具体身份没人知道，即使贵为三公之首的丞相也不见得知情，更别说他了。"

汉朝初年，中央官制基本沿用秦朝制度，丞相权力极大，但汉武帝即位后，为了加强君权、削弱相权，便设立了以大将军为首的内朝，分夺以丞相为首的外朝权力。内朝官均为皇帝近臣，深受信任，常能参与决策并直接秉承皇帝旨意，故而虽无具体职掌，但实际权力却往往比外朝官更大。

"当时濮阳县廷的那个书吏不是见过密使吗？"郦诺又问

"这个我也问过了。书吏说，那个密使一直蒙着脸，从不以真面目示人，更不敢轻易暴露身份。就连濮阳县令也只是见到他所传的圣旨而已，不知其为何人。"

郦诺苦笑："他们很清楚，自己在做伤天害理的事，所以怕遭人报复。"

"是啊，这些朝廷鹰犬，大多是狐假虎威、色厉内荏之辈。"

"多行不义必自毙，我相信总有一天，他会跟蒙安国一个下场！"郦诺回想着往事，眼中浮出仇恨和轻蔑之色。

父亲遇难后，郦诺便把蒙安国锁定为头号杀父仇人，日夜计划着要行刺他。不料还未及动手，蒙安国便被刘彻召回了朝廷，以失职罪被贬谪，从官秩二千石的封疆大吏直接贬为六百石的小京官。郦诺闻讯后，马上一口气追到了长安，仍旧想杀他报仇。

可郦诺万万没想到，这回她还是扑了个空。

因为蒙安国死了，而且死得十分凄惨——被皇帝刘彻满门抄斩！

郦诺惊愕不已。过后才知道，蒙安国是因"私通匈奴"的叛国罪名被族诛的，至于具体的犯罪情由和事实究竟如何，她便不得而知了。

虽然蒙安国恶有恶报、死有余辜，父亲在九泉之下当可瞑目，但郦诺终究因为没能手刃仇人，内心一直充满了失落……

青芒跟着麻脸汉子走进里屋，感觉就像一脚踏进了一个黑黢黢的山洞。

屋子很大，却窗户紧闭，只点着几盏微弱的烛火，空气中泛着一股陈年的霉味，气氛颇有些阴森诡异。

青芒花了好一会儿才适应眼前的黑暗，依稀看见靠墙的榻上端坐着一个干瘪瘦小的老头儿。青芒有些意外，若非亲眼所见，很难相信此人便是大名鼎鼎的铁锤李。

麻脸汉子领着他走到屋子中间站定，然后站在了他身后。青芒觉得脚底有点儿软，低头一看，脚下是一块厚厚的羊毛地毯，已经脏得看不出颜色和图案。

"你是何人？找我何事？"

铁锤李声音沙哑，像是喉咙里堵着一口浓痰，让人恨不得帮他狠狠咳一下。

"先生不必知道我是谁，我只是受人之托，来跟先生讨教一件事。"

"说。"

"请问先生，是否读过《诗经·小雅》里的《大东》一诗？"

在来的路上，青芒经过一番搜肠刮肚，终于想起了"维天有汉，鉴亦有光"这八个字的出处，正是出自《诗经》。

"呵呵。"铁锤李森森一笑，"年轻人，你找错门了吧？居然来铁匠铺跟一个打铁的老汉谈诗论赋？"

青芒也笑了笑："我既然来了，先生不妨听我说完。"

"也罢。不过我警告你，老汉的耐心是有限的。"

"马上说到正题了，您的耐心肯定够用。"青芒收起了笑容，"请教先生，《大东》一诗中的'维天有汉，鉴亦有光'八个字，当作何解？"

铁锤李脸色一变，立刻从榻上跳了下来，动作轻盈得像一只鸟。

"你到底是谁？又是受何人所托？"

铁锤李瞬间就到了青芒面前，仿佛是飘过来的，轻功着实了得。青芒暗暗惊叹。

"我刚才说了，这不重要。"青芒似笑非笑，"还请先生回答我的问题。"

"小子，别给脸不要脸，我师父已经对你够客气了！"麻脸汉子站在青芒身后，对他这番不知所云的说辞早就不耐烦了。

青芒却置若罔闻，只定定地看着铁锤李。

这张脸沟壑纵横，像一张皲裂斑驳的老树皮。

双方对视了片刻，铁锤李才从牙缝里蹦出一句："天女机杼，银汉迢迢。"

青芒如释负重地一笑："先生，总算找到你了。"在听到这八个字之前，他还不敢百分百确定对方就是铁锤李。

"说，共工是你什么人？"铁锤李迫不及待地问道。

共工？！

天可怜见，青芒光回忆这个接头暗号就已经想破脑袋了，别的完全是一片空白，哪知道什么"共工"？不过铁锤李这么问，绝不会毫无来由，说明自己很可能正是从这个"共工"那里拿到天机图和接头方式的。

心念电转，青芒脱口而出道："他是我师父。"

"他在哪儿？他自己为何不来？"铁锤李急切道，"你可知道，我已经在这里等了他整整四年了！"

"对不起，我师父他老人家……"

"他怎么了？"

"他……他过世了。"

如果天机图的确是共工交给自己的，那么包裹里写有接头暗号的血字布条必定也是。青芒之前早已推测过了，人只有在万分危急、被迫无奈的情况下才会用血字留下重要讯息。由此可见，共工很可能已经遭遇不测。所以，青芒现在只能这么回答。

铁锤李一震："共工四年前便已失踪，没人知道他在什么地方。你快告诉我，他到底发生了什么？又是怎么死的？"

青芒心里叫苦不迭，嘴上却从容道："先生，这些事咱们过后慢慢再说。我今天来是想问您，三年前，师父委托我一位师兄把天机图交给你。我想知道，他交了没有？"

"你说什么？"铁锤李一脸惊诧，"你今天不是来送天机图的？"

果然不出所料，天机图还在该死的於单手上！

青芒苦笑："不是。"

铁锤李狐疑地盯着他："年轻人，我等了共工四年，可不是为了等你这两个字的。"

青芒叹了口气："抱歉先生，看来……事情出了岔子。"

"什么意思？"

"很明显，我那个师兄没有照师父说的办。"

"那这个家伙现在何处？"

青芒摇摇头："我也在找他。"

"照你的意思，这家伙带着天机图跑了？"

"先生放心，我一定会把东西找回来。"

铁锤李忽然怪笑了几声，并朝后面退了两步，斜眼看着他："年轻人，我刚才警告过你，我的耐心是有限的，你最好别要花招。"

青芒无奈一笑："我孤身一人，又在您的地盘上，哪敢要什么花招？"

话刚出口，青芒便感觉不对劲了——

他敏锐地听到了某种极为细微的机械传动的声音，同时猛然意识到了铁锤李刚刚后退两步的用意。

青芒立刻双足运力，准备急退。可就在这一瞬间，脚下的那块地毯突然凹陷，他整个身子往下一沉，旋即掉进了一个一丈多高的方形深坑中。

以青芒的身手，这种高度的陷阱本来是困不住他的，只要他双足一点，便可轻而易举地跃出去。可问题是他刚一落地，地上便突然弹出好几副铁环，"啪嗒啪嗒"地扣住了他双脚的脚踝和脚面。青芒低头一看，发现坑底是一块铁板，这些铁环正是从铁板里弹出来的。

好精密的机关！

原来麻脸汉子故意领他站到这块地毯上，下面就是个陷阱，只恨自己还是太大意了，竟然毫无察觉。

青芒不由得苦笑。

还没等他回过神来，一阵轰轰隆隆的机械传动声猝然响起，左右两侧坑壁各有一条铁链飞出，朝他的头部袭来。

两条铁链的前端各有一个精铁打造的"蛇头"，而"蛇信"竟然是一支寒光闪闪的利刃！

青芒脚被箍住，动弹不得，只能伸出双手，飞快地抓住那两只"蛇头"，令那两条"蛇信"在距他两颊不足一寸的地方生生止住。

可他刚刚松一口气，便听"啪嗒啪嗒"两声，从两只"蛇头"的下颌处又各自弹出一副铁环，分别把他的两只手腕牢牢箍住了。

原来，更煞费苦心的机关在这儿！

也就是说，这两条"铁蛇"的真正目的并不是杀死他，而是要诱他上钩，然后彻底锁住他。当然，如果是身手差的人，那就连上钩的机会都没有了，那两条"蛇信"会直接刺入他的脑袋。换言之，铁锤李这个机关就是"双保险"：功夫弱的，杀之；功夫强的，锁之。

青芒又是一阵苦笑，对着坑外大声喊道："铁锤李先生，你的机关术真是出神入化啊，在下领教了！"

坑外一片沉寂，仿佛所有人都走了。青芒正自纳闷，身前身后的坑壁再次响起机械传动之声。紧接着便有两杆精钢长矛从坑壁中激射而出，一杆射向他的面目，一杆射向他的后心。

此时青芒手脚被困，已是彻彻底底的"瓮中之鳖"，就算功夫再强也是避无可避……

"倪伯，还有件事，我一直很困惑。"郦诺接着说道，"到底是什么人，向朝廷举报了我爹？"

倪长卿沉沉一叹："咱们墨家长年隐于江湖，虽一向与世无争，但难免有一些仇家。加上巨子的表面身份是商人，生意场上也有不少对手，所以……"

"您认为，此人一定是咱们墨家之外的吗？"郦诺忽然打断他。

倪长卿一怔："你怀疑是咱们内部出了奸细？"

"难道没有这种可能？"

倪长卿眉头深锁："倒也不排除这种可能。巨子虽生性仁厚，但一贯赏罚严明。这么多年，被他惩处过的人不在少数，若说其中有人因怀恨在心而报复，似乎也说得通。不瞒你说，其实这一点我也怀疑过，可若真是内奸的话，他为何要向朝廷隐瞒'墨家'这个事呢？他完全可以如实指控你爹是墨家巨子，这样不是更能引起朝廷的重视吗？"

"也许，此人恨的只是我爹，并不想摧毁整个墨家……"

"这是个理由，但我总觉牵强。"

"除了怀恨报复这个动机，我觉得，告密者还有可能出于另外一个动机。"

"什么动机？"

郦诺直视着他，一字一顿道："借刀杀人，篡夺巨子位。"

倪长卿悚然一惊，显然并未从这个角度思考过。他"噌"的一下站起身来，在屋里来回踱步。"可即便此人借朝廷之手害了你爹，他凭什么认为自己一定能当上巨子？"

郦诺略为沉吟，用一种干练的语气道："只要满足两个条件，这个推测就能成立。首先，此人的级别一定不低，所以他认为，一旦我爹不在了，他当上巨子的可能性很大；其次，说不定他手中掌握了咱们墨家的什么机密，而这个机密会给他在争夺巨子位时带来优势。"

倪长卿忽然停下脚步，想着什么，眼中闪过一丝不安。

郦诺敏锐地捕捉到了，遂凝视着他："倪伯，您是不是有什么事情瞒着我？"

倪长卿呵呵一笑："连伪造巨子令的事都被你戳穿了，我还能瞒你什么？"

郦诺看出他是故作轻松，便道："倪伯，如果我刚才的推测是对的，那么这个内奸有可能就在咱们身边。换言之，咱们现在的处境非常危险，随时可能被出卖。所以，我希望您能对我开诚布公，这样咱们才能齐心协力对付这个人。"

倪长卿欲言又止，半晌才笑笑道："一早起来，还没吃东西呢，要不……我先去吃个饭，咱们回头再聊？"

"正好，我也还没吃。"郦诺一笑，"让他们把饭送过来，咱们边吃边聊。"

"呃……"倪长卿勉强点头，"也好，也好。"

正当青芒以为自己将命丧于此的时候，一前一后的两杆长矛分别在距他三寸开外的地方齐齐停住了——长矛的尾部仍在坑壁中，并未射出。

青芒盯着眼前的矛头，无奈一笑，又大喊道："铁锤李，现在只有我知道天机图的线索，你若是杀了我，就永远别想找到它了。"

"所以你现在还能开口说话。"铁锤李不知何时已蹲在了坑边，冷笑道，"要不你以为是老汉的机关出毛病了吗？"

"铁锤李，咱现在是一头的，你抓我毫无意义。"

"是不是一头的，得看你说不说实话。"

"我刚才说的都是实话。"

"是吗？那你接着说，共工是怎么失踪的？这几年他在什么地方？最后又是怎么死的？还有，天机图现在到底在哪儿？"

"你这么锁着我……"青芒一用力，把铁链挣得叮当乱响，"你觉得我会乐意说吗？"

"不乐意？那你就在这儿待着！"铁锤李站起来，举步想走，忽然又停下来，道："对了，差点儿忘了说，你张开耳朵，仔细听听，这是什么响动？"

青芒不解，照他说的仔细听了片刻，发现外面什么动静都没有，只有漏壶"滴答滴答"的声音单调而执拗地响着。

"漏壶？"

"没错。"

"你想说什么？"

"我想告诉你，这漏壶的水滴声，就是你的命。"

青芒越发困惑："什么意思？"

"准确地说，这水滴声，就是你剩下的命。"铁锤李得意一笑，"怎么？还没明白我的意思？"

青芒略一思忖："你是想告诉我，这漏壶的水滴声每响上一段时间，这两杆长矛就会突进一些，对吗？"

"哈哈，你还不算太笨。每过一刻，这两杆长矛便会突进一寸，你可以自个儿算算，你还剩多长的命。"

矛头离自己约莫三寸，也就是三刻之后，两杆长矛便会分别抵在自己的额头和后心上；而四刻之后，它们则会毫不留情地刺入自己的身体！

四刻，半个时辰。

在这半个时辰里，自己必须想出脱困之法，否则便会不明不白地死在这里。

漏壶的水依旧不紧不慢地"滴答"着，青芒不禁蹙紧了眉头。

铁匠铺斜对面的大树下，青芒留下的坐骑正悠闲地甩着尾巴。

那个头戴帷帽的贵妇和侍女站在一旁，一会儿望望铁匠铺，一会儿又看看这匹马，神情都有些焦灼。

"他进去有半个多时辰了吧？"

贵妇像是在自语，又像是在问侍女。

"应该有了，也不知搞啥名堂。"侍女道。

贵妇略一沉吟，断然道："回去通知弟兄们，立刻过来！"

侍女神色一凛，赶紧跃上自己的坐骑，疾驰而去。

贵妇凝视着铁匠铺，似乎在想着什么，眼眶居然微微泛红。

第十六章 受困

爱人者必见爱也，而恶人者必见恶也。

——《墨子·兼爱》

食案上搁着几样清淡的小菜，郦诺和倪长卿对坐着，各怀心思地扒着手里的一碗稀饭。

"倪伯，如果有什么事，您暂时不方便说，我也不逼你。"郦诺选择着措辞，"咱们可以换个话题。"

"瞧你说的，好像我真瞒了你什么似的。"倪长卿扒了一大口饭，含混不清道，"也罢，咱就聊点儿轻松的吧。"

"我要聊的这个话题，恐怕也不轻松。"郦诺扒了一小口饭，却毫无食欲，只能勉强吞咽。

倪长卿笑了笑："你想聊什么？"

"精卫。"

"精卫怎么了？"

"他当初既然事先得到了情报，就有可能还知道点儿别的什么，您事后就没有联络他问问看？"

"还真让你说着了，事后我还真想联络他来着。"倪长卿道，"本来他跟巨子都是单线联系，我也无从找他。不过我联络了盘古，想通过他跟精卫搭上线，当面跟精卫问个清楚。可你猜怎么着？盘古压根儿就不理我，说按照组织规矩，他不能向我透露精卫的身份。我没办法，只好请他传话，问题跟你刚才一样，想问问精卫是否知道点儿别的什么，可盘古直接就给我挡了回来，说精卫知道的并不比他多，甚至也不比我多。"

郦诺无奈一笑："这个盘古，还真不愧是墨者。"

倪长卿不解："此言何意？"

"墨守成规呗。"郦诺语带揶揄，"咱们墨家这么多弟兄，还真找不出一个像他这样死守规矩、不知变通的。我爹遇害这么大的事，难道他就没有义务帮着查一查？"

"他那么做，恐怕不是死守规矩……"

"那是什么？"

"不信任我。"倪长卿苦笑了一下，一口扒光碗里的饭，抹了抹嘴，"也许，他的怀疑跟你一样，认为告密者不仅是咱们内部的人，而且级别不低。我就符合这两个疑点。何况还有一点，根据大伙儿所知，事发当天，只有我一人离开过弱水村。所以，我的嫌疑最大。既如此，他怎么敢轻易透露精卫的情报给我？"

郦诺哑然失笑，不得不承认他说得有道理。

忽然，一个念头从她心里闪过：正如倪长卿自己说的，他的确是嫌疑最大的人，那么，告密者会是他吗？

郦诺被这个念头吓了一跳。

尽管从情感上，她很不愿意这么想，但是从理智上，她又不能不这么想。

可是，如果倪长卿真的是告密者，他又为何要不遗余力地推举自己继任巨子呢？莫非他认为我只是一介女子，且年纪轻轻，所以比其他几位旗主更易掌控？莫非他是想把我推上宝座当傀儡，然后他在幕后掌握实权？如此说来，伪造巨子令的动机就根本不像他自己说的那么冠冕堂皇，而是一个居心叵测的阴谋！

思虑及此，郦诺不禁惊出了一身冷汗。

疑心一起，眼前这个熟悉而面目慈祥的倪长卿，顿时变得陌生且令人生畏。

"倪伯，既然盘古不信任你，那你刚才说想联络他，让他交还巨子令，这可能吗？"郦诺忽然问道。

倪长卿朗声一笑："联络是由我联络，可最后出面的人肯定不能是我，而是你。"

"我？"

"当然是你。你想啊，在盘古看来，不管是我，还是老仇和老田，不都一样有嫌疑吗？咱们墨家现在唯一没有嫌疑的人，就是你；所以盘古唯一能信任的人，也只能是你。"

看着倪长卿真诚的表情，郦诺心里一下子又乱了。

她委实不愿相信倪长卿是谋害父亲的凶手。换言之，如果连自己一向尊敬信赖的这样一位长者都有可能暗藏阴谋，那这个世界上还有谁是可以信任的？

郦诺木然咀嚼着饭菜，味同嚼蜡，心乱如麻。

"饭都凉了，你瞧你这一碗饭扒拉这么久。"倪长卿起身，拿过她的碗，"别吃了，我让他们拿去厨房热热。"

郦诺回过神来："不用了，倪伯……"

"谁说不用？冷饭会把肚子吃坏的。"

就在这时，一阵拍门声猝然响起。

倪长卿皱了皱眉，放下碗，走过去打开房门。侍从石荣慌张地瞟了郦诺一眼，附在倪长卿耳旁说了几句，倪长卿顿时变了脸色。

"什么事，倪伯？"郦诺警觉道。

"哦，没什么，我出去办点儿事。你赶紧吃饭，别忘了热一热。"说完，倪长卿便带着石荣和刘五匆匆离开了小院。

郦诺一脸狐疑。

一前一后两杆长矛距离青芒都只剩下最后一寸了。

漏壶的水滴声依旧单调而执拗地响着。

好汉不吃眼前亏。青芒一度也想道出实情，先脱困再说。可问题是，如何让铁锤李相信自己真的失忆了，只记得联络地点和接头暗号，别的全忘了？又如何向他解释自己是"匈奴左都尉阿檀那"这件事？还有，让铁锤李知道天机图居然在匈奴太子於单手上，而於单眼下又被朝廷软禁了，他又会作何反应？要是把这些老底全兜了，自己固然可以暂时保住一命，可接下来的事态岂不是全然脱离了自己的掌控？

思前想后，青芒终究还是一筹莫展。

望着眼皮底下那根锋利的矛头，青芒近乎绝望的心里忽然灵光一闪：铁锤李既然是天机图的接收人，还能设计制造如此精密的机关陷阱，那他就绝不是一个普通的铁匠，背后肯定隶属于某个神秘势力；而普天之下最擅长机关术的不正是墨家吗？！

一想到墨家，青芒便立刻想起了郦诺。

如果她和铁锤李都是墨者，那么此刻除了她，还有谁能救自己呢？

仿佛溺水的人在行将窒息时抓住了一根救命稻草，青芒迫不及待地扯开嗓子大喊："铁锤李，你给我听着，咱们是一家人，你可别大水冲了龙王庙！"

上面悄无声息。

"别给老子装聋作哑！"青芒怒了，"快把老子放了，要不然我们旗主来了，让你吃不了兜着走！"

"旗主"二字显然起了作用，铁锤李那张沟壑纵横的脸终于出现在坑边，脸上明显有了惊诧的表情。

所料不错，铁锤李果然是墨者。

青芒暗自庆幸。

"小子，把话说清楚，你到底是谁？"铁锤李道。

"老子跟你一样。"青芒做出一副余怒未消的表情。

"好好说话，不然把你舌头割了。"

"那你给我听好了。"青芒抬头瞪着他，"敌以南方来，迎之南坛，坛高七尺，堂密七……"

铁锤李本来站在坑边，闻言立刻蹲了下来，紧盯着他："你是……赤旗的人？"

"废话！还不赶快把我放了？"

"不可能。"铁锤李满脸狐疑，"赤旗的人怎么可能知道天机图？"

"我说你这老家伙，咋就这么磨叽呢？"青芒不耐烦道，"你先把我放了，再去把我们郦旗主请过来，不就啥都清楚了？"

听他居然报出了郦诺的名头，铁锤李越发困惑，却又不敢完全相信他，顿时左右为难。

"铁老兄，我说了这么多，你还不肯信我是吧？"青芒眉毛一挑。

"我姓李，不姓铁。"铁锤李冷冷道。

"不管你姓李还是姓铁，归根结底咱俩都姓墨！"

铁锤李越发拿不定主意，只好保持沉默。

"好吧，既然你疑心病这么重，那我再告诉你一些秘密。"青芒叹了口气，"你可知道，一个月前，郦旗主和弟兄们在陵寝被困，是谁毅然挺身、出手相救的？还有前不久，郦旗主带人营救刑天幼子，却反遭禁军埋伏，又是谁冒死帮她躲过追兵、救下那娃儿的？"

"难道……是你？"铁锤李颇有些震惊。

"废话，不是我还能有谁？"青芒白了他一眼，"我可是郦诺的救命恩人，跟她的关系更是非同一般。她要是知道你这么对我，你说她会不会把你脑袋拧下来？"

听他居然说出这么多机密之事，铁锤李就算疑心再重也不敢再坚持了，随即纵身跳下，把手伸向坑壁底部的某个地方。

那里暗藏着机关按钮。

青芒松了口气——好歹算是躲过一劫了。

可就在这时，里屋的门突然被推开，一个低沉浑厚的声音蓦然传了过来："郦旗主是那种随便拧人家脑袋的人吗？"

我倒，这又是打哪冒出来的家伙？！

青芒心里叫苦不迭。

铁锤李闻声，连忙缩回手，纵身跳了上去，俯首抱拳："参见右使。"

倪长卿迈着沉稳的步履走了进来。铁锤李正是他的人。失踪数年的天机图终于有了线索，铁锤李自然要派人去向他禀报。

倪长卿走到坑边，低头看着青芒："年轻人，你说你是郦旗主的救命恩人，跟她的关系非同一般，那你能否告诉我，你叫什么？"

青芒瞥了他一眼："我凭什么告诉你？"

"不得无礼。"铁锤李呵斥道，随即凑到倪长卿耳旁，把青芒的情况大致说了下。

"哦？赤旗的人？"倪长卿又打量了一眼青芒，"那我怎么没见过你？"

"墨家的弟兄成千上万，你都见过吗？"青芒冷笑。

"年轻人，你的时间不多了，要是不想死，就老实回答问题。"倪长卿道。

"我没有义务回答你，除非……你把郦诺找来。"

"郦旗主岂是你想找就找的？"

青芒冷然一笑："你刚才不也听见了吗？我跟她的关系非同一般。"

"哦？怎么个不一般法？"

"我已经说了，我是她的救命恩人。"

"还有呢？听你的口气，不是还有别的关系吗？"

"还有……"青芒稍微迟疑了下，"这还用说吗？你年纪一大把的人，连这么明显的事都看不出来？"

倪长卿呵呵一笑："请恕老朽眼拙，实在看不出来。"

"你这老头儿也是闲得慌，非逼我说是吧？"

"是。"

"也罢。"青芒索性豁出去了，"我跟郦诺情投意合、心心相印，所以，我的命很金贵，你们赶快把我放了！"

"我什么时候跟你情投意合、心心相印了？"

郦诺的声音猝然响起，令在场的人都吃了一惊。

老天，你居然真的来了？！

青芒顿时哭笑不得。

郦诺拄着拐杖，在仇芷薇的搀扶下走了进来。倪长卿大为诧异："郦旗主，你……你怎么来了？"

"抱歉倪右使，现在是非常时期，我认为咱们彼此都应开诚布公，所以我就跟着您过来了。"郦诺环视屋里一眼，"这里应该没什么秘密是我不能知道的吧？"

"瞧你说的，哪有什么秘密。"倪长卿尴尬笑笑，"主要是你腿脚不方便，不然老朽肯定请你一块儿过来了。"

郦诺淡淡一笑，把目光转向铁锤李："这位想必就是大名鼎鼎的铁锤李先生了？没想到您这儿还真是别有洞天啊！"

"不敢不敢，正是区区在下。"铁锤李连忙抱拳，"见过郦旗主。"

"底下那个孟浪之徒是谁呢？"郦诺探头看着青芒，满脸嘲讽，"一来就听他信口雌黄、大放厥词，你们怎么还留着他？这种人就应该早点儿剁了，扔到外面喂狗去。"

仇芷薇在一旁掩嘴窃笑。

铁锤李大感意外："郦旗主，您……您不认识他？"

"太黑了，看不清。"郦诺冷冷说着，又往坑里瞟了一眼，"这么看的话，哪像个人啊？不就是一只垂死挣扎的大耗子吗？"

仇芷薇终于憋不住，咯咯笑出了声。

青芒一脸苦笑，只能在心里埋怨自己——谁叫你为了活命就口无遮拦乱说话？活该！

"快快，打盏灯过来。"铁锤李赶紧叫道。麻脸汉子立刻打了一盏灯过来。铁锤李一把抢过，往坑里照去："郦旗主，您瞧仔细了，这家伙还说是您的救命恩人呢。"

郦诺俯身看去，青芒无奈抬头，彼此四目相对，各自的眼神都微妙难言。

等了半晌，铁锤李才弱弱问道："怎么样，郦旗主？"

"嗯，人模人样的，看来不是耗子。"郦诺收回目光，淡淡道。

"那……您到底认识还是不认识？"铁锤李满脸困惑。

"嗯，也算认识吧。"

"也算？"铁锤李越发莫名其妙，"'也算'是个啥意思？"

"郦旗主，"倪长卿忍不住发话了，"他自称是你们赤旗的人，可我怎么从来没见过他？"

郦诺顿时有些迟疑，不知该如何回答。

"你当然没见过我了。"青芒忽然在坑里大声道，"我是郦旗主安插在官府的卧底！这事本不该对你们说，现在倒好，被你们逼得生生坏了咱墨家规矩。"

倪长卿和铁锤李同时一怔，面面相觑。

"郦旗主，他说的，可是事实？"倪长卿忙问。

算你这家伙聪明，不但一句话就把谎圆了，还倒打别人一耙。郦诺心里又好气又好笑，嘴上却不语，只点了点头，算是默认了。

铁锤李见状，赶紧道："既如此，那我这就把人放了。"

青芒长吁了一口气。

"慢着。"郦诺抢着道，"把矛收了便可，人先别放。"

铁锤李不解，倪长卿也不解，同时看向郦诺。

"在官府做鹰犬，容易被功名利禄诱惑，也不知这家伙到底变没变节，我得审审他再说。"郦诺从容道。

倪长卿和铁锤李这才释然。

仇芷薇又暗暗发笑。

铁锤李跳进坑中，按下按钮，只听嗖嗖两声，那两杆长矛便缩回了坑壁。他又检查了一下青芒手脚上的铁环，见依然牢靠，这才跳出坑洞。

"倪伯、老李，可否请二位暂时回避一下？"郦诺又道，"有些话，我想单独问问他。"

二人闻言，对视了一眼，便和麻脸汉子一起走了出去。

"喂，姓秦的，下面好玩吗？"仇芷薇早就憋不住了，马上探头看着青芒，笑嘻嘻道，"怎么哪儿都有你？你这家伙，成天神出鬼没的，不被人家当耗子逮住才怪。"

"我说你俩能不能有点儿人性？"青芒不悦道，"我好歹也救过你们的命，你们就这么报答我？"

"是你自己被人家逮住的，关我们什么事？"

"可人家明明要把我放了，你们为何不放？"

"你还有脸说？"仇芷薇冷哼一声，"什么'情投意合、心心相印'，这些恶心的话是你说的吧？诺姐没把你大卸八块就算便宜你了！"

青芒语塞："我……我那是情急之下，口不择言。"

"说出去的话泼出去的水，你敢信口雌黄，我就敢替诺姐割了你的舌头！"

青芒无语，只好翻了个白眼。

"芷薇，你也出去。"郦诺忽然道。

"啊？"仇芷薇诧异，"我干吗要出去？"

"事关机密，你不便在场。"郦诺淡淡道。

"机密？这家伙能有什么机密？"仇芷薇正跟青芒斗得来劲，玩心大起，一点儿都不想走。

郦诺不答，只冷冷看着她。

仇芷薇无奈，嘟起嘴，又意犹未尽地瞪了青芒一眼，这才甩手甩脚地走了出去。

铁匠铺对面有一间茶肆，那个头戴帷帽的贵妇坐在靠窗的地方，眼睛一眨不眨地盯着铁锤李的铺子。

方才那个侍女已经回来了，站在她身后。她对面坐着两个男子：一个三十余岁，体形魁梧，皮肤黝黑，面目凶悍，正是多次跟踪青芒的其中一人；另一个年近六旬，头发半白，身材精瘦，长着一双秃鹫般的眼睛。

"居次，你能肯定，那个丞相门尉就是阿檀那？"精瘦老者低声问贵妇道。

"你这是多此一问。"贵妇头也不回道。

这个被称为"居次"的女子，就是匈奴单于伊稚斜的独生女荼蘼居次。

"错不了，大当户。"魁梧男子对老者道，"属下跟踪左都尉多日了，就是他。"

"乌拉尔，亏你还是堂堂左鹰卫，连个人你都跟丢了。"侍女白了男子一眼，"最后还得咱们居次亲自上阵，那要你干什么用？"

乌拉尔嘿嘿一笑，不以为忤："我是左鹰卫没错，可你想阿檀那是什么出身？人家是堂堂右狼卫，本来就比我厉害。"

"没出息！"侍女冷哼一声，不理他了。

"之前在茂陵邑跟你们撞上的那两人，是什么来头？"大当户问乌拉尔。

"看样子，应该是官府之人。"

大当户眉头微蹙："算上他们，已经有两拨官府之人死在咱们手里了……"

"怎么了大当户，你怕了？"荼蘼居次回头瞟了他一眼。

大当户一笑："若是怕，我胥破奴也不会跟着您从大漠一路跑到这来了，何况还是背着咱们单于偷偷跑的。"

"你不必担心我爹，回去后，我自会跟他解释，他不会为难你。"

胥破奴苦笑了一下："我不是怕单于怪罪，我是担心不能护你周全。"

"若寻不回阿檀那，我活着都没意思了，周不周全亦何所谓？"荼蘼居次把目光又转回了铁匠铺。透过薄纱，隐约可见她的眼圈微微泛红。

胥破奴轻叹一声："居次切莫说这种话，现在人不是找到了吗？"

"居次、大当户。"乌拉尔道，"左都尉进去这么长时间了，咱们是不是该动手了？"

"再等等。"荼蘼居次道，"刚才又进去了两拨人，不知什么来头，也不知里头现在什么情况，贸然动手，我怕他会有危险。"

其他人一走，屋里一下子安静了，漏壶的滴答声显得更加清晰。尽管那两杆杀人的长矛缩回去了，可这声音在青芒听来依旧刺耳。

郦诺站在坑边定定地看着他："说吧，你为什么来这儿？"

"来找铁锤李谈点儿生意。"

"谈生意？然后人家就把你当耗子逮了？"

"是啊，我也没想到。这老头儿店大欺客，脾气还臭，生意谈不拢就翻脸……"

"少跟我打马虎眼。这店本就是个幌子，你也清楚。想让我放你，就说实话。"

青芒笑了笑："对了，孔禹家那娃儿还好吧？"

郦诺一怔，没料到他会提起这茬，顿了顿才道："已经送到安全的地方了。"

"你的腿伤，还没好？"青芒瞥了眼她的拐杖。

"别打岔，回答问题。"郦诺冷冷道。

"你们墨家的人，都像你这般不近人情吗？"

"你以为帮过我两回，我就欠你人情吗？别忘了，你也搞砸过两回我的事。所以，咱俩谁也不欠谁。”

“懂了。”青芒点点头，无奈一笑，“那你今天来救我，我是不是还倒欠你一回？”

“别误会，我不是来救你，我是来审你的。”

“我一没偷，二没抢，三没坑蒙拐骗、四没杀人放火，你凭什么审我？”

“不凭什么，就凭你落到我手里了。”

青芒急了：“你这是强盗行径！”

“彼此彼此。”郦诺冷笑，“你们这帮朝廷鹰犬，不也是披着官服的强盗吗？废话少说，你要是不想烂在这里，就老实回答我：你，为什么来这儿？”

青芒叹了口气：“我说实话，你就会信吗？”

“信不信得看你说什么。”

青芒略为沉吟，决定说出部分实情，一来这是现在唯一的脱困之法，二来也可以让郦诺一起帮他弄清天机图之谜。

“也罢，我告诉你，我师父也是墨者，代号‘共工’，三年前命我一位师兄把一个重要的东西交给铁锤李。我今天来，就是想确认他当时交了没有，结果才知道他根本没交。铁锤李便把账赖到我头上了，还把我困在了这里。我一想你也是墨家的，兴许铁锤李认识你，便把你的名头搬出来了。事情的经过就是这样。”

郦诺若有所思，眉头紧锁：“你说的那个重要东西，是什么？”

“天机图。”

郦诺闻言，在自己的记忆中拼命搜索这三个字，结果却是一片空白。

“天机图是何物？”

青芒摇头：“我也不知道。”

“你撒谎！既然是你师父的东西，你怎么会不知道？”

“不瞒你说，除了刚才告诉你的那些，其他的事我一概不记得了。”

“‘不记得’是什么意思？”郦诺不解。

“就是把脑袋里的记忆弄丢了。”青芒苦笑，“你可以理解为口袋破了一个洞，里面的东西都漏光了。”

郦诺越发困惑：“开玩笑吧？你脑袋破洞了吗？”

“很不幸，还真破过一个，就是头一次遇见你那天。”青芒歪了歪头，“不信你下来瞧瞧，现在额头上还有个疤呢。”

“那你这个师兄，现在何处？”郦诺没心思跟他扯别的。

"我也在找他。"

关于於单和自己的匈奴身份，青芒当然不能说。

"既然是三年前的事，你为何现在才想来问铁锤李？"

"呃，我刚才不都说了吗？我失忆了，过去的很多事都不记得了，这事也是前几天偶然想起来的。"

"你跟铁锤李素昧平生，怎么跟他接头？"

"我有接头暗号。"

郦诺冷笑："你不是失忆了吗？居然还记得暗号？"

青芒也笑了笑："赶巧，跟这事一块儿想起来了。"

"暗号是什么？"

"维天有汉，鉴亦有光。对方回答：天女机杼，银汉迢迢。前八个字出自《诗经》，后八个字，说的应该是织女星，而且其中嵌入了'天机'二字，应该不是偶然。至于这八个字的出处，我就不知道了。"

天机图、织女星，还有这十六个字的接头暗号……这些东西到底意味着什么呢？

郦诺不禁凝神思索。

"要我说，你也别在这苦思冥想了。"青芒晃了晃两只手，铁链一阵叮当乱响，"我该说的都说了，快把我放开，咱们出去问问不就什么都清楚了？"

"问谁？"郦诺一怔。

"就刚才那位白发老者啊，你们叫他'右使'的那个。"

"你怎么知道该问他？"

"直觉。我觉得关于天机图的所有秘密，他应该都知情。"

郦诺一听，蓦然想起之前跟倪长卿的对话。当她猜测那个告密者有可能掌握了墨家的什么机密，而这个机密会给他在争夺巨子位时带来优势时，倪长卿便目光闪烁，似乎极力在掩饰什么。

自己偶然猜测到的这个机密，会不会恰好就是天机图呢？

倘若是的话，那这个东西一定非同小可，并且就像秦穆说的，倪长卿也一定知道有关天机图的秘密。

想到这里，郦诺立刻转身，拄起拐杖朝外面走去。

青芒一看便急了："哎，哎哎，你去哪儿？先把我放开啊！"

郦诺充耳不闻。

"没人性，无情无义！"青芒忍不住大骂，"你们这些墨者没一个有人性！还说什么'兼爱'呢，都是糊弄人的吧？"

没人理他，青芒只能恨恨地朝房梁翻了个白眼。

铺子外间，倪长卿正在跟铁锤李低声交谈，把青芒的情况又详细询问了一遍。

"倪右使，您觉得，这小子真的会是郦旗主的人吗？"铁锤李问。

倪长卿冷然一笑："你说呢？"

铁锤李摇摇头："我觉得不像。"

"那你还问我？"

铁锤李挠了挠头："那眼下这情况，您说该咋办？"

倪长卿沉沉一叹："天机图已经失踪四年了，这小子是咱们现在唯一的线索，待会儿我得把他带回去，好好审审。"

这时，郦诺走了出来。二人赶紧噤声。郦诺径直走到倪长卿面前："倪伯，能借一步说话吗？"

铁锤李一听，很知趣地走开了。

"这儿不是说话的地方。"倪长卿淡淡笑道，"咱们先把那个年轻人带回去，回头再慢慢聊。"

"为什么要把他带回去？"

"呃……"倪长卿迟疑了一下，"他肯定知道不少事情，不得带回去审审吗？"

"您认为他知道什么？天机图吗？"

倪长卿顿时语塞，挪开了目光。

"您能不能告诉我，天机图到底是什么？"郦诺直视着他。

倪长卿沉默不语。

对面茶肆，荼蘼居次仍然紧盯着铁匠铺，眉头渐渐拧紧。

"方才那两拨人都出来了，只有阿檀那没有露面。"胥破奴低声道，"居次，看来情况不妙。"

荼蘼居次又沉吟片刻，决然道："乌拉尔，通知弟兄们，准备行动。"

"得令！"乌拉尔立刻起身。

"等等。"荼蘼居次喊住他，"告诉弟兄们，咱们的目的是把人抢出来，一旦得手，迅速撤离，不可恋战。"

"遵命。"乌拉尔大步走出了茶肆。

"大当户，"荼藘居次霍然起身，"咱们兵分两路，你跟乌拉尔从正面攻击，吸引他们的注意力，我带朵颜从后面包抄。"

"不，我跟你一路。"胥破奴也站起身来，用一种不容商量的语气道。

荼藘居次看了看他，没说什么，径直走了出去。胥破奴和侍女朵颜紧随其后。

面对郦诺的质问，倪长卿神色沉郁，半晌无语。

"倪伯，您不是一心希望我当巨子吗？"郦诺紧盯着他，"那咱们墨家还有什么秘密是我不该知道的？"

倪长卿长叹一声，苦笑道："不让你知道，是你爹的遗训。"

郦诺大感意外："我爹？"

"天机图是咱们墨家的最高机密，向来只有巨子、我和另外少数几人知情，不仅你不知道，连仇、田二位旗主也不知情。所以，你爹是出于大局考虑，不是针对你。"

天机图到底藏着什么可怕的秘密，才会让父亲如此讳莫如深？

郦诺闻言，非但没有消除疑惑，反而激起了更强的好奇心。

"倪伯……"

郦诺正想再说什么，眼角的余光忽然瞥见街上有二三十名带刀壮汉正步调一致、呈半月形朝铁匠铺围过来，个个神情凶悍。

铁锤李同时察觉，沉声对徒弟们道："大川、铁柱，来客人了，小心招呼。"麻脸汉子等人立刻抄起家伙，严阵以待。

倪长卿神色一凛，对郦诺道："带上那个年轻人，快撤！"

仇芷薇赶紧过来搀住郦诺，二人返身走回里屋。

街上，乌拉尔见行迹已露，立刻拔刀出鞘，带着众手下朝铁匠铺扑了过来。倪长卿、铁锤李等人挺身迎战。一时间刀剑铿锵，杀声四起。

郦诺和仇芷薇刚一迈进里屋，荼藘居次等三人恰好破窗而入，双方随即短兵相接。

耳听上面杀声震天，青芒却被困在坑中不能动弹，更不知道外面发生了何事，不禁大为焦急。

此时，胥破奴杀向郦诺，朵颜缠住了仇芷薇，四人捉对厮打，而荼蘼居次则快步走到坑边，同时迫不及待地撩起了面纱。

青芒听见脚步声，抬头一看，映入眼帘的竟然是一张眉目如画、肌肤胜雪、美艳不可方物的面孔。

而且，这显然是只有北部匈奴人才有的面孔——皮肤比汉人白，鼻梁比汉人高，而且眼睛是蓝色的！

原本以为郦诺的美貌已无人可及，不料这个匈奴女子的姿色不仅与她各擅胜场，而且别具一种异域特有的风情和妩媚。

尽管眼下根本不是欣赏美色的时候，可出于男人的天性，青芒还是不由自主地在心里惊叹了一下。

"阿檀那……"荼蘼居次一叫出名字，眼圈立刻便红了。

青芒顿时错愕。

怎么回事？她认识我？可我压根儿想不起来她是谁啊！

"你……你是何人？"

青芒很不愿意在美女面前表现得茫然无措，可记忆的缺失还是把他变成了一个笨伯。

荼蘼居次一愣，显然没料到他会是这种反应，脸上立刻泛起一个苦涩伤感的笑容。她没再说什么，而是纵身跳入坑中，打算帮青芒解除机关，却一时不知从何下手。

青芒方才已经仔细观察过了，大致猜出了按钮所在，便跟她说了几个地方。荼蘼居次依言摸索了一会儿，总算陆续找到了几个按钮。只听"啪嗒啪嗒"数声响过，困住青芒手脚的那些铁环便一一弹开了。

"快走！"

荼蘼居次很自然地拉起了他的手，转身要走。

"等等……"青芒不得不再次露出笨伯般的表情，"你是何人？为何……救我？"

"装出一副不认识我的样子，你觉得有意思吗？"荼蘼居次终于忍不住发出了一声冷笑。

"抱歉。"青芒用尽量轻的力度把手抽了回来，"我真的……想不起来了。"

荼蘼居次眉头微蹙，打量他的目光中第一次流露出了一丝陌生。

坑洞上方，仇芷薇被朵颜死死缠住，堪堪打了个平手；而郦诺的功夫本来稍胜胥破奴一筹，但因脚上有伤，又手拄拐杖，反倒落了下风，仅有招架之功，全无还手之力。所以，荼蘼居次对青芒说了什么、做了什么，她完全无暇顾及，只能在心里责怪自己没先把青芒放开。

然而紧接着，随着铁环弹开的声音和坑洞里隐约传出的说话声，郦诺却诧异了。

虽然听不清他们在说什么，但显然这帮匈奴人并不是来杀秦穆的，甚至也不是来劫他，而是来救他的，否则青芒不会跟下面那个匈奴女子安安静静地说话。

这又是怎么回事？

今天的事情已经够乱的了，原本便有一堆谜团未解，此刻郦诺更是想不明白——这伙匈奴人为何会来营救一个丞相邸的门尉？这个神秘莫测的秦穆，到底是什么来历？！

心里一分神，本来便落于下风的郦诺旋即露出了破绽。胥破奴抓住时机，连连急攻，猛地一刀划破她的肩头——虽然只是划开了一道小口子，但鲜血立刻涌出。

郦诺疼得倒吸一口冷气，慌忙收敛心神，全力应对，才勉强挡住了对方的攻势。

"阿檀那，你……是不是出什么事了？才会变成这样？"坑洞里，荼蘼居次终于隐隐意识到了问题所在。

"谢谢姑娘搭救之恩，不过我跟铁匠铺的人只是一场误会。"青芒心里惦记着郦诺的安危，忙道，"请你们立刻罢手，别为难他们。"

"姑娘？！"荼蘼居次苦笑，"你居然这么称呼我？看来你还真是什么都不记得了。"

"对不起，我再问一遍，你能不能让你的人罢手？"青芒实在不想跟她纠缠。

荼蘼居次盯着他，似乎察觉到了什么，酸酸道："你是在担心上面的哪个女子吗？是那个瘸腿的？还是旁边那个矮个的？"

一听"瘸腿"二字，青芒心里大为不悦，对这个匈奴女子的好感立马消失了大半。

"失陪。"青芒冷冷扔下两个字，纵身跃出了坑洞。

荼蘼居次一脸恼恨，紧跟着追了上去。

第十七章

荼蘼

君子之道也，贫则见廉，富则见义，生则见爱，死则见哀。

——《墨子·修身》

一出坑洞，青芒便看见郦诺左肩流血，且在对手的急攻下左支右绌、险象环生，立刻飞身上前，徒手挡住了胥破奴的攻势。

"阿檀那，你疯了？！"胥破奴大为不解，"我们是来救你的！"

看来这伙匈奴人都认识自己。青芒现在对此已经见怪不怪了。"多谢，不过我跟他们只是一场误会，快让你们的人收手吧。"

胥破奴感觉阿檀那看上去变得十分陌生，不禁下意识地停了手，诧异地看着他，然后又看着紧随而至的荼蘼居次，目光中充满了疑惑。

"不必看我，我也不知道怎么回事。"荼蘼居次冷冷说着，喝令朵颜停手。

一听"阿檀那"三字，郦诺大为惊诧，遂盯着青芒："你是匈奴人？！"

青芒无奈苦笑："我跟你说过，过去的很多事我都忘了，我也不知道自己是谁。"

"阿檀那，你真的什么都忘了吗？"胥破奴忍不住大声道，"你是咱们匈奴的左都尉，是咱们大单于的女婿！"

此言一出，青芒、郦诺、仇芷薇三人全都呆住了。

青芒是惊讶于"女婿"二字，而郦诺和仇芷薇则是因他匈奴身份的彻底坐实而惊愕。

"唰"的一下，还没等青芒回过神来，郦诺的刀已经架上了他的脖子。

胥破奴一惊，马上要扑上去，却被荼蘼居次挡住了。不知为何，荼蘼居次很想听听这个女子会跟阿檀那说些什么。

"我刚刚又救了你一回，你这是要恩将仇报吗？"青芒笑道，"看来我还真没冤枉你，你们这帮墨者果然是无情无义。"

郦诺冷哼一声："我的情义不必跟匈奴人讲。"

"匈奴人怎么了？匈奴人不也跟汉人一样，都有好人坏人吗？就算我是匈奴人，我也是匈奴里面的好人。"

"你当我是聋子吗？"郦诺眼中闪着怒火，"他们说你是匈奴的左都尉！这些年来，你们匈奴军队侵犯汉地，烧杀掳掠，害死了多少无辜的汉地百姓，手上沾着多少妇孺老幼的鲜血，你还敢说你是好人？！"

青芒不由得一怔，一时竟无从反驳。

"阿檀那，"荼蘼居次忽然笑了笑，"你还是跟从前一样，一点儿都不了解女人。她生气不是因为你是匈奴人，而是因为你是匈奴的主婿，是我的夫君！"然后，又用一种极具挑衅意味的目光瞟向郦诺："我说得对吗，这位姑娘？"

"夫君"二字像一支利箭同时刺入了青芒和郦诺的耳朵。

青芒万般惊骇，难以置信地看向荼蘼居次。

荼蘼居次微笑着，报以一个柔情似水的眼神。

郦诺冷然一笑："你是在暗示我不要抢夺你的夫君吗？"

"你误会了，我这不是暗示，而是明着告诉你。"荼蘼居次笑意盈盈。

"明示也好，暗示也罢，总之，同样作为女人，我很同情你，甚至很可怜你。"

"哦？"荼蘼居次咯咯笑了起来，"此话怎讲？"

"你说他是你的夫君，可他却抛下你来到了汉地，然后把你忘得一干二净，作为女人，你不值得同情吗？还有，你千里迢迢从大漠跑到长安来找他，而且刚才明明救了他，可他却再次抛下你来救我，害你打翻了醋坛子，酸得满屋子都闻得到，你说你不是很可怜吗？"

话音一落，仇芷薇便放声大笑起来，故意笑得相当夸张。

朵颜咬牙切齿地瞪着她。仇芷薇却反而冲她眨了眨眼。

荼蘼居次强忍着心头的怒火，勉强一笑："别嘴硬，大家都是女人，我看得出来，你喜欢我的夫君，所以我的出现让你恼羞成怒了，对吧？"

"这就是你自作多情了。"郦诺情知刺到了对方的痛处，遂嫣然一笑，"你放心，你的夫君在你心中是天是地，是无价之宝，可在我这儿他什么都不是，顶多就是一过客，就像在大街上擦个肩一样。"

青芒心中万分凌乱，闻言不禁苦涩一笑，嘴唇嚅动着想说什么，却终究无言。然后，他伸出两根指头把郦诺的刀轻轻拨开，头也不回地朝西边的窗户走了过去。

郦诺想要阻拦，可不知为何却迈不动腿。

"站住！"胥破奴猛然喊了一声。

青芒止步。

"阿檀那，荼蘼居次千辛万苦才找到你，你当真如此绝情吗？"胥破奴道。

青芒一动不动。

荼蘼居次看着他的背影，一滴泪水从眼角悄然滑下。

郦诺注意到了她的表情，心里竟然不由自主地轻叹了一声。同样作为女人，她能理解这个匈奴女子的感受，甚至有些同情她，即使刚才她们彼此还在恶言相向。

这时，一个浑身是血的匈奴武士突然破门而入，喊了一声："禁军来了！"然后便一头栽倒在地，没有了声息。

在场众人同时一惊。

就这么一愣神的间隙，等荼蘼居次回过头去时，青芒已经消失不见了。

胥破奴立刻打了一声尖厉的呼哨，然后和朵颜一左一右架起呆愣的荼蘼居次，打开另一边窗户，忙不迭地跳了出去。

呼哨响过，外间的厮杀声旋即止息，显然是乌拉尔等人听到信号便撤离了。

紧接着，倪长卿、铁锤李等人冲了进来，身上都有血迹。"快，从后门撤！"倪长卿大声喊道。郦诺最后看了西边那扇空空荡荡的窗户一眼，便随众人绕过屏风，从后门离开了。

此时，青芒正坐在不远处的一处屋顶上，抬头仰望着灰蒙蒙的天空。

他的眼神复杂而又空茫。

街上，大队禁军的马蹄声渐渐迫近……

张次公蹲在坑洞里，手里抓着一只"蛇头"，两眼紧盯着锋利的"蛇信"，眉头紧锁。

"将军，"陈谅从上面探出头来，"发现一名伤者，还没断气。"

张次公立刻起身，跳出坑洞，跟着陈谅快步走到外间。

一名武士躺在打铁墩旁，满身鲜血，奄奄一息。旁边还躺着七八具尸体，有乌拉尔的手下，也有铁锤李的徒弟。

张次公蹲下，揪起武士的衣领，沉声问道："你们是什么人？来此何为？"

武士双目紧闭，仿佛没有听见。

张次公盯着他看了一会儿，忽然叽里呱啦地说了一句话。武士眼皮一跳，情不自禁地睁开了眼睛，昏沉的目光蓦然一闪，然后脑袋一歪，咽气了。

张次公冷然一笑，把他扔回了地上。

陈谅困惑道："将军，您刚才说什么？"

"萨满教的安魂咒语。"

"萨满教？"陈谅反应过来，"就是匈奴人信的那个教？"

张次公不语，转身俯看其他的尸体。

"这么说，这些攻击铁匠铺的家伙是匈奴人？"

张次公仍旧不语。

"几十个匈奴人攻击一个铁匠铺……"陈谅大为不解，"他们图啥？"

"你以为，这就是一个铁匠铺？"张次公冷哼一声，"谁家的铁匠铺，会弄一个那么精巧的机关陷阱？"

"对啊，卑职也纳闷呢。"

"那你就不想想，铁锤李的真实身份会是什么？"张次公转过身来看着他。

陈谅想了半天，完全无解："是……是什么？"

张次公从地上捡起一把染血的铁锤，翻来覆去地打量着，同时轻轻吐出两个字："墨者。"

说完，他猛地抡起铁锤，照着地上那个匈奴武士的脑袋砸了下去……

廷尉寺，值房前的长廊上，张汤正拿着一支毛笔在逗弄一只鹦鹉。

杜周从长廊的另一头慢慢走来，停在他身后："先生。"

"有结果了？"张汤没有回头。

"还没有。赵信这几日一直深居简出，好像……好像对咱们的监视已经有所察觉。"

"这老狐狸！"张汤骂了一句。

"这老狐狸，这老狐狸……"鹦鹉欢快地学了起来。张汤顿时哈哈大笑。

杜周也跟着轻笑了两声。

张汤依旧逗弄着鹦鹉："说吧，还有何事？"

杜周看着张汤的后脑勺，有些疑惑地眨了眨眼："先生都没回头看我，就知道我还有事要禀？"

"听你的脚步声我就知道。"

"学生遵从您的教诲，一直在刻意训练镇定从容的心态，可还是……"杜周有些丧气，"学生方才的脚步，是不是过于急迫了？"

"不，恰恰相反。"

杜周不解。

"你刚才的脚步是太缓了。"张汤终于转过身来，"你刻意放缓步伐，恰恰表明你心里的急迫，这就叫矫枉过正。"

杜周恍然，自嘲一笑："学生在您面前永远是透明的。"

"就算背着我，你就不是透明的了？"

杜周一怔，旋即笑道："当然也是，刚才您就是背对学生的。"

"行了，别光顾着哄我高兴了，到底何事要禀？"

"刚接到消息，一伙匈奴人袭击了西市的一个铁匠铺，双方一共死了九人。"

"哦？哪个铁匠铺？"

"铁锤李。"

"没抓到半个活口吗？"

"据说没有。"

张汤眉头微蹙。

"先生，依我看，这伙匈奴人很可能就是暗中跟赵信接触的那一拨。所以学生建议，立即禀报陛下，全城搜捕这些匈奴人。否则，他们必然越闹越大……"

"就怕他们不闹。"张汤冷笑着打断他，"陛下的意思，你还不明白吗？得让他们放心闹去，天机图的真相才能浮出水面。"

"是，陛下圣明。"

"立刻发布告示，重金悬赏铁锤李。"

"是。"

"赵信那头，你也得继续盯着，我就不信他真能沉得住气。只要他跟那伙匈奴人继续接触，迟早会现出原形。到时候，不管是赵信、匈奴人还是天机图，都逃不出咱们的手心。"

"天机图，天机图……"

杜周未及答言，鹦鹉便又大声叫了起来。

张汤一惊，猛地扇了它一巴掌："该死的，小点儿声，天机不可泄露！"

鹦鹉扑棱扑棱地拍打了几下翅膀，重新站稳，马上又盯着张汤大叫："该死的，该死的……"

东市附近，竹林深处的那座宅院里，一个手下正在向霍去病禀报着什么。

霍去病攥紧拳头，朝空中一打，左脸颊的咬肌一跳一跳的。

手下满脸义愤道："骠姚，想不到这个秦穆下手竟如此狠辣！咱们那两个弟兄死得冤哪！"

霍去病深长地吸了一口气，平复了情绪，才缓缓道："事情还没弄清楚，不能确定就是他杀的。"

"这不是明摆着吗？他俩一定是盯梢的时候被秦穆发现了……"

"行了！"霍去病抬手止住他，"这事跟谁都不许透露。回头，从我俸禄里多拿些钱，交给他们的家人，就说两位兄弟因公殉职，抚恤金是朝廷发的。别的，一个字都不许多说。"

手下无奈："是。"停了片刻，又弱弱道："那……秦穆那小子，还盯吗？"

霍去病略为沉吟："不必了，咱们就在这儿等着他。"

"您认为，他还会来找於单？"

霍去病不语，回头凝视着身后的那幢二层小楼，若有所思。

青芒怔怔地躺在床榻上，眼前尽是荼蘼居次的面容和身影。

原本，"匈奴左都尉阿檀那"的身份就已经让他难以接受了，现在竟然又冒出一个匈奴公主口口声声称自己是她的夫君，更是让青芒方寸大乱。

他相信，荼蘼居次说的是真话，这从她的眼神足以看出。况且人家是匈奴公主，又拥有绝世美貌，完全没必要编造这种谎言来诓骗自己。可问题是，今天从西市铁匠铺回来后，青芒一直在脑海中搜寻有关她的记忆，结果却一无所获。这就令青芒不得不面对一个尴尬的问题：如果一个男人可以把一个女人遗忘得一干二净，那是不是意味着他从没爱过这个女人？

虽然青芒也想用失忆来解释这一点，但假如自己真的爱过她，又怎么会丝毫回忆不起来呢？自己能想起天机图的联络方式和接头暗号，却愣是想不起过去的妻子，那只能说明在自己的内心深处，这个妻子还不如天机图重要。另外，就像郦诺说的那样，自己把她抛在大漠而独自跑来汉地，似乎也是不爱她的一个佐证。

这么看来，自己对这个匈奴公主岂不是始乱终弃？

当然，青芒不大想承认这一点。因为不管自己过去的道德观是什么，至少在他现在看来，把一个并非真爱的女人娶为妻子，之后又抛弃她，绝对是一种不道德的行为。倘若如此，那现在的青芒只能替过去的自己感到羞愧。

所以，青芒很纠结。

他知道，荼蘼居次一定还会再来找他，可他却不知道自己该如何面对……

"哎哟，我们秦大门尉又在思念谁家女子呢？"

潘娥的声音猝然响起，把青芒吓了一跳。他扭头一看，潘娥那张涂脂抹粉的大脸正透过半开的窗户盯着他。

"找我何事？"青芒翻身坐起，懒洋洋道。

"这都什么时辰了，你不吃晚饭啦？"

"我……不饿。"青芒瞟了眼天色，发现太阳已经下山了。

"不饿也得吃，人是铁饭是钢。我特意给你煲了一罐老鸭汤，快点儿，别磨磨蹭蹭，凉了就不好吃了。"

青芒苦笑了一下，只好起身走了出去。

潘娥总是如此殷勤备至，让青芒既不胜其扰，又过意不去。他也曾想买些礼物回赠，以免欠她太多，却又怕加深她的误会；而拒绝她的好意吧，又显得太不近人情，也不利于自己在丞相邸立足。

说到底，这也是一纠结。

掌灯时分，田君孺来找郦诺，东拉西扯地说了半天，却始终不道明来意。郦诺急着要去找倪长卿追问天机图的事，便打断了他，道："田旗主，您找我何事，尽管直言，不必扯这么多闲篇。"

田君孺干笑了几声："听弟兄们说，你上午跟倪右使出去了一趟，回来的时候，你们几人都鬓发散乱，身上还有不少血迹。我想知道，到底出了何事？"

"没什么，我跟右使出去办点儿事，路上碰到一队缇骑盘查，就交了手，还好大伙儿都安全回来了。"郦诺淡淡道。

"哦……"田君孺显然不大相信，"郦旗主，有句话，我憋在心里好长时间了，不知当讲不当讲。"

"田叔既然这么说，我还能不让您讲吗？"郦诺一笑，"那岂不是害您憋出毛病来？"

田君孺哈哈一笑："贤侄女还真是善解人意。"

"说吧，我听着呢。"

"我想说的，是巨子当初遇害一事。"

郦诺微微一震，不明白他为何突然提及此事："您想说什么？"

"巨子遇害当天的经过，你应该都清楚吧？巨子是在濮阳城外的弱水村被捕的，而弱水村却是咱们诸多秘密据点之一，倘若不是有人告密，朝廷的人怎么可能找到那儿去？"

这与自己的怀疑如出一辙！郦诺忽然心跳加快，紧盯着他："继续说。"

"当时，巨子身边的人全都遭了毒手，唯有倪右使一人幸存。换句话说，咱们现在知道的事发经过都只是倪右使的一面之词，真实情况到底如何，咱们都无从得知。这里头，难道就不会有什么猫腻？"

郦诺又是一震："你怀疑倪右使？"

"这难道不是合理的怀疑吗？"

"可据我所知，倪右使当天的确是到四十多里外的后田村送信了，这一点后田村的弟兄都可以作证。"

田君孺冷然一笑："他完全可以一出弱水村便把巨子的消息泄露出去，然后再去送信。"

"这只是你的猜测。"

"但这是唯一合乎情理的猜测。"

"我爹当时身边还有多名侍从，不能排除他们泄密的可能性。"

"可他们都死了！"

"也许内奸被朝廷的人顺手除掉了呢？"

"朝廷的人为何要除掉他，留着他不是可以挖出更多秘密？"

"既然他们已经抓了我爹，一名小小的侍从还有多少利用价值？"

田君孺怔了一下："这……这么说固然也有道理，但不等于倪长卿就没有嫌疑。相较而言，他的嫌疑还是更大一些。"

郦诺语塞，不得不承认田君孺说的是对的，因为她自己也是这么想的。

"如果你早有此怀疑，为什么憋到现在才说？"郦诺问。

"原本我也不敢怀疑右使，一直在心里找各种理由替他开脱，可那天他却拿出了伪造的巨子令，我就再也压不住心里的疑惑了。"田君孺有些激动，"你想想，他连巨子令都敢伪造，别的什么事干不出来？再有，他这么干的理由，真的像他自己说的那么堂皇吗？难道不会是他把真的巨子令藏起来了，却给了你一个伪造的？"

"他何必要这么做？"郦诺的心越来越乱。

"这不明摆着吗？他是想把你推上去做傀儡，把你、我、老仇三个人都稳住，让咱们信任他，再设法把咱们三个一一除掉，最后巨子位不就非他莫属了？！"

郦诺强抑着心中的惊疑和迷乱，冷静道："田叔，你这就是疑邻偷斧的诛心之论了。一旦你认为右使有嫌疑，那么他接下来无论做什么，都会加深你的怀疑，并且在你看来，都会成为他有罪的佐证。"

"但是你能说我的怀疑没有道理吗？"

"有道理。可是你刚才说的最后一点却不能成立。"

"哪一点？"

"你说他把真的巨子令藏起来了。"

"你怎么知道他没藏？"

"今天早上，右使亲口对我说，要让盘古交还巨子令。"

田君孺愣住了："有这种事？"

郦诺的话刚一出口，立马就后悔了。因为严格来讲，不仅是倪长卿，现在墨家的每一个人都有嫌疑，尤其是身为旗主、有资格继任巨子的仇景和田君孺。在此情况下，从盘古那里取回巨子令的事情自然是越少人知道越好。但是刚才一不留神，话赶话就说漏嘴了，现在已是覆水难收，她只能暗骂自己还是不够冷静。

"田叔，此事现在还没人知道，希望你暂时不要声张。"

"这是当然。"田君孺回过神来，"可是，就算巨子令真的在盘古那儿，他愿意交还吗？"

"此事很快会见分晓。田叔，时辰不早了，如果没有别的事……"

田君孺似乎还想说什么，见她下了逐客令，只好起身告辞。

郦诺等他出门走远了，立刻站起身来，取过斜倚在榻边的拐杖……

夜色漆黑，青芒又一次来到於单被软禁的这座小院。

铁锤李根本没拿到天机图，於单再也无从狡辩了，青芒决定今晚就逼他说出实话。

像往常一样摸上二楼走廊后，青芒翻窗而入，却发现房内空无一人。正纳闷时，看见於单居然翘着屁股趴在黑乎乎的墙角里，不知在搞什么名堂。

"你不会把天机图藏耗子洞里了吧？"青芒道。

於单吓了一跳，回头瞪了他一眼，然后慢腾腾地爬起来，拍打着身上的灰尘："你把我朋友吓跑了。"

青芒定睛一看，原来墙角里真有个耗子洞，洞口还撒着一些饭粒，不由得一笑："那你喊它出来，我跟它道个歉。"

"不必了，它不喜欢陌生人。"於单煞有介事道。

"你养耗子，是想让它帮你打个洞逃出去吗？"

"这倒是个不错的建议。"於单道，"回头我跟它商量商量。"

"可我看你压根儿就不想出去吧？在这儿好吃好睡，又有朋友可以聊天，美着呢。"

"不然我能怎么办？"於单讪讪道，"好不容易碰见个兄弟，却又是个绝情的。连兄弟都不帮我，还有谁能帮我？"

青芒冷哼一声："知道我今天去哪儿了吗？"

於单看着他，不说话。

"西市，铁锤李。"青芒一字一顿道。

於单一震，大为惊诧，赶紧避开了青芒直视的目光。

"事已至此，赶紧把实话撂了吧，否则你只能一辈子在这儿跟耗子做朋友。"

於单苦笑不语。

此刻，在紧闭的房门外，霍去病正把耳朵紧贴在门缝上，全神贯注地听着。

静默片刻后，於单沉沉一叹，走到青芒跟前，压低了声音："想要天机图，你得答应我一个条件。"

"什么条件？"

"跟我一起杀回大漠。"

青芒轻笑："就凭你我二人，想杀回大漠？"

"这你就小瞧我於单了。"於单冷然一笑,"我堂堂匈奴太子,岂会无人追随?我现在只问你愿不愿意。"

"我没问题。"青芒笑笑,"不过,此事非同小可,我必须知道,还有什么人跟咱们一起干。"

"自然是咱们匈奴人。"

"谁?"

於单盯着他,半晌才轻轻吐出两个字:"赵信。"

青芒蹙眉,在残存的记忆中搜索着。

"他的匈奴名字叫阿胡儿。"於单笑了笑,又补充了一句。

看着他促狭的笑容,青芒猛然想起来了,上回於单就是用这个名字诓他,才让他露出了"失忆"的马脚。与此同时,青芒也隐约记起来了:此人好像是匈奴将领,后被卫青所俘,投降汉朝,被刘彻封为翕侯。

此刻的这番对话,门外的霍去病一个字都听不到,急得抬脚要去踹门,可犹豫了一下便又放了下去,旋即恨恨地朝半空挥了一拳。

"既然他可以帮你,你为何早不逃,还要等到今天?"

"这家伙在汉地待的时间不短了,我不敢完全信任他。"

"那我要是没出现,你怎么办?"

於单耸耸肩:"兴许就像你说的,跟耗子做一辈子朋友。汉人不是有句话吗?好死不如赖活着。"

"你不敢完全信任他,那你怎么就敢信任我?"

"你不一样,你毕竟是我兄弟。"

"可你却辜负了兄弟的嘱托,还一再欺骗。"青芒冷笑,"你说我干吗要认你这个背信弃义的兄弟?"

"对不起,阿檀那,我不是成心辜负你,更不想欺骗你,我只是……想给自己留个翻盘的筹码。你也知道,被伊稚斜害到这步田地,我心有不甘哪!"

"翻盘的筹码?"青芒眸光一闪,"这么说,你知道天机图是什么?"

他们的声音渐渐大了起来,门外的霍去病又能听见了,但他们口中所说的"他"究竟是谁,却还是无从得知。不过,"翻盘的筹码"这五个字,他却实实在在听清了。

"不不不,这我真不知道。"於单双手直摇,"我是看你和伊稚斜都这么看重这东西，估摸着它一定有什么不寻常的用处，才……才把它藏了起来。"

"照你这么说，我就算把你救出去，你也不见得会把东西还我。"

"为什么？"

"你不是还想留着它翻盘吗？"

"只要你答应帮我复国就够了，我还留它做什么？"

青芒很清楚，於单绝不会如此轻易地交出天机图，不过眼下也没别的办法，只能先答应他，再走一步看一步。

"好吧，那你说，接下来该怎么办？"

於单下意识地瞟了房门一眼，又把声音压低了："你先去跟阿胡儿碰个头，商量一个营救我的办法。我出去后，马上把天机图还给你。然后咱们一起杀回王庭，只要我夺回单于之位，一定封你为左贤王。"

我才不稀罕你的左贤王！青芒心里说着，嘴上却道："我怎么让赵信相信我？"

於单从怀中掏出一样东西，递了过来："见物如见人。"

青芒接过来一看，是一枚非常罕见的精致小巧的琥珀。

这几句关键的对话，霍去病又听不见了，心中大为恼恨，却又无可奈何。

郦诺来找倪长卿的时候，倪长卿正准备熄灯就寝。郦诺却不跟他客气，单刀直入道："倪伯，天机图的事，您就打算一直瞒着我吗？"

倪长卿脸色一黯，长叹了一声："我不是告诉过你了吗？不是我想瞒你，这是巨子生前的遗训……"

"那您能不能告诉我，除了您和我爹，还有谁知道天机图的秘密？"

在郦诺看来，知道这个秘密的人，肯定比一般人更有篡夺巨子位的动机。换言之，当初向朝廷告发父亲的那个内奸，就有可能在这些人中。

"天机图是墨子传下来的圣物，历代相传，通常只有每一任巨子和左、右二使知晓它的存在，下面的四大旗主均不知情，其他人更不必说。现在巨子走了，樊左使又早在四年前便已失踪。所以，眼下知道这个秘密的人，就只剩老朽了。"

听到这个答案，郦诺不禁对倪长卿起了更大的疑心。

四年前，墨家左使樊仲子突然失踪，从此下落不明，没人知道他是死是活，估计凶多吉少；两年前，父亲又突然被人告发，旋即被捕并死于狱中。如今三个知情者已去其二，那么唯一在世的这个倪长卿，不就最有可能是操纵这一切的幕后黑手吗？！

"倪伯，您说要让盘古交还巨子令，那么他一旦交还，巨子令该由谁掌管？"

"那自然是你，还能有谁？"倪长卿不假思索道。

"那就是说，到时候我就是名副其实的墨家巨子了？"

"正是！"倪长卿欣慰一笑，"这是老朽最希望看到的事。"

"好。那届时作为巨子，我是不是有权知道天机图的一切？"

倪长卿又笑了笑："那是当然！到时候，老朽就可以将一切都和盘托出，这样就不算违背巨子的遗训了。"

看着他诚挚的笑容，郦诺真的不愿相信他是害死父亲的凶手。然而，她还是告诉自己：这件事只能凭理智来判断，绝不能被感情左右。

"那您打算何时联络盘古？"

"我下午已经派人去联络了，若不出意外，这几天便可交接。"

很好。郦诺在心里说，一旦拿到巨子令并弄清有关天机图的秘密，继而便可以调动一切力量对墨家内部展开彻查了。而首要的调查对象便是眼前这位德高望重却身负嫌疑的倪右使！

约莫子夜时分，青芒回到了丞相邸。

夜阑人静，万籁俱寂。青芒当然没走正门，而是从丞相邸的西北角翻墙而入。这里靠近后花园，草丛里的促织低低鸣叫，更显出夜的寂寥和空旷。

一阵风拂过脸颊，透着深秋的寒意。

青芒翕动了一下鼻翼，似乎闻到了什么。他抬眼一扫，周遭的大多数花草树木皆已凋谢，唯有不远处的三五株火棘树仍旧枝繁叶茂，树上果实累累。

青芒的手按上了腰间的刀柄，不动声色地走了过去，接近火棘树时忽然止步，沉声道："何方朋友，三更半夜藏身此处，意欲何为？"

树丛中窸窣一响，紧接着一道身影闪出，一股凌厉的劲风倏忽而至。

这只是掌风，对方没用武器。

青芒也不拔刀，只从容出掌格挡。转瞬间，双方已过了六七招。青芒故意卖了个破绽，身形趔趄了一下，急退数步。对方抓住时机，右掌当胸击来。青芒冷然一笑，右手突然捏住对方手腕，脚步急旋，便把对方的胳膊扭到身后，同时左手如爪扣住了对方咽喉。

两人贴得很近，一阵女子的体香扑鼻而来。青芒心旌微微一荡，连忙后退了半步。

女子冷哼一声："身手还在，看来你也不是什么都忘了嘛。"

竟然是荼蘼居次的声音，但青芒似乎毫不意外："要是连打架的本事都忘了，我也活不到今天。"

"你怎么知道我躲在这儿？"

"味道。"

"味道？"荼蘼居次一怔，同时又有些欣慰，"你还记得我的味道……"

"别误会，我只是记得你早上的味道。"青芒冷冷道，"薰衣草香。你下回若还想偷袭别人，建议换一套没熏过香的衣服。"

荼蘼居次苦涩一笑，暗暗把身体贴近他。

青芒立刻放开了她，并退后两步："这么晚了，你来干什么？"

"我不信你真的把我忘了。"荼蘼居次转过身来，直直盯着他，"阿檀那，你知道我找你找得多辛苦吗？"

没想到这么快就要面对这一幕了。青芒心里发出一声哀叹。

"抱歉，我实在是……什么都不记得了。"

"可我早上叫你阿檀那的时候，你并不意外，说明你至少还记得自己的身份。"

"不，这只是别人告诉我的。"

"谁？"

"无可奉告。"

荼蘼居次一声冷笑："不就是我那个没出息的堂兄於单吗？"

青芒一怔，只能默认。

"你既然失忆了，怎么还能找到他？"荼蘼居次问。

"我跟他只是偶遇，纯属巧合。"

"那你既然知道了自己的身份，为什么还要留在这儿，不回大漠？"

"因为於单告诉我，我是伊稚斜的敌人，你说我敢回去吗？"

"他撒谎！父王一向最欣赏你、最器重你，否则怎么会把我许配给你？"

青芒闻言，不禁苦笑。

看来，自己马上就要听到关于过去的另一个版本了。

"如果你说的是真的，那我为什么要逃走？"

"你不是逃走，你是接受父王的派遣潜入汉地、执行任务的。"

青芒一愣："什么任务？"

"刺杀汉朝的大行令韦吉和丞相公孙弘，同时查清於单是死是活；如果还活着，就杀了他！"

青芒的脑袋"嗡"的一声就乱了。

自己此前也曾猜测过，那个刻有名字的狼头骨也有可能不是自己的私人物品，而是伊稚斜给的类似令牌的东西，现在看来居然是真的？

"你父王为何要让我刺杀韦吉和公孙弘？"

"这还用问吗？韦吉三年前借出使之名协助於单逃到了汉地，而背后的策划者就是公孙弘，你说父王该不该杀他们？"

这理由听上去无懈可击，而杀於单的理由就更不用问了——一个企图翻盘的单于之位的潜在争夺者，伊稚斜岂能让他活在世上？

青芒眉头紧锁，忽然想到什么："不对，你在撒谎。"

荼蘼居次苦笑："怎么说？"

"漠南之战……"

"漠南之战怎么了？"

"我还记得，我是此役的前锋大将，但由于我的严重失误，令霍去病得以穿越我方防线、直捣大营，导致我方一败涂地。既如此，单于怎么可能不杀我，还派我来汉地执行任务？"

荼蘼居次一笑："阿檀那，说实话，你在漠南之战中的做法还真不是失误。"

"什么意思？你认为我是故意的？"

"你当然是故意的。"

青芒苦笑："倘若我是故意的，单于不是更有理由杀我吗？"

"不，恰恰相反。"

青芒糊涂了，不知道她到底在说什么。

"实话告诉你吧，你在漠南之战中的所作所为，都是父王一手安排的！"

青芒大为震惊，几乎不敢相信自己的耳朵。

"我不明白……"

"别急，听我慢慢说。"荼蘼居次又笑了笑，"我先问你，此战的结果，咱们匈奴的相国屠苏尔、当户罗呼衍，还有老王爷籍若侯、亲王罗姑比，是不是或死或降，都被霍去病一锅端了？"

"你到底想说什么？"青芒越发困惑。

"我想说的是，就在战前，父王查出了一个企图发动政变推翻他的阴谋，而这个阴谋的主要策划者便是屠苏尔、罗呼衍、籍若侯和罗姑比。父王本来想一举除掉他们，又担心强行镇压会引发更多人的反叛，于是便命他们出征漠南，同时私下授意你，在战场上给汉人开个口子，然后借汉人之手，不着痕迹地除掉这些叛徒。"

青芒顿时目瞪口呆："借刀杀人？！"

"对了。"荼蘼居次不无得意地粲然一笑，"这就是父王的高明之处。"

看着她明艳而妩媚的笑容，青芒不由得脊背生寒。

果然是有其父必有其女！一个如此卑鄙险恶的阴谋，竟然可以被她说得如此轻描淡写，还配以如此美丽动人的笑容。

正愣怔间，不远处忽然传来一阵杂沓的脚步声。青芒扭头一看，一队夜巡的侍卫正打着灯笼，在侯金的带领下快步走来。

此处除了火棘树丛，根本无从躲藏，而即便是树丛，在灯笼的照射下也藏不住人。青芒来不及多想，一把抓起荼蘼居次的手，朝另一头跑去。

荼蘼居次心里一动，眼中泛起柔光，不由得紧紧攥住了青芒的手……

第十八章

接头

钓者之恭，非为鱼赐也；饵鼠以虫，非爱之也。

——《墨子·鲁问》

好巧不巧，青芒拉着荼蘼居次没跑多远，又有一队侍卫打着灯笼迎面走来。情急之下，青芒只好拉着她往斜刺里一蹿，藏进了旁边一座假山的石缝中。

这座假山小巧玲珑，里面的缝隙刚好够两人容身，但只能脸贴着脸、身子贴着身子。

青芒叫苦不迭，只能尽量把身体往后面的石壁上贴。

可令他尴尬的是，荼蘼居次却很自然地把身体朝他胸前贴来。

外面的脚步声越来越近，青芒大气也不敢出，只好用手抓住她的双肩，把她推开一些。

"咱俩是夫妻，你没必要躲着我。"荼蘼居次硬是把他的手拨开，然后双手环住他的腰，仰头看着他。

青芒怕弄出动静，不敢再动作，也不敢吱声，便只能由着她了。

"我知道，就算你不记得我，可心里还是在乎我的，对吧？"荼蘼居次柔声说道，呵气如兰。

脚步声更近了。青芒赶紧"嘘"了一声，示意她闭嘴。

荼蘼居次嫣然一笑，把头深深埋进了他的怀里。

她的发香和体香阵阵钻进鼻孔，青芒避无可避，只好闭上眼睛，强迫自己想些别的事情，尽量分散注意力。

然而，让青芒万万没料到的是，就在这个瞬间，一幅画面突然毫无征兆、不由分说地闯入了他的脑海……

一望无际的草原上，盛开着一片姹紫嫣红的野花。

湛蓝澄澈的苍穹下，一骑自远方飞驰而来。

马上坐着一男一女。明媚的阳光在他们脸上跳跃，浩荡的长风令他们衣袂飘然。

他们就是阿檀那和荼蘼居次。

坐骑转瞬驰入花海，阿檀那放慢速度，信马由缰地在花海中徜徉。荼蘼居次用双手环着他的腰，脸颊紧紧贴在他宽阔的后背上，双目微闭，一脸沉醉。

"图弥，知道我为什么带你到这儿来吗？"阿檀那忽然道。

"当然知道。"荼蘼居次依旧闭着眼睛。

"哦？说说看。"

"跟我献殷勤，带我来看花呗，怕我又骂你不懂女人。"

阿檀那一笑："说对了一半。"

"是吗？"荼蘼居次睁开了眼睛，"那另一半是什么？"

阿檀那静默了一会儿，才道："我想送你一样礼物。"

"你先别说。"荼蘼居次眨了眨眼，"让我猜猜。"

"好，你猜。"

"首饰。"荼蘼居次不假思索道。

"我有那么俗吗？"阿檀那朗声一笑，"何况你堂堂居次，什么首饰没有？"

"那……"荼蘼居次想了想，"良弓？"

阿檀那摇头。

荼蘼居次蹙眉："宝剑？"

阿檀那又摇摇头。

"骏马？"

"都不对。"

荼蘼居次泄气了，嘟起嘴："不猜了，没劲！"

阿檀那无声一笑，跳下马来："来吧，下来走走。"

荼蘼居次伸出一只手，下巴一扬："扶我。"

阿檀那很体贴地把她扶下马，然后很自然地牵起她的手，走进了花丛中。

大片大片的野花在风中摇曳，阿檀那摘了一朵黄色小花，温柔地插在了荼蘼居次的鬓上。

"你不会告诉我，你想送的礼物就是这朵花吧？"荼蘼居次不解地看着他。

"当然不是。"

"那到底是什么？快说。"

阿檀那环视着周遭的花海，若有所思道："我想送你一个名字。"

"名字？"荼蘼居次一脸诧异，"我没名字吗？还要你送我？"

"在汉人的话里面，你的'图弥'二字并不好听，所以，我想送你一个读音相同，但不一样的名字。"

"'图弥'不好听？"荼蘼居次不服，"为什么？"

"'图'是图画之图，'弥'是弥漫之弥，一幅图画弥漫着什么东西，看都看不清，你说好听吗？"

荼蘼居次噘了噘嘴："那你要送我什么字？"

阿檀那不语，牵过她的手，在掌心一笔一画地写了"荼蘼"二字。

"太难写了。"荼蘼居次蹙眉，"什么意思呀这两个字？"

"荼蘼是汉地的一种花，洁白无瑕，芳香袭人，露凝其上，如琼瑶般晶莹，就跟你一样美丽动人，以此为名，不是比'弥漫的图画'好听多了吗？"

荼蘼居次娇嗔地白了他一眼："算你有心。"

"还有，荼蘼是在暮春与初夏之交开的花。每当它盛放的时候，恰是人间的万千芳华纷纷凋谢之际，无花与之争艳，唯其一枝独秀、笑傲群芳。你看，这花与你这位草原上最美的公主多么相似！"

荼蘼居次静静地听完，双目居然微微湿润："那么从今往后，我就是你心中唯一的荼蘼花了？"

阿檀那淡然一笑，极目眺望远处的地平线，久久不语。

他的笑容和煦而温暖，但眉宇间却掩藏着一丝隐隐的落寞和感伤……

青芒慢慢回过神来的时候，外面巡逻的脚步声已渐渐远去。他扭动了一下身子，想离开假山，不料荼蘼居次却更紧地抱住了他。

青芒丝毫没有预料到，自己终于还是忆起了她，而且还是如此唯美和动人的一幕。

　　倘若连她的名字都是你送给她的——青芒在心里对自己说——那么你还有什么理由认为自己是不爱她的呢？

　　如果过去的阿檀那是爱她的，那么现在的你又有什么理由逃避？

　　青芒无法回答自己的问题。

　　此刻他的心已经彻底凌乱。

　　他只能强行掰开荼蘼居次的手，逃也似的离开了假山。荼蘼居次在后面紧追了几步，可终于还是停了下来，怔怔地看着他消失在迷离的夜色中。

　　"荼蘼是汉地的一种花，洁白无瑕，芳香袭人，露凝其上，如琼瑶般晶莹……"

　　荼蘼居次耳边回响着这句话，眼中满是泪光。

　　上午辰时末，长安西边的华阳街人流熙攘。

　　郦诺头戴帷帽、面遮薄纱，和倪长卿一起坐在马车中。倪长卿一路上不停咳嗽，咳得满脸通红。郦诺问他怎么了，倪长卿笑笑道："没事，偶感风寒而已，回头喝点儿药就好了。"

　　片刻后，马车停在了一家酒楼前。

　　"二楼东边最后一间，房号丁七，还有我告诉你的暗号，都记住了吗？"

　　郦诺临下车时，倪长卿又不放心地叮嘱了一句。

　　"记住了。"郦诺头也不回地下了车。

　　倪长卿微微一怔，似乎对她的冷淡有些意外。

　　郦诺步伐缓慢地走进酒楼，穿过厅堂，径直走上了楼梯。

　　这几日，她的腿伤好了许多，虽然不必再用拐杖，但右脚仍有些微跛。来到二楼的"丁五"包间时，郦诺故意停了下来，左右看了看。此时时辰尚早，喝酒吃饭的客人不多，走廊上只有两三人偶尔走过，没人注意她。

　　郦诺确认安全后，才又朝东走过两间，停在了"丁七"门前。她轻轻敲了两下门；停了片刻，又敲了四下；稍后，又敲了一下。

　　"谁？"屋里传出一个男子的声音。

　　"混沌鸿蒙，阴阳未分。"郦诺说出了接头暗号。

　　很快，里面的人回了一句："神鬼神帝，生天生地。"

　　后面这句语出《庄子》，暗号无误。

　　"进来吧，门没关。"

一想到马上就能见到墨家最神秘的人物盘古，郦诺心里不禁有些激动。

她定了定神，又回头看了走廊一眼，才推门而入。

房间宽敞雅致，一个中等身材的男子正背着双手站在窗前，只给了她一个背影，她看不见相貌。

"您就是盘古先生？"郦诺反手关上门，走到男子身后。

男子不语，沉默片刻后，才答非所问道："把巨子临终嘱托给老夫的东西要回去，也亏你们说得出口！"

郦诺一怔，旋即笑了笑："您若不想交，也没人逼你。"

"听右使说，这是你们三大旗主和他的一致决议。你说，这还不算逼我吗？"

"不算，这叫郑重告知。"郦诺不卑不亢道。

男子冷哼一声："伶牙俐齿，只可惜成事不足！"

郦诺知道他指的是暗杀公孙弘及随后的陵寝被困一事。严格来讲，这的确是一次失败的行动，郦诺心里也颇为自责，可当这种话从别人嘴里说出来且说得如此不留情面，意义就大不一样了。她向来好强，这种话当然不能忍。

"先生只看见未成之事，却看不见已成之事，这对我们这些冲杀在第一线的兄弟，是不是不太公平？"

"不就是杀了几个无足轻重的地方官吏吗？这也叫成事？"男子冷笑，"年轻人，你若是以个人身份说这种话，老夫或许还能谅解你，毕竟你还年轻；可你要是以准巨子的身份说话，那我只能替令尊和咱们墨家感到悲哀了。"

"既然您认为我没有资格，那您为什么不站出来，肩负起这个责任？"郦诺反唇相讥，"家父两年前便已将巨子令交到您的手上，足见对您寄予厚望，可这两年您一直没有半点儿动静，算不算辜负了家父的重托？难道要让弟兄们跟您一样，躲在朝廷里享受荣华富贵、天天过着锦衣玉食的日子，才算是成事吗？"

"放肆！"男子本来一直没回头，闻言终于忍不住转过身来，怒视着她，"老夫为墨家出生入死的时候，你怕是还没出生呢，别忘了你的辈分！"

此人五十多岁，脸型瘦削，下颌留着一副短须，眉目虽还算儒雅，但脸色却因愤怒而有些涨红。

郦诺冷冷地盯着他，忽然道："你不是盘古。"

男子一怔："你说什么？"

"别装了。"郦诺冷然一笑，"盘古先生若是你这样子，早就被刘彻杀了，岂能活到今天？！"

"样子？"男子眯眼看着她，"你又没见过老夫，谈什么样子不样子？"

"我说的不是相貌。"

"那是什么？"

"本事。"郦诺迎着他的目光，"能在朝廷潜伏几十年且身居高位之人，即便不说深不可测、宠辱不惊，起码的城府和定力总该有的。可恕我直言，阁下方才的表现，只能用'心浮气躁、器小量狭'来形容。试问，倘若盘古先生就这点儿本事，如何在朝廷安身立命？"

男子不语，只定定地看着她，片刻后突然发出几声大笑。

"你笑什么？"

"这么说，你方才说那些话，是故意在刺激我，以试探我的反应喽？"

"彼此彼此。"郦诺面含笑意，"自从我一进门，阁下便故作尖酸刻薄，没有半句好话，不也是在试探我吗？"

男子闻言，不禁又上下打量了她一眼，面露敬佩之色："倪右使一直夸郦旗主文武双全、心智过人，在下原本还不大敢信，现在算是领教了。"说着郑重拱手，鞠了一躬。

"阁下过誉了。"郦诺抱拳还礼，"真正对晚辈不放心的人，应该不是阁下，而是盘古先生吧？"

"先生从未见过郦旗主，故而吩咐在下略作试探，还望旗主谅解。"

"理解。"郦诺一笑，"交接巨子令，关乎整个墨家安危，盘古先生没让你用刀斧手迎接我，我就已经很感激了。"

男子呵呵一笑："实不相瞒，交还巨子令一事，确实让先生踌躇了几日。另外，先生有句话，让我务必向你转达。"

"请说。"

男子走近两步，压低声音道："先生说，巨子令必须由你掌管，绝不能落到任何墨家其他人手上……包括倪右使。"

果然，盘古不信任倪长卿，也不信任其他几位旗主。尽管郦诺早已知道这一点，可现在被当面告知，心情还是有些沉重。

"我知道了。也请转告盘古先生，我会保护好巨子令，定不辜负他的信任。"

男子点点头，从旁边的榻上拿过一个包袱，递给了她："东西在里面。"

郦诺接过，瞬间感觉这个包袱如有千钧之重。

渭水从一马平川的关中平原缓缓流过，南面是长安，北面则是沟壑纵横的黄土高原。

青芒策马来到渭水南岸一个叫子牙坡的地方，看见一驾马车正静静地停在道旁，边上有四五个保镖模样的武士策马而立。不远处的岸边，有几个身披蓑衣、头戴斗笠的人正面朝渭水，悠闲垂钓。

昨天夜里，青芒往翕侯府里射了一只香囊，里面装着於单给的那枚琥珀，另外还有一块布片，上面只写了七个字：

　　明日巳时 子牙坡

此刻，青芒是准时来的，没想到赵信却提前到了。

走到马车附近，青芒勒马停住，朗声道："太公垂钓，离水三尺，敢问鱼儿何时咬钩？"

相传，商朝末年姜太公在渭水支流磻溪垂钓，邂逅周文王，由此辅佐周朝灭了商纣。战国年间，此处村民为纪念姜太公，便在附近建了一座太公庙，此地遂名子牙坡。

话音一落，马车边的那些武士便意识到他是谁了，遂纷纷拔刀出鞘，纵马过来围住了他。片刻后，车厢内传出一个低沉的声音："来者何人？"

青芒环视周遭这些如临大敌的武士，淡淡一笑："同路人。"

"别抖机灵，我是让你报上名来！"车中的人又道。

"约你见面，你连面都不露，凭什么让我自报家门？"

"不报也行，本侯现在便拿你入宫面圣。"

"吓唬我？"青芒又是一笑，"可就凭你们这几个，怕是拿不了我吧？"

"那你就试试！"

青芒闻言，不禁微微蹙眉。

对方口气如此自信，想必不止这几个人，附近定然还有伏兵。刚这么一想，旁边这些武士突然策马退开；与此同时，一排弓箭手忽然从三丈开外的一片蒿草丛中站了起来，几十支上了弦的利箭齐齐对准了他。

这么近的距离，饶是青芒身手过人，怕也要被射成刺猬。

可是，青芒非但不惧，反而仰天大笑："赵信，想见我就自个儿过来，别在那儿装模作样了！想学人家姜子牙不钓鱼虾只钓王侯，你恐怕还欠些火候。"

青芒这话不是对着车厢说的，而是面朝岸边喊的，显然是针对那几个貌似悠闲自在的垂钓者。

几名垂钓者静默了一会儿，其中一人缓缓起身，转过身来，对着青芒一笑："你怎么知道本侯在这里？"

"要是连这么简单的事情都看不透，咱们那位朋友也不敢委托我来找你了。"

"不错，年轻人有点儿眼力。"赵信走了过来，"说说，你是如何看出破绽的？"

此时，其他几名"垂钓者"都跟着起身，并紧随其后，显然是赵信的贴身侍卫。

"你真想听？"

"当然。"

"破绽一，你既然在草丛里埋了伏兵，哪还能让几个闲杂人等在那儿悠然垂钓？怕是早都赶跑了吧？"

"说得好，继续。"

"破绽二，即使真是垂钓者，听见身后闹哄哄地要抓人，草丛里还突然冒出一排弓箭手，早就吓得拔足飞奔、落荒而逃了，岂能那般淡定，连头都没回一个？"

赵信呵呵一笑，走到了他的面前："很好。还有吗？"

青芒也笑了笑："有，而且第三点破绽最大。"

"怎么说？"

"刚才鱼儿都咬钩了，可你愣是不收竿，说明你的注意力全在身后。还有，我朝岸边喊话的时候，其他几个垂钓者都微微偏头，下意识地看向了你。所以，根据这三点破绽，我不但可以断定你们这些垂钓者有问题，而且一眼便能看出，这些人里头，哪个才是我要见的人，也就是翕侯你！"

赵信有些惊讶，回头看了看刚才坐的地方："隔这么远，你都能看见鱼儿咬钩？"

"留心看，便不觉其远；若不留心，就算在眼皮底下也看不见。比如翕侯你，刚才不就对上钩的鱼儿视而不见吗？"

"年轻人好眼力，老夫佩服！"赵信哈哈大笑，"现在，本侯就站在你面前，你可以自报家门了吧？"

青芒翻身下马，拱了拱手："在下秦穆。"

赵信一怔，眼睛亮了亮："公孙丞相新招的门尉？"

"侯爷知道我？"

"当然，秦门尉大名如雷贯耳，如今的长安谁人不晓？"

"虚名而已。"青芒淡淡一笑，"侯爷，咱们还是找个说话的地方吧？"

赵信不语，朝不远处的那座太公庙做了个请的手势。青芒会意，跟他一起走了过去。几个贴身侍卫紧跟在二人身后。

此时，没有人注意到，在距他们身后约莫十丈开外的一片草丛里，匍匐着三个人，正目不转睛地注视着他们的一举一动。

为首之人，便是杜周。

华阳街上，张次公、陈谅带着几名随从，信马由缰地在街边溜达。

自从那次孔禹幼子被墨者劫走之后，张次公心里便极度不甘，所以有事没事总喜欢在这附近转悠。当时墨者就是在这条街上劫走了那娃儿，然后马车在不远的一条横街上倾覆，最后墨者和那娃儿都消失在了密如蛛网的小巷中。

张次公那天并未看清那个墨者的样子，但却看清了身材和体态。

他断定，这个墨者是女的。

除此之外，那天他也亲眼看见这个女的落地时右腿受了伤。

然而，仅有这条可怜的线索，几乎与没有线索无异，根本没办法往下查。可张次公并不气馁。他有种直觉，这些墨者还躲在长安，后续肯定还有行动。

几天前，在西市铁匠铺，这一直觉得到了印证。

尽管铁锤李的铺子里没留下什么可供追查的线索，可张次公那天在盘问街坊时却意外得知，事发前有两个女子进入了铁匠铺，其中一人右腿微跛，拄着拐杖。

他相信，这就是他要找的人。

离目标越来越近的感觉让张次公有些兴奋。所以这两天，他来这一带转悠的劲头就更足了。这里不仅是墨者劫走孔禹幼子的地方，而且街道尽头就是西市——那个墨家女子两次在这一带出现，难道不会有第三次？

张次公决定碰碰运气。

他相信，老天不会总站在墨者那边。

郦诺肩上挎着包袱，走出酒楼，看见倪长卿的马车已经掉头停在了街对面。

华阳街很宽，往来车马甚多，且速度都很快。郦诺在街边等了片刻，瞅了个空才抬脚走过去。可刚走到街心，右边便有一驾马车朝着她飞速驰来。

郦诺其实早就看见了这驾马车，也知道它速度很快，可一时忘记了自己的腿伤，还是下意识地以平时走路的速度进行预判。而当她猛然醒觉时，那驾疾驰的马车已然近在咫尺。

眼看就要撞上人了，车夫大惊失色，慌忙拉起缰绳，可强大的惯性还是推动着马车朝郦诺撞来。

千钧一发之际，郦诺毕竟身怀武功，反应还是比常人快得多——只见她迅疾止步，左足运力，向左急旋，整个人腾身而起。马车擦着她的衣服冲了过去，车厢带起的疾风蹭飞了她头上的帷帽。

郦诺一惊，伸手要去抓帷帽。这一下身体失去重心，不仅帷帽没抓到，落地时脚后跟又踩到了一颗石头，郦诺站立不稳，仰面朝天向后倒去。

突然，一个矫健的身影飞掠而来，用一只手有力地托住了她。

郦诺扭头一看，是一张英气逼人的年轻男子的面孔。

这个人就是霍去病，但郦诺并不认识他。

方才郦诺遇险时，霍去病恰好骑马经过她身后，见状立刻从马上飞跃而下，在她即将倒地的刹那扶住了她。

"多谢公子。"

郦诺连忙起身，整理了一下被帷帽扯乱的鬓发。

"姑娘腿脚不方便，为何独自出门？"

霍去病关切地看着她，心里却忍不住想：这么美丽的女子，怎么就跛脚了呢？真是可惜！

郦诺知道他误会了，但自己也没必要跟陌生人解释太多，便礼貌地笑笑，想要过去捡地上的帷帽。"我来吧。"霍去病抢先一步，走过去捡了起来，递到她手里。"此处车马甚多，需要我扶你过去吗？"

"不用了，谢谢！"郦诺戴上帷帽，心里蓦然生出了一丝暖意。

这时，对面的倪长卿已经快步走了过来："没事吧，丫头？"

"我没事。"郦诺应着，下意识地紧了紧肩上的包袱。

见对方似有家人陪伴，霍去病便没再说什么，冲二人点点头，旋即骑马离去。

倪长卿过来搀住了她，两人慢慢朝街对面走去。

郦诺并不知道，此刻张次公等人就策马立在斜对面，且已将刚才的一幕尽收眼底。

尽管偌大的长安城绝对不可能只有一个右腿微跛的女子，可张次公还是觉得眼前的这个女子很可能就是自己要找的人。

因为，他向来相信自己的直觉。

功夫不负有心人。这么多天，总算没在这儿白转悠。张次公颇感欣慰。

"将军，那个女子……有什么问题吗？"陈谅见他直勾勾地盯着那人，有些纳闷。

"或许有，或许没有，这不重要。"

张次公心不在焉地说着，然后一夹马腹，朝郦诺和倪长卿迎了过去。

宁可错杀，不可放过！这是张次公做事的信条。

见他过去，陈谅等人连忙拍马跟上。

太公庙里，一尊姜子牙的塑像立在殿内，赵信和青芒在石案前上香。

"秦门尉，你的出现，让我很是好奇。"赵信把三炷香恭恭敬敬地插进香炉。

"好奇什么？"青芒也把香插了上去。

"你看上去，不像匈奴人。"

"听侯爷的意思，好像认为我应该是？"

从刚才照面到现在，赵信似乎一直没把自己当熟人。这不禁让青芒感到诧异：自己过去明明是匈奴左都尉阿檀那，身为匈奴贵族的赵信怎么可能不认识自己？

现在又听他这么说，青芒不得不得出一个结论：赵信此前根本没见过自己。

那这说明什么呢？难道我不是从小在大漠长大的，而是在赵信被俘虏之后才去了大漠，所以他才没见过我？

这似乎是唯一合理的解释。

倘若如此，那自己的真实身份和过往就再次成了谜——在成为匈奴左都尉阿檀那之前，我是谁？我又在哪儿？

"你不应该是吗？"赵信看着他，"一个拿着於单太子的信物来找我的人，不应该是匈奴人吗？"

"不瞒侯爷，在下是左都尉阿檀那。"

青芒决定摊牌，这样才有可能把自己的身份问题彻底弄清楚。

赵信一震，顿时睁大了眼睛："你就是阿檀那？！"

青芒一笑："如假包换。"

赵信忍不住又从头到脚打量了他一遍："荼蘼居次看上的男人，果然是器宇不凡！"

青芒有点儿奇怪他的第一反应居然是这个。

"侯爷在来汉地之前，从没见过我吗？"

"缘悭一面啊。"赵信笑道，"我在龙城王庭时，你还不知道躲在哪个犄角旮旯儿玩泥巴呢，后来我调到右贤王麾下，才听说王庭出了你这位后起之秀。不过，令堂我倒是认识。"

令堂？！

赵信轻描淡写的一句话，像一声惊雷在青芒耳边炸响。

"侯爷认识我母亲？"青芒按捺住心中的波澜，尽量让自己不动声色。

"当然。浑邪王的女儿伊霓娅，当年也是咱们草原上数一数二的美女，我怎么会不认识？"赵信笑道，"不怕你见笑，当初年轻的时候，我还动过心思想追求她来着。"

伊霓娅，原来我的母亲叫伊霓娅！而我的外祖父居然是匈奴的浑邪王！

青芒笑了笑："那……您应该也认识我父亲吧？"

赵信闻言，笑容忽然消失，一脸狐疑地盯着他："你说什么？"

如此奇怪的反应大出青芒意料之外，也让他一头雾水。但是话说到这儿了，他也只能硬着头皮追问下去。

"怎么了侯爷？"青芒故作轻松地笑道，"就算您当年想追求我母亲，也不至于一提到我父亲就吓成这样吧？"

赵信越发惊疑地看着他，忽然急退数步，大喊一声："来人！"

殿外的四五个侍卫立刻冲了进来，人人拔刀在手。

"拿下他！"赵信指着他大喝道。

侍卫们马上围住了青芒，四五把环首刀同时对准了他。

"侯爷这是何意？"青芒压抑着内心的惊讶与困惑，强自镇定道。

赵信不答，而是死死地盯着他，半晌后才从牙缝里蹦出一句：

"你不是阿檀那。"

郦诺和倪长卿还没走到马车那儿，便被张次公等人拦住了去路。见这些人都是一身禁军装束，二人的心顿时提了起来。

"敢问诸位官爷，何事阻拦小民？"倪长卿赔笑道。

张次公压根儿不理他，而是定定地看着面罩薄纱的郦诺："你叫什么？何方人氏？"

"回官爷话。"倪长卿忙抢着道，"她是小民的外甥女……"

"我没问你！"张次公沉声一喝。

陈谅见状，立刻给了手下一个眼色。两名军士当即下马，一左一右架起倪长卿，把他推到了一旁。

见此情形，等在对面的石荣、刘五和车夫都忍不住想动手，却被倪长卿用眼神制止了。

"回答我的问题。"张次公又道。

郦诺迅速判断了一下眼前的形势：对方总共十来人，己方连同车夫在内共五个人，硬拼的话还是有机会逃脱，可问题是现在自己身上背着巨子令，也就等于背负着整个墨家的命运，绝不允许有任何闪失！

所以，郦诺只能选择忍耐。

"回官爷话，民女姓仇名芷若，东郡濮阳人氏。"郦诺下意识地紧了紧肩上的包袱，从容道。

这是郦诺来长安前便已定下的化名，公开身份是仇景的侄女，为此还假造了一份名籍。

"来长安做什么？"

"随叔父来京做活儿，做饭洗衣，照顾叔父。"

"做什么活？在何处做？"

"木匠活，在内史府。"

张次公眉头一蹙："内史府？是汲黯的内史府？"

"正是。汲内史与民女的叔父是同乡，也是好友，所以请叔父来为内史府修建正堂。"郦诺知道汲黯向来不好惹，所以故意搬出他的名号，以便让对方知难而退。

张次公略为思忖，随即翻身下马，径直朝郦诺走了过来。

汲黯虽然不好惹，可张次公也不是省油的灯，他根本不怕汲黯。

张次公走到郦诺面前站定，冷冷道："把面纱掀起来。"

郦诺一怔："官爷若不信民女的话，可去找汲内史查证……"

"我让你把面纱掀起来！"张次公加重了语气。

"男女有别，请恕民女不能从命。"郦诺说着，退后了两步，跟他拉开了些距离。

张次公又逼近两步，冷然一笑："胆子不小，敢抗拒本官。"

"民女不敢抗拒，但本朝自有律法。请问官爷，是哪条律法规定，民间女子见到官员，必须掀开面纱？"郦诺说着，又退了两步。

张次公继续逼近："不错，朝廷是没有这条律法，不过本官可以给你个理由。"

"那就请官爷说明理由。"

张次公把脸凑近，嘴角浮起一丝狞笑："我有理由怀疑，你是墨家刺客！"

最后这四个字，他几乎是咬牙切齿说出来的。

郦诺心中猛地一颤，同时对张次公开口时几乎喷到她脸上的气息极为嫌恶，下意识又后退了两步。突然，她感到自己的背部被一只手撑住了。

"别再退了，你再摔一次我可不扶。"

似曾相识的手掌的温度，似曾相识的让人心生暖意的声音。

郦诺不必回头也知道身后是谁。

"侯爷凭什么说我不是阿檀那？"青芒目光灼灼，逼视着赵信。

"因为草原上的人都知道，阿檀那根本就没有父亲！可你刚才却问我认不认识你父亲。哼，还有比这更大的笑话吗？要想冒名顶替，也请你先把谎扯圆了！"

什么意思？我没有父亲？

青芒登时如堕五里雾中，半晌才道："没有父亲是什么意思？难道我是石头缝里蹦出来的？"

"你什么都不知道，竟然敢假冒阿檀那！"赵信一脸不屑，"实话告诉你吧，伊霓娅当年是未婚生子，没人知道她的男人是谁，除了她自己！还有，阿檀那也不是在龙城王庭出生的，他是到了十五岁才回到王庭认了伊霓娅，可之前在什么地方，根本没人知道，更别提他的父亲是谁。"

青芒如遭电击，木立当场。

这怎么可能？我怎么会有如此离奇的身世？於单之前说我的父母都是匈奴贵族且很早就被汉人杀了，难道完全是一派谎言？

"那，那我娘呢？她现在……是否还活着？"

"你到现在还敢冒认？！"赵信怒了。

"好吧。"青芒苦涩一笑，"我只想请问，伊霓娅她……还在不在世上？"

"好几年前就去世了。"赵信没好气道。

青芒又是一震，心里像被人狠狠剜了一刀。

见他整个人都呆住了，赵信忽然有些诧异。

按说此人如果是冒名顶替的话，没理由对阿檀那的身世和伊霓娅之死如此震惊。可看他的表情，应该不是假装，也不太像是冒名顶替的样子。更何况，於单也不是笨蛋，怎么可能把信物交给一个冒牌货呢？

赵信这么想着，不禁也困惑了。

"侯爷，事到如今，我也不想再瞒您了。"青芒万般无奈地一笑，"我来到汉地后，遭遇了一场事故，大部分记忆都丢失了。阿檀那这个身份也是於单告诉我，我才知道的。后来我又慢慢忆起了一些，虽然可以确认自己就是阿檀那，但其他事情还是没想起来，对自己的身世也几乎一无所知。"

赵信眉头紧锁，过了好一会儿才半信半疑道："於单没告诉你吗？"

"他只跟我说，我的父母都是匈奴贵族，在我出生不久就被汉人杀了，后来是军臣老单于收养了我。"

很显然，於单骗了他。至于於单为何要这么骗他，赵信大致也明白，无非是想借此表明对他有恩，收买他的心罢了。

沉吟半晌后，赵信终于对手下使了个眼色。侍卫们随即收刀，退到了殿外。

"那你又是怎么摇身一变，成为丞相门尉秦穆的？"

"说来话长。简单来讲，就是公孙弘遇刺当晚，碰巧被我救下了，然后就给了我这个身份。"青芒不想把底全兜给他，便半实半虚道。

"公孙弘就没查问你的来历？"

"他看上的是我的身手，来历并不重要。"

赵信想了想，觉得没必要深究此事，便把话题转到了正事上："你是怎么跟於单接上头的？"

"在东市偶遇，然后我找到了他被软禁的地方。"

赵信眉头微蹙："霍去病防范甚严，你进得去？"

青芒一笑："就这点儿事，还难不倒我。"

"那於单现在做何打算？"

"让咱们联手救他出来，然后……跟他一起杀回大漠。"青芒故意不提天机图，想看看赵信做何反应。

"天机图呢？"赵信果然睁大了眼睛，"难道他没提？"

"对对，我给忘了。他说把他救出来后，再带咱们去取天机图。"青芒观察着赵信的神色，"对了侯爷，於单有没有跟你讲过，这天机图到底是什么东西，又是什么来头？"

赵信眯了眯眼，不答反问："他是怎么跟你说的？"

这老狐狸，警惕性这么高！

青芒心中暗骂，嘴上道："具体没说，只说这东西很重要，也许对他复国会有帮助。"

赵信眼神闪烁了一下："差不多，他跟我也是这么说的。具体是什么东西，到时候取出来不就知道了？"

青芒笑了笑，没说什么。

很明显，赵信肯定知道一些天机图的事情，至少很清楚它的重要性。

"对了阿檀那，我还没问你，你为何也会来到汉地？"

"具体的原因记不得了，不过我想，应该跟漠南之战有关。"

"嗯，你这么一说我倒想起来了，那一仗咱们败得那么惨，你身为前锋大将，可以说是万死莫赎，伊稚斜岂能轻饶了你！"

"所以嘛。"青芒淡淡一笑，"我只能跑路了。"

荼蘼居次说自己在漠南之战中的所为其实是她父王伊稚斜一手安排的，可其他人包括赵信、於单在内似乎都不这么认为。那么，漠南之战的真相到底是什么呢？

"言归正传。"赵信打断了他的思绪，"咱们怎么救於单，你有什么想法没有？"

青芒沉吟片刻，道："想法倒是有，就是不知可不可行。"

"说说。"

青芒凑近，低声说了起来。赵信蹙眉听着，神色渐渐凝重……

华阳街头，霍去病从郦诺的身后站出来，看着张次公："张将军，这是在做何公干？"

"霍骠姚？"张次公一怔，"你……你怎么在这儿？"

他刚才明明看见霍去病已经策马远去了，没想到他居然又折了回来。

"怎么，是不是我在这儿，妨碍你执行公务了？"霍去病微笑道。

霍骠姚？！

郦诺大为意外，忍不住回头看了霍去病一眼。

真没想到，这个英俊少年就是在漠南一战成名、令匈奴人恨之入骨的霍去病。

"霍骠姚说笑了。"张次公也笑道，"我只是偶然路过，无意中发现了这名嫌疑人，便略加盘查而已。"

"嫌疑人？"霍去病眉毛一扬，"我能打听一下，她是犯了什么案子吗？"

"这个……"张次公犹豫了起来。

"不方便说就算了。"霍去病忽然拉起郦诺的手，"咱们走。"

此举令郦诺和张次公都大出意料之外。

郦诺感受到了霍去病手掌的温度，一颗心顿时怦怦跳了起来。

"且慢！"张次公手一拦，"霍骠姚，你要是这么带她走，那可真是妨碍公务了。"

"不走也行，但你得告诉我，她犯了什么事？"

霍去病松开了郦诺的手，却故意往她身前一站，把她跟张次公隔开了。

"我有理由怀疑，她是墨家刺客。"张次公正色道，"此前的公孙丞相遇刺案、大闹天子陵寝案、孔禹幼子被劫案，还有数日前西市铁匠铺斗殴一案，我怀疑都跟她有关！"

"嚯，这么严重？"霍去病夸张地叫了一声，"证据呢？"

张次公冷然一笑："要是有证据，我早就直接抓人了，还有必要在这盘查吗？"

"可没有证据，你又凭什么盘查？"

"证据虽无，疑点却有。"

"什么疑点？"

"行刺丞相一案，据公孙丞相和张廷尉称，为首的墨者是一名女子；大闹陵寝一案，我的手下也曾与女子交手；劫夺孔禹幼子一案，我亲眼所见，劫走马车的还是一名女子，且因马车倾覆右腿摔伤；还有，数日前在西市铁匠铺，有目击者称，看见了一名右脚微跛、手拄拐杖的女子。所有这一切……"张次公用手一指郦诺的右脚，"她都符合！"

霍去病定定地看着他："就这些？"

"这些还不够吗？"

霍去病沉默少顷，突然爆出一阵大笑。

"你笑什么？"张次公有些恼火。

"张将军，你是不是想立功想疯了？"霍去病毫不掩饰自己的鄙夷，"就凭她是一个女子，而且右脚微跛，你就怀疑她是刺客？那你信不信，给我半天工夫，我能从长安城里给你找来八十个符合这两个特征的嫌疑人？"

张次公的脸颊抽搐了几下："查案有时候得凭直觉，不能事事按部就班。"

"得了，我不跟你扯这些没用的！"霍去病手一扬，"所谓直觉，不就是办案无能的借口吗？张将军，你若不服，咱现在就去找大将军评评理；要是你觉得大将军会偏袒我，那咱们一块儿入宫面圣，请陛下圣裁！你看如何？"

张次公心中怒火翻腾，脸上一阵红一阵白。

霍去病官职虽比他低，怎奈人家是卫青的外甥，又刚在漠南之战中出尽风头，一跃成为天子跟前的大红人，跟他干仗，你只有认栽的份，岂能讨得着便宜？

可是，让张次公百思不解的是，霍去病跟眼前这个女子明明素不相识，为什么要如此卖力替她出头？

僵持了半天，张次公不得不扯出一丝生硬的笑容："也罢，看在霍骠姚的面子上，我就不跟她一般见识了。不过此女桀骜不驯，分明是个惹祸的主，霍骠姚若想护着她，日后恐怕有得伤脑筋了。"

"这你就扯远了。"霍去病一笑，"我跟她素昧平生，只是路见不平，说两句公道话而已，张将军切莫误会。"

张次公不再言语，只深长地盯了郦诺一眼，旋即带着陈谅等人悻悻离去。

倪长卿赶快走过来向霍去病道谢，霍去病道："老丈不必客气，我平生最恨仗势欺人之事，今天既然碰上了，又岂能袖手旁观？"

二人又客气了几句。郦诺也上前敛衽一礼，道："世人只道霍骠姚是位勇冠三军的英雄，却不知您更是一位锄强扶弱的义士，小女子今日得识霍骠姚，实乃三生有幸。"

"姑娘谬赞了，举手之劳而已，无足挂齿。"

"只是今日一事，害您得罪了那个张将军，今后还望霍骠姚多加小心。"

霍去病哈哈一笑："姑娘这就不必操心了，我霍去病天不怕地不怕，岂会怕他一个小小的张次公？"

原来方才那人便是当初突袭陵寝的张次公！郦诺暗暗吃了一惊。此人目光犀利、手段狠辣，是个相当危险的人物，日后若有机会，恐怕得设法除之，否则必成大患！

"如此甚好，那小女子就先告辞了。"郦诺跟倪长卿一起行礼告辞，然后登上了马车。

郦诺低头要走入车厢之前，又下意识地回头望了一眼。此时霍去病也在看着她，二人目光碰撞，不觉都有一丝尴尬，遂朝对方笑了笑。

马车随即起动，辚辚而去。

霍去病目送着马车慢慢消失在人潮之中，忽然想起忘记问这个女子姓名了，不禁有些怅然若失。

第
十
九
章

混血

良弓难张，然可以及高入深；良马难乘，然可以任重致远；良才难令，然可以致君见尊。

——《墨子·亲士》

章台街的望阴山酒肆共有三层，一楼客堂与二楼包间都是喝酒的地方，日夜笙歌燕舞，永远躁动喧哗，唯有三楼的客房相对清静一些。此刻，胥破奴正站在自己客房的窗前，静静看着下面车来人往的街市。

长安的繁华喧嚣与大漠的荒凉旷远真是天壤之别的两个世界，再怎么铁骨铮铮的马背上的汉子，若是在这个温柔乡泡久了，怕是骨头也会泡酥了吧？

正这么想着，楼下的一阵浪笑之声忽然穿过紧闭的门缝灌进了耳朵，胥破奴不由得嫌恶地皱紧了眉头。

就在这时，一阵急促的敲门声响了起来。

"进。"胥破奴显然在等人，门闩并未插上。

门被推开，乌拉尔闪身进来，反手把门关上，快步走过来，面有喜色道："大当户，阿胡儿有消息了。"

"说。"胥破奴眸光一闪，却没回头。

"您猜猜今天是谁跟他接的头？"乌拉尔一脸神秘。

"少废话。"

乌拉尔咧嘴一笑，俯了俯首："是阿檀那。"

胥破奴倏然转过身来，眼中满是诧异："阿檀那？"

"没错。阿胡儿说了，阿檀那想了个计策，准备二人联手把於单救出来，然后再一块儿取出天机图。"

"总算等到这一天了。"胥破奴有些感慨，"也不枉咱们千里迢迢走这一趟。"

"是的，大当户。"乌拉尔满脸兴奋，不觉提高了声音，"等他们行动那天，咱们就给他们来个一锅端——夺了天机图，宰了於单，再把阿檀那和阿胡儿带回王庭，这样单于交给咱们的所有任务，就全都完成啦！"

"嘘！"胥破奴瞪了他一眼，朝隔壁努努嘴，"隔墙有耳。"

荼蘼居次和朵颜就住在隔壁。

"您放心。"乌拉尔嘿嘿一笑，"刚才我过来时故意给居次她们敲了敲门，没人应，估计是出去了。"

"想必……又是去找阿檀那了。"胥破奴叹了口气。

"居次对左都尉还真是痴情啊！"乌拉尔啧啧感叹，"若不是单于私下叫咱们跟着她，她就算独自一人也会找遍海角天涯吧？"

"你小子嘴巴给我闭严实了，千万别在朵颜那儿露了马脚。"胥破奴道，"居次打小心气儿就高，要是让她知道咱们跟着她是单于一手安排的，而且来汉地还别有任务，她非跟我撕破脸不可。"

"这您放心，我跟朵颜那丫头有什么好说的？"

胥破奴哼了一声："你喜欢这个汉人姑娘，别以为我看不出来。"

乌拉尔腼腆一笑："啥都瞒不过您。"

胥破奴忽然想着什么，眉头微蹙。

乌拉尔观察着他的神色："大当户，您……想什么呢？"

胥破奴又沉吟片刻，才道："天机图要出现了，这固然是个好消息，不过阿胡儿究竟可不可信，却不太好说。"

"阿胡儿不可信？"乌拉尔不解，"这怎么讲？"

"我跟你聊聊这家伙的往事吧。"胥破奴扭头望着窗外，缓缓道，"当年，阿胡儿是奉军臣老单于之命，假装战败、投降汉朝的。本来大伙儿都指望这个暗桩能发挥作用，没想到刘彻太过精明，表面上给了他一个翕侯的爵位，暗地里却防着他，既不给兵权，又不让他参与军机，结果这家伙就变成了一枚废棋！这些年，这老小子一直泡在长安这个温柔乡里，恐怕连骨头都泡酥了。"

"您是怀疑，阿胡儿会动什么歪心思？"

胥破奴不答，接着道："三年前，於单逃亡到此，咱们新单于立刻派人联络了阿胡儿，命他伺机做掉於单，可这家伙倒好，天天陪於单在这家酒肆花天酒地，却迟迟不肯动手。后来单于给他下了死令，说再不动手就做掉他在大漠的家人，阿胡儿才在於单的酒里下了药，可没想到，於单最后还是让刘彻给救活过来了……"

"还有这等事？"乌拉尔睁大了眼睛，"属下怎么从没听说？"

胥破奴冷哼一声："就你小子的级别，还想知道这些机密？我是看你这一趟挺卖力气，是个可造之材，才跟你说这些。"

乌拉尔大喜，满脸堆笑道："多谢大当户栽培，属下定当为您效死！"

"不是为我，是为咱们单于，为咱们匈奴。"

"是是是，为单于，为匈奴。"乌拉尔诺诺连声，"那，后来呢？"

"阿胡儿解释说，是刘彻的宫里有妙手回春的神医，才救了於单一命，可单于怀疑，是这家伙没把药量放够，故意留了一手。"

"何以见得？下毒这事，也不敢说十拿九稳吧？"

"毒酒事件刚过不久，咱们潜伏在汉朝的好几个卧底，包括流亡过来的一些贵族，就都被刘彻暗杀了。单于怀疑，有可能是阿胡儿向刘彻泄露了情报。所以下毒之事，也很可能是阿胡儿做给单于看的。"

乌拉尔一惊："这么说，这老小子是个双面间谍？"

胥破奴冷然一笑："也许还不止双面。现如今，他周旋在刘彻、咱们和於单之间，恐怕玩的是三面间谍的把戏。"

"三面？！"乌拉尔忍不住抓了抓脑袋，"我的乖乖，这……这三面的把戏咋玩？就不怕玩脱了吗？"

"像你小子只会打打杀杀，怕是一面你都玩不转，可阿胡儿的脑子，一个能顶你八个！当年老单于之所以派他潜入汉朝，便是因为他脑子活络、心思缜密。"

"那他玩这种三面把戏，到底想干什么？"乌拉尔一脸困惑。

"脚踩三条船，自然是拿不准哪条船顺风、哪条船逆风，所以暂时观望喽。"

"那……那眼下哪条船是顺风？他最后总得上一条吧？"

胥破奴思忖片刻，道："刘彻这条船，外示尊宠，内夺其权，他肯定是不想待了；於单嘛，纯粹是条破船，唯一的利用价值只有天机图；所以，依我看，阿胡儿心里还是想回到咱们这边来。毕竟，大漠才是生他养他的地方，根在那儿呢！"

乌拉尔松了口气："这就好，那天机图最后还是咱们的。"

胥破奴又冷哼一声："别高兴得太早。以我对阿胡儿的了解，他得手之后，绝不会轻易把天机图交给咱俩。天大的功劳，谁愿意拱手相让？"

"那他想怎么样？"

胥破奴沉吟着，眼中射出一道阴鸷的光芒："如果我是他，我就会借刘彻之刀把咱俩除掉，然后独得天机图，回王庭向单于邀功。"

乌拉尔脸色大变："若是如此，他今天干吗还要给咱们透露消息？"

"没拿到天机图之前，咱们毕竟还是他的助力。说白了，他是想利用咱们。"

"我呸！这老小子，想得倒挺美。"

胥破奴淡淡道："出来混，不都是彼此利用吗？这很正常。关键在于，到头来是谁利用了谁，谁又能笑到最后。"

"还是大当户高明！"乌拉尔谄媚一笑，"那您说，咱们接下来该怎么办？"

"目前事情还不明朗，跟阿胡儿保持联络，见机行事。"

马车停在尚冠前街的宅子前，郦诺和倪长卿从车上下来。

倪长卿又发出了一阵剧烈的咳嗽。

方才一路上，郦诺本想马上追问天机图的事，可倪长卿一直咳个不停，只好忍住了。此时见他越咳越凶，忙道："倪伯，您这恐怕不是一般的风寒，得找个医师来瞧瞧。"

"不碍事，不碍事。"倪长卿摆了摆手，脚步看上去有些虚浮，"人老了，就这样……"

郦诺命石荣和刘五赶紧扶倪长卿回去歇息，然后走到马车旁，吩咐车夫去附近医馆接医匠过来。正说着，身后的石荣和刘五忽然发出惊呼。

郦诺猛然回头，便见倪长卿闭着眼睛瘫软了下去……

杜周从子牙坡匆匆赶回廷尉寺，向张汤禀报了赵信的动向。

张汤听着，沉吟不语，直到杜周提起跟赵信接头的人时，才猝然一惊："你说什么？跟赵信接头的人是丞相门尉秦穆？"

"是的，属下看得很清楚，就是此人。"

"这就奇了。"张汤大为诧异，"这个秦穆怎么会跟赵信扯上关系？！"

"依属下看，秦穆或许另有来头，说不定……"杜周欲言又止。

"说不定什么？"

"说不定此人跟赵信一样，也是匈奴人。"

张汤摇了摇头："不太可能。上回张次公在丞相邸查问秦穆的身份，我也在场。他的名籍没问题，还有个姐姐叫秦姝月，在章台街卖艺。身份背景如此清晰，怎么会是匈奴人？"

"也许是属下多虑了。不过无论如何，此人与赵信秘密接头却是事实。此事是否该即刻向陛下禀报？"

张汤苦笑了一下："秦穆是丞相的人，我若这么报上去，岂不是陷丞相于被动？"

杜周点点头："那是该先跟丞相打个招呼。"

"事不宜迟。"张汤站起身来，"备车。"

青芒策马回到茂陵邑，刚驰入丞相邸所在的这条街时，一阵凄美的歌声伴着琴音从身后追了上来，幽幽落入了他的耳中：

青青子衿，悠悠我心，纵我不往，子宁不嗣音？

没有任何来由地，青芒发现自己的手竟然自动勒住了缰绳。

这完全是一种下意识的反应，似乎是身体不受控制地背叛了他。或者说，他的身体仿佛拥有它自己的某种记忆——对这个歌声的记忆，所以不必经由他的指令，便对这歌声做出了诚实的习惯性回应。

青芒呆立原地。歌声继续传来：

青青子佩，悠悠我思，纵我不往，子宁不来？

慢慢地，有某种莫名的忧伤开始在青芒的心中弥漫开来。他不知道，自己究竟是单纯被歌声感染，还是被这歌声唤醒了某种沉睡的情愫。

恍惚之中，青芒掉转了马头，循着歌声的来处望去——

茶蘼居次一袭白衣，坐在一家茶肆的二楼阳台上，纤纤十指轻抚琴弦，歌声自唇中迤逦而出；清风拂动着她帷帽下的薄纱和素白的衣袂，令她看上去就像落入凡间的天人。

青芒不由自主地走上茶肆，来到了荼蘼居次身边，这时她刚好唱完了最后一阕：

　　　　挑兮达兮，在城阙兮，一日不见，如三月兮。

"这首《子衿》，是你教我的。"

荼蘼居次回过头来，嫣然一笑，眼中隐隐噙着泪光。

"我忘了。"

青芒的声音毫无感情色彩。他觉得自己压抑得还算成功。

"你没忘。你的身体比你诚实。"

"我上来只是想告诉你，我已经不是你认识的那个阿檀那了，所以……你没必要再来找我。"话一出口，青芒便觉心里掠过一丝疼痛，像被人扯了一下。

"我做不到。"荼蘼居次站起来，缓缓走到他面前，"离开你，我毋宁死。"

"你不离开，才真的会死。汉人有多恨你们，不需要我提醒你。"

"你担心我？"荼蘼居次黯淡的眼神忽然泛出一丝光彩，"你担心我的安危，说明你还在乎我，说明你还是以前那个阿檀那——我的夫君。"

青芒避开她的目光，走到一旁。

就在这一刻，那片草原上美丽的花海，又一次猝不及防地浮现在他的眼前。

对此刻的青芒而言，这场记忆越是美丽，就越显得残忍——生平第一次，他奇怪地发现，美丽和残忍这两种毫不相容的感觉，竟然在自己的脑中水乳交融了。

"是你教我汉话，教我汉人的礼仪、诗歌、琴棋书画……"荼蘼居次悠悠道，"你还送给了我一个美丽的汉人名字。这一生，若不是遇见你，我不知道世上还有这么多美丽的东西，不知道在辽阔的草原和荒凉的大漠之外，还有一个世界是那么喧闹、繁华，又是那么迷人和幽雅……"

青芒静静听着，眉头不由得渐渐蹙紧。

难道我在十五岁去大漠之前是在汉地生活的？不然我从何教她这么多汉人的东西？如果说匈奴贵族伊霓娅是我的母亲，那么我的父亲会不会是汉人？！

青芒猛然转身，紧盯着她："荼蘼，你告诉我，我的父亲是不是汉人？"

荼蘼居次一怔："你……你想起来了？"

"回答我！"

茶蘼居次看着他，轻轻点了点头。

果不其然！

原来自己既不是单纯的匈奴人，也不是单纯的汉人，而是……汉匈混血！

自从北邙山坠崖失忆后，青芒一直在苦苦找寻的答案，终于在这一刻露出了端倪。然而面对这个结果，青芒却不知道自己该喜还是该悲——因为他不知道，在如今这个汉匈征战的时代，在汉人与匈奴人彼此势不两立的背景之下，一个汉匈混血的人应该如何自处，又该如何安身立命？

如果我的身上同时流着汉人和匈奴人的血，那么哪一方才是我的亲人，哪一方又是我的仇敌？从今往后，我该支持谁，反对谁？又该保护谁，反抗谁？哪里才是我的家国？哪里又算是异国他邦？我该为了谁去流血牺牲？又该为了谁去哭去笑、去爱去恨？

青芒仿佛听见自己的灵魂正被片片撕裂，声音有如裂帛一般清厉……

"那你告诉我，我的父亲是谁？他……叫什么？"

不知道过了多久，青芒才强迫自己问出了这句话。

茶蘼居次摇了摇头："你从没有告诉我。我问过你不止一次，可你的回答只有沉默。"

青芒闻言，唯有苦笑，笑容无比苍凉。

"阿檀那，虽然你身上也流着汉人的血，但这一点儿都不重要。"青芒的反应让茶蘼居次有点儿害怕，"你的家在匈奴，你的心也在匈奴。你是草原上的雄鹰，是大漠的苍狼，是咱们龙城王庭最厉害的勇士！你不属于这里。跟我回去吧，阿檀那……"

话音未落，青芒已经举步离开了。

他的背影是那么萧瑟和落寞，让茶蘼居次的心隐隐作痛。

因着这疼痛，她强迫自己闭上了嘴，也强迫自己停留在了原地，没有追上去。她明白，此刻她深爱的这个男人，正在承受一种常人难以想象的撕裂和痛苦……

阿檀那，我可以等你，一直等下去，哪怕是永远。

哪怕是陪你一起老死在长安，最后我也要带着你的灵魂一起飞渡关山，回到草原，回到我们的家。

青芒心神恍惚，迈着沉重的步履回到了丞相邸。刚一进门，便看见朱能慌里慌张地迎了上来。

"老大，你这是上哪儿去了？丞相到处找你呢！"朱能焦急道。

"出了何事？"

"我估摸不是什么好事。方才张廷尉来了，也不知跟丞相说了什么，然后他老人家的脸'唰'的一下就黑了，接着就火急火燎地找你。"

青芒眉头一蹙，似乎明白了什么，嘴角掠过一丝苦笑。

"老大，你脸色不太好？"朱能看着他，有些担心。

"我没事。丞相是在正堂等我吧？"

朱能点点头。

青芒没再说什么，大步朝正堂方向走去。朱能一路紧跟："老大，你可得打起精神来，张廷尉今天来者不善哪！"

"是福不是祸，是祸躲不过，何必这么紧张？"青芒淡淡一笑。

"哪能不紧张？你是没看见丞相那张脸啊……"

"好了，你先去忙吧。"青芒拍了拍他的肩膀，"别担心，我死不了。"

进入正堂的时候，青芒抬眼一瞥，看见公孙弘和张汤坐在堂上，而公孙弘的脸色果然如朱能所说，一片阴霾密布，像极了暴雨来临前的天空。

青芒刚要俯身见礼，公孙弘便迫不及待地喝问道："秦穆，你刚才上哪儿去了？"

"回丞相，卑职去城外见了一位朋友。"

"见谁？"

"翕侯赵信。"青芒回答得十分坦然，脸上似乎还带着一丝微笑。

公孙弘一怔，和张汤对视了一眼。两人都没料到，他会这么痛快就说出实话。

"你挺能耐啊，秦穆！"公孙弘冷然一笑，"一个穷乡僻壤出来的年轻人，在本相门下不过当了一个多月的差，居然就跟翕侯攀扯上了，你还真是让本相刮目相看哪！说吧，你跟他是怎么认识的？"

青芒忽然沉默了，仿佛根本没听见公孙弘的话。

"秦穆，你聋了吗？！"张汤终于忍不住了，"没听见丞相在问你话？你跟翕侯是怎么认识的？你们今天为何鬼鬼祟祟私下见面？你俩见面都说了些什么？快快从实招来，休要装聋作哑！"

"张廷尉，请恕在下直言，这里是丞相邸，不是你的廷尉寺，你拿出一副审案的架势对在下大肆咆哮，恐怕不妥吧？"

"哈！"张汤大声冷笑，"本官是看在丞相的面子上，才在这儿问你话，不然早就拿你回廷尉寺了！"

"张廷尉所言非虚。"公孙弘接言道，"秦穆，你要是不老实回答问题，恐怕本相也保不住你，只能送你去廷尉寺了。"

"是，如果丞相有令，卑职不敢不从。只是卑职有一事不明，想请教一下张廷尉。"

"何事？"张汤问。

"翕侯也是堂堂的朝廷命官，是陛下亲自赐封的列侯，难道在下跟他见面犯法了吗？为什么要跟你回廷尉寺？"

张汤冷哼一声："也罢，既然你问了，那本官不妨跟你透露一点：眼下只要是跟赵信接触的人，不管是公开接触还是私下接触，都必须接受廷尉寺的调查。至于为什么，你无权过问，因为这是朝廷机密。总而言之，你现在只需老老实实回答问题，别耍什么小聪明。"

"张廷尉，"青芒嘴角轻扬，似笑非笑，"既然你提到了'机密'二字，那么在下也不妨提醒你一点：朝廷的办案机构有好几个，不止你一个廷尉寺；特别是涉及匈奴事务的案件，有权办案的官员就更多了，远不止你一个张廷尉。所以，基于跟你相同的理由，为了保护相关的朝廷机密，我只能遗憾地告诉你——你的问题，我无可奉告。"

此言一出，张汤和公孙弘顿时面面相觑。

尤其是公孙弘，更是被青芒这一席话彻底搞蒙了。

事实上一直以来，公孙弘都不大相信秦穆只是一个从魏郡邺县来的不谙世事的乡野青年。相反，他总觉得这个年轻人身上具有某种公府之人或江湖游侠的气质。换言之，在青芒貌似单纯的外表之下，公孙弘总会隐隐瞥见另外一张复杂且令人捉摸不透的面孔。只因为他救过公孙弘一命，加之公孙弘看上了他的身手，才把他留在身边。此前公孙弘一直在找各种理由自我说服，一再压抑对他的怀疑，可现在，这个年轻人终于要把他隐藏在背后的真实面孔掀开了。

而让公孙弘感觉不可思议的是，这小子居然说他在"保护朝廷机密"，这是什么意思？！

尽管公孙弘猜得出他的真实身份一定很不简单，却也万万没料到他会跟朝廷扯上关系！

公孙弘眯起眼睛，用一种陌生的目光凝视了青芒许久，才道："秦穆，既然你把话说到这份上了，那就接着说完吧。我知道，你肯定有很多话要跟本相说。"

青芒一笑："是的丞相，的确如此。不过，卑职下面要说的话，只能跟您一个人说，因为您是丞相，在您面前，无所谓什么朝廷机密，至于张廷尉嘛，恐怕要请他回避一下了。"

"你……"张汤勃然大怒，拍案而起，"好你个秦穆，居然敢藐视本官？！"

"张廷尉，少安毋躁。"公孙弘冷冷道，"请你到偏房稍候片刻。"

张汤目瞪口呆："丞相……"

"请吧。"

张汤无奈，只好大袖一拂，愤然走出了正堂。

接下来，公孙弘和秦穆在里面到底说了什么，张汤就全然不知了。在外面的庭院来回踱步的时候，张汤一直百思不解：即使这个秦穆真有什么来头，他也不可能真的掌握什么"朝廷机密"吧？他怎么就敢跟自己这个堂堂廷尉叫板呢？

越是困惑焦急，时间就过得越慢。公孙弘和秦穆在里面其实只说了一刻钟左右，可在张汤感觉就像过了一个时辰。

当公孙弘终于召唤他进去时，张汤蓦然发现正堂上只有丞相一人，而秦穆已然不见踪影。

"丞相，秦穆呢？"

公孙弘低垂着头，怔怔出神，脸上的表情颇为奇怪：既像是明白了一切，又像是有满腹疑团未解。张汤越发诧异，只好又问了一遍，公孙弘才头也不抬地指了指身后的屏风。

张汤恍然，秦穆是从正堂的后门离开了。

"丞相，这小子到底跟您说了什么？他和赵信到底是什么关系？"

公孙弘却恍若未闻，只是苦笑了一下，自语般道："这个秦穆，还真是令老夫刮目相看啊！"

张汤如堕五里雾中，急得满脸都起了褶子："丞相，究竟是怎么回事，您倒是跟我说一说呀，这不是要急死人吗？！"

公孙弘这才抬起脸来，看了看他，然后沉沉一叹："事关机密，本相说不得啊！你就耐心再等几日吧，到时候你自然就知道了。"

此言令张汤彻底说不出话来了。半晌，他才悻悻道："既如此，那属下就不问了。只是有一事，属下还需按您的意思来办。"

"何事？"公孙弘依旧有些心不在焉。

"今日秦穆跟赵信接头一事，属下该如何向陛下禀报？"

张汤本以为这个问题一定会难住公孙弘，迫使他多少透露一些秦穆的底细，不料公孙弘闻言，却几乎不假思索道："照实禀报，无须隐瞒。"

他娘的！张汤忍不住在心里爆了句粗口。

入仕这么多年来，办案无数的张汤向来对自己的脑子颇为自负，可今天就因为这个该死的秦穆，他平生头一回觉得自己像个傻瓜。

旭日初升，照耀着重檐复宇的未央宫。

温室殿北面的靶场上，一匹头细颈高、四肢修长的栗色骏马正在撒蹄狂奔，扬起一路黄尘。李广带着一群禁军骑兵和宦官拿着套马杆在后面拼命追赶，却始终撵不上它，更别说把它套住。

天子刘彻一身猎装，策马立在不远处，目光炯炯地盯着那匹骏马，神情有些兴奋。

几个行动笨拙的宦官在追赶中失足落马，样子十分狼狈，惹得刘彻哈哈大笑。

笑声中，一个英姿飒爽的年轻女子纵马疾驰而来，高声喊道："父皇，得了宝贝也不叫上女儿，您太不仗义了！"

此女是刘彻的女儿夷安公主，年方十六，深受宠爱。虽是女儿身，却喜欢舞刀弄剑，尤其酷爱骑马射猎，性情倒与刘彻颇有几分相似。

"朕可不敢叫你。"刘彻头也不回，拉长了声调道。

"为什么？"夷安公主转瞬已驰到身边。

"你那么霸道，朕的宝贝岂不是又要被你抢走了？"刘彻故作不悦，回头瞟了她一眼。

夷安公主哼了一声："我再霸道不也是随爹的吗？要怪您只能怪自个儿。"

"胡说！朕行的是王道，几时霸道过？"

"王道只是您的剑鞘，美则美矣，不过只是给人看的。"夷安公主冲他眨眨眼，"霸道才是您的剑刃，锋芒所指，天下披靡。我说得对吗，父皇？"

刘彻一怔，笑道："你若是男儿身，朕恐怕就得把你送上战场了。"

"这是为何？"夷安公主诧异。

"你不是随朕吗？那就代朕去抵御外侮、试试锋芒喽。"

"得，那您赏我个将军做，我准保给您立个大功回来。"

刘彻淡淡一笑，用马鞭一指："瞧见那马了吗？野性难驯，都狂奔一个多时辰了，愣是没人驾驭得了，你若降得了它，再说这话不迟。"

"一大早听说您在这驯马，我就是专程过来降服它的！"夷安公主自信满满。

"呦嗬，口气不小。你可知这是什么马？"

"什么马？"

"西域的汗血宝马！是张骞从大宛国带回来的稀世珍品。"刘彻颇为自得，"此马速度飞快，耐力惊人，日行千里，夜行八百，唯一的坏处，就是性子太野。"

"性子野是优点，正合我意！"夷安公主一笑，"父皇，咱可说好了，我若降住了它，这马就归我了。"

刘彻无奈一笑："早知道你没安好心。"

夷安公主咯咯笑着，一拍马臀，坐骑疾驰而出。"当心点儿，不可强求。"刘彻在背后喊了一句。夷安公主头也不回地扬了扬手，算是回应。

汗血马依旧在靶场里狂奔，脖子和肩膀上的汗珠在阳光下闪着红光。由于四周隔着高高的围栏，它便在靶场边上一直绕圈。夷安公主从一个宦官手里抢过套马杆，拍马追了上去，瞅准机会甩出绳套，好几次险些套住，可都被它灵巧地躲开了。

李广退回到刘彻身旁，担心道："陛下，这马太野了，公主怕是不安全哪。"

刘彻淡淡一笑："这马是野，可夷安比它更野。就像你套不住这马一样，朕又何尝套得住夷安？"

李广也忍不住笑了。

夷安公主又努力了好几次，仍然徒劳无功。她索性勒住马儿，静静地想了片刻，忽然翻身下马，走到围栏边上，等着汗血马过来。

远处，刘彻和李广同时一惊。

"陛下，公主这样子太危险了！"李广失声叫道。

刘彻手搭凉棚，眯眼看了看，镇定道："没事，让她去。"

眼看着汗血马直冲夷安公主而去，速度丝毫没有减弱，李广不禁大为焦急。刘彻微微蹙眉，心下不免也有些惴惴，却还是缄默不语。

汗血马快得宛如离弦之箭，夷安公主却沉静得像一面靶子。

二者的距离越来越近，夷安公主的心跳也越来越快。然而，她还是一动不动，且目光如电，直射汗血马的双目。

五丈，三丈，一丈……

最后的时刻，汗血马突然人立而起，发出一声刺耳的长嘶。它高高扬起的前蹄几乎蹭上夷安公主的鼻尖，她不禁吓得闭上了眼睛。

等她重新睁开眼睛的时候，这匹悍马竟然静静地站在她面前，虽然一直喷着响鼻，但目光却变得异常柔和。

夷安公主笑了。

场上的禁军和宦官们发出了一阵欢呼。

刘彻也欣慰地笑了。李广如释重负，嘿嘿一笑："乖乖，这野马居然怕了夷安公主，到底还是一物降一物啊！"

夷安公主伸出手，轻轻抚摸着被汗水浸湿的马鬃，嘴里不知说着什么，念念有词。汗血马甩了甩尾巴，竟然前腿一屈，跪了下来。

"哈哈！"刘彻大笑，"瞧见了没有，朕就说夷安比它更野嘛！"

夷安公主顺势骑上了马背，汗血马开始轻盈地跑了起来。夷安公主得意地享受着刘彻和场上众人的注目礼，忽然心中一动，遂拍马走到靶场中间，然后一拍马臀，骤然加速，朝围栏冲了过去。

刘彻和众人又是一惊。

还没等他们回过神来，汗血马已经载着夷安公主飞过了围栏，矫健的身姿如同一条腾云驾雾的飞龙。

场上顿时响起一片惊呼。

"陛下，这马一没辔头，二没马鞍，跑出去太危险了！"李广大叫。

这回刘彻也不淡定了，眉头一紧，马鞭一抽，策马追了过去。李广带着众禁军紧紧跟随。

汗血马冲出围栏后，就像鸟儿离开了笼子，一时间竟然野性复萌，又撒起四蹄狂奔了起来。夷安公主有些怕了，慌忙抱住马脖，嘴里拼命喊着"吁——吁——"，可马儿却充耳不闻，瞬间便冲上了温室殿旁的回廊。

见那马儿像疯了一样冲过来，回廊上的宦官宫女们吓得连连尖叫、纷纷躲闪。

夷安公主无计可施，只能死死抱着马脖子，一路大喊"闪开闪开"。

这时，一个身影正从回廊的拐弯处走出来，见状顿时愣住了。

夷安公主见远处那人竟然不躲，不禁又急又怒，拼命喊道："你找死啊？快闪开！"

此人终于看明白怎么回事了，遂无声一笑，高声道："我若闪开，你如何收场？"

"你管我呢？快滚！"夷安公主喊着，定睛一看，那人居然是霍去病。"姓霍的，别逞英雄，撞死你本公主概不负责！"

霍去病呵呵一笑："你最好有把握一头撞死我，要是撞个半身不遂，我下半辈子可就赖上你了。"

好你个霍去病，仗着父皇宠信，竟敢对本公主出言轻薄，看我回头怎么收拾你！夷安公主在心里碎碎念，嘴里却喊："好，那你别躲，有种就站那儿！"

眼看着马儿越来越近，霍去病倏然收起笑容，同时脚下发力，竟然迎面冲了上去。

"你疯了？！"夷安公主失声大叫。

如果说自己方才站着等马儿已经是匪夷所思，那霍去病此举简直是丧心病狂！想找死也不是这个找法，真是疯了！

此时，刘彻和李广等人也跟了上来，在回廊边的道路上疾驰。当李广远远望见迎着马儿飞奔的霍去病时，不由得惊呆了，脱口而出道："霍骠姚这是疯了吗？"

刘彻当然也看在了眼里，遂勒了勒缰绳，放慢了马速，表情瞬间轻松下来。

李广不得不跟着慢下来，焦急道："陛下为何不追了？"

"不必了。"刘彻淡淡一笑，"有那小子在，朕无忧。"

回廊上，霍去病面无表情，心无旁骛，像一头凶猛的豹子朝着马儿飞奔，速度越来越快。

想象着下一瞬间一马二人命丧于此的场景，夷安公主不由得发出一声哀叹，绝望地闭上了眼睛。

就在双方距离只剩下约莫两丈的时候，霍去病突然身子一歪，整个人借着强大的惯性力横着踏上宫殿的墙壁，然后在马儿飞驰而至的瞬间双足一蹬，稳稳地落在了夷安公主身后的马背上。

整个过程如行云流水，几乎在眨眼之间完成。

夷安公主再次睁开眼睛的时候，看见霍去病的双手从自己两腋之下伸出，抓住了前面的马鬃，显然已经把这匹疯狂的野马"接管"了。

我错过了什么？！

夷安公主大为困惑。

"你错过了一场完美的马术表演。"霍去病仿佛看穿了她的心思，"也错过了一场惊险且感人的救人行动。可惜你没看见。这一幕，日后本该可以成为美好回忆的。"

由于两人紧挨着，霍去病的说话声就仿佛是在她耳旁轻声呢喃，夷安公主不由得心头一颤，嘴上却没好气道："离我远点儿，别占本公主便宜！"

"纵然你是公主，也不该如此刁蛮无理吧？我可是刚救了你一命，说话客气点儿。"

"你敢说我？"夷安公主眼睛一瞪，可惜头转不过去，瞪不着他，"父皇都没说过我，你算老几？"

"别动。你扭来扭去的，掉下去可别赖我。"

此时霍去病的两只手抓着马鬃，状似环抱着她，这种姿势夷安公主根本掉不下去。可听他语气轻柔，夷安公主心里还是蛮受用的，嘴上却仍道："我发现你这人很臭美啊！刚才叽哩哇啦夸了自己一堆，你也好意思？"

"明知你不会夸我，我只好勉为其难自夸一番。"霍去病笑了笑，"要不你现在夸我一下，我立马收回那些自夸之言。"

"算了，你吹你的吧，我权当没听见。"

二人说话间，不知是霍去病使了什么本事，还是马儿自己跑累了，速度终于慢了下来。霍去病掉转马头走下回廊，拐上宫中驰道，在接近刘彻等人时跳下马背，然后竟再也不理夷安公主，径直朝刘彻走了过去。

夷安公主忽然被晾在后面，顿时羞恼，冲着他的背影喊："喂，霍去病，你把我扔这儿，就不怕这马儿又疯起来？"

霍去病头也不回道："放心吧，它已经被你驯服了，这辈子它都会忠于你。"

听着这话，回想着刚才被他"环抱"的情景，夷安公主脑中倏然生出了一种错觉，仿佛他这句话中的"它"不是指马儿，而是他自己。

刚这么一想，夷安公主马上清醒过来，不由得暗骂自己：怎么冷不丁就想到这上头去了？夷安啊夷安，你真该死！你可是堂堂的公主，怎么一点儿矜持都没有？你这想的都是些什么鬼？！

刘彻知道霍去病进宫肯定有要事奏报，便让李广等人护送夷安公主先行离开，然后笑着对霍去病道："你小子刚才可是在玩命哪，万一出了差池，你自己小命难保不说，连公主都得跟着遭殃，你可真敢赌。"

"回陛下，臣做事看似冒险，其实心里还是有把握的，不存在万一。"霍去病自信道。

刘彻呵呵一笑："虽然你这话说得有些轻狂，但不知为何，朕还真就喜欢听。"

"谢陛下宽宏。"

"说吧，何事要奏？"

"禀陛下，还是於单之事。"

刘彻神色一凛，翻身下马，命身后的宦官把马牵走，等他们都远离后，才道："是不是天机图有什么动静了？"

"正是。臣已探知，於单将天机图视为其翻盘的筹码。听他的口气，此物对他的复国行动可能会有极大的帮助。不过具体是什么，目前尚不清楚。"

"翻盘的筹码？"刘彻咂摸着这句话的含义，冷冷一笑，"自古欲争天下者，有三样东西不可或缺：人、钱、兵器。於单作为昔日的匈奴太子，人和钱恐怕都不缺。如此看来，天机图背后隐藏的东西，很可能便是兵器了。"

"陛下圣明。可於单若是有钱的话，要打造兵器便不是难事，何需如此倚重这天机图？"

"说得也是。若是一般的常见兵器，有钱自然就能打造……"刘彻思索片刻，似乎悟到了什么，却又不太敢肯定，便道："罢了，东西还没到手，在此空想无益。你不是给於单设好局了吗？他何时会行动？"

"臣估计，应该就这两天的事了。"

"你可有把握拿到天机图？"

"陛下放心，於单一旦行动，臣必能斩获！"

刘彻一笑："好，朕相信你。"

第二十章 失火

天下兼相爱则治，交相恶则乱。

——《墨子·兼爱》

取回巨子令的当天，倪长卿就病倒了，且病势凶猛，连续高烧，之后几日一直昏迷不醒。郦诺把巨子令拿回自己房中藏妥之后，便忙着给老人延医问药，追问天机图的事情就这么耽搁了下来。

直到第三天日暮时分，倪长卿才悠悠醒转。郦诺赶紧命人端了碗粥来，然后一勺一勺地喂他。看着老人两天就瘦了一大圈，原本面色红润、鹤发童颜，现在却暗黄枯槁，仿佛一下苍老了十岁，郦诺心中颇有些酸楚。

尽管到目前为止，郦诺依旧认为倪长卿是害死父亲的重大嫌疑人之一，可他也仍然是自己最敬重的前辈和长者。所以，就算到最后证实他就是元凶祸首，郦诺也要在真相大白之前，尽到一个晚辈该尽的本分和义务。

粥刚喂到一半，倪长卿的眼眶便湿润了，轻轻把陶碗推开。

"倪伯，您几天没吃东西了，这样病可好不了。"郦诺柔声道，"这碗粥您必须喝完。"

倪长卿却恍若未闻，眼睛直直地盯着房梁，悠悠道："小倩若还活着，如今也有你一般大了……"

小倩是倪长卿的女儿，三岁时便感染疫病夭折，此后不久妻子也过世了。倪长卿思念妻女，遂未再娶，一直独身至今。郦诺想着，不觉也红了眼眶："倪伯，您现在应该专心养病，别再想过去的事了。"

"我刚才看见小倩了，还有她娘……她们还是老样子，这么多年都没变。"

郦诺叹了口气，不知该说些什么。

"她们来了，小倩和她娘来了！阿诺你看见了吗？"倪长卿忽然直直地盯着房门口，眼里竟泛出了些许光彩。

郦诺顿时有些毛骨悚然，虽然明知道背后不会有人，但还是下意识地回头看了一眼。

"她们是来接我的……"倪长卿低声呢喃，"我终于可以跟她们娘俩团聚了。"

"倪伯，您别胡思乱想。"郦诺无奈，只能尽力劝慰，"咱们墨家还需要您，您哪儿都不能去。"

倪长卿一听，忽然想起了什么，紧盯着她："阿诺，我是不是还没把天机图的事告诉你？"

郦诺苦笑了一下："不急，等过两天您身体好了，咱再慢慢说。"

这话当然不是真心的，她巴不得现在就问个一清二楚。

"不行，没时间了，我必须现在就告诉你。"倪长卿猛地抓住她的手，"快去，去把房门关上，这事不能让任何人知道。"

郦诺见他的眼神异常笃定，且十分迫切，便不再坚持，走过去关紧了房门。

"你听着！"郦诺刚一返身坐下，倪长卿便迫不及待地开口道，"天机图背后藏着一个可怕的秘密，这秘密绝不能让世人知晓，否则必会生灵涂炭、祸害天下……"

郦诺瞿然一惊。

虽然她早已料定天机图的秘密非同小可，但还是没料到倪长卿会用如此严重的语气描述它。

差不多同一时刻，在宅子的东北角，也就是郦诺所住的屋子前，一个蒙面人蹑手蹑脚地走了过来，警惕地观察了一下四周，然后便用一把匕首挑开屋子的窗户，轻盈地跳了进去，旋即把窗户关紧。

紧接着，此人开始在屋中翻箱倒柜，似在找什么东西。

很快，整间屋子便被翻得一片凌乱——那些原本上了锁的大大小小的箱子柜子都被撬开了，里间外间能找的地方也全都找遍了，结果却一无所获。

此人似乎叹了口气，显然颇为懊恼。

呆呆地站立片刻后，此人走到窗边，打开一条缝，观察了一下，见外面无人，正欲翻窗离去，左脚无意间碰倒了窗边几案上的一盏烛台。

此人凝视着地上的烛台，然后拉下脸上的黑布，嘴角泛起一丝狞笑。

与此同时，在宅子西南角的厨房中，倪长卿的侍从刘五正捧着药罐，把刚熬好的热气腾腾的汤药倒进一只粗陶碗里。

突然，一条细绳从背后猛然勒住了他的脖子。

刘五猝不及防，一手去抓绳子，另一手拼命去抓身后的人，两脚使劲踢踏，可细绳却牢牢陷进了他的皮肉中。不消片刻，刘五便双目凸起，脸庞肿胀发紫，手脚慢慢停止了挣扎，然后头一歪，咽气了。

凶手从袖中掏出一小包白色粉末，撒进了汤药中，然后拖着刘五的尸体，把他扔进了隔壁的柴草间，关上房门，悄然离去。

片刻后，倪长卿的另一侍从石荣穿过一个月亮门，走了过来，见不远处有个背影在那儿晃荡，便张口喊道："老五，你小子熬个药熬这么久，还不赶快端过去，在那儿磨蹭什么？"

背影转过身来，是田君孺。

石荣一怔："哦，是田旗主啊，我还以为是老五呢。"

田君孺"嗯"了一声，活动了一下四肢。

"您在这儿做什么？"

"晚上吃撑了，出来走走，消消食。"田君孺道。

两人又寒暄了几句，田君孺便活动着手脚走开了。

石荣来到厨房，见药熬好了，可里头却空无一人，便四处张望，喊了几声。半晌无人回应，他嘟囔了一声，回头把那碗汤药放进了托盘，端起来走了。

"那您快告诉我，到底是什么秘密如此可怕？"

倪长卿房中，郦诺急切问道。

"利器！"

"利器？"郦诺蹙紧了眉头，"什么利器？"

"在义士手里，是救人的利器，要是落入恶人之手，便是……杀人的利器！"

郦诺似乎明白了："您的意思，指的是兵器？"

倪长卿点点头："是墨子他老人家发明的兵器。当初发明那些东西是为了帮助弱小的国家，不让它们被强国侵略。可是，他老人家临终前却生出了一种担心，担心这些利器会被不肖的后人滥用，便把它们封存了起来……"

"既然他老人家有此担心，为何不干脆将它们毁掉？"

"那些东西巧夺天工，凝聚了他老人家一生的智慧和心血。所以，他终究还是舍不得。"倪长卿苦笑了一下，"另外，没把东西毁掉，也是为了防止万一。"

"万一？"郦诺不解，"什么万一？"

"万一碰上坏的世道。"

"怎样才算坏的世道？"

"百姓遭受蹂躏和屠杀，正如当今的匈奴屠杀我们汉人一样；或者是咱们墨家被官府侵凌，也就像……就像当今的朝廷所为一样。"

"我懂了。"郦诺当即恍然，"墨子他老人家的意思，是假如有这么一天，就让后世的墨者启用那些被封存的兵器，既用以保护百姓，又用以自保；而天机图，便是记载封存地点和启用方法的一张图？"

倪长卿点点头。

"既然当今天下便是外受匈奴侵略、内受朝廷逼迫的坏世道，那您和我爹为何不尽早启用天机图？"

"我和巨子也不是没考虑过，但是那些武器一旦启用，便会死很多人……"

"就算会死很多人，死的也是朝廷鹰犬！"郦诺忽然有些义愤，"您和我爹宁可让咱们墨家的弟兄去死，也不肯让大伙儿拿起武器自保吗？"

倪长卿苦笑："不是不让你们自保，而是怕被别有用心的好战之人利用。"

"别人我不知道，可我主张开战，只是想对付刘彻和他的朝廷，为死去的弟兄报仇，绝不会滥杀无辜！"

"我当然相信你，你爹也相信你，可别人呢？你也不敢替别人担保吧？咱们墨家那么多弟兄，既好战又有野心的人肯定不止一二，一旦他们掌握了所向披靡的杀人利器，你说他们会满足于自保吗？他们会不会也想夺取天下当一回皇帝？到那时候，你让他们再把兵器封存起来，他们肯吗？"

郦诺闻言，顿时语塞。

就在这时，敲门声忽然响了起来，石荣在外面道："郦旗主，右使该喝药了。"

"不喝，拿走！"倪长卿断然道。

"倪伯，药还是得喝的。"郦诺说着，走过去打开了门，从石荣手里接过托盘，盘里正是那碗被撒了白色粉末的汤药。

石荣往里面探了探头。

"看什么？赶紧下去！"倪长卿呵斥道，"没有我的允许，任何人不许来打搅。"

"是。"石荣赶紧把头缩回去，转身离开了。

郦诺关上门，端着药走回榻旁，端起碗来，要给倪长卿喂药。"先放着吧。"倪长卿皱眉道，"把话说完再喝。"郦诺无奈，只好把陶碗放了回去。

"天机图的秘密，还不止方才说的那些……"倪长卿目光缥缈，像是在回忆什么，眼中渐渐浮出恐惧之色，"还有一个秘密，比刚才讲的杀人利器更为可怕，更加匪夷所思，一旦被世人发现，后果也更加难以预料……"

见他神色和语气都很怪异，郦诺的心不禁提了起来："这个秘密又是什么？"

"魔山……"倪长卿眼中的恐惧之色更浓了，"你知道魔山吗？"

郦诺摇了摇头，一脸困惑。

"那里是神灵的居所，也是魔鬼的宫殿；那是上天留给世人的馈赠，也是恶魔施与人间的诅咒……"

倪长卿阴森的语调让郦诺脊背生寒，而这句话的意思更是让她迷惑不解。

"倪伯，您到底在说什么？"

"阿诺，你一定要毁了天机图！"倪长卿突然抓住她的手，双目放光，状若癫狂，"答应我，找到它之后，就毫不犹豫地把它毁掉！墨子他老人家下不了的决心，咱们帮他下！不要启用那些武器，更别让世人知道魔山的所在……"

"可魔山到底在哪儿？！"

倪长卿嘴唇翕动着，刚想说什么，房门突然被人一阵乱拍，仇芷薇在门外大叫："诺姐，不好了，着火了！"

二人同时一惊。

郦诺跳了起来，不顾腿上的伤，一个箭步冲过去打开房门："哪里着火了？"

"就你那屋！"

糟了，巨子令！

郦诺心头猛然一颤。

偌大的宅子里一片混乱，人们提着大大小小的木桶来回奔走，一阵阵"走水了，走水了"的呼喊声此起彼伏。

郦诺和仇芷薇赶到的时候，她所住的两间屋子都已燃起熊熊大火，梁木在火焰的吞噬下发出"毕毕剥剥"的声响。

雷刚、许虎等十几个墨者围着房子拼命扑救，却丝毫阻止不了火势的蔓延。

见此情景，郦诺稍微怔了一怔，便不顾一切地冲进了火海中。众人顿时发出一片惊呼。仇芷薇大惊失色，口中大叫"诺姐"，想冲进去拉她，却被灼人的热浪生生逼了回来。

就在众人手忙脚乱之际，没有人注意到，不远处有一道目光正在黑暗中注视着郦诺的一举一动。

郦诺冲进里屋，踢开横七竖八的杂物，直奔床榻。此时床榻已经大半着火，郦诺一把抓住床沿，猛地把床榻拉到一边，接着扑到墙根处，用手掰掉几块发烫的砖头，迅速从墙洞里面掏出了一个铜匣，然后抱着铜匣返身冲出火场。

刚跑到门边，一大块屋顶便轰然倾塌下来，一堆熊熊燃烧的横梁和檩子死死堵住了她的去路。郦诺飞速转身，环视了一下周遭的火情，随即跳过一张几案，撞开一面着火的屏风，从北面的窗口破窗而出。

落地后，郦诺顺势在地上翻滚了几下，干净利落地压灭了身上的多处火苗。可就在她刚刚起身的瞬间，一个蒙面的黑衣人突然从暗处蹿出，一刀向她后脑劈来。郦诺赶紧往左一闪，堪堪避过。

黑衣人一招落空，左掌又迅疾劈向郦诺的脖颈。郦诺刚避过刀锋，不料掌风又至，根本来不及闪避，遂被击中，颓然倒地，怀中的铜匣掉在了地上。

恰在这时，满心焦急的仇芷薇刚好冲了过来，见此一幕，顿时怒喝："什么人？！"

黑衣人飞快捡起地上的铜匣，纵身一跃跳上了附近的房顶，转眼消失在了夜色之中。

仇芷薇追出了十来步，却担心郦诺安危，只好折回来，一把将她抱起，拼命摇晃："诺姐，诺姐，你醒醒啊！"

这时，雷刚和许虎也跑了过来，仇芷薇指着黑衣人消失的方向大喊："快追，有人抢走了巨子令，往那边跑了！"

二人顾不上惊愕，慌忙顺着她指的方向追了过去。

雷刚率先跃上屋顶，举目四望，却已不见那人踪影。许虎紧随而至，忽然指着东南方向喊道："在那儿！"雷刚连忙转头，却什么都没看见："哪儿呢？"

"刚从那边的房顶跳下去。"许虎喊着，抢先追了过去。雷刚见状，也只好紧跟上去。

这边，郦诺终于在摇晃中苏醒过来，慌忙四下寻找铜匣。仇芷薇无奈道："别找了诺姐，东西被那个蒙面的浑蛋抢走了。"

郦诺猛然一震，双目圆睁。

"你别急，雷哥和虎子他们追过去了，一定会抓到他！"

"往哪儿跑了？"

"应该是……东南边。"

郦诺摇晃着站起身来，仇芷薇忙扶住她。仇景就在这时大踏步走了过来，脸色凝重，身上似有血迹。

仇芷薇一看到他，顿时埋怨道："爹，这都闹翻天了，您怎么才来？"

仇景不答，而是看着鬓发散乱、浑身上下烟熏火燎的郦诺，关切道："你没事吧？"

"诺姐被打晕了，巨子令也被抢走了！"仇芷薇抢着道。

"什么？！"仇景大为惊骇。

郦诺这时才看见他身上的血迹，忙道："仇叔，您受伤了？"仇芷薇一看，不禁失声叫起来："爹你流血了？出什么事啦？"

"没事。"仇景淡淡道，"我刚才急着要过来，半道上有人放了暗箭，被我躲开了，只擦破点儿皮，不碍事。"

仇芷薇又惊又怒："您没抓住他？"

"被他逃了。"仇景苦笑了一下，"我担心你们这边有事，就没追。"

"这又是哪个浑蛋？！"仇芷薇气得跺脚，"今晚真是邪门了！"

郦诺眉头紧锁，心中猛然闪过一个念头——今晚发生的这些事情，背后会不会是同一个人主使的？！

倪长卿披衣下床，踉踉跄跄地走到门边，扶着门框，望着远处被火焰映红的夜空，神色凝重。

石荣见状，赶紧从院门口跑了过来："右使，您怎么起来了？医师吩咐不让您下床的。"

倪长卿不语，依旧凝望着夜空。

"您快回屋躺下吧。"石荣扶住他，要搀他进屋。

"走，扶我过去看看。"倪长卿说着，抬脚迈出了门槛。

"这……外面风大，您可不能出去，万一再受凉了怎么办？"石荣焦急道，忽然瞥见床榻旁的那碗药仍旧放在那儿，一口都没动。"右使，您……没喝药？"

"回来再喝，快扶我过去。"倪长卿执拗道。

"您老人家咋就这么倔呢？"石荣急得跺脚，"您不喝药，万一有个什么闪失，让属下如何担待得起？"

倪长卿回头看着他，苦笑了一下。

"您要过去看也行，先把药喝了。"石荣又道。

"行了行了，老夫现在归你管行了吧？"倪长卿瞪了他一眼，转过身来。石荣嘿嘿一笑，连忙搀着他往屋里走。

许虎和雷刚一口气追到宅子东南角的一座小院外，两人都气喘吁吁。

"你他娘的到底在追啥？"雷刚茫然四顾，"老子怎么连个鬼影都没见着？"

"你眼神不好使就别咋呼了。"许虎道，"反正我是瞧见个黑影往这边跑了。"

"那现在呢？黑影在哪儿？"

许虎若有所思地盯着附近的那座小院："兴许……是躲那里头了。"

"啥？"雷刚一脸错愕，"你没搞错吧？那可是田旗主的屋。"

许虎不答，径直走到院墙外，在墙根的草丛里扒拉着，不知在找什么。

"你扒拉什么呢！"雷刚没好气地走上来，"那里头能藏人吗？"话音未落，许虎竟然从草丛里扒拉出了一样东西，提起来晃了晃："瞧瞧，这是什么？"

夜行衣？！

雷刚顿时睁圆了眼。

"我刚才就见那影子在这儿晃了一下，没想到还真藏了东西。"许虎得意道。

此时，院门突然"吱呀"一声打开，田君孺睡眼惺忪地走了出来，一边走一边穿衣服。雷刚和许虎对视一眼，同时拔刀出鞘，逼住了他。

田君孺一脸懵懂："干吗呢这是？你们疯了？！"

"田旗主，这身夜行衣是你的吧？"许虎把衣服掷到了他的脚下。

"什么意思？"田君孺脸色一沉，"你们这是想栽赃吗？"

"请问田旗主，"雷刚接言道，"你今晚在什么地方？"

"你们瞎了？没看见我刚从屋里出来？"

"你整晚都在这儿？"

"废话！我睡觉不在这儿要在哪儿？"

许虎冷哼一声："宅子里失火了，弟兄们都忙着救火，上上下下一团乱，你居然睡得着？"

"我这不是被你们吵醒了，正想去看看吗？"

"现在才醒？"许虎依旧冷笑，"那你睡得可真死。"

"屁话！老子睡得死也有罪吗？"田君孺怒了。

"田旗主少安毋躁。"雷刚道，"你有没有罪，现在还不好说，跟我们去见郦旗主，也许事情就搞清楚了。"

"凭什么？"田君孺眉毛一挑，"我什么都没干，凭什么要跟你们走？"

"不走就是你做贼心虚！"许虎沉声道。

田君孺目光如电，冷冷地射在他脸上："你小子想找死吗？敢跟本旗主这么讲话！"话未说完，刀已出鞘，铿铿两声格开了二人的刀。

三人拉开架势，正要动手，郦诺的声音忽然传来："住手！"

郦诺、仇景、仇芷薇带着一群手下走了过来。许虎赶紧迎上去，低声说了事情经过。郦诺没说什么，径直走到田君孺面前，正色道："田旗主，今夜有人在我房间纵火，还袭击了我，抢走了巨子令……"

"你说什么？"田君孺一脸惊诧，"有这种事？"

郦诺注视着他，一时难以判断他的表情是否伪装。"所以，我们必须查明真相，还希望你配合。"

"你怀疑我？"田君孺又惊又怒，用手一指许虎："就凭这小子的一面之词？"

"出了这么大的事，咱们宅子里的人都有嫌疑，不光是你。"郦诺从容道。

"可你们现在不都针对我一个人吗？"

"我们针对的只是疑点。田旗主，你告诉我，今晚吃过饭以后，你就回屋睡下了吗？"

"对啊……"田君孺话一出口，忽然想到什么，欲言又止。

这时，仇景身边一个叫胡九的侍从跟他耳语了一句，仇景顿时眉头一紧，看着田君孺道："田旗主，看来你没说实话。"

郦诺一惊，扭头看着仇景："仇叔，怎么回事？"

"晚饭后，阿九看见过田旗主。"仇景冷冷一笑，"还是让田旗主自己说吧。"

"我……"田君孺苦笑了一下，对郦诺道，"吃过饭，我本来想去找你说点儿事，可看到你的房门落了锁，知道你不在，我便走了。"

"那你刚才为何不说？"郦诺的目光狐疑了起来。

"我不觉得这有什么可说的。看你不在，我便走了，又没进屋，也没干别的事。这又算得了什么？"

"好，我暂且信你。"郦诺冷冷道，"那之后呢？你就马上回屋睡下了？"

"呃……"田君孺迟疑了一下，"刚吃完饭哪能睡得下？我就随便溜达了一圈……"

郦诺眉头紧锁，脸上的疑云更浓了："田旗主，你这么吞吞吐吐、遮遮掩掩，让大伙儿如何相信你的话？"

田君孺摇头苦笑："没办法，这就是事实，你们爱信不信。"

"郦旗主，"仇景凑近她，小声道，"依我看，田君孺肯定有问题，是不是先把他控制起来再说？"

按旗主身份排位，仇景在郦诺之前，本不必和她商量，完全可以直接下令，可现在郦诺还有一层身份是"准巨子"，仇景当然得征求她的同意。

郦诺闻言，却沉吟不语。

虽说现在田君孺的嫌疑确实很大，可他毕竟是旗主，手下弟兄数千，若没有确凿证据便抓他，只怕人心不服，稍有不慎便会引发内讧，令墨家分崩离析，所以不可不慎。

正犹豫间，一个手下突然神色惊慌地跑了过来，嘴里喊道："郦旗主，不好了，倪右使他不行了……"

郦诺浑身一震，在场众人也都是一片惊骇。

事态一步步恶化至此，完全超出了郦诺的意料，不仅容不得她有丝毫喘息，还容不得她再细细思量。郦诺断然道："雷刚、许虎！"

"在。"

"把田君孺绑了，搜他的屋！还有他带来的人，也全都给我抓起来！"

"是！"

雷刚和许虎再次用刀逼住了田君孺。他本来还想反抗，见仇景的一群手下也都围了上来，自知不敌，只好苦笑着扔掉了手里的佩刀。

郦诺、仇景、仇芷薇等人一阵风似的冲进了倪长卿的房中，看见他歪倒在床榻上，鼻孔、嘴角、胸前、被褥上全都是血，已然面如死灰、一动不动。

那只盛药的粗陶碗掉在地上裂成了数瓣。侍从石荣站在一旁，一直用手抹眼泪，抽泣不止，后面有两名墨者看守着他。

郦诺看了看石荣，没说什么，径直走到床榻旁，伸手去探倪长卿的鼻息。

没有丝毫动静。

一个大活人，就这么一转眼的工夫，已然变成一具冰冷的尸体。

郦诺难过地闭上了眼睛。

很显然，倪长卿是被毒杀的——有人在他喝的药里下了毒！

"这药是谁熬的？"郦诺扭头逼视着石荣。

"是……是老五。"

"他人呢？"

"方才就找不着他了。"石荣嗫嚅道，"吃过晚饭，老五就到厨房熬药去了，可大半天不见回来，我便去找，发现药倒是熬好了，就是人找不着，我就把药端回来了。"

"你进厨房的时候，还有别人在吗？"

石荣摇了摇头。忽然，他想起什么，忙道："对了，我在厨房外面碰见了田旗主。"

此言一出，郦诺、仇景、仇芷薇都是一震，顿时面面相觑。

"他在那做什么？"郦诺问。

"他说晚饭吃撑了，就随便走走，消消食。"

"他肯定在撒谎！"仇芷薇忍不住喊了一声。

"是啊。"石荣忙道，"现在想来，他出现在那儿确实很奇怪。"

"如此看来，老五怕也是凶多吉少了。"仇景叹了口气。

郦诺略一思忖，道："仇叔，劳烦你派些人手，务必把刘五找到，不管他是不是还活着。"

"我亲自去找。"仇景立刻转身，带着胡九等人大步走了出去。

田君孺又多了一条嫌疑。今夜发生的所有事情，几乎都跟他脱不了干系！

郦诺眉头紧锁，陷入了沉思：如此看来，很可能田君孺才是那个向朝廷告密、害死父亲的幕后元凶！几天前，他还当着自己的面指控倪长卿，现在看来分明就是贼喊捉贼，栽赃陷害！只恨自己没有尽早识破他的真面目，还一直在怀疑倪长卿……

"旗主！"雷刚突然闯进来，打断了郦诺的思绪。

他怀里抱着一个东西。郦诺定睛一看，正是被黑衣人抢走的那个铜匣！

郦诺又惊又喜："是从田君孺屋里搜出来的？"

雷刚点点头，脸上却没有丝毫欣喜。郦诺一把抢过铜匣，可拿到手里才发觉不对劲——铜匣太轻了。再仔细一看，匣盖上的锁已经被撬开，里面空无一物。

"令牌呢？"郦诺的心蓦然一沉。

"我们找到的时候便是空的，令牌肯定被田君孺藏起来了，可这老小子死也不说。"雷刚愤愤道，"现在虎子他们还在找，我告诉他们，就算掘地三尺也得把令牌找到。"

"人证物证俱在！"仇芷薇也愤然道，"看来今天晚上的所有事情都是田君孺这个卑鄙小人做的！"

连铜匣都从他房间里搜出来了，田君孺自然是无从狡辩。只是，巨子令到底被他藏到什么地方了？

郦诺决定亲自去审他，随即命两名手下看护倪长卿的尸体，又命两个人把石荣押到另一个院落看管，然后带着仇芷薇和雷刚迅速赶了过去。

远远看见田君孺的那座小院时，郦诺便意识到出事了。

因为整座小院一片寂静——这不对头！许虎他们若是在里面搜寻巨子令，肯定会翻箱倒柜，闹出不小的动静，怎么可能鸦雀无声？！

果然，一进入院子，眼前的一幕顿时令郦诺等人目瞪口呆。

屋子里外的地上，横七竖八地躺着十几名墨者，其中既有田君孺的手下，也有负责看押他们的墨者。许虎歪倒在田君孺卧室的门槛上，浑身是血。房间的地上扔着六七捆被挣脱掉的麻绳。

仇芷薇忍不住破口大骂。雷刚目眦欲裂，扑过去摇晃许虎，发现他还有微弱的呼吸。郦诺命他赶紧把许虎抬下去救治，又命其他手下查看是否还有幸存者。

"诺姐，那该死的田君孺一定跑不远，咱们追吧？"仇芷薇道。

"外面都是巡夜的禁军，咱们现在追出去，就是送死。"郦诺强抑着内心的愤怒，冷冷道。

"那怎么办？难道就这么让他跑了？巨子令肯定在他身上啊！"

郦诺沉默不语。

不是因为她足够淡定，而是因为她现在的心也跟仇芷薇一样乱，根本不知道该说什么。也许唯一跟仇芷薇的不同之处，就是她一直在告诉自己：冷静，冷静，冷静……

在身为墨家巨子的父亲身边耳濡目染二十几年，她深知做大事的人，必须具备一种泰山崩于前而不变色的定力，任何时候都必须是手下人的主心骨，否则只会让事情变得更糟，也会让手底下的人变得无所适从。

今夜发生的这一连串让人匪夷所思的事情，现在看来基本上已经明朗了：田君孺就是这一切的幕后黑手。他精心策划了一场通盘的杀人阴谋，首先是在倪长卿的药里下毒，其次是在她郦诺的房间纵火，迫使她取出巨子令，然后夺取巨子令并杀了她，同时又派人袭杀仇景。倘若得手，他就相当于在一夜之间除掉了所有巨子之位的竞争者。换言之，过了今夜，田君孺就是万千墨者中资历最深，也最有资格当巨子的人——何况巨子令就在他手上。

事成之后，他一定会找几个替罪羊，把下毒、纵火和杀人的罪行统统栽到他们身上，以此掩盖真相，给所有墨者一个交代。就算还是有人会怀疑或反对他，他也可以用各种或明或暗的办法对付。总之，一旦倪长卿、仇景和郦诺都不在人世，田君孺就不难动用已经到手的权力铲除所有异己势力。

所幸，他失败了。

郦诺觉得，一定是父亲的在天之灵冥冥中保佑了自己，也保佑了整个墨家……

就在她沉思默想之际，仇景的侍从胡九匆匆来报，说仇旗主找到刘五的尸体了。

光线昏暗的柴草间里，郦诺蹲在地上查看尸体，仇景、仇芷薇等人站在她身后。

刘五显然是被勒死的，这点很容易判断，遗憾的是，看了半天，郦诺也没发现什么有价值的线索。就在她失望地站起身来时，眼角的余光忽然落在尸体的右手上。准确地说，是落在了右手中指和食指的指甲上。

她又蹲了下来，拿起尸体的右手仔细端详。

仇景和仇芷薇对视一眼，都有些惊讶。

两根指头的指甲里都是皮屑，显然是刘五在死前拼命挣扎从凶手的脸上或手上抠下来的。

看着看着，郦诺眼前忽然闪过一幅画面——那是一个人的右手，手背上似乎有一道新鲜的抓痕！

今晚，自己到底是在谁的手上看到过这道抓痕？

郦诺闭上眼睛，凝神回忆。很快，一张面孔跳入了她的脑海——石荣。

那是石荣的手！

方才，就在郦诺和仇景等人进入倪长卿房中的那一刻，石荣正抬手在抹眼泪。当时郦诺无意中一瞥，看到他手上有一道淡淡的血痕，但并未在意。

毫无疑问，凶手就是石荣！

郦诺立刻跳了起来，一下子冲了出去。仇景和仇芷薇越发惊诧，只好紧随而出。

今夜最后一个令人匪夷所思的画面袒露在郦诺眼前——石荣死了。

他静静地躺在地上，浑身上下看不出任何伤口，也不像是中毒，看上去就像睡着了一般，但却早已断气。负责在门外看守的两个手下是在郦诺破门而入之后才跟她一起看见了这一幕，两人顿时目瞪口呆，半天回不过神来。

他们都是赤旗的人，常年跟随她出生入死，郦诺完全信得过他们。

可现在的问题是，这个房间是从外面锁住的，房中唯一一扇朝北的窗户也关得死死的，凶手到底如何进入房间，又用什么手段杀死了石荣？

"人一定是你们杀的。"仇芷薇指着两个看守大骂，"只有你们两个进得来，要不是你们杀的就见鬼了！"

二人当即"扑通"跪地，哭丧着脸连呼冤枉。

"还敢喊冤？看来不用点儿手段你们是不会招的。"仇芷薇大喊道，"来人！"

站在门边的胡九连忙上前："在。"

"把他们两个绑起来！"

"芷薇！"仇景忽然沉声一喝，同时示意胡九退下，"事情还没搞清楚，你咋呼什么？"

"这还不够清楚吗？"仇芷薇不服，"门窗都关着，人却死了，不是他们杀的还能有谁？难道是鬼杀的？"

"即便人是他们杀的，抓不抓还轮不到你说话！"仇景也怒了，"这儿什么时候轮到你发号施令了？"

仇芷薇又急又怒，恨恨地跺了跺脚："诺姐，你倒是说句话呀！"

郦诺始终没有开口，但她也没闲着。就在仇芷薇大吵大闹的时候，她已经把整个房间仔细观察了一遍。她凭直觉便认定石荣不是这两个手下杀的，所以她相信，凶手一定是通过门窗以外的渠道杀死了石荣。

一间房子，除了门窗就只有屋顶、墙壁和地板。墙上和地上她刚才都仔细看过了，并无墙洞、地道之类的，那么最后就只剩下屋顶了。

此刻，她正抬头凝视着屋顶。忽然，她终于发现了什么，冷然一笑。

"人不是他们杀的，更不是鬼杀的。"郦诺淡淡道，"凶手是从房顶上发射了某种暗器，神不知、鬼不觉地杀死了石荣。"

房顶上？！

仇景和仇芷薇大为惊愕，同时抬头去看。很快，仇景便有了发现：在屋顶中间靠近屋脊的地方，果然有个小小的破洞，大小差不多跟孩子的拳头一般，但足以用来发射吹管之类的暗器了。

"仇叔，麻烦你查看一下石荣的天灵盖。"郦诺道。

仇景依言上前，在石荣的头部摸索了片刻，终于慢慢从他的头顶处抽出了一根三寸来长的细长钢针，上面还沾着脑髓和血液。

仇芷薇见状，顿时惊得合不拢嘴。在场众人无不面露骇异之色。

仇景扔掉钢针，拍了拍手，一脸佩服道："郦旗主果然心细如发。这么隐蔽的杀人手法，竟然一眨眼就被你破解了。"

郦诺淡淡一笑，没说什么。

杀人手法是破解了，可她的心头非但一点儿都不轻松，反而愈加沉重。

因为石荣之死令今夜发生的所有事情再次变得扑朔迷离，有很多疑点让人困惑：

既然石荣才是杀害刘五的凶手，那么汤药中的毒肯定是他下的，是他毒杀了倪长卿，可见田君孺与倪长卿之死无关。换言之，至少在这件事上，田君孺是被陷害的。那么这个谋杀倪长卿、陷害田君孺，最后又将石荣灭口的人到底是谁？还有，纵火、偷袭、抢夺巨子令这几件事究竟是田君孺干的，还是有人精心策划后栽赃给他的？

郦诺想，倘若是栽赃的话，那么此人要实施这一系列计划必须至少三个人分头行动：第一个是石荣，负责杀死刘五，给倪长卿投毒，然后伺机嫁祸田君孺；第二个负责用暗箭偷袭仇景；第三个负责纵火并偷袭自己，抢夺巨子令，然后把许虎和雷刚吸引到田君孺的院子，又把夜行衣和空铜匣藏到田君孺那儿，完成栽赃。

而当石荣完成投毒任务后，此人要么是自己出手，要么命另一人将石荣灭了口。

这样的分析似乎顺理成章，也可以据此排除田君孺的嫌疑，但还是有一点难以解释：田君孺为何会先后出现在郦诺房间外和厨房附近？这都是田君孺自己承认的，并非别人栽赃，难道只能解释为巧合？难道田君孺的运气真的那么背，接连两次出现在了最不该出现的场合？

此外，如果是有人策划了一场这么大的阴谋，那此人的动机是什么？也是为了篡夺巨子位吗？可如今墨家之中有资格继任巨子的只有四个人：倪长卿、仇景、田君孺和郦诺，假如这个幕后元凶的阴谋全部得逞，一夜之间除掉了三个、陷害了一个，那此人凭什么认为自己一定就能当上巨子？倘若没有相应的德望和资历的话，单凭手中握有巨子令是没用的，根本不能号令万千墨者。

除非，这个幕后策划者是失踪已久的墨家左使樊仲子！

因为除此四人外，只有他是唯一有资格继任巨子的。

可是这显然又太荒唐了——把一个很可能已经不在人世的人当成幕后元凶，又有什么意义呢？

与其作此不着边际的推论，还不如仍然保留对田君孺的怀疑更为合理。也就是说，纵然田君孺与倪长卿之死无关，但还是不能轻易排除他在其他事情上的嫌疑。

根据目前的情况和已知的线索，郦诺最后只能告诉自己，今夜这一连串令人匪夷所思的事件背后可能是两场不同的阴谋：一个阴谋是针对自己、仇景和巨子令，嫌疑人是田君孺；另一个阴谋是针对倪长卿，嫌疑人未知。

至于这两个阴谋为何碰巧会同时发生，郦诺就无法再推论下去了，只能存疑。或许这些事情背后还可能有别的真相，她也只能留待日后继续追查、慢慢破解。

眼下，她还有更重要的事情要做——收拾今晚的这个烂摊子。

"仇叔，咱们宅子失火，朝廷的缇骑和禁军必来追查，而今晚死了这么多人，咱们必须想办法把尸体处理掉，否则麻烦就大了。"

仇景闻言，也颇感棘手，沉吟半晌才道："只能挖个坑埋了。"

"恐怕不妥。"郦诺蹙眉，"朝廷一定会根据咱们在内史府登记的名籍来一一查验，若发现失踪的人数太多，难免会起疑。另外，许虎他们几个弟兄是怎么受伤的，还有田君孺他们几个是为何失踪的，咱们也得有个合理的解释。"

"要不这样……"仇芷薇忽然接言道，"就说许虎和田君孺他们喝醉了耍酒疯，两伙人打架斗殴，还失手烧了房子，而田君孺这伙人砍伤了许虎他们，只好畏罪潜逃了。"

郦诺和仇景一听，同时看向仇芷薇，颇有些刮目相看的意思。

"都瞪着我干吗？"仇芷薇有些不自在。

"可以。"郦诺表示赞同，"这是唯一合理的解释。"

仇芷薇难得被郦诺肯定，可眼下这情形让她一点儿也没有被肯定的喜悦。

郦诺又道："那你再好好想想，这么多尸体该怎么办？"

"除了我爹刚才说的办法，我还真想不出别的。"

郦诺思忖了片刻，忽然眸光一闪："有了。"

"怎么办？"仇景和仇芷薇同声问道。

"再放一把火。"

"什么？！"

"把这些尸体全都扔进跟我房间相连的那几座小院，然后再放一把火。"郦诺补充道，"只有这样，官府才不会怀疑他们的死因。"

仇景和仇芷薇这才明白了她的用意。

"我这就带人去办。"仇景转身要走。"等等。"郦诺喊住了他，想了想，"告诉弟兄们，把尸体放进房间后，弄一些灰，撒进他们的鼻孔和口腔里；另外，尽量把他们的手脚弄成蜷曲之状，千万不要平放。"

仇景一听，不得不佩服她心思的缜密。

如果不做到这两点，官府很容易就能判断出这些人是死于着火之前，而非死于大火。

第二十一章

卧底

仁人之所以为事者，必兴天下之利，除天下之害。

——《墨子·兼爱》

这天夜里，发生在尚冠前街的这场大火并不是长安城里唯一的一场火灾。

在东市附近一条僻静的巷子中，一座白墙灰瓦的两进宅子也燃起了大火。准确地说，失火地点是宅子后院的那幢二层小楼。

大火是在天色擦黑的时候烧起来的。在小楼周围巡逻站岗的武士一发现火情，立刻破门而入，救出了於单。所幸发现得及时，於单只是呛了些烟，并无大碍。霍去病迅速把他转移到了前院，然后带人救火。

可是，谁也没料到，正当霍去病及大部分手下在后院救火之际，一伙蒙面人突然从竹林中杀出，趁乱攻进了前院。为首之人轻功绝顶、武艺超卓，像一只黑色的大鸟飞过众人头顶，轻而易举地劫走了於单。霍去病立刻率众追击，岂料对方在竹林中又埋伏了一拨人，死死缠住了他们。饶是霍去病英武过人，也只能眼睁睁看着於单被那个状如大鸟的蒙面人挟持而去……

这个轻功绝顶的蒙面人正是青芒。

一刻钟后，青芒带着於单赶到了横门附近，与等候在此的赵信会合。方才袭击霍去病的那些蒙面人，正是赵信的手下。

三人一起上了一辆马车，马车前后共有二十几名赵信的侍从策马护卫。经过横门时，前行护卫出示了翕侯的印绶，城门吏当即放行。一行人出了横门，迅速朝渭桥方向驰去。

"殿下没受伤吧？"

车厢中，看着被烟熏黑了半边脸的於单，赵信关切地问道。

"我没事。"於单无心寒暄，直奔主题，"这回起兵，你能召集多少人？"

赵信笑了笑："长安这儿至少有一千人。另外，朔方、五原、云中等地，都各有数千旧部，总共不下万人。"

"好，有这一万人，够咱们杀回去了。"於单踌躇满志，"王庭那边还有几个部落是我的人，可以跟咱们里应外合，再加上天机图在手……"

"打住！"青芒猝然打断他，"你不是说救你出来后，就把天机图还给我吗？"

於单迟疑了一下，勉强笑笑："兄弟，你难道愿意在汉人的地盘待一辈子吗？寄人篱下的滋味我跟阿胡儿都受够了，你又何必重蹈覆辙？咱们三人共举大业、同享富贵有什么不好？我说了，一旦夺回大位，我就封你为左贤王，封阿胡儿为右贤王……"

"照你这意思，这天机图你压根儿就没想还我是吧？"青芒斜着眼道，"说白了，为了让我救你，你从头到尾都在诓我？"

"我也不是成心诓你，关键是你拿这天机图有什么用呢？你一个人又不可能拿那些利器去打天下……"

"等等！什么利器？"青芒神色一凛，"关于天机图你到底还知道多少，最好痛痛快快全说出来，不然我现在就送你回霍去病那儿。"

於单苦笑："也罢，事已至此，我也不瞒你了。这天机图背后藏着墨子当年打造的好几样厉害兵器，听说只要启用那些兵器，便足以扫灭强敌、荡平天下。不过具体是些什么样的东西，到底厉害到什么程度，我也不是很清楚……"

赵信在一旁听着，若有所思。

"你话又想说半截是吧？"青芒直视着他。

"不是我想说半截，我确实不知道啊！"於单苦着脸，"那天夜里你跟那个铁匠躲在毡房里密谈，我在外面就听到这几句，然后你好像就察觉了，我只好赶紧躲开，后面你们说什么我真的不知道了。"

"铁匠？"青芒眉头一蹙，"什么铁匠？"

"一个汉人铁匠，是被咱们军队掳过去的，在王庭帮咱们打造兵器。那几年，你好像一直在找他，最后总算把他找到了。天机图就是他交给你的。"

青芒恍然。

这个铁匠，很可能就是铁锤李所说的那个失踪的"共工"！此人显然是一个隐姓埋名的墨者。如果於单所言非虚，自己那些年一直在找他，那是否意味着我也是一名墨者呢？我从汉地去大漠，会不会就是带着这个使命去的？

可一转念，青芒便又否定了这个想法。

从目前已知的情况看，自己去大漠那年只有十五岁，基本上还是个孩子，怎么可能是墨者？又怎么可能肩负如此重要的使命？

正思忖着，赵信忽然道："阿檀那，我觉得於单殿下的话有道理。咱们毕竟是匈奴人，跟汉人是不可能在一口锅里吃饭的。汉人不是有句话常说吗？非我族类，其心必异！可见他们打心眼儿里就信不过咱们。既然如此，咱们又何必非得看他们的脸色活着呢？你初来乍到，没尝过我这些年在汉地吃的苦头……"

青芒冷笑着打断他："侯爷，你这么说，岂不是得了便宜卖乖？据我所知，汉人皇帝待你不薄，甚至可以说极尽尊宠。你看人家李广，打了半辈子仗，却始终不得封侯，可你一来，刘彻就给你封了个翕侯，还给了你享不尽的荣华富贵。这些年，你哪天过的不是钟鸣鼎食、肥马轻裘的日子？就这你还喊苦，是不是有点儿昧了良心啊？"

赵信微微苦笑，叹了口气："年轻人，你是只知其一，不知其二啊。没错，刘彻表面上待我不薄，可暗地里一直防着我，从不让我参与军机。说白了，他只是拿我当一面幌子和一枚棋子罢了。一方面，他利用我招揽大漠的匈奴人来投诚；另一方面，又利用我监视流亡汉地的匈奴人。我既要应付刘彻，又要尽可能保护咱们的同胞，每天都像是活在刀尖上，战战兢兢，如临如履。你说，这样的日子好过吗？"

青芒淡淡一笑："侯爷这是在警告我，不要步你的后尘喽？"

"不是警告，是忠告，是替你着想的肺腑之言。"赵信用推心置腹的口吻道，"阿檀那，咱俩现在最好的选择，就是辅佐於单殿下杀回王庭，干掉伊稚斜，夺回单于之位，然后咱们兄弟三人从此共享富贵。我向你保证，这才是一条阳关大道，舍此别无他途！"

於单听着，投给了赵信感激的一瞥。

青芒不语，似乎陷入了思索，身体随着马车的颠簸一晃一晃。这时，车轮碾地的声音有了一些变化。青芒听出是车子驶上了木桥，掀开车帘一看，果然，马车已行驶在渭桥之上，桥下的渭水在暗夜中缓缓流淌，泛着幽微的波光。

"咱们这是去哪儿？"青芒看着於单。

"北邙山。"

"你把天机图藏那儿了？"

於单点头。

青芒不由得哑然失笑。

又是北邙山！一个多月前，自己就是在这个地方丢失了全部记忆，没想到绕了一圈之后，又要回这个地方去捡拾天机图这块至关重要的记忆碎片。如此巧合，亦可谓造化弄人。只是不知拿到天机图后，自己能否想起更多的东西，能否将已然打碎的记忆重新拼接完整？

"北邙山的什么地方？"青芒又问。

"寒鸦岭西边，一座废弃的伏羲祠。"

寒鸦岭不高，但林子茂密，於单所说的伏羲祠便位于密林深处。

马车进不了树林，遂停在岭下。於单、青芒、赵信三人换乘了马匹，赵信命侍从们全都点燃火把，一行人由於单领路，从一条小道进了林子。

约莫走了小半个时辰，青芒便觉脚下的道路渐渐开阔，两旁的树木也稀疏了一些，举目望去，隐约可见一座古旧的建筑就匍匐在道路的尽头。

众人近前，迎面是一座破败的院门，两边的黄土院墙已大片倾圮，院中荒草萋萋，看上去颇有几分阴森。众人下马，深一脚浅一脚地走了进去。青芒看见里面的主殿保存得还算完好，殿门上方的匾额虽已斑驳朽坏，但"伏羲祠"三字却仍依稀可辨。

字体是大篆，可见这座神祠应建于春秋年间，至今当有四五百年历史了。

殿内蛛网盘结，一进门，便觉一股陈年霉味的气息扑面而来。一尊一丈来高的伏羲坐像立于大殿里侧。神像原为泥坯彩塑，如今颜色已然剥落殆尽，可面目神情依旧十分威严。伏羲的双手放在胸前，托举着一个圆盘，盘面上隐约看得出是一个太极八卦图案。

相传，伏羲是中国最早的有文献记载的创世神，也是太极八卦的创造者，位居"三皇之首""百王之先"。如今其神祠竟荒凉破败如斯，青芒心中不禁有些惋惜，随即走到神像前，恭敬地拜了三拜。

於单一看，不由得笑道："阿檀那，这伏羲是汉人福佑社稷之神，又不是咱们匈奴的，你拜他做甚？"

青芒也笑了笑："相传，伏羲是'一画开天'的创世神，天地万物皆由此诞生，怎么能说只是汉人的神？你读书少我不怪你，可乱讲话就是你不对了。"

"创世神？"於单冷哼一声，"这不也是汉人的书自己讲的吗？"

"是，是汉人书中所讲没错，可咱们匈奴有书吗？要不你拿一本我瞧瞧，看咱们匈奴说的创世神是谁？"

於单语塞，撇了撇嘴："你这是长他人志气，灭自己威风。"

"华夏之所以人文昌明，皆赖伏羲创制肇始。你自甘于茹毛饮血我不管，可我崇拜华夏衣冠文明，也不干你的事吧？"青芒说着，索性又朝塑像拜了三拜。

"好了好了，你俩就别忙着斗嘴了，还是先取天机图要紧。"赵信在一旁早就等得不耐烦了，"殿下，东西在哪儿呢？"

"远在天边，近在眼前。"还没等於单开口，青芒便拉长了声调道。

赵信诧异，看了看神像："你说它？"

这回青芒还没说，反倒是於单笑了起来："老天爷真是不公平，凭什么让阿檀那长了一个这么聪明的脑子！"

赵信越发困惑："你们俩别打哑谜了，行吗？"

"既然阿檀那都看出来了，那就让他说吧。"於单道。

"其实我一进门就看出来了，这尊神像有问题。"青芒当仁不让道，"首先，这座神殿里到处都是蜘蛛网，又厚又密，可唯独这儿的蛛网要稀疏得多，所以我怀疑，这尊神像在不久前被人动过。其次，整尊神像的彩塑都剥落得很厉害，唯有胸前这个太极八卦的圆盘，其颜色和质地看上去要比其他部位新一些。虽然也刻意做了旧，但做旧的东西终究不太自然，所以我断定，这块圆盘是后来放上去的。至于为何要这么做，答案也并不难猜：这块圆盘很可能暗藏锁钥，而咱们想要的天机图，估计就藏在它后面，也就是在这尊神像的心口处。"

"我服了。"於单一边苦笑，一边拍掌，"一直以来，我最嫉妒的就是你的聪明，可我还是不得不佩服你。"

"他说的都是真的？"赵信有些惊喜。

"丝毫不差，就跟他亲眼所见似的。"於单道，"要不是太了解这家伙，我真怀疑是不是我藏东西的时候被他偷窥了。"

青芒一笑，忽然道："知道我刚才为何要对着神像拜两次吗？"

於单撇了撇嘴："你拜两百次也是你的事，跟我无关。"

"第一次，只是出于我自己的崇拜之情。"青芒不理会他的揶揄，自顾自道，"第二次则是替你拜的，想知道为什么吗？"

"不想。"

"不想我也得说，我是在替你忏悔。"青芒面带笑意，"你为了藏天机图，就在神像的心窝处掏了个洞，这是对神灵的大不敬，会遭天谴的。但愿我替你忏悔能帮你获得救赎，不谢！"

於单摇头苦笑，伸手在太极圆盘那两条阴阳鱼的鱼眼上各按了一下，然后便听"啪嗒"一声，整块圆盘就脱离了伏羲的双手，被於单取了下来。正如青芒所言，圆盘背后，也就是神像的心窝处，果然被掏了一个拳头大小的洞。於单随即从洞里抽出了一个一尺多长的圆筒状的东西。

青芒和赵信赶紧上前，只见这东西用一只厚厚的黑色帙袋装着，袋口扎着牛皮绳，看上去就像是里面装着一卷竹简。

"这东西，你打开看过吗？"青芒问。

於单不语，而是解开牛皮绳，从帙袋中慢慢抽出那个圆筒，递给了青芒。青芒接过一看，圆筒被一层油布包裹得严严实实，勒口处盖着一块封泥，封泥上赫然印有小篆体的"共工"二字。

很显然，这些包装是墨者共工所为，而於单此举也回答了青芒刚才的问题——他没动过。

"不瞒你说阿檀那，我不止一次想把这东西打开。"於单苦笑了一下，"可一看到这封泥，便想起了你的嘱托，心中不免愧疚，所以……"

"是吗？这可让我有些意外。"青芒揶揄一笑，"你都把这东西私藏了，明明已经辜负了我的信任，怎么还会愧疚呢？"

"不管你信不信，总之，这就是事实。"於单悻悻道，"好了，现在物归原主了，你自己打开吧，让咱们仨都开开眼，看看这神秘的天机图到底藏着什么玄机。"

"别打开了，还是原封不动献给咱们单于吧。"

方才一直冷眼旁观的赵信忽然开口，同时趁青芒不备，猛然抽出他腰间的佩刀，反手架上了他的脖子，然后将他手中的圆筒一把夺过。而赵信的十几个手下也同时动手，纷纷抽刀逼住了青芒和於单。

青芒冷然一笑，似乎对此早有预料。

於单则大惊失色，瞪着赵信道："阿胡儿，你干什么？！"

赵信不语，而是把青芒的刀扔给手下，然后从於单手中抢过帙袋，把圆筒装了进去，系紧了绳子，将帙袋揣进怀里，最后才冷冷一笑，道："於单，恕我直言，你早就是个废人了，所谓翻盘，纯属痴心妄想。我阿胡儿又怎么可能放弃荣华富贵，陪你去送死呢？"

"你……你是刘彻的人？"於单又惊又怒，"原来这几年，你一直在耍我？！"

"错了。我阿胡儿生是匈奴的人，死是匈奴的鬼，绝不会替汉人皇帝卖命！我耍你，只是为了敷衍刘彻，否则我如何自保？"

"这么说，当时给我下毒的便是你？过后给刘彻送黑名单、害死咱们自家兄弟的人也是你？！"

"这就是我方才在车上对阿檀那说的寄人篱下之苦了。"赵信叹了口气，"我这也是不得已而为之，因为刘彻太狡猾，不这么做，我早就被他杀了。但是你得知道，对自己的同胞下手，我心里也不好受啊。"

"我明白了。"於单气得咬牙切齿，"你他娘的就是个三面间谍！"

"这回算你说对了。"赵信笑了笑，"不过，我虽然有很多面，但归根结底还是忠于咱们匈奴、忠于伊稚斜单于的。"

"伊稚斜是一个篡位的乱臣贼子！你应该效忠的是我的父王军臣单于！"

"可你父王早死了，你也早就被废了，不是吗？如果你是我，你会去效忠一个死人和一个废人，却跟一个大权在握的活人为敌吗？"

於单连连苦笑，却已说不出话。

"阿胡儿，那你现在想怎样？"一直沉默的青芒开口了。

"我想借二位的项上人头一用。"赵信阴阴一笑，"说实话，我在汉地潜伏了这么多年，伊稚斜肯定不太信任我。所以，除了天机图，我还得把你们二位的头颅献上，这样的礼物才够分量，也才能让我在回到龙城王庭的时候，更像是一位凯旋的英雄。"

"哈哈！"青芒忽然朗声大笑，"阿胡儿，你自以为聪明，脚踩三条船，貌似把大伙儿都算计了，可你怎么就不想想，刘彻和他手下的人会是傻瓜吗？你难道真的以为，他们会对你毫无防备？"

话音刚落，一名在外面负责警戒的侍从便跟跟跄跄地跑了进来。

刚一迈进殿门，还未张口，此人便一头栽倒在地，后背赫然插着一支羽箭。

伏羲祠外，张汤、杜周带着大队人马，已将此处团团包围。

院门前的空地上，赵信的六七个手下皆已倒毙，每具尸体身上都中了好几支箭。

张汤一脸得意，给了杜周一个眼色。

杜周策马往前走了几步，大声喊道："里面的人听着，你们已经被包围了。快快出来投降，否则格杀勿论！"

殿中，赵信的手下闻声，脸色都有些变了。

可赵信却毫无惧色，甚至还微微一笑："阿檀那，你太小看我了。我阿胡儿能在汉地潜伏这么多年，天天在刀尖上过日子，可不是凭运气的。你以为刘彻和张汤一直盯着我，我会毫无察觉吗？"

青芒眯起眼睛，不得不承认赵信这个人的确不简单。当然，此时的赵信会有什么后手，他也早料到了。

"阿胡儿，你确实挺聪明，不过你还有什么后手，却也瞒不过我。"

"哦？既然知道我还有后手，那你更应该知道，你和於单今晚是走不出这寒鸦岭了。"

"是吗？"青芒淡淡一笑，"不见得吧？"

於单困惑地看着他们，已经听不懂他们在说什么了。

就在青芒和赵信说这些话的同时，伏羲祠外的树林中，一群黑衣人正朝着张汤等人快速逼近。

张汤见院内毫无动静，便冷冷道："杜周，告诉他们，最后数三下，若再不出来，就一把火把他们全烤了！"

"是。"杜周又提了提中气，大声喊道："里面的人听着，我数三下，再不出来就放火了！"

院内仍旧没有回应。

"三。"

杜周喊完，等了片刻，又喊了一声："二。"

里面还是鸦雀无声。

杜周忍不住低声咒骂，正待开口再喊，忽闻身后"嗖"的一声，赶紧扭头，却见张汤身子往前一挺，同时发出一声闷哼，一头栽在马下，背部赫然中了一箭。杜周大惊失色，赶紧伏低身子。与此同时，一排利箭呼啸而至，嗖嗖连声，瞬间又射倒了身边的多名甲士。

"结阵！御敌——"杜周一边厉声嘶喊，一边跳下马背，俯身拖起地上的张汤，费劲地朝后面挪动。

附近的甲士们闻声，迅速集结过来，在他们身前结起了一道人墙。

树林中，为首的黑衣人抽刀出鞘，左手的食指和中指并拢，向前一指，两侧的数十名手下立刻朝甲士们扑了过去。

黯淡的月光下，依稀可见这个为首的黑衣人正是乌拉尔。

顷刻间，外面便已杀声震天。

赵信得意地看着青芒："阿檀那，我的援兵到了，你们俩还是乖乖授首吧。"

青芒从容一笑："阿胡儿，你在汉地待这么久了，想必对围棋的博弈之道也不陌生吧？"

赵信不解："你想说什么？"

"善弈之人都知道，既然一方早已料到了另一方的后手，那他就肯定会有对治之策。这么简单的道理，你都不懂吗？"

赵信不由得眉头一紧，下意识后退了两步。

青芒面含笑意地盯着他，紧接着目光忽然一偏，大喊道："霍骠姚！"

赵信大惊，慌忙看向身后，青芒抓住时机闪电般出手，一把抽出了他腰间的刀。赵信发觉上当，右拳打向青芒面门。青芒左手格挡，右手握刀朝他胸前刺去。赵信慌忙侧身闪避。这一避，怀中帙袋的袋口恰好暴露了出来。

青芒无声一笑。

他这一刺仅是虚招，目的正是诱使对方做这个动作。只见他的刀尖往袋口上轻轻一挑，整个袋子便从赵信怀里跳脱出来，旋即被青芒的左手稳稳接住。

这时，於单也夺了一把刀，跟对方厮杀起来。

天机图既已到手，自然没必要跟赵信纠缠，青芒和於单遂且战且退，从神殿的后门撤出，一头跑进了树林。赵信带人紧追不舍。不料，廷尉寺的一部分伏兵恰在此时杀了出来，无意中帮他们挡住了赵信。

三方混战了片刻，赵信被一支流矢射中了右肩，手下慌忙掩护他撤退。青芒和於单遂趁乱逃脱。廷尉寺的人正欲分头追击，忽听伏羲祠前的杜周大声呼唤援救，知道前面战况吃紧，只好掉头杀了过去。

青芒和於单在林中埋头奔跑，不知道跑了多久，直到身后的厮杀声慢慢听不见了，才在一处山坳中停了下来。青芒几乎面不改色，只是心跳略有些加快，而於单则大口大口喘息，仿佛一尾行将咽气的涸辙之鲋。

过了好一会儿，於单才缓过劲来。

"阿檀那，咱们接下来……该往哪儿走？"於单茫然四顾，目光中满是惶惑。

"回长安吧。"青芒道，"你毕竟是匈奴太子，刘彻不会杀你。"

於单惨然一笑："回去接着当活死人？"

"好死不如赖活着，你说过。"

"这东西……"於单瞟了眼青芒怀中的峡袋，"你打算怎么办？"

"这是我的事，你不必管。"

於单苦笑着点点头："对，这本来便是你的事，只是被我耽误了而已……"

夜空中，一轮残月寂冷地挂在天边。黯淡的月光照着於单惨白的脸，似乎也照见了他心中的悲凉与绝望。

"於单，你实话告诉我，我十五岁之前的事情，你知道吗？"青芒忽然问。

"你从没说过，对谁都没说。不过，大家都猜得出来，你小时候肯定住在汉地，否则哪懂那么多汉人的东西？"

"那……你知道我父亲是谁吗？"

於单摇摇头："这是一个谜，除了你母亲伊霓娅，没人知道。"

这是一个谜？！

青芒不由得凄然一笑。既然这个谜底只有母亲知道，而母亲又已不在人世，那是不是意味着，除非自己能恢复记忆，否则这将永远成为一个谜？

而更让青芒感到悲哀的是，即使自己恢复了记忆，恐怕也不一定能得到答案，因为自己也可能从小就不知道。

青芒在心中沉沉一叹，换了个话题："还有件事我想问你。荼藤跟我说过，我在漠南之战中的反常表现，其实是伊稚斜一手安排的，目的是除掉那些阴谋反对他的势力。你觉得，这种说法可信吗？"

"什么？"於单一愣，"这是她亲口说的？"

青芒点头。

於单蹙眉思忖了起来。就在这时，不远处的树林中忽然传来一个声音："这当然不是真的，荼薇只是想骗你跟她回去罢了。"

青芒和於单同时一惊。

紧接着，周遭的树林突然大亮，数十支火把同时燃起，把他们围在当中。闪闪烁烁的火光中，只见一个黑衣人迈着沉稳的步履朝他们走了过来。

二人定睛一看，来人居然是胥破奴。

"阿檀那，其实单于早就怀疑你是於单的人；之后於单逃跑，单于更怀疑是你暗中相助。"胥破奴走到两丈开外站定，"所以，他早就想杀你了，只是因为居次太在乎你，而单于又疼爱居次，怕自己的女儿伤心，才迟迟没有动手。"

青芒闻言，心中顿时释然。

如此看来，自己肯定是在漠南之战前便决意要逃归汉地了，所以才会在战场上主动给霍去病"放水"。

只是，自己毕竟也是半个匈奴人，当初做这个决定，难道就不会对那些死于此役的匈奴"同胞"心怀愧疚吗？

"既然伊稚斜早就不信任我了，又为何会任命我为此役的前锋大将？"青芒问。

"原因当然还是居次。"胥破奴淡淡道，"单于既打算除掉你，又不想让女儿怪他，最好的办法，当然就是把你放到战场上去了。刀剑无眼，倘若你战死沙场，居次伤心归伤心，总归不会怪到单于头上。"

青芒忽然意识到了什么："伊稚斜既已下决心要杀我，恐怕不会仅仅把希望寄托在汉人的刀剑上吧？"

"聪明。"胥破奴呵呵一笑，"单于知道你有点儿本事，没那么容易死，所以事先便给籍若侯、罗姑比他们下了密令，让他们见机行事，把你除掉，然后对外宣称你是被汉人所杀。只可惜，籍若侯这帮家伙太没用，不仅没能杀了你，反倒让你借汉人之刀杀了他们。"

青芒终于恍然，方才隐隐生出的愧疚之情顿时一扫而光。

如此看来，自己很可能在战前便已察觉了伊稚斜的阴谋，所以才会将计就计，借霍去病之手把籍若侯、罗姑比等人一锅端了！此计虽狠，但也是被逼无奈的自保之策。换句话说，这都是籍若侯等人助纣为虐、咎由自取，自己大可不必为此良心不安。

"哈哈哈哈……"於单忽然发出一阵大笑，"伊稚斜机关算尽，自以为一切都在掌握之中，没想到阿檀那将计就计，反倒给他来了一记釜底抽薪！他一定气得七窍生烟了吧？我真想看看他那恼羞成怒又无计可施的嘴脸啊！"

胥破奴冷哼一声："笑吧於单，你尽管笑吧。我之所以跟你们说这些，就是想让你们死个明白，别当糊涂鬼。咱们过去也算有点儿交情，这就算我送给二位的临别赠礼了。"

"你以为凭你们这帮人，就可以杀掉我和於单吗？"青芒淡淡笑道。

胥破奴也笑了笑："阿檀那，我知道你这人向来自信，而且你的本事的确不小。不过我今天带过来的人，都是左、右狼卫的勇士——你当初也是狼卫出身，应该知道他们的厉害。所以，我可以很确定地告诉你，今天晚上，不管是你、於单，还是天机图，都逃不出我的手心了。"

於单一听，脸上立刻浮现出恐惧之色。

青芒虽然面无表情，但心中已然意识到了形势的严峻。

左、右狼卫是单于的贴身侍从，都是从身经百战的匈奴士兵中严格遴选、层层选拔出来的，个个悍不畏死，皆有以一当百之勇，可谓精锐中的精锐、高手中的高手！所以青芒很清楚，接下来要面对的必是一场前所未有的殊死恶战！

除非出现奇迹，否则自己和於单肯定是凶多吉少了……

伏羲祠前的林中空地上，乌拉尔与廷尉寺的战斗已然见出了分晓。

尽管厮杀仍在进行，可横陈于地的数十个死伤者中，至少有八成是廷尉寺的人，其中包括方才从后面赶过来的援兵。此刻，只剩下十来个甲士还在苦战，而乌拉尔一方却足足还有二十多人。

张汤仍处于昏迷状态。杜周把他抱到一块岩石后面躲着，一直缩着不敢露头。他毕竟只是一介查案审案的文官，偶尔抓一两个作奸犯科之徒还凑合，可碰上这么大的阵仗，出去就等于送死，所以只能当缩头乌龟。

眼见己方的人越来越少，杜周不由得也有些紧张害怕起来。

此时，乌拉尔接连砍倒了两名甲士，飞溅而起的鲜血喷了他一脸。

其实按原计划，乌拉尔早就可以撤了，因为胥破奴给他的任务只是牵制张汤而已，并没让他把廷尉寺的人赶尽杀绝。可如同往常一样，乌拉尔一动起手就控制不住自己了。杀人令他兴奋，尤其是杀汉人，更是令他充满了嗜血的快感。

乌拉尔抹了一把脸上的血，伸出舌头舔了舔。

杜周恰在这时探出头来，一看不禁瑟缩了一下。

"你们汉人都是孬种！"乌拉尔狂笑着，一步步朝杜周走近，"个个都是没卵蛋的家伙，老子杀你们都嫌脏了刀。"

话音未落，忽听"唰唰"几声，乌拉尔顿觉裆部冷飕飕的，低头一看，自己的裤子居然被人从后面开了裆！尽管里面还穿着裈裤，但两条大腿和大半个臀部已经露了出来。

他大惊失色，慌忙捂着裆部飞快转身。

眼前是霍去病微笑的脸。

"你……你是谁？！"极度的羞恼让乌拉尔登时涨红了脸，还好被鲜血掩盖了大半。

"滚吧。"霍去病冷冷一笑，"我不杀穿开裆裤的人。"

与此同时，树林中杀出了数十名武士，都是霍去病的手下，纷纷与黑衣人交上了手。

杜周知道自己安全了，遂指着乌拉尔见了光的臀部放肆大笑。

乌拉尔万分窘迫，不得不扔掉手里的刀，用另一手捂住了后裆。

"再不滚，下一刀割的就是你的卵蛋了。"霍去病又道。

"好，你有种，你等着，老子总有一天要亲手宰了你！"乌拉尔说完，赶紧掉头跑进了树林。由于双手护裆，他奔跑的动作十分滑稽，又惹得杜周一阵开怀大笑。

一进树林，乌拉尔便打了声呼哨，余下的黑衣人迅速后退，转瞬便没入了树林中。霍去病的手下并不追赶，而是俯身去救助那些受伤的甲士。

"霍骠姚，"杜周笑得意犹未尽，"你干吗不杀了那家伙？至少把他卵蛋割了呀。"

"你还嫌你们廷尉寺的人死得不够多吗？"霍去病冷冷道。

杜周尴尬，连忙收起笑容。

"快把张廷尉和受伤的弟兄抬下山，再不救治，他们死定了。"

杜周诺诺连声，赶紧照做。

霍去病命大部分手下帮杜周送伤员下山，自己只带着几名随从转身离去。

山坳处，青芒和於单背靠着背，与二三十名狼卫激战正酣。

地上躺着七八具尸体，都是青芒所杀，而於单基本上只有招架之功，毫无还手之力——若不是青芒采取这种"贴背"战术不断旋转着替他抵挡，他恐怕早就横尸当场了。

然而，再好的战术也改变不了这种敌众我寡、实力悬殊的局面。

短短一炷香工夫，二人身上便已多处挂彩，鲜血渐渐染红了他们的衣裳。

胥破奴背着双手在一旁观战，一副气定神闲之状。

"阿檀那，你自己……杀出去吧，别……别管我了。"於单气喘吁吁道。

青芒不语，又砍倒了一名过于冒进的狼卫，可左肩也旋即中了一刀。

"兄弟，听我的，快走吧！"於单忽然眼眶泛红，"有你这份拼死相护的情义，我就……死而无憾了。"

青芒仍旧沉默，又旋转了大半圈，奋力逼退了几名狼卫。

胥破奴闻言一笑："二位兄弟情深，令人感动。放心吧，我今天一定成全你们，让你们死在一块儿，黄泉路上也好有个伴。"

於单凄然一笑，又对青芒道："兄弟，我於单亏欠了你，这辈子是还不上了，容我先走一步，来世再报吧！"说完，还没等青芒反应，便嘶吼着扑向了胥破奴。

"你疯了，快回来！"青芒大叫，想去拉他，却迅速被狼卫们隔开了。

胥破奴冷笑着，一直等到於单冲到面前，才猛然抽刀，"铿"的一声荡开了他的刀，然后飞快转身，反手把刀刺入了他的腹部。

只听"噗"的一声，刀尖便自於单的背后穿了出来。紧接着，胥破奴把刀抽回，於单颓然栽倒。

"於单——"青芒嘶吼着，目眦欲裂。

就在这一瞬间，一块块记忆的碎片在脑中纷纭闪现，并迅速拼凑成了一幅幅完整的画面：

草原上，十几个匈奴少年在围殴十五岁的阿檀那，一边暴打，一边骂他是"野种"。阿檀那拼命反抗，却一次次被打倒在地。然后少年於单策马奔来，挥舞马鞭赶跑了那些人。

毡房旁，阿檀那在教於单剑法，於单在教阿檀那摔跤。

山林中，已是青年的阿檀那和於单在骑马射猎。

擂台上，阿檀那击败了一个个对手，最后把於单也击败了。於单却不恼怒，反而拉着他跑到军臣单于面前，眉飞色舞地说着什么。单于看着阿檀那，面露赞赏之色。

篝火边，阿檀那和荼蘼居次在一起跳舞，於单在不远处静静看着，目光中充满了失落，但唇边却挂着笑容。阿檀那转身之际看到了他，於单赶紧笑着走过来，卖力地帮他们打鼓伴奏……

突然恢复的这些记忆深深刺痛了青芒的心，也让他在这一刻遽然丧失了反抗能力。

恍惚中，他遭到了重重一击，趔趄跪地，不过他仍用刀死死拄在地上，只是单腿屈膝而已。

十几把刀同时架上了他的脖子。

胥破奴仰天大笑，可笑声却出人意料地戛然而止——因为与此同时，也有一把刀架上了他的脖子。

"让他们把刀放下。"一个无比熟悉的声音冷冷道。

荼蘼居次！

青芒闻声，心中顿生啼笑皆非之感。

胥破奴先是一愣，旋即明白了什么，苦笑道："敢问居次，你是何时看穿我的？"

"就在你'帮'我逃离王庭的那一天。"

"什么？"胥破奴惊讶，"这……这怎么可能？"

"怎么不可能？"荼蘼居次冷哼一声，"你和父王自以为演了一场天衣无缝的好戏就可以瞒住我，可惜你们错了，我并不像你们以为的那么没脑子。"

胥破奴叹了口气："自从阿檀那一走，你就跟丢了魂似的，几天几夜不吃不喝、不眠不休，所以大伙儿都觉得，你似乎为了感情可以不顾一切……"

"是的，为了感情我可以不顾一切，但不等于我会丧失理智。"

"所以这一路走来，你都是在利用我喽？"

"没错，正如父王和你也在利用我一样。"荼蘼居次冷然一笑，"你们想利用我找到阿檀那并杀了他，我就利用你们找到他并保护他。用汉人的话说，这叫以其人之道还治其人之身。这很公平，你不必觉得委屈。"

"你是单于的心头肉，他怎么会利用你呢？他知道你无论如何都会来找阿檀那，拦是拦不住的，最后只能想这个办法，让我跟着你、保护你。"

"那好，既然父王是让你来保护我的……"荼蘼居次说着，突然把刀架在了自己颈间,"那你现在就放了阿檀那,不然只能给我收尸了。"

胥破奴没想到她会以自己的性命相要挟,不由得大惊失色:"居次,你冷静点儿……"

"放了他!"荼蘼居次厉声一喝。

胥破奴无奈,只好给了手下一个眼色。

狼卫们退开。青芒以刀拄地,摇摇晃晃地站了起来,浑身鲜血淋漓。荼蘼居次看在眼中,不觉泛出了泪光。

青芒回头,无力地朝她一笑,然后一步一步走进了树林中——虽然虚弱,但他的脚步依然沉稳。

狼卫们蠢蠢欲动,忍不住齐齐看向胥破奴。

胥破奴轻轻摇了摇头,众人只好眼睁睁看着青芒消失在黑暗之中。

一弯残月在厚厚的云层中穿梭,时隐时现。

天地寂然,四野无声。

青芒在树林中踽踽独行,滴滴鲜血落在他身后的地上,活像一条蜿蜒尾随的蛇。

天机图仍然揣在怀中,青芒却忽然有些厌恶这个东西。今夜有这么多人因它而死,那么在此之前呢?青芒相信,在此前的数百年中,一定也有很多人为它丢掉过性命。而从今日之后,定然还会有无数的人如飞蛾扑火般地为它而死!

既然此物如此不祥,为何还要让它存在于世?

青芒停住脚步,把帙袋从怀中掏了出来,在月光下定定地看着。倘若把此物彻底毁掉,不就可以免却所有因它而起的纷争和杀戮了吗?

就在这时,阒寂无声的树林中忽然飞起一群寒鸦,纷纷从青芒的头上仓皇掠过。

紧接着,一群禁军甲士便从周遭的林子中冒了出来,为首之人正是张次公。

"秦门尉,好久不见啊,你怎么把自己弄成这副模样了?"张次公带着一副幸灾乐祸的表情走了过来。

青芒微微有些诧异,旋即把帙袋揣回怀里,淡淡一笑:"张将军这不是明知故问吗?你既然在这里出现,说明今晚的大戏都被你看在眼里了。"

"哈哈,是啊。"张次公一脸得意,"今天这场'鹬蚌相争'的大戏,的确是精彩纷呈。我这个'渔翁'现在出场，应该不算太晚吧？"

今晚，尚冠前街大火一起，张次公便接到了巡夜禁军的奏报，随即带人前往，不料刚出军营不远，便又得到奏报，说东市附近的一座宅子也失火了。由于后者距离较近，张次公遂掉头赶往东市，随后便在东市附近的竹林中发现两帮人在打斗：一伙人以霍去病为首，另一伙人身份不明。

尽管对霍去病心存芥蒂，可职责在身，他没有理由不出手帮忙。可是，刚要上前，他忽然看见一道修长的身影挟持着一个人从不远处飞掠而过。凭着过人的眼力，张次公当即发觉这个身影很像秦穆，顿时好奇心大起，便带人一路追踪。追到横门附近时，他印证了自己的猜测——此人果然是秦穆。接着，他又看见了赵信，心中大为狐疑。而当他终于看清第三个人时，登时寒毛直竖，险些叫出声来。

他万万没想到，那个据说早在三年前便死于伤寒的匈奴太子於单竟然还活在世上，而且还跟赵信和秦穆扯到了一起！

张次公料定他们三人必有重大阴谋，当即决定继续跟踪，不料张汤突然出现，把他训了一通，命他去处理火灾，别的事不必多管。张次公表面唯唯，却偷偷跟上了张汤，并一直跟到了寒鸦岭的树林中。

随后，张汤在伏羲祠前遭到了乌拉尔的袭击，而当时张次公就带着部下躲藏在附近。但为了抢功，他却视而不见，带着手下转身离去，继续追踪青芒和於单。不过追到半路的一个岔道口时，他出现了误判，结果丢失了目标。可他并不死心，仍然带着部下在附近的山林里转悠，最后终于在这里撞上了青芒……

"张将军，你说得没错。"青芒笑了笑，"今晚的确是一场'鹬蚌相争'的大戏，只可惜，你不是那个最后的'渔翁'。"

"哦？到现在你还这么认为吗？"张次公冷笑，"你勾结赵信和於单，制造祸乱，图谋不轨，只要现在抓你进宫，便是功劳一件。另外嘛……你怀里揣的那个东西，想必一定非同小可，我猜陛下也一定很感兴趣。如此人赃并获，你说，我还不算是得利最大的'渔翁'吗？"

"你想多了，张将军。"青芒仍旧笑道，"你求功心切，我可以理解，但你不去帮张廷尉抓匈奴人，反倒来追我，只怕闹到陛下跟前，你不但无功，还有过。"

张次公见他一脸从容，不像是吓唬自己，不由得眉头一紧："你怀里是什么东西？赶紧交出来！"

不管你秦穆玩什么花样，张次公想，只要我把这东西抢到手再献给天子，那肯定是大功一件。

"我若把此物交给你，只怕有人不答应。"青芒说着，眸光一闪，像是看见了什么。

"这里还有别人吗？"张次公冷笑。

"当然有。"

"谁？"

"我！"

最后这个声音是从张次公的身后传过来的。他猝然一惊，赶紧转身，却见霍去病不紧不慢地走了过来，身后跟着几名精干随从。

又是你小子？！

张次公心里暗骂，脸上却不得不勉强一笑："霍骠姚？你怎么在这儿？"

"奉旨办差。"

"哦？那能否请教是办什么差？"

"你无权过问。"

张次公被噎了一下，顿时脸色一沉："霍骠姚，秦穆是我抓的，你要是不把话说清楚，不管是人还是东西，你都休想带走！"

霍去病却再也不看他一眼，径直走到青芒面前，看着他满身的伤痕，不由得蹙紧了眉头。青芒迎着他的目光，虚弱地笑笑："霍骠姚，咱们事先都说好了，一拿到东西，你便现身。可你今晚干什么去了？如此姗姗来迟，是不是成心要给我收尸？"

张次公在旁边一听，不禁大为困惑：这个该死的秦穆，什么时候又跟霍去病扯上关系了？

"抱歉，在伏羲祠那边耽搁了一下。"霍去病面无表情地说道，然后转身弯腰，背朝着青芒："上来吧，你得赶紧止血，再磨蹭你就真变成尸体了。"

张次公见状，越发错愕。

秦穆明明勾结赵信和於单犯下了大案，可霍去病为何不抓他，还要亲自背他去疗伤？！

"不必了，我自己能走。"青芒道，可身体却不争气地摇晃了起来。

"你还嘴硬？是不是活腻了？！"霍去病保持着弯腰的姿势，回头瞪着他。

青芒无奈，只好趴到了他的背上。

霍去病抬脚就走，张次公赶紧拦住："霍骠姚，你就这么把人带走？"

"让开。"霍去病沉声道。旁边的随从立刻抽刀指着张次公。一旁的禁军甲士见状，慌忙抽刀围住了他们。

场面顿时僵住。

而就在此刻，失血过多的青芒终于支撑不住，头一歪，昏死了过去。

"张次公，你听好了。"霍去病抬起眼来，目光狠厉，"秦穆是我派到於单和赵信身边的卧底，是今晚这场行动的首功之臣，若因你的阻拦而有什么三长两短，别说我跟你没完，陛下也轻饶不了你！"

张次公一听，虽仍满腹狐疑，但终究不敢阻拦，只好示意手下退开，自己也让开了路。霍去病等人立刻带着青芒往山下奔去，转眼消失不见。

张次公白忙了一整夜，最后什么都没捞着，不禁气得牙痒，遂狠狠一拳砸在了旁边的树干上……

霍去病说青芒是他的卧底，其实也不全是在忽悠张次公。

今夜寒鸦岭的这场行动，的确是青芒和霍去病事先设计好的。准确地说，是青芒主动去找霍去病商量，然后二人共同制订了行动方案。

青芒之所以这么做，原因就出在他最后一次去找於单的那天晚上……

那晚，於单告诉青芒去跟赵信接头，由于声音压得很低，门外的霍去病一个字都听不到。当时霍去病急得抬脚要去踹门，后来还是忍住没踹，只恨恨地朝半空挥了一拳。

就是这个无意的动作，引发了一个轻微的声响，让听力过人的青芒捕捉到了。

门外有人！

青芒迅速做出了判断。可他却不动声色，继续跟於单把话说完，然后便和上两次一样悄无声息地离开了。

事实上，青芒只是离开了小楼，并未离开这片宅子。他摸黑绕到了小楼前，躲在一棵树后，果然看见一个身影轻手轻脚地从楼上走了下来。这个身影正是霍去病！

青芒在黑暗中无声苦笑。

尽管无从知道霍去病已经偷听了几回、偷听了多少，但青芒还是可以肯定，自己的真实身份和天机图的事情，对霍去病而言很可能已经不是秘密了。那么可想而知，这一切在天子刘彻那儿，当然也不会是秘密。

经过一番短暂而紧张的思考后，青芒迅速做出了一个决定——跟霍去病摊牌，进而跟他做笔交易。

只有这样，自己才能在长安继续待下去，否则就只能连夜逃亡、浪迹天涯了。

主意已定，青芒随即主动现身，径直走到了霍去病面前。霍去病先是一愣，旋即反应过来，揶揄道："请问阁下，我是该叫你秦门尉呢，还是该叫你左都尉阿檀那？"

青芒淡淡一笑："名字不过是个符号，你想叫什么都行，这不重要。"

霍去病哼了一声："你就这么走到我面前，是来跟我自首的吗？"

"不，是跟你做笔交易。"

"什么交易？"

"我帮你拿到天机图，你帮我隐藏阿檀那的身份。"

霍去病眉毛一扬："你终于肯承认你就是阿檀那了？"

"既然你都知道了，我又何必否认？"

霍去病盯着他，眼中忽然跳动着怒火："很好。那你告诉我，漠南之战中，你是不是故意带着前锋大军离开了防线，才让我轻而易举地端掉了匈奴大营？"

青芒苦笑了一下："坦白说，我现在还没法回答你的问题。"

"为什么？"

"因为我自己也不知道。"

霍去病一怔，旋即想起於单和他的对话，似乎提到过他丢失记忆的事："你真的……失去记忆了？"

"这还有假？我现在知道的事情，大多是於单告诉我的。"

霍去病虽满腹疑惑，却也没办法再追问下去，便道："你让我帮你隐藏身份，意欲何为？"

"不为别的，只为了活下去，然后找回丢失的记忆。"青芒苍凉一笑，"其中自然也包括漠南之战的记忆。"

最后这个愿望显然与霍去病一致。他不由得沉吟了片刻，道："可你终究是匈奴人，我如何相信你？"

"你只能相信我，因为你想得到天机图。"

这又是一个难以拒绝的理由。可是,要让霍去病跟一个匈奴人联手,委实令他感觉别扭。"我若帮你隐瞒,便是犯了欺君之罪。"

"不必全部隐瞒。"青芒道,"你可以告诉陛下,我是漠南之战中抓获的匈奴俘虏,只是暂时不要透露我是左都尉阿檀那。因为一旦透露,马上就会牵扯到漠南之战。我想,在弄清真相之前,你也不想让此事公开吧?"

霍去病不得不承认,青芒所言的确与自己不谋而合。事实上,之前霍去病向天子禀报的时候,便已经主动隐瞒了此事。

"那关于你的具体身份,我该如何向陛下解释?"

霍去病这么说,意味着他已经同意这笔交易了。青芒暗暗松了口气,思忖了片刻,道:"秦穆这个身份,我还可以用。你就这么告诉陛下,说我其实是北地的汉人,小时候被匈奴人掳走,因苦练武艺,后来当了於单的侍从,前不久在漠南之战中向你投诚,还献出了不少情报。回朝后,因你怀疑於单图谋不轨,便派我刺探於单,结果意外探知了天机图的事。"

霍去病听完,忽然笑了笑:"你就不怕我拿到天机图后,就反悔把你给卖掉?"

"你不是那种人。"

"说得好像你很了解我似的。"霍去病呵呵一笑,"你怎么知道我是什么人?"

"我相信,你是一个重然诺的君子。"

"少给我戴高帽!"霍去病忽然走近他,冷冷道,"阿檀那,你给我听着,为了帮陛下拿到天机图,我可以暂时跟你做这笔交易。但是你别忘了,你是匈奴人,是我的敌人!日后我会盯死你,一旦发现你有任何不轨的企图,我会随时杀了你!"

"为什么匈奴人就一定是你的敌人?"青芒笑了笑,"咱们就不能尝试着做朋友吗?"

"休想!"霍去病狠狠道。

"好吧。"青芒点点头,"将来的事,将来再说。现在,咱们还是聊聊天机图的事吧。"

随后,霍去病虽然仍旧没有好脸色,但还是认真地跟他讨论了行动方案……

正因为那天晚上青芒已经跟霍去病达成了"交易",所以数日后,当张汤抓住他和赵信暗中接触的把柄,到丞相邸兴师问罪时,青芒才能从容自若地化险为夷。

那天,把张汤支开后,青芒便告诉公孙弘,说自己的确是秦穆,只是小时候随父母到北方走亲戚，被犯边的匈奴人掳走了，之后在那儿苦练武艺，成了於单的侍从云云。总之说了一堆，无非就是之前跟霍去病商量好的那套说辞。最后青芒又强调了一点，说自己现在是霍去病安插到於单和赵信身边的卧底，执行的是天子交代的任务，目标就是获取天机图。此等事宜，自然是朝廷的绝对机密，向丞相道明实情或许无妨，但张汤绝对无权过问。

公孙弘听完，也只能哑然失笑，半晌才问了一句："天机图究竟是何物？"

"丞相恕罪，卑职对此也毫不知情。况且……"青芒顿了顿，"即便知情，卑职也无权透露。还是等拿到东西后，您再去向陛下问询吧。"

闻听此言，公孙弘自然是无话可说了。

天色微明，长安城的城门缓缓开启。

一驾马车风驰电掣地冲进了城门，后面紧跟着几名骑士。

车内躺着血迹斑斑、昏迷不醒的青芒。霍去病坐在一旁，神情焦急，不停地催促御者再快一点儿。御者急得满头大汗——尽管马车的速度已经接近极限，他还是狠狠地朝马儿连挥了几鞭。

车厢剧烈地颠簸了一下，青芒的头猛地一晃，撞在了板壁上。

霍去病一惊，赶紧探身过去查看，却见青芒倏然睁开了眼睛。霍去病暗暗松了口气，嘴上却冷冷道："我还以为你死了。"

"你如此费心相救，我要是死了，岂不是太不仗义？"青芒虚弱一笑。

"别以为我想救你。"霍去病哼了一声，"若不是为了漠南之战的真相，我早把你杀了！"

"我知道。"青芒又笑了笑，"可要是公平对决，你未必杀得了我。"

"行。"霍去病点点头，"那就等你养好了伤，咱们再来一场公平对决。"

"我记得咱俩好像约定过了吧？"青芒忽然想了起来，"就咱俩第一回见面的时候。"

"没错，而且还是你下的战书。"霍去病冷然一笑，"所以，你放心，你阿檀那的项上人头，迟早是我的，跑不了！"

青芒笑笑不语，把目光转向车窗外，蓦然看见灰蒙蒙的天空中，有一些状若白絮的东西在轻盈地飞舞。

"下雪了……"

青芒艰难地撑起身子，把脸凑到了窗前。

一片雪花从苍穹深处飘飘摇摇地落下来，沾在了他长长的睫毛上。

这是元朔六年冬天的第一场雪。很快，长安便会在纷纷扬扬的大雪中变成另外一番模样……